NORA ROBERTS

Nachtflamme

Liste lieferbarer Titel

Mitten in der Nacht (36007) · Das Leuchten des Himmels (36465) · Ein Haus zum Träumen (37533) · Im Sturm der Erinnerung (37742) · Im Schatten der Wälder (37771) · Die letzte Zeugin (38174) · Ein dunkles Geschenk (geb. Ausgabe 0531)

Die Irland-Trilogie: Töchter des Feuers (38412) · Töchter des Windes (38413) · Töchter der See (38414)

Die Templeton-Trilogie: So hoch wie der Himmel (37595) · So hell wie der Mond (37596) · So fern wie ein Traum (37597)

Die Sturm-Trilogie: Insel des Sturms (37829) · Nächte des Sturms (37838) · Kinder des Sturms (37841)

Die Insel-Trilogie: Im Licht der Sterne (37729) · Im Licht der Sonne (37730) · Im Licht des Mondes (37731)

Die Zeit-Trilogie: Zeit der Träume (37933) · Zeit der Hoffnung (37934) · Zeit des Glücks (37935)

Die Ring-Trilogie: Grün wie die Hoffnung (38355) · Blau wie das Glück (38356) · Rot wie die Liebe (38357)

Die Nacht-Trilogie: Abendstern (0163) · Nachtflamme (0164) · Morgenlied (36941)

Die Blüten-Trilogie: Rosenzauber (38046) · Lilienträume (38144) · Fliedernächte (38145)

Nora Roberts

Nachtflamme

Roman

Aus dem Amerikanischen
von Margarethe van Pée

blanvalet

Die Originalausgabe erschien 2008
unter dem Titel »The Hollow« bei Jove Books, The Berkley
Publishing Group, a division of Penguin Group (USA) Inc., New York.

MIX
Papier aus verantwortungsvollen Quellen
FSC® C014496
FSC
www.fsc.org

Verlagsgruppe Random House FSC® NN001967
Das FSC®-zertifizierte Papier *Holmen Book Cream*
für dieses Buch liefert Holmen Paper, Hallstavik, Schweden

1. Auflage
Neuveröffentlichung August 2015 bei Blanvalet Verlag,
einem Unternehmen der
Verlagsgruppe Random House GmbH, München

Dieses Werk wurde vermittelt durch die Literarische Agentur
Thomas Schlück GmbH, 30827 Garbsen.
Redaktion: Regine Kirtschig
Umschlaggestaltung: © Johannes Wiebel | punchdesign,
unter Verwendung von Motiven von Shutterstock.com
LH · Herstellung: sam
Druck und Einband: GGP Media GmbH, Pößneck
Printed in Germany
ISBN: 978-3-7341-0164-9

www.blanvalet.de

In Erinnerung an meine Eltern

Haltet das heimische Feuer am Brennen.

Lena Guilbert Ford

Der menschliche Geist fliegt nicht von
Lust zu Lust, sondern von Hoffnung zu Hoffnung.

Samuel Johnson

PROLOG

Hawkins Hollow, Juni 1994

An einem hellen Sommermorgen ertrank ein Zwergpudel im Garten der Bestlers im Swimmingpool. Lynne Bestler, die alleine ein paar Runden schwimmen wollte, bevor ihre Kinder aufwachten, hielt ihn zunächst für ein totes Eichhörnchen. Das wäre schon schlimm genug gewesen. Aber als sie das Fellbündel tapfer mit dem Netz herausangelte, erkannte sie den geliebten Marcell ihrer Nachbarn.

Eichhörnchen tragen für gewöhnlich keine mit Strass besetzten Halsbänder.

Sie schrie wie am Spieß und warf mit einem lauten Platschen den armen Hund mitsamt Netz und allem in den Pool zurück. Daraufhin kam Lynnes Ehemann in Boxershorts angerannt und sprang ins Wasser, um das Netz und den Hund wieder herauszuholen. Das Schluchzen ihrer Mutter und die Flüche ihres Vaters weckten die Bestler-Zwillinge auf, sie kamen ebenfalls schreiend in ihren Mein-kleines-Pony-Schlafanzügen angelaufen. Innerhalb weniger Augenblicke lockte das hysterische Geschrei die Nachbarn an, gerade als Bestler sich und die Leiche aus dem Wasser wuchtete. Bestler hing wie viele Männer an seiner alten Unterwäsche, doch das Gewicht des Wassers war zu viel für den ausgeleierten Gummi.

Und so kam Bestler mit einem toten Hund und ohne Unterhose aus dem Pool.

Der helle Sommermorgen im kleinen Ort Hawkins Hollow begann mit einem Schock, mit Trauer, Komik und Drama.

Fox erfuhr von Marcells verfrühtem Tod, als er Ma's Pantry betrat, um eine große Flasche Coke und zwei Slim Jims zu kaufen.

Er arbeitete mit seinem Vater an einem Küchenumbau auf der Main Street. Mrs Larson wollte eine neue Arbeitsplatte, neue Schranktüren, einen neuen Fußboden und neue Farbe. Sie nannte das Auffrischen, aber für Fox war es eine Möglichkeit, genug Geld zu verdienen, um Allyson Brendon zum Pizzaessen und am Samstagabend ins Kino einzuladen. Er hoffte, dass er sie dadurch auf den Rücksitz seines alten VW-Käfers bekommen würde.

Es machte ihm nichts aus, mit seinem Dad zusammenzuarbeiten. Er hoffte zwar, dass er nicht für den Rest seines Lebens einen Hammer schwingen oder eine Motorsäge bedienen müsste, aber es machte ihm nichts aus. Er fühlte sich mit seinem Vater wohl, und auf diese Art und Weise entging Fox der Gartenarbeit und den Pflichten mit den Tieren auf ihrer kleinen Farm. Außerdem kam er so leichter an Cola und Slim Jims – Dinge, die es bei den O'Dells niemals, niemals geben würde.

Dort regierte nämlich seine Mutter.

Er hörte also von dem Hund von Susan Keefaffer, die seine Einkäufe abrechnete, während einige Kunden, die an diesem Juninachmittag nichts anderes zu tun hatten, an der Theke saßen, Kaffee tranken und sich unterhielten.

Er kannte Marcell zwar nicht, aber Fox mochte alle Tiere, und deshalb tat es ihm leid um den armen Pudel. Eine komische Note gewann die Geschichte allerdings dadurch, dass er sich Mr Bestler, »nackt wie Gott ihn schuf« in Susan Keefaffers Worten, neben seinem Swimmingpool vorstellte.

Fox fand es zwar traurig, dass ein armer Hund in einem Swimmingpool ertrank, aber er brachte es nicht – noch nicht – in Verbindung mit dem Alptraum, den er und seine zwei besten Freunde vor sieben Jahren erlebt hatten.

In der Nacht zuvor hatte er einen Traum gehabt, einen Traum von Blut und Feuer, von Stimmen, die in einer fremden Sprache sangen. Aber er hatte sich auch mit seinen Freunden Cal und Gage zwei besonders scheußliche Videos reingezogen – *Die Nacht der lebenden Toten* und *Das Texas Kettensägenmassaker.*

Er brachte den toten französischen Pudel weder mit dem Traum in Verbindung noch mit der Tatsache, dass es nach seinem zehnten Geburtstag in Hawkins Hollow eine Woche lang gebrannt hatte. Nach der Nacht, die er, Cal und Gage am Heidenstein in Hawkins Wood verbracht hatten – danach hatte sich alles für sie und für Hollow geändert.

In ein paar Wochen würden er, Cal und Gage siebzehn werden, und nur das beschäftigte ihn. Baltimore hatte dieses Jahr eine verdammt gute Chance auf einen Sieg, daran dachte er. Sein letztes Jahr auf der Highschool brach an, er stand also endlich an der Spitze der Hierarchie und konnte schon einmal planen, auf welches College er gehen wollte.

Einen Sechzehnjährigen beschäftigten völlig andere Dinge als einen Zehnjährigen – vor allem, ob er es endlich mit Allyson Brendon tun sollte.

Als er jetzt die Straße entlangging, ein schlanker Junge, der noch den schlaksigen Gang eines Jugendlichen hatte, die dicken braunen Haare zu einem kurzen Zopf zusammengefasst, eine Oakley vor den goldbraunen Augen, war es für ihn ein ganz normaler Tag.

Der Ort sah aus wie immer. Ordentlich, ein bisschen altmodisch, mit den alten Steinhäusern, den Holzveranden, den hohen Bordsteinen. Er blickte über die Schulter zum Bowl-a-Rama auf dem Platz. Es war das größte Gebäude in der Stadt. Cal und Gage arbeiteten dort.

Wenn er und sein Vater für diesen Tag Schluss machten, beschloss er, würde er vorbeischauen.

Er überquerte den Larson Platz und ging in das unverschlossene Haus. Aus der Küche drang Bonnie Raitts Delta Blues. Sein Vater sang den Song mit seiner klaren Stimme mit, während er mit der Wasserwaage überprüfte, ob die Regalbretter, die Mrs Larson in ihrem Besenschrank haben wollte, auch gerade waren. Obwohl Fenster und Hintertür offen standen, roch es nach dem Leim, mit dem sie die neue Kunststoffplatte aufgeklebt hatten.

Sein Vater arbeitete in einer alten Levi's und seinem T-Shirt mit dem Aufdruck Give Peace A Chance. Seine Haare waren etwas länger als die seines Sohnes, und er trug sie ebenfalls zu einem Zopf zusammengebunden unter seinem blauen Bandana. Den Bart, den er schon so lange trug, wie Fox sich erinnern konnte, hatte er kürzlich abrasiert, und Fox hatte sich immer noch nicht daran gewöhnt, so viel vom Gesicht seines Vaters zu sehen, zumal er ihm so ähnlich sah.

»Im Swimmingpool der Bestlers drüben auf der Laurel Lane ist ein Hund ertrunken«, sagte Fox zu seinem Vater. Brian hielt inne und drehte sich um.

»Ach, du Schande. Weiß jemand, wie es passiert ist?«

»Nein, nicht wirklich. Es war ein kleiner Pudel, deshalb denken sie, er ist hineingefallen und konnte nicht wieder raus.«

»Man hätte ihn doch eigentlich bellen hören müssen. Schrecklich, so umzukommen!« Brian legte seine Werkzeuge hin und lächelte seinen Sohn an. »Gib mir einen von den Slim Jims.«

»Was für Slim Jims?«

»Die du hinten in der Hosentasche hast. Ich wette mit dir, du hast Jims gekauft. Gib mir einen, und deine Mom erfährt nie, dass wir Chemikalien und Nebenprodukte von Fleisch gegessen haben. Das nennt man Erpressung, mein Sohn.«

Schnaubend holte Fox die Süßigkeiten aus der Tasche. Aber er hatte sich so etwas schon gedacht und vorsorglich zwei gekauft. Einträchtig saßen Vater und Sohn nebeneinander und kauten. »Die Theke sieht gut aus, Dad.«

»Ja.« Brian fuhr mit der Hand über die glatte, eierschalenfarbene Oberfläche. »Mrs Larson hat es nicht so mit Farben, aber es ist gute Arbeit. Ich weiß gar nicht, wer mir bei der Arbeit helfen soll, wenn du auf dem College bist.«

»Als Nächster ist Ridge dran«, erwiderte Fox und dachte an seinen jüngeren Bruder.

»Ridge würde die Maße keine zwei Minuten im Kopf behalten, und er würde sich vor lauter Träumerei wahrscheinlich den Finger absägen. Nein.« Brian lächelte und fügte achselzuckend hinzu: »Diese Arbeit ist nichts für Ridge, für dich aber auch nicht, und für deine Schwestern schon gar nicht. Ich werde wahrscheinlich einen Jungen einstellen müssen, der gerne mit Holz arbeitet.«

»Ich habe nie gesagt, dass ich nicht mit Holz arbeiten will.« Nicht laut jedenfalls.

Sein Vater warf ihm einen Blick zu. »Du hast ein gutes Auge, und du hast geschickte Hände. Wenn du mal ein eigenes Haus hast, wird dir das sehr zupasskommen, aber du wirst dir deinen Lebensunterhalt nicht als Handwerker verdienen. Jetzt kannst du den Abfall hier mal zum Container bringen.«

»Klar.« Fox sammelte den Abfall und die Holzspäne in die Schubkarre und schob sie durch den schmalen Garten zu dem Container, den die Larsons für die Zeit des Umbaus gemietet hatten.

Er blickte in den Nachbargarten, wo Kinder spielten. Und auf einmal wurde sein ganzer Körper taub.

Die kleinen Jungen spielten mit Lastern, Schüppchen und Eimern in einem hellblauen Sandkasten. Aber er war nicht mit Sand gefüllt. Blut bedeckte ihre nackten Arme, während sie ihre Trucks durch die Masse in dem Sandkasten schoben. Rotes Blut schwappte über den Sand auf den grünen Rasen.

Auf dem Zaun zwischen den Gärten, in denen die Hortensien beinahe schon blühten, hockte ein Junge, der kein Junge war. Er bleckte grinsend die Zähne, als Fox zum Haus zurückwich.

»Dad! Dad!«

Er klang so ängstlich und atemlos, dass Brian herausgestürzt kam. »Was ist? Was ist los?«

»Kannst du … siehst du ihn nicht?« Aber noch während er zum Zaun zeigte, wusste Fox, dass es nicht real war.

»Was?« Brian packte ihn fest an den Schultern. »Was siehst du?«

Der Junge, der kein Junge war, hüpfte den Zaun entlang, unter ihm züngelten Flammen empor und verbrannten die Hortensien zu Asche.

»Ich muss gehen. Ich muss zu Cal und Gage. Jetzt sofort, Dad. Ich muss …«

»Ja, lauf.« Brian stellte keine Fragen. »Los.«

Fox rannte aus dem Haus, den Bürgersteig entlang zum Platz. Der Ort sah für ihn nicht mehr so aus wie sonst. Im Geiste sah Fox ihn schon wieder so, wie er in jener furchtbaren Woche im Juli vor sieben Jahren gewesen war.

Feuer und Blut, dachte er, wie in seinem Traum.

Er stürmte ins Bowl-a-Rama, wo die Sommerwettbewerbe in vollem Gang waren. Das Donnern der Kugeln, das Krachen der Pins dröhnte in seinem Kopf. Er rannte direkt zum Empfang, wo Cal arbeitete.

»Wo ist Gage?«, fragte er.

»Himmel, was ist denn mit dir los?«

»Wo ist Gage?«, wiederholte Fox, und Cals amüsierter Blick wurde ernst. »Drüben in der Spielhalle. Er … da kommt er gerade.«

Gage kam angeschlendert. »Na, meine Damen! Was …« Sein fröhliches Grinsen erstarb, als er Fox' Gesicht sah. »Was ist passiert?«

»Er ist wieder da«, antwortete Fox. »Er ist zurückgekommen.«

1

Hawkins Hollow, März 2008

Fox erinnerte sich an viele Details dieses längst vergangenen Tages im Juni. An den Riss im linken Hosenbein seines Vaters, an den Duft nach Kaffee und Zwiebeln in Ma's Pantry, an das Knistern des Papiers, als er und sein Vater die Slim Jims in Mrs Larsons Küche aufgerissen hatten.

Aber abgesehen von dem Schock und der Angst, die er empfunden hatte, erinnerte er sich vor allem daran, dass sein Vater ihm vertraut hatte.

Er hatte Fox auch an seinem zehnten Geburtstag vertraut, als Fox mit Gage nach Hause gekommen war, beide Jungen schmutzig, erschöpft und außer sich vor Angst wegen einer Geschichte, die kein Erwachsener glauben würde.

Natürlich hatten sie sich Sorgen gemacht, dachte Fox. Er sah immer noch vor sich, wie seine Eltern einander angeblickt hatten, als er ihnen erzählte, dass in der Lichtung, wo der Heidenstein stand, etwas Schwarzes, Mächtiges ausgebrochen war.

Aber sie hatten es nicht als Ausgeburt seiner Fantasie abgetan, hatten ihn noch nicht einmal dafür ausgeschimpft, dass er die Nacht nicht bei Cal verbracht hatte, sondern mit seinen Freunden ihren gemeinsamen zehnten Geburtstag im Wald westlich von der Stadt gefeiert hatte.

Sie hatten zugehört. Und als Cals Eltern zu ihnen gekommen waren, hatten sie ebenfalls zugehört.

Fox blickte auf die dünne Narbe an seinem Handgelenk.

Es war die einzige Narbe an seinem Körper. Sie hatten sich vor fast einundzwanzig Jahren mit Cals Pfadfindermesser das Handgelenk aufgeritzt, um sich Blutsbrüderschaft zu schwören. Vor jener Nacht, vor diesem Ritual hatte er andere Blessuren gehabt – welcher aktive, zehnjährige Junge hatte das nicht? Aber bis auf diese eine Narbe waren sie alle spurlos verschwunden – und seitdem war weiterhin jede neue Wunde verheilt, ohne eine Spur zu hinterlassen.

Dass sie ihr Blut vermischt hatten, hatte den Dämon, der seit Jahrhunderten dort gefangen gewesen war, befreit. Sieben Nächte lang war er durch Hawkins Hollow gerast.

Zuerst dachten sie, sie hätten ihn besiegt, drei Zehnjährige, die gegen die dunklen Mächte kämpften. Aber er war wiedergekommen, sieben Jahre später, und wieder war sieben Nächte lang die Hölle los gewesen. In der Woche, bevor sie vierundzwanzig wurden, war er auch wiedergekommen.

Auch diesen Sommer würde es wieder passieren. Die ersten Vorboten machten sich bereits bemerkbar.

Doch jetzt war alles anders. Sie waren besser vorbereitet, wussten mehr. Und dieses Mal ging es nicht nur um ihn, Cal und Gage. Mit den drei Frauen, die nach Hollow gekommen waren und die genau wie sie über ihre Vorfahren mit dem Dämon verbunden waren, waren sie zu sechst.

Sie waren keine Kinder mehr, dachte Fox, als er auf der Main Street vor dem Stadthaus hielt, in dem sich seine Kanzlei und seine Wohnung befanden. Der Dämon, der sich einmal Lazarus Twisse genannt hatte, hatte bestimmt auch einige Überraschungen auf Lager, wenn er bedachte, was sie zu sechst vor ein paar Wochen am Heidenstein erlebt hatten.

Er ergriff seine Aktentasche und ging zum Haus. Es hatte Fox einiges an Schweiß und finanziellen Drahtseilakten gekostet, das alte Steingebäude zu kaufen. Die ersten zwei Jahre waren mager gewesen – mehr als das, eigentlich hatte er am Existenzminimum dahinvegetiert. Aber der Kampf hatte sich gelohnt, denn jetzt gehörte ihm jeder Zentimeter des Hauses – und natürlich auch der Bank von Hawkins Hollow.

Auf der Plakette an der Tür stand FOX B. O'DELL, RECHTSANWALT. Es überraschte ihn heute noch manchmal, dass er tatsächlich Jura studiert hatte – und dann auch noch in der Kleinstadt geblieben war.

Aber das lag vermutlich daran, dass es bei Recht und Gesetz nicht nur um Schwarz und Weiß ging, sondern vor allem die Schattierungen dazwischen so interessant waren. Er fand es auf jeden Fall faszinierend.

Er trat ein und zuckte zusammen, als er Layla Darnell sah, eine der Frauen aus ihrer kleinen Sechsertruppe. Sie saß hinter dem Schreibtisch am Empfang, und einen Moment lang verschlug es ihm die Sprache, wie es oft geschah, wenn er sie unerwartet sah. »Äh …«, sagte er.

»Hi.« Ihr Lächeln war vorsichtig. »Du kommst früher, als ich erwartet habe.«

Tatsächlich? Er konnte sich nicht erinnern. Wie sollte er sich konzentrieren, wenn statt der großmütterlichen Mrs Hawbaker eine attraktive Brünette mit grünen Augen wie eine Meerjungfrau an seinem Empfang saß? »Ich … wir … wir haben gewonnen. Die Geschworenen haben noch nicht mal eine Stunde gebraucht.«

»Das ist ja toll.« Sie strahlte ihn an. »Herzlichen Glückwunsch. War das der Fall mit der Verletzung? Der Autounfall? Mr und Mrs Pullman?«

»Ja.« Er nahm die Aktentasche in die andere Hand und wandte sich zu seinem Büro. »Wo ist Mrs H?«

»Zahnarzttermin. Es steht in deinem Kalender.«

Ja, natürlich. »Okay. Ich gehe dann in mein Büro.«

»Shelley Kholer hat angerufen. Zweimal. Sie hat beschlossen, ihre Schwester wegen mangelnder Zuneigung zu belangen und wegen … warte mal.« Layla ergriff den Nachrichtenblock. »Und weil sie zänkisch und nichtsnutzig ist. Das hat sie wirklich gesagt. Beim zweiten Anruf wollte sie wissen, ob sie im Fall einer Scheidung ihren Affenarsch von hoffentlich bald Exmann im Internet anbieten kann.«

»Oh, oh. Nun, interessant. Ich rufe sie an.«

»Dann hat sie geweint.«

»Scheiße.« Fox hatte nicht nur ein weiches Herz, wenn es um Tiere ging, sondern auch bei unglücklichen Frauen. »Ich rufe sie sofort an.«

»Nein, du musst etwa eine Stunde warten«, sagte Layla und blickte auf ihre Uhr. »Im Moment ist sie beim Friseur. Sie lässt sich die Haare rot färben. Sie kann doch ihre Schwester nicht wirklich wegen Mangel an Zuneigung verklagen?«

»Du kannst jeden für alles verklagen, aber ich rede ihr das aus. Vielleicht könntest du mich in einer Stunde daran erinnern, dass ich sie anrufen muss. Und hier bei dir ist alles in Ordnung?«, fragte er. »Brauchst du etwas?«

»Nein, danke. Alice – Mrs Hawbaker – ist eine gute Lehrerin. Und außerdem, sollte ich als Büroleiterin nicht eher dich fragen, ob du etwas brauchst?«

Besser wäre eine Büroleiterin gewesen, die seine Libido nicht zum Kochen brachte, aber dazu war es jetzt zu spät. »Nein, alles okay. Ich gehe dann mal …« Er wies auf sein Büro.

Er hätte die Tür gern hinter sich zugezogen, aber das kam ihm unhöflich vor. Er schloss seine Bürotür nie, es sei denn, er hatte einen Mandanten, der unter vier Augen mit ihm sprechen wollte.

Weil er sich im Anzug nie ganz wohl fühlte, schlüpfte Fox aus seinem Jackett und warf es über das grinsende Schwein, das als Garderobehaken diente. Erleichtert nahm er auch die Krawatte ab und hängte sie über die fröhliche Kuh. Blieben noch ein Huhn, eine Ziege und eine Ente, alle von seinem Vater geschnitzt, der fand, dass die irre Tierschar einem Büro viel von seiner Schwere nahm.

Fox musste ihm recht geben.

Es war genau das, was er brauchte. Sein Büro sollte eher Teil eines *Hauses* statt eines *Gebäudes* sein. Auf Regalen standen seine Gesetzesbücher und die Texte, die er am häufigsten brauchte, aber dazwischen mischten sich immer wieder private Kleinigkeiten. Ein Baseball, signiert vom einzigartigen Cal Ripken, das Kaleidoskop aus Buntglas, das seine Mutter ihm gemacht hatte, gerahmte Fotografien, ein Modell des Millennium Falcon, das er in mühevoller Kleinarbeit mit zwölf gebaut hatte.

An prominenter Stelle stand eine große Glasdose mit Dollarscheinen. Einer für jedes Mal, wenn er aus Versehen im Büro »Scheiße« gesagt hatte. Diese Regel hatte Alice Hawbaker aufgestellt.

Er nahm sich eine Cola aus seinem Mini-Kühlschrank und fragte sich, was er wohl tun würde, wenn Mrs Hawbaker nach Minneapolis zog und er sich fünf Tage in der Woche im Büro mit dieser reizenden Layla herumschlagen musste. Nachdenklich blickte er aus dem Fenster.

»Fox?«

»Hmm?« Er drehte sich um. Da war sie schon wieder. »Was ist? Ist irgendwas passiert?«

»Nein. Na ja, außer dem Großen Bösen nichts. Du hast jetzt zwei Stunden lang keine Termine, und da Alice nicht da ist, habe ich gedacht, wir könnten doch jetzt darüber reden. Ich weiß, dass du auch andere Dinge zu tun hast, aber …«

»Nein, das ist okay.« Bei diesem Thema konnte er sich wenigstens auf etwas anderes konzentrieren als auf diese schönen grünen Augen und ihre weichen, feuchten Lippen. »Möchtest du eine Cola?«

»Nein, danke. Weißt du eigentlich, wie viel Kalorien darin sind?«

»Sie ist es wert. Setz dich.«

»Ich bin zu nervös.« Layla ging im Büro auf und ab

und rieb die Hände aneinander. Mit jedem Tag, an dem nichts passiert, werde ich nervöser, was dumm ist, weil es ja eigentlich eine Erleichterung ist. Aber seit wir alle am Heidenstein waren, ist nichts, absolut nichts passiert.«

»Und da haben wir den höllischen Dämon auch nur mit Stöckchen und Steinen beworfen.«

»Ja, und Gage hat auf ihn geschossen. Oder Cal ...« Sie schaute Fox an. »Ich fange immer noch an zu zittern, wenn ich daran denke, wie Cal einfach in diese schwarze, wabernde Masse hineingetreten ist und sein Messer hineingestoßen hat. Und jetzt nichts, fast zwei Wochen lang. Vorher haben wir ihn fast täglich gesehen, gespürt oder von ihm geträumt.«

»Wir haben ihn verletzt«, erinnerte Fox sie. »Er muss erst mal seine Wunden lecken.«

»Cybil meint, das nächste Mal wird es viel schlimmer werden. Sie recherchiert jeden Tag stundenlang, und Quinn schreibt ständig. Ich bin als Einzige das erste Mal mit so etwas konfrontiert, und ich habe den Eindruck, sie kommen nicht richtig weiter.« Sie fuhr sich mit der Hand durch die dunklen Haare. »Was ich meine, ist ... Vor ein paar Wochen hatte Cybil doch scheinbar eine echt starke Spur, wohin Ann Hawkins mit ihren Kindern gegangen ist.«

Seine Vorfahren, dachte Fox. Giles Dent, Ann Hawkins und die Söhne, die sie miteinander hatten. »Aber sie hat zu nichts geführt, ich weiß. Wir haben ja darüber geredet.«

»Ich habe aber trotzdem das Gefühl, dass es einer der Schlüssel ist. Es sind unsere Vorfahren, deine, Cals und Gages. Es spielt möglicherweise eine Rolle, wo sie zur

Welt gekommen sind, und seit wir einige von Anns Tagebüchern haben, waren wir uns ja auch alle einig, dass es noch mehr geben muss, in denen vielleicht auch mehr über Giles Dent als Vater ihrer Söhne steht. Wer war er, Fox? Ein Mann, ein Hexer, ein guter Dämon, wenn es so was gibt? Wie hat er Lazarus Twisse festhalten können seit jener Nacht im Jahr sechzehnhundertzweiundfünfzig bis zu der Nacht, als ihr drei …«

»… ihn herausgelassen habt«, beendete Fox den Satz für sie, aber Layla schüttelte den Kopf.

»Das musste so sein – darüber sind wir uns doch einig. Es gehörte zu Dents Plan oder seinem Zauber. Aber wir wissen immer noch nicht mehr als vor zwei Wochen. Irgendwie stecken wir fest.«

»Vielleicht ist Twisse nicht der Einzige, der sich erst mal neu orientieren muss. Immerhin haben wir ihn verletzt«, wiederholte Fox. »Das ist uns noch nie zuvor gelungen. Wir haben ihm Angst eingejagt.« Bei der Erinnerung daran leuchteten seine goldbraunen Augen zufrieden auf. »Bisher konnten wir alle sieben Jahre nur dafür sorgen, dass ihm nicht allzu viele Leute in die Hände fielen, und am Ende haben wir hinter ihm her gewischt und aufgeräumt. Aber jetzt wissen wir, dass wir ihn verwunden können.«

»Das reicht aber nicht.«

»Nein, das stimmt.« Dass sie feststeckten, war zum Teil seine Schuld, musste er zugeben. Er hatte sich zurückgezogen, damit Layla die Fähigkeit, die sie beide besaßen, nicht anwenden konnte.

»Was denke ich jetzt?«

Sie blinzelte verwirrt. »Entschuldigung?«

»Was denke ich?«, wiederholte er und sagte im Kopf das Alphabet auf.

»Ich habe dir schon einmal gesagt, dass ich keine Gedanken lesen kann, und ich will nicht …«

»Und ich habe dir gesagt, es ist zwar nicht genauso, aber nahe daran.« Er lehnte sich an seinen wuchtigen alten Schreibtisch, damit sie mehr auf Augenhöhe waren. Sein Hemd stand am Hals offen, und seine welligen braunen Haare fielen ihm auf den Kragen. »Du bekommst Eindrücke, ein Gefühl, sogar ein Bild im Kopf. Versuch es noch einmal.«

»Einen guten Instinkt zu haben ist nicht das Gleiche wie …«

»Das ist Blödsinn. Du brauchst doch keine Angst vor dem zu haben, was in dir steckt, nur weil es dich anders macht.«

»Meinst du damit, nicht menschlich?«

»Nein. Nur anders.« Er verstand ihre Gefühle. Auch er war anders, aber für ihn gehörte das zum Leben. »Es spielt keine Rolle, woher deine Fähigkeit kommt, Layla. Du besitzt sie eben, und du bist aus einem ganz bestimmten Grund so.«

»Du hast gut reden. Deine Vorfahren gehen zurück auf ein strahlendes, helles Licht, aber meine auf einen Dämon, der ein armes, sechzehnjähriges Mädchen vergewaltigt hat.«

»Wenn du so denkst, räumst du ihm nur mehr Macht ein. Versuch es noch einmal«, drängte Fox und ergriff ihre Hand.

»Ich … hör auf, mich zu bedrängen«, fuhr sie ihn an und drückte ihre freie Hand an die Schläfe.

Er wusste, dass es wehtat, wenn etwas ausgelöst wurde, ohne dass man darauf vorbereitet war, aber das konnte er nicht ändern. »Was denke ich?«

»Ich weiß nicht, ich sehe bloß einen Haufen Buchstaben.«

»Genau.« Er lächelte. »Ich habe auch nur an einen Haufen Buchstaben gedacht. Du kannst nicht nach New York zurückfahren.« Seine Stimme war sanft geworden. »Selbst wenn du es könntest, würdest du es nicht tun. Du würdest nicht einfach deine Sachen packen, wegfahren und deine Chefin in der Boutique bitten, dir deinen Job wiederzugeben.«

Layla entriss ihm ihre Hand. Ihre Wangen färbten sich rot. »Ich will nicht, dass du in meinen Gedanken und Gefühlen herumschnüffelst.«

»Nein, natürlich nicht. Ich werde es auch nicht zur Gewohnheit werden lassen. Aber, Layla, wenn du mir nicht vertrauen kannst, sind wir beide so gut wie nutzlos. Cal und Quinn können sich in die Vergangenheit zurückversetzen, und Gage und Cybil bekommen Bilder aus der Zukunft. Wir beide, du und ich, sind das Jetzt, die Gegenwart, und das ist sehr wichtig. Du hast gesagt, wir würden feststecken. Okay, dann sollten wir uns weiterbewegen.«

»Für dich ist es leichter zu akzeptieren, weil du dieses Ding …« Sie wedelte mit der Hand neben ihrer Schläfe. »Du kennst das seit zwanzig Jahren.«

»Du etwa nicht?«, entgegnete er. »Wahrscheinlich bist du damit sogar schon auf die Welt gekommen.«

»Weil der Dämon an meinem Stammbaum hängt?«

»Genau. Das ist ja nun mal eine Tatsache. Was du damit anfängst, ist allerdings deine Sache. Als wir vor zwei Wochen auf dem Weg zum Heidenstein waren, hast du dein Talent ja auch benutzt, und zwar aus freiem Entschluss. Ich habe es dir schon einmal gesagt, Layla, du musst dich darauf einlassen.«

»Das habe ich doch. Ich habe meinen Job deswegen verloren. Ich habe meine Wohnung untervermietet, weil ich erst wieder nach New York zurückgehe, wenn das hier vorbei ist. Ich arbeite hier, um meine Miete zahlen zu können, und wenn ich nicht hier arbeite, dann helfe ich Cybil und Quinn bei der Recherche und entwickle mit ihnen Theorien und Lösungen.«

»Und du bist frustriert, weil du die Lösung noch nicht gefunden hast. Sich wirklich auf etwas einzulassen bedeutet mehr, als Zeit zu investieren. Ich muss keine Gedanken lesen können, um zu wissen, dass es dir stinkt.«

»Ich war auch auf der Lichtung, Fox. Ich habe den Dämon auch gesehen.«

»Das ist richtig. Warum fällt dir das denn leichter, als dich mit dem auseinanderzusetzen, was du in dir hast? Es ist ein Werkzeug, Layla. Wenn du Werkzeug nicht benutzt, wird es rostig und stumpf. Und du vergisst, wie man damit umgehen muss.«

»Aber wenn das Werkzeug scharf und glänzend ist und du nicht weißt, wozu es gut ist, dann kannst du viel Schaden anrichten.«

»Ich helfe dir.« Er streckte die Hand aus.

Sie zögerte. Als das Telefon am Empfang zu läuten begann, wich sie einen Schritt zurück.

»Lass es klingeln«, sagte Fox. »Wenn es wichtig ist, rufen sie noch mal an.«

Aber sie schüttelte den Kopf und eilte hinaus. »Vergiss nicht, Shelley anzurufen.«

Na, das war ja toll gelaufen, dachte er missmutig. Er öffnete seine Aktentasche und holte die Akte mit der persönlichen Beleidigungsklage heraus, die er gerade gewonnen hatte. Einmal gewinnt man, einmal verliert man, dachte er.

Am besten ging er ihr für den Rest des Nachmittags aus dem Weg. Er würde per E-Mail mit ihr kommunizieren und sie bitten, Rechnungen zu schreiben oder herauszuschicken. Seine Anrufe konnte er auch direkt wählen, er brauchte sich nicht von Layla verbinden zu lassen.

Das war ihm sowieso immer albern vorgekommen, schließlich wusste er selbst, wie man ein Telefon benutzte.

Es gelang ihm, Shelley zu beruhigen, seinen Papierkram zu erledigen und beim Online-Schach zu gewinnen. Er überlegte, ob er Layla eine weitere E-Mail schicken sollte, um ihr zu sagen, sie könne nach Hause gehen, aber das kam ihm dann doch zu albern vor. Meiden musste er sie ja nun nicht.

Am Empfang saß Mrs Hawbaker. »Ich wusste ja gar nicht, dass Sie schon zurück sind«, sagte Fox.

»Ich bin schon seit einer ganzen Weile wieder da. Ich habe gerade die Papiere nachgeschaut, die Layla für Sie fertig gemacht hat. Hier, diese Briefe müssen Sie unterschreiben.«

»Okay.« Er nahm den Füller, den sie ihm reichte, und unterschrieb. »Wo ist Layla?«

»Sie ist nach Hause gegangen. Ist sie alleine gut zurechtgekommen?«

Fox nickte. »Ja, sie hat ihre Sache gut gemacht.«

Rasch und effizient faltete Mrs Hawbaker die Briefe, die Fox unterschrieben hatte. »Sie brauchen uns beide hier nicht die ganze Zeit. Außerdem können Sie es sich sowieso nicht leisten, zwei Sekretärinnen zu bezahlen.«

»Mrs H …«

»Ich werde den Rest der Woche nur noch halbtags kommen.« Sie steckte die Briefe in Umschläge und klebte sie zu. »Nur, um sicherzugehen, dass es hier keine Probleme gibt. Wenn irgendetwas ist, kann ich ja immer noch kommen und aushelfen. Aber ich rechne eigentlich nicht damit. Und wenn alles gut läuft, komme ich ab nächsten Freitag gar nicht mehr. Wir müssen eine Menge packen und aussortieren, Kisten nach Minneapolis verschicken und zusehen, dass wir das Haus verkauft kriegen.«

»Oh, verdammt!«

Mrs Hawbaker kniff die Augen zusammen und drohte ihm mit dem Finger. »Wenn ich weg bin, können Sie meinetwegen so viel fluchen, wie Sie wollen, aber solange ich hier sitze, achten Sie auf Ihre Ausdrucksweise!«

»Ja, Ma'am. Mrs H …«

»Und machen Sie nicht solche Hundeaugen, Fox O'Dell. Das haben wir doch alles schon hinter uns.«

Das stimmte, und er spürte auch ihre Sorge und ihre Angst. Es würde wohl kaum etwas nützen, wenn er seine Befürchtungen auch noch bei ihr ablud. »Das Strafglas für besonders schlimme Wörter werde ich zur Erinnerung an Sie behalten.«

Das brachte sie zum Lächeln. »Bei Ihrem losen Mundwerk werden Sie sich mit dem Geld aus dem Glas als reicher Mann zur Ruhe setzen können. Aber Sie sind ein guter Junge. Sie sind ein guter Anwalt, Fox. Und jetzt gehen Sie nach Hause und genießen den Rest des Tages. Ich erledige nur noch ein paar Dinge und schließe dann ab.«

»Okay.« An der Tür blieb er stehen und warf ihr noch einen Blick zu. Ihre schneeweißen Haare waren perfekt frisiert; ihr blaues Kostüm wirkte sehr würdevoll. »Mrs H? Sie fehlen mir jetzt schon.«

Damit schloss er die Tür hinter sich. Er steckte die Hände in die Taschen, als er den Bürgersteig entlangging. Jemand hupte, er blickte auf und winkte, als Denny Moser vorbeifuhr. Denny Moser, dessen Familie der Eisenwarenladen am Ort gehörte. Denny, der während ihrer gemeinsamen Highschoolzeit ein hervorragender Grundlinienspieler bei den Hawkins Hollow Bucks gewesen war.

Denny Moser, der während der letzten Sieben mit einer Rohrzange hinter Fox hergerannt war und ihn ermorden wollte.

Es würde wieder passieren, dachte Fox. In ein paar Monaten würde es wieder passieren, wenn sie es nicht aufhielten. Denny hatte mittlerweile Frau und Kind, vielleicht würde er dieses Mal im Juli seiner Frau oder seinem kleinen Mädchen mit einer Rohrzange hinterherrennen. Oder vielleicht schnitt auch seine Frau, die früher Cheerleader gewesen war und heute als Tagesmutter arbeitete, ihrem Mann im Schlaf die Kehle durch.

Es war früher auch passiert, bei ganz normalen,

anständigen Leuten. Und es würde wieder passieren. Es sei denn, sie konnten etwas dagegen unternehmen.

Er ging an einem windigen Märzabend den breiten gepflasterten Gehsteig entlang und wusste, er konnte nicht zulassen, dass es wieder passierte.

Cal war wahrscheinlich noch im Bowlingcenter, dachte Fox. Er würde dort ein Bier trinken und vielleicht eine Kleinigkeit essen. Vielleicht könnten sie zu zweit überlegen, in welche Richtung sie als Nächstes gehen wollten.

Als er sich dem Platz näherte, sah er Layla aus Ma's Pantry gegenüber kommen. Sie hatte eine Plastiktüte in der Hand. Sie zögerte, als sie ihn erblickte, und er verspürte einen Stich der Irritation. Dann winkte sie ihm beiläufig zu und ging zur Ampel auf der gegenüberliegenden Seite des Platzes.

Er war sich nicht sicher, wie er sich verhalten sollte. Sollte er – wie es seinem normalen Verhalten entsprechen würde – auf seiner Seite der Ampel stehen bleiben und mit ihr sprechen? Oder sollte er einfach weitergehen? Er überlegte noch, als er auf einmal Angst verspürte. Abrupt blieb er stehen und blickte zum Himmel.

Auf den Drähten zwischen Main und Locust saßen sie. Die Krähen.

Dutzende von ihnen hockten ganz still, mit angelegten Flügeln, und – das wusste er – beobachteten sie. Er warf Layla einen Blick zu. Sie hatte sie ebenfalls gesehen.

Er fing nicht an zu rennen, obwohl es ein dringender Impuls war. Stattdessen ging er mit langen Schritten über die Straße zu ihr.

»Sie sind real«, flüsterte sie. »Ich habe zuerst gedacht, sie wären nur … aber sie sind real.«

»Ja.« Er ergriff sie am Arm. »Wir gehen hinein. Wir drehen uns jetzt um und gehen hinein. Dann …«

Er brach ab, als er Flügelschlagen hinter sich hörte. In ihren Augen erkannte er, dass es zu spät war.

Das Rauschen der Flügel dröhnte wie ein Tornado. Fox drückte Layla an das nächste Gebäude, zog sie eng an sich und schlang seine Arme um sie, um sie mit seinem Körper abzuschirmen.

Neben und hinter ihm klirrte Glas. Bremsen quietschten, ein dumpfer Aufprall auf Metall. Er hörte Schreie, schnelle Schritte, spürte den Ansturm der Vögel in seinem Rücken, das Picken ihrer Schnäbel.

Es war schnell vorbei. Es hatte nicht länger als eine Minute gedauert. Ein Kind schrie, immer und immer wieder – hoch und scharf. »Bleib hier«, sagte er atemlos zu Layla. »Rühr dich nicht vom Fleck.«

»Du blutest, Fox.«

Er richtete sich auf. Auf der Kreuzung waren drei Autos zusammengeprallt. Ihre Windschutzscheiben waren zersplittert, wo die Vögel dagegengeflogen waren. Ansonsten gab es aber nur zerbeulte Stoßstangen und erschreckte Gesichter.

Es hätte viel schlimmer kommen können.

»Sind Sie alle okay?«

Er hörte gar nicht zu, was sie antworteten: *Haben Sie das gesehen? Sie sind mir direkt ins Auto geflogen!* Er musterte die Leute nur aufmerksam, aber außer ein paar Schrammen war wohl nichts passiert. Er wandte sich wieder zu Layla.

Sie stand mit einer Gruppe von Leuten zusammen, die aus Ma's Pantry und den umliegenden Geschäften geströmt waren. »Unglaublich!« Meg, die Köchin bei Ma's, starrte auf die zersplitterte Fensterscheibe des kleinen Restaurants. »Unglaublich.«

Das alles hatte er schon öfter gesehen, in viel schlimmerem Ausmaß noch. Fox ergriff Laylas Hand. »Lass uns gehen.«

»Sollten wir nicht irgendetwas unternehmen?«

»Es gibt nichts zu tun. Ich bringe dich nach Hause, und dann rufen wir Cal und Gage an.«

»Deine Hand.« Ihre Stimme klang zittrig. »Dein Handrücken verheilt bereits.«

»Ja, das gehört dazu«, sagte er grimmig und zog sic über die Main Street.

»Diesen Schutz habe ich nicht.« Sie sprach leise und lief neben ihm her, um Schritt zu halten. »Wenn du mich nicht abgeschirmt hättest, würde ich bluten.« Sie hob die Hand an den Schnitt in seinem Gesicht, der sich langsam schloss. »Aber es tut weh. Wenn es passiert und wenn es heilt, dann tut es weh.« Layla blickte auf ihre Hand, die seine hielt. »Das kann ich spüren.«

Als er sie loslassen wollte, umklammerte sie seine Hand fester. »Nein, ich möchte es spüren. Du hattest recht vorhin.« Sie blickten auf die toten Krähen, die auf dem ganzen Platz verstreut lagen, und zu dem kleinen Mädchen, das in den Armen seiner völlig geschockten Mutter heftig schluchzte. »Ich muss wirklich daran arbeiten. Du hast recht. Ich bin keine große Hilfe, wenn ich nicht akzeptiere, was in mir steckt, und wenn ich nicht lerne, wie ich es anwenden muss.«

Sie blickte ihn an und holte tief Luft. »Die Ruhepause ist vorüber.«

2

Auf dem kleinen Tisch mit den schmiedeeisernen Stühlen, die der Küche in dem gemieteten Haus eine eindeutig weibliche Note verliehen, stand ein Bier. Fox fand, dass man an allen möglichen Details sah, dass hier Frauen wohnten. Die bunten kleinen Töpfe mit Kräutern auf der Fensterbank, die Vase mit dem Blumenstrauß zum Beispiel.

Quinn, Cybil und Layla war es gelungen, in wenigen Wochen mit Flohmarktmöbeln, Stoffen und reichlich Farbe aus dem Haus ein Zuhause zu machen.

Dabei hatten sie die meiste Zeit damit verbracht, den Alptraum, der Hollow alle sieben Jahre für sieben Tage heimsuchte, zu recherchieren und zu ergründen.

Dieser Alptraum hatte vor einundzwanzig Jahren begonnen, an dem Tag, an dem Fox, Cal und Gage gemeinsam ihren Geburtstag feierten. Jene Nacht hatte ihn und seine Freunde – seine Blutsbrüder – verändert. Die Dinge hatten sich noch einmal verändert, als Quinn in die Stadt gekommen war, um für ihr Buch über Hollow und seine Legende zu recherchieren.

Mittlerweile war es für die reizvolle Blondine, die sich in Cal verliebt hatte, mehr als ein Buch geworden. Auch für Quinns Freundin aus dem College, Cybil Kinski, die exotische Forscherin, war es nicht mehr nur ein Projekt. Und für Layla Darnell stellte es wohl ein ziemliches Problem dar, dachte Fox.

Er, Cal und Gage kannten sich schon, seit sie Babys gewesen waren – sogar schon vorher, weil ihre Mütter den gleichen Schwangerschaftsvorbereitungskurs besucht hatten. Quinn und Cybil waren Zimmergenossinnen auf dem College gewesen und waren seitdem eng befreundet. Aber Layla war ganz alleine in diese Situation geraten.

Das rief er sich immer ins Gedächtnis, wenn er die Geduld verlieren wollte. Wie sehr sie auch mit der ganzen Situation verbunden war und wie gut sie auch mit den anderen beiden Frauen mittlerweile befreundet sein mochte, sie war alleine hier.

Cybil kam mit einem Notizblock herein. Sie warf ihn auf den Tisch und griff dann nach einer Flasche Wein. Ihre langen, schwarzen, lockigen Haare hatte sie mit Spangen zurückgesteckt, die silbern glitzerten. Sie trug eine schmale schwarze Hose und darüber ein knallrosa Hemd. Ihre Füße waren nackt, und ihre Nägel waren im gleichen Farbton wie die Bluse lackiert.

Solche Details faszinierten Fox. Er fand meistens noch nicht einmal passende Socken.

»Also …« Sie blickte ihn aus ihren dunkelbraunen Augen an. »Ich möchte deine Aussage hören.«

»Willst du mir nicht vorher meine Rechte vorlesen?« Als sie lächelte, zuckte er mit den Schultern. »Wir haben dir doch schon alles erzählt, als wir hereingekommen sind.«

»Details, Herr Anwalt!« Ihre Stimme war weich.

»Quinn braucht für ihr Buch vor allem Details, wir alle sind darauf angewiesen, um uns das Gesamtbild vorstellen zu können. Quinn ist oben bei Layla und hört sich ihre Version an, während Layla sich umzieht. Sie hat Blut auf der Bluse. Deins vermutlich, da sie keinen einzigen Kratzer abbekommen hat.«

»Ich jetzt auch nicht mehr.«

»Ja, deine super-duper Heilkraft. Das ist praktisch. Am besten gehst du die Geschichte noch mal Schritt für Schritt durch, Süßer, ja? Ich weiß, das ist nervig, weil die anderen bestimmt auch noch mal alles hören wollen, wenn sie kommen. Aber vielleicht fällt dir ja beim Erzählen noch etwas auf.«

Da war etwas dran, und deshalb begann Fox mit seinem Bericht noch einmal in dem Moment, als er aufgeblickt und die Krähen gesehen hatte.

»Was hast du kurz davor gemacht?«

»Ich bin die Main entlanggegangen, weil ich bei Cal vorbeischauen wollte, um dort ein Bier zu trinken.« Er lächelte ein wenig und hob seine Flasche. »Stattdessen bekomme ich jetzt hier eins umsonst.«

»Du hast den Kasten Bier gekauft, soweit ich mich erinnere. Eigentlich hättest du die Vögel schon früher bemerken müssen.«

»Ich war abgelenkt, ich habe über … über die Arbeit und solche Sachen nachgedacht.« Er fuhr sich mit der Hand durch die Haare, die immer noch feucht waren, weil er sie unter den Wasserhahn gehalten hatte, um den Vogelkot daraus zu entfernen. »Außerdem habe ich eher über die Straße als geradeaus geguckt, weil Layla gerade bei Ma's herauskam.«

»Sie hat für Quinn diese ekelhafte fettarme Milch gekauft. War es nun Glück – oder auch Pech –, dass ihr beide gerade zu diesem Zeitpunkt da wart?« Sie zog die Augenbrauen hoch. »Oder ging es genau darum?«

Ihr scharfer Verstand und ihre rasche Auffassungsgabe hatten ihm von Anfang an gefallen. »Ich denke, das hat zumindest eine Rolle gespielt. Wenn der Große Böse Bastard verkünden wollte, dass er wieder bereit ist, dann hat es so mehr Wirkung, als wenn nur einer von uns es mitbekommt. Und wenn wir nur davon hören würden, würde es nur halb so viel Spaß machen.«

»Da bin ich ganz deiner Meinung. Wir wissen ja, dass der Dämon Tiere oder labile Menschen leichter und schneller beeinflussen kann. So etwas Ähnliches wie mit den Krähen ist ja schon früher passiert.«

»Ja. Krähen oder andere Vögel, die gegen Fensterscheiben fliegen, Menschen angreifen. Wenn es passiert, sind sogar Leute überrascht, die das Gleiche schon einmal erlebt haben. Es ist symptomatisch, dass es ihnen immer wie das erste Mal vorkommt.«

»Es waren auch andere Leute unterwegs – Fußgänger, Leute, die vorbeigefahren sind.«

»Ja, klar.«

»Und keiner von ihnen hat angehalten und gesagt: ›Ach, du liebe Güte, sieh dir mal diese Unmenge von Krähen an‹.«

»Nein.« Fox nickte, weil er ihrem Gedankengang folgte. »Nein. Niemand hat sie gesehen, oder niemand hat sie besonders bemerkenswert gefunden. Das ist früher auch schon mal so gewesen. Die Leute sehen Dinge, die nicht da sind, und sie sehen Dinge nicht, die da sind. Es hat nur noch nie zeitlich so weit entfernt von den Sieben stattgefunden.«

»Was hast du gemacht, als du Layla gesehen hast?«

»Ich bin weitergegangen.« Neugierig neigte er den Kopf, um zu lesen, was sie sich auf dem Block notiert hatte. Aber er konnte nur komische Kringel und Zeichen erkennen, die er auch nicht hätte entziffern können, wenn sie nicht auf dem Kopf gestanden hätten. »Vermutlich habe ich kurz innegehalten, wie man das eben so macht, dann bin ich weitergegangen. Und in dem Moment … ich habe es zuerst gespürt, das ist ja *meine* Art. So ein Bewusstsein, als ob sich die Haare im Nacken aufrichten oder man ein Prickeln zwischen den Schulterblättern spürt. Ich habe sie zuerst im Kopf gesehen, dann habe ich hochgeschaut und habe sie mit meinen Augen gesehen. Layla hat sie auch bemerkt.«

»Und sonst noch jemand?«

»Nein.« Wieder fuhr er sich mit der Hand durch die Haare. »Ich glaube nicht. Ich wollte mit ihr irgendwo hineingehen, aber dazu hatten wir keine Zeit mehr.«

Während er den Rest der Geschichte erzählte, unterbrach sie ihn nicht mehr. Als er fertig war, legte sie ihren Stift auf den Tisch und lächelte ihn an. »Du bist süß, Fox.«

»Das ist wohl wahr. Warum?«

Lächelnd stand sie auf und trat um den kleinen Tisch herum. Sie umfasste sein Gesicht mit den Händen und küsste ihn leicht auf den Mund. »Ich habe deine Jacke gesehen. Sie ist zerrissen und voller Vogelkot und Gott weiß, was sonst noch. Das hätte Layla sein können.«

»Ich kann mir eine neue Jacke kaufen.«

»Wie ich schon sagte, du bist süß.« Erneut küsste sie ihn.

»Tut mir leid, dass ich diesen bewegenden Moment stören muss.« Gage kam herein, die dunklen Haare windzerzaust, und blickte sie aus seinen grünen Augen zynisch an. Er verstaute das Sixpack, das er dabeihatte, im Kühlschrank und nahm sich dann ein Bier.

»Der Moment ist bereits vorbei«, verkündete Cybil. »Schade, dass du die ganze Aufregung verpasst hast.«

Er öffnete die Flasche. »Davon wird es noch reichlich geben, bis es vorbei ist. Alles okay?«, wandte er sich an Fox.

»Ja. In der nächsten Zeit werde ich mir allerdings meine DVD von *Die Vögel* nicht mehr anschauen.«

»Cal hat gesagt, Layla wäre nichts passiert.«

»Nein, ihr geht es gut. Sie ist oben und zieht sich um.«

Fox warf Cybil einen Blick zu, und sie zuckte mit den Schultern. »Das ist wohl mein Stichwort, nach oben zu gehen und euch zwei alleine zu lassen.«

Gage blickte ihr nach, als sie das Zimmer verließ. »Sie sieht echt gut aus, egal ob sie kommt oder geht.« Er trank einen Schluck Bier und setzte sich Fox gegenüber. »Guckst du deshalb in die Richtung?«

»Was? Ach so, wegen Cybil. Nein.« Ihr Duft hing noch in der Luft, geheimnisvoll und anziehend zugleich. Aber … »Nein. Du?«

»Gucken kann man ja mal. War es heute sehr schlimm?«

»Wir haben schon Schlimmeres erlebt. Hauptsächlich Sachschaden, höchstens ein paar Schnitte und Schrammen.« Er biss die Zähne zusammen. »Sie hätten sie übel zugerichtet, Gage, wenn ich nicht da gewesen wäre. Sie wäre nicht mehr rechtzeitig hineingekommen. Sie sind nicht nur gegen Autos und Gebäude geflogen, sondern haben sie direkt angegriffen.«

»Es hätte jeden von uns treffen können.« Gage dachte einen Augenblick nach. »Letzten Monat ist er auf Quinn losgegangen, als sie alleine im Sportstudio war.«

»Er geht auf die Frauen los.« Fox nickte. »Vor allem, wenn sie alleine sind. Anscheinend ist er der Ansicht – der irrigen Ansicht –, dass eine Frau alleine verletzlicher ist.«

»Nein, nicht ganz irrig. Bei uns verheilt alles, bei ihnen nicht.« Gage lehnte sich auf seinem Stuhl zurück. »Wir können sie nicht ständig absichern, vor allem nicht wenn wir gleichzeitig versuchen, einen jahrhundertealten, stinksauren Dämon um die Ecke zu bringen. Und wir brauchen sie dabei.«

Die Haustür ging auf, und Cal trat ein. Er hatte mehrere Take-out-Tüten dabei. »Burger und Sandwiches«, verkündete er. Er stellte die Tüten auf der Küchentheke ab und musterte Fox. »Bist du okay? Layla auch?«

»Das Einzige, was hinüber ist, ist meine Lederjacke. Wie sieht's draußen aus?«

Cal holte sich ebenfalls ein Bier und setzte sich zu seinen Freunden. Seine grauen Augen waren hart. »Etwa ein Dutzend zerbrochene Scheiben auf der Main Street und der Autounfall am Platz. Dieses Mal keine ernsthaften Verletzungen. Der Bürgermeister und mein Vater haben ein paar Leute zum Aufräumen zusammengeholt, und Chief Larson nimmt die Aussagen zu Protokoll.«

»Und wie immer wird sich in ein paar Tagen niemand mehr daran erinnern. Vielleicht ist es ja besser so. Wenn die Leute es nicht mehr aus dem Kopf bekämen, wäre Hollow eine Geisterstadt.«

»Vielleicht wäre das besser so. Jetzt fang bloß nicht mit Heimat und so was an.« Gage schaute Cal an. »Es ist doch einfach nur ein Ort. Ein Punkt auf der Landkarte.«

»Es sind Menschen«, korrigierte Cal ihn, obwohl sie dieses Thema schon häufiger diskutiert hatten. »Es sind Familien, Geschäfte und Häuser. Und es ist unsere Heimat, verdammt noch mal. Wir lassen uns das von Twisse doch nicht wegnehmen.«

»Aber ist euch noch nie in den Sinn gekommen, dass es viel leichter wäre, ihn festzunageln, wenn wir uns nicht auch noch Sorgen um die dreitausend Einwohner im Ort machen müssten?« Gage warf den Kopf zurück. »Was machen wir denn die meiste Zeit während der Sieben, Cal? Wir versuchen, die Leute davon abzuhalten, sich selbst oder gegenseitig umzubringen. Wie sollen wir denn gegen ihn kämpfen, wenn wir viel zu viel mit den Auswirkungen zu tun haben?«

»Da hat er nicht unrecht.« Fox hob beschwichtigend die Hand. »Ich habe mir auch schon gewünscht, dass wir freie Bahn für einen Showdown hätten, um es hinter uns zu bringen. Aber du kannst nicht dreitausend Leuten sagen, sie sollen eine Woche lang ihre Geschäfte und Häuser verlassen. Du kannst nicht eine ganze Stadt evakuieren.«

»Die Anasazi haben das getan.« Quinn trat ein und ging zuerst zu Cal. Ihre langen blonden Haare fielen nach vorne, als sie sich zu ihm beugte, um ihn zu küssen. »Hi.«

Sie legte ihm die Hand auf die Schulter, und Cal legte in einer besitzergreifenden Geste seine darüber.

»Städte und Dörfer sind immer schon aus mysteriösen und ungeklärten Gründen geräumt worden«, fuhr sie fort. »Die Anasazi, die komplexe Gemeinschaften in den Canyons von Arizona und New Mexico errichtet haben, die Kolonialstadt Roanoke. Gründe können Krieg, Krankheit oder auch etwas anderes gewesen sein, möglicherweise sogar das, mit dem wir jetzt zu kämpfen haben.«

»Meinst du, Lazarus Twisse hat auch die Anasazi und die Siedler von Roanoke ausgelöscht?«, fragte Cal.

»Vielleicht. Die Anasazi allerdings wahrscheinlich unter einem anderen Namen. Roanoke war nach sechzehnhundertzweiundfünfzig, das können wir also unserem Großen Bösen Bastard nicht anhängen. Es ist ja auch nur eine Theorie, mit der ich ein bisschen herumgespielt habe.« Sie wandte sich zu den Tüten auf der Theke und schaute hinein. »Wir sollten jetzt auf jeden Fall essen.«

Während sie Geschirr und Besteck ins Esszimmer trugen, zog Fox Layla beiseite. »Bist du okay?«

»Ja.« Sie ergriff seine Hand, drehte sie um und betrachtete die unversehrte Haut auf dem Handrücken. »Und du vermutlich auch.«

»Hör mal, wenn du ein paar Tage frei haben möchtest, ich meine, von der Kanzlei, ich hätte nichts dagegen.«

Sie ließ seine Hand los und blickte ihn an. »Hältst du mich wirklich für so … so zimperlich?«

»Nein. Ich meinte ja nur …«

»Doch, du hältst mich für einen Feigling, nur weil ich nicht in deine Gedanken eindringen will.«

»Das stimmt nicht.«

»Ach, nein?« Sie drängte sich an ihm vorbei und setzte sich an den Tisch.

»Okay.« Quinn betrachtete Cals Burger mit einem wehmütigen Blick, bevor sie sich ihrem gegrillten Hähnchen zuwandte. »Wir wissen alle, was am Platz passiert ist. Böse Vögel. Wir dokumentieren es, und ich habe vor, morgen mit Leuten zu sprechen, die den Zwischenfall beobachtet haben. Vielleicht sollten wir ja auch einen toten Vogel analysieren lassen. Vielleicht kann man bei einer Autopsie eine körperliche Veränderung, eine Infektion oder so etwas feststellen.«

»Das überlassen wir dir.« Cybil verzog das Gesicht, während sie an ihrer Portion Truthahnsandwich knabberte, die sie in vier Teile zerschnitten hatte. »Lass uns beim Essen nicht über Autopsien reden. Mir ist bei den Ereignissen heute etwas Interessantes aufgefallen. Layla und Fox haben beide die Vögel gespürt und gesehen, und soweit ich das beurteilen kann, so gut wie gleichzeitig. Nun, liegt das einfach daran, dass wir alle sechs eine Verbindung zu den dunklen und den hellen Seiten dessen haben, was in Hawkins Hollow passiert? Oder ist das so, weil die beiden eine spezifische Fähigkeit gemeinsam haben?«

»Ich würde sagen, beide Faktoren spielen eine Rolle«, meinte Cal. »Der Schwerpunkt liegt aber wohl auf der gemeinsamen Fähigkeit.«

»Ja, das glaube ich auch«, stimmte Cybil zu. »Und, wie wollen wir sie benutzen?«

»Gar nicht.« Fox schaufelte sich Pommes frites auf den Teller. »Jedenfalls nicht, solange Layla nicht lernen will, wie sie mit ihrer Fähigkeit umgehen muss. So ist es eben«, verteidigte er sich, als Layla ihn anstarrte. »Du brauchst deine Fähigkeit ja nicht zu mögen, aber du hast sie. Nur, solange du sie nicht anwendest oder lernst, damit umzugehen, nützt sie niemandem etwas.«

»Ich habe nicht gesagt, dass ich es nicht will, aber ich lasse mir von dir auch nichts aufzwingen. Und es funktioniert auch nicht, wenn du mich in Verlegenheit bringst.«

»Wie funktioniert es denn?«, entgegnete Fox. »Ich bin offen für jeden Vorschlag.«

Cybil hob die Hand. »Da ich das Thema angeschnitten habe, versuche ich auch, es zu lösen. Du hast Vorbehalte, Layla. Warum sagst du uns nicht, was du denkst?«

»Ich habe das Gefühl, Stücke von mir selbst zu verlieren. Und mir wird klar, dass ich nie wieder so sein werde, wie ich einmal war.«

»Das mag sein«, warf Gage ein. »Aber wahrscheinlich wirst du den Juli sowieso nicht überleben.«

»Ja, natürlich.« Layla lachte ein wenig und griff nach ihrem Weinglas. »Ich sollte das Ganze positiv sehen.«

Cal warf Gage einen verweisenden Blick zu. Kopfschüttelnd sagte er: »Versuchen wir es doch lieber mal so: Du wärst heute höchstwahrscheinlich verletzt worden, wenn zwischen dir und Fox nicht etwas geklickt hätte. Und zwar ohne dass einer von euch beiden wissentlich etwas dazu beigetragen hat. Was ist?«, fragte er, als Quinn zum Reden ansetzte, dann aber abbrach.

»Nein. Nichts.« Quinn wechselte einen raschen Blick

mit Cybil. »Ich verstehe schon, was jeder von euch meint. Vielleicht solltest du es mal aus einem anderen Blickwinkel betrachten, Layla. Nicht, dass du etwas verlierst, sondern dass du auch etwas gewinnen könntest. Wir sind übrigens Ann Hawkins' Tagebücher noch einmal durchgegangen und haben uns auch die anderen Bücher angeschaut, die Cals Urgroßmutter uns gegeben hat. Cybil will unbedingt herausfinden, wohin Ann in der Nacht, als Dent Lazarus Twisse am Heidenstein bezwungen hat, gegangen ist. Wir wollen wissen, wo sie mit ihren Söhnen gelebt hat, bis sie schließlich, als sie zwei waren, wieder zurückgekommen sind. Wir haben immer noch Hoffnung, dass wir den Ort finden, dann finden wir möglicherweise auch noch weitere Tagebücher. Cybil hat auch ihren Stammbaum überprüft.«

»Ich musste nicht so weit zurückgehen wie ihr anderen, soweit ich das überblicke«, sagte Cybil. »Eine meiner Vorfahrinnen, eine Nadia Sytarskyi, ist Mitte des neunzehnten Jahrhunderts mit ihrer Familie und mit anderen hierhergekommen. Sie heiratete Jonah Adams, einen Abkömmling von Hester Deale. Eigentlich kann ich sogar zwei Zweige nachweisen, weil etwa fünfzig Jahre später einer meiner anderen Vorfahren – von der Kinski-Seite – ebenfalls hierherkam und die Enkelin von Nadia und Jonah heiratete. Also bin ich, wie Quinn und Layla, eine Nachfahrin von Hester Deale und dem Dämon, der sie vergewaltigte und ihr ein Kind machte.«

»Also sind wir alle eine große, glückliche Familie«, warf Gage ein.

»Na, davon haben wir was. Also, mir gefällt es nicht«, sagte Cybil und wandte sich direkt an Layla, »dass ich zum Teil von etwas Bösem, nicht Menschlichem abstamme. Es macht mich sogar richtig wütend. Ich werde auf jeden Fall alle Kräfte einsetzen, um den Dämon zu vernichten.«

»Hast du keine Angst, dass er das Nichtmenschliche in dir gegen dich verwendet?«

Cybil hob ihr Glas und trank einen Schluck. Ihre dunklen Augen blickten kühl. »Das soll er mal versuchen.«

»Aber ich habe Angst davor.« Layla blickte in die Gesichter der Menschen, die ihr in den letzten Wochen ans Herz gewachsen waren. »Es beunruhigt mich, dass etwas in mir ist, das ich nicht ganz verstehen oder kontrollieren kann. Und ich habe Angst, dass es eines Tages mich kontrolliert.« Sie schüttelte den Kopf, bevor Quinn antworten konnte. »Ich weiß immer noch nicht, ob ich aus freiem Entschluss hierhergekommen bin oder ob mich etwas gelenkt hat. Vielleicht bin ich ja nur Teil eines Masterplans, den diese Mächte – die dunklen und die hellen – geschaffen haben. Und das lähmt mich.«

»Niemand kettet dich an diesen Stuhl«, erwiderte Gage.

»Jetzt mal sachte«, wies Fox ihn zurecht, aber Gage zuckte nur mit den Schultern.

»Wenn sie ein Problem damit hat, haben wir alle ein Problem. Also müssen wir uns damit auseinandersetzen. Warum packst du nicht einfach deine Sachen und gehst wieder zurück nach New York? Verkaufst wieder teure Schuhe an gelangweilte Frauen mit zu viel Geld?«

»Hör auf, Gage.«

»Nein.« Layla legte Fox die Hand auf den Arm, als er

aufstehen wollte. »Du brauchst mich nicht zu beschützen. Warum ich nicht gehe? Weil ich dann ein Feigling wäre, und bis jetzt war ich das noch nie. Ich gehe deshalb nicht, weil der Dämon, der Hester Deale vergewaltigt hat, sie in den Wahnsinn und zum Selbstmord getrieben hat, auch mich am liebsten vertreiben würde. Ich weiß besser als jeder andere hier, was er ihr angetan hat, denn ich habe es am eigenen Leib erlebt. Vielleicht habe ich deshalb auch mehr Angst als ihr; vielleicht war das Teil des Plans. Ich gehe nicht weg, aber ich schäme mich nicht zuzugeben, dass ich Angst habe. Vor dem da draußen und vor dem, was in mir ist. In uns allen.«

»Du wärst dumm, wenn du keine Angst hättest.« Gage prostete ihr zu. »Kluge, aufmerksame Menschen sind schwerer zu manipulieren als dumme.«

»Alle sieben Jahre drehen gute Menschen in diesem Ort durch und verletzen sich selbst und andere. Es sind ganz normale Menschen, kluge, bewusste Menschen, und sie tun Dinge, die sie zu anderen Zeiten nie in Erwägung ziehen würden.«

»Glaubst du, du könntest infiziert sein?«, fragte Fox sie. »Du könntest jemanden verletzen? Einen von uns?«

»Was macht uns so sicher, dass wir immun sind? Sollten wir nicht zumindest in Erwägung ziehen, dass wir aufgrund unserer Abstammung sogar noch verletzlicher sind?«

»Das ist ein guter Einwand. Beängstigend, aber gut«, fügte Quinn hinzu.

»Nein, so funktioniert das nicht.« Fox blickte Layla in die Augen. »Die Dinge liefen nicht so, wie Twisse erwartet oder geplant hatte, weil Giles Dent sich ihm entgegengestellt hat. Er verhinderte, dass er in der Nähe war, als Hester die Kinder bekam, verhinderte, dass er noch weiteren Nachwuchs zeugte, deswegen hat sich seine Linie aufgelöst. Du bist nicht wie er. Du hast Angst vor ihm? Denk daran, dass Twisse Angst vor dir hat. Warum sonst sollte er versuchen, dich einzuschüchtern?«

»Gute Antwort.« Quinn rieb Cals Hand.

»Außerdem«, fuhr Fox fort, »geht es nicht nur um Immunität der Macht gegenüber, mit der er die Leute dazu bringt, gewalttätige Akte auszuführen. Es geht auch darum, dass wir, wenn wir alle unseren winzigen Anteil an dieser Macht zusammentun, ihn ein für alle Mal vernichten können.«

Layla blickte Fox forschend an. »Glaubst du das wirklich?«

Er setzte zu einer Antwort an, ergriff jedoch stattdessen ihre Hand und hielt sie fest, als sie versuchte, sich loszureißen. »Das kannst du mir sagen.«

Sie kämpfte gegen diese Verbindung zu ihm an – er konnte es sehen und spüren. Er musste sich bemühen, sie nicht zu bedrängen, sondern einfach nur offen zu sein. Und als er spürte, wie sie sich verbanden, wartete er.

»Du glaubst es«, sagte Layla langsam. »Du … du siehst uns wie sechs Stränge in einem Seil.«

»Und damit werden wir Twisse hängen.«

»Du liebst sie so sehr. Es ist …«

»Ah …« Jetzt zog Fox verlegen die Hand weg. Sie hatte mehr gesehen, war tiefer gegangen, als er erwartet hatte. »So, nachdem das jetzt also geklärt wäre, hätte ich gerne noch ein Bier.«

Er ging in die Küche. Layla lief ihm nach.

»Es tut mir leid. Ich wollte nicht ...«

»Es ist nicht schlimm. Es ist ja keine große Sache.«

»Doch, das ist es. Ich ... Es war so, als wäre ich in deinem Kopf oder in deinem Herzen, und ich sah – oder fühlte – diese Welle von Liebe, diese Verbindung, die du mit Gage und Cal hast. Aber du hattest mich nicht danach gefragt, ich bin einfach so eingedrungen.«

»Okay, sieh mal, es ist ein komplizierter Prozess. Ich war ein wenig offener, als ich normalerweise gewesen wäre, weil ich glaubte, dir damit zu helfen. Tatsache ist aber, dass du gar nicht so viel Hilfe brauchst.«

»Nein, da irrst du dich. Ich brauche Hilfe. Du musst es mir beibringen.« Sie trat ans Fenster und blickte hinaus in die Dunkelheit. »Gage hat nämlich recht. Wenn ich weiter zulasse, dass das ein Problem für mich darstellt, dann wird es ein Problem für uns alle. Und wenn ich diese Fähigkeit benutzen will, dann muss ich sie kontrollieren können, damit ich in den Köpfen der Leute nicht einfach herumirre.«

»Wir fangen morgen an zu üben.«

Sie nickte. »Ja. Ich bin bereit.« Sie wandte sich zum Gehen. »Sagst du den anderen bitte, dass ich nach oben gegangen bin? Es war ein merkwürdiger Tag.«

»Klar.«

Einen Moment lang blieb sie stehen und schaute ihn nur an. »Ich möchte dir etwas sagen, es tut mir leid, wenn ich dich damit verlegen mache, aber ein Mann, der so tief lieben kann wie du, ist etwas Außergewöhnliches. Cal und Gage können sich glücklich schätzen, einen Freund wie dich zu haben. Jeder könnte sich glücklich schätzen.«

»Ich bin dein Freund, Layla.«

»Ich hoffe es. Gute Nacht.«

Als sie die Küche schon verlassen hatte, blieb er reglos am gleichen Fleck stehen und mahnte sich, er müsse unter allen Umständen ihr Freund bleiben. Ihr Freund bleiben, weil sie es brauchte, und immer, wenn sie es brauchte.

3

Im Traum war es Sommer. Die Hitze lähmte alles. Ein dichtes grünes Laubdach breitete sich über dem Wald aus, aber selbst hier suchte sich die Sonne ihren Weg, und ihre Strahlen brannten wie Laser in den Augen. Beeren reiften an dornigen Ranken, und die wilden Lilien blühten orange.

So kannte er es. Fox kam es so vor, als ob er diesen Weg durch diese Bäume hindurch immer schon gekannt hätte. Seine Mutter hätte es als sensorisches Gedächtnis bezeichnet, dachte er. Oder als Blitzlichtaufnahmen aus früheren Leben.

Er mochte die Stille im Wald – das leise Summen der Insekten, das Rascheln von Eichhörnchen oder Kaninchen, den melodischen Gesang der Vögel.

Ja, er kannte den Weg, kannte die Geräusche, wusste, wie sich die Luft in jeder Jahreszeit anfühlte, denn er war schon zu jeder Jahreszeit hier entlanggegangen. Deshalb wusste er auch gleich Bescheid, als es ihn plötzlich fröstelte und das Licht sich veränderte und trüb wurde. Er kannte das leise Grollen, das ihn auf einmal umgab und das Zirpen der Grillen und das Keckern der Eichelhäher übertönte.

Er ging weiter den Weg entlang zu Hester's Pool.

Die Angst ging mit ihm. Wie Schweiß rann sie über seine Haut, beschleunigte seine Schritte. Er hatte keine Waffe, und im Traum fragte er sich erst gar nicht, warum er allein und unbewaffnet hierhergekommen war. Als die nackten Äste der Bäume zu bluten begannen, ging er trotzdem weiter. Das Blut war eine Lüge; das Blut war Angst.

Er blieb erst stehen, als er die Frau sah. Sie stand mit dem Rücken zu ihm an dem kleinen dunklen Teich. Sie bückte sich und füllte sich die Taschen mit Steinen.

Hester. Hester Deale. Im Traum rief er ihren Namen, obwohl er schon wusste, dass sie zum Untergang verdammt war. Er konnte nicht in die Vergangenheit gehen und sie daran hindern, sich zu ertränken. Aber versuchen musste er es trotzdem.

Deshalb rannte er auf sie zu und rief ihren Namen.

Tu es nicht. Tu es nicht. Es war nicht deine Schuld. Nicht deine Schuld.

Als sie sich zu ihm umdrehte, erkannte er, dass es gar nicht Hester war, sondern Layla. Tränen liefen ihr übers Gesicht, und sie war kreidebleich.

Ich kann nicht aufhören. Ich will nicht sterben. Hilf mir. Kannst du mir nicht helfen?

Noch schneller rannte er auf sie zu, aber der Weg dehnte sich immer weiter, und aus dem Grollen war ein böses Kichern geworden. Sie streckte flehend die Hände nach ihm aus, dann stürzte sie in den Teich und verschwand.

Er sprang. Das Wasser war brutal kalt. Er tauchte und suchte nach ihr, bis er auftauchen musste, um nach Luft zu ringen. Im Wald wütete jetzt ein Sturm, wilde rote Blitze, krachender Donner, loderndes Feuer. Wieder tauchte er, rief nach Layla.

Als er sie sah, tauchte er noch tiefer.

Wieder begegneten sich ihre Blicke, wieder griff sie nach ihm.

Sie umarmte ihn. Ihr Kuss war so kalt wie das Wasser. Und sie zog ihn mit sich in die Tiefe.

Keuchend und nach Luft ringend wachte er auf. Seine Kehle war trocken und brannte. Das Herz klopfte ihm bis zum Hals, als er nach dem Lichtschalter tastete. Er schwang die Beine aus dem Bett und setzte sich auf die Bettkante.

Er war nicht im Wald und auch nicht im Teich, sagte er sich, sondern in seinem Bett, in seiner Wohnung. Er drückte die Hände an die pochenden Schläfen. Eigentlich sollte er doch an die Alpträume gewöhnt sein. Er, Cal und Gage wurden seit ihrem zehnten Geburtstag alle sieben Jahre davon geplagt.

Ihm war immer noch eiskalt, und der Eisengeschmack des Teichwassers lag ihm noch auf der Zunge. Es ist nicht real, dachte er. Nicht realer als blutende Bäume oder Feuer, das nicht verbrannte. Nur ein böser Trick des Dämons aus der Hölle. Dauerhaften Schaden richtete er damit nicht an.

Er stand auf und ging in die Küche. Dort nahm er eine

Flasche Wasser aus dem Kühlschrank und ließ die kalte Flüssigkeit durch seine Kehle rinnen.

Als das Telefon klingelte, zuckte er zusammen. Erschreckt sah er, dass Laylas Nummer auf dem Display stand. »Was ist los?«

»Du bist okay.« Sie stieß keuchend die Luft aus. »Du bist okay.«

»Warum sollte ich es nicht sein?«

»Ich … Gott, es ist drei Uhr früh. Es tut mir leid. Panikattacke. Ich habe dich aufgeweckt. Entschuldigung.«

»Nein, du hast mich nicht aufgeweckt. Warum sollte ich nicht okay sein?«

»Es war nur ein Traum. Ich hätte dich nicht anrufen sollen.«

»Wir waren an Hester's Pool.«

Sie schwieg einen Moment lang. »Ich habe dich getötet.«

»Als Strafverteidiger kann ich darauf nur sagen, dass das schwer nachzuweisen sein wird, da das Opfer offensichtlich lebendig und wohlbehalten in seiner Küche steht.«

»Fox …«

»Es war ein Traum. Ein schlimmer Traum, aber doch nur ein Traum. Er spielt mit deiner Schwäche, Layla.« Und mit meiner, dachte Fox, weil ich das Mädchen retten will. »Ich kann vorbeikommen. Wir …«

»Nein, nein. Ich komme mir schon dumm genug vor, dass ich dich mitten in der Nacht anrufe. Es war nur so real, weißt du.«

»Ja.«

»Ich habe nicht nachgedacht. Ich habe einfach nur nach dem Telefon gegriffen. Gut, ich bin jetzt wieder ruhiger. Wir müssen morgen noch mal darüber reden.«

»Ja, das machen wir. Versuch, noch ein bisschen zu schlafen.«

»Du auch. Und, Fox, ich bin froh, dass du nicht in Hester's Pool ertrunken bist.«

»Darüber bin ich auch ziemlich glücklich. Gute Nacht.«

Fox nahm die Wasserflasche mit ins Schlafzimmer. Dort stand er noch lange am Fenster und blickte auf die Straße. Hollow war friedlich und still wie eine Fotografie. Nichts regte sich. Die Menschen, die er liebte, die Menschen, die er kannte, lagen sicher in ihren Betten.

Er dachte an einen Kuss, der so kalt gewesen war wie das Grab. Und doch verführerisch.

»Kannst du dich an weitere Details erinnern?« Cybil machte sich Notizen über Laylas Traum.

»Nein, ich glaube, das war alles.«

»Okay.« Cybil lehnte sich auf dem Küchenstuhl zurück und klopfte mit ihrem Bleistift auf die Tischplatte. »Es hört sich so an, als ob Fox und du denselben Traum hattet. Es wäre interessant, wenn man feststellen könnte, ob es exakt derselbe Traum war oder ob er in Details abweicht.«

»Interessant.«

»Und informativ. Du hättest mich wecken sollen, Layla. Wir wissen doch alle, wie es ist, diese Alpträume zu haben.«

»Mir ging es schon wieder besser, nachdem ich mit

Fox gesprochen hatte und er nicht tot war.« Sie lächelte zaghaft. »Außerdem weiß ich selbst, dass ich den Traum zum Teil deshalb hatte, weil wir gestern Abend über meine Angst gesprochen haben. Meine Angst davor, jemanden von euch zu verletzen.«

»Vor allem Fox.«

»Vielleicht vor allem ihn. Ich arbeite schließlich für ihn. Und ich muss auch in anderer Hinsicht mit ihm zusammenarbeiten. Du, ich und Quinn, wir drei angeln sozusagen im gleichen Teich, wegen euch mache ich mir nicht so viele Sorgen. Du wirst Quinn sicher von dem Traum erzählen.«

»Ja, wenn sie vom Training zurückkommt. Sie hat Cal überredet, sie ins Studio zu begleiten, deshalb bringt sie ihn bestimmt zum Kaffee mit hierher. Dann kann ich es beiden erzählen, und Gage erfährt es auch. Er war gestern Abend ein bisschen grob zu dir.«

»Ja, das stimmt.«

»Aber du hast es gebraucht.«

»Vielleicht.« Es hatte ja keinen Sinn zu jammern, dachte Layla. »Ich muss dich mal etwas fragen. Du und Gage, ihr werdet ab einem gewissen Punkt zusammenarbeiten müssen. Wie soll das funktionieren?«

»Damit beschäftige ich mich erst, wenn es so weit ist. Wir werden es schon hinkriegen, ohne dass wir uns gegenseitig an die Gurgel gehen.«

»Na, wenn du das sagst. Ich gehe jetzt mal nach oben und ziehe mich an. Ich muss langsam zur Arbeit.«

»Soll ich dich hinfahren?«

»Nein, danke. Ein kleiner Spaziergang wird mir guttun.«

Layla ließ sich Zeit. Alice Hawbaker saß sicher schon im Büro, da gab es für sie nicht viel zu tun. Solange Alice da war, war es auch nicht klug, mit Fox über ihren gemeinsamen Traum zu sprechen.

Sie würde einfach ein paar Stunden aushelfen und Botengänge machen. Es hatte nur ein paar Tage gedauert, bis sie den Rhythmus der Kanzlei begriffen hatte, sie traute sich jetzt schon zu, Fox' Büro alleine zu leiten.

Allerdings fand sie es ziemlich langweilig.

Aber darum ging es ja nicht, rief sich Layla ins Gedächtnis, als sie zum Platz eilte. Es ging darum, Fox zu helfen, ein bisschen Geld zu verdienen und etwas zu tun zu haben.

Am Platz blieb sie stehen. Auch darum ging es, dachte sie, als sie auf die zerbrochenen Schaufensterscheiben starrte, die zum Teil notdürftig mit Brettern vernagelt waren. Sie musste sich den Dingen, die sie gestern erlebt hatte, stellen und alles tun, um dem Bösen Einhalt zu gebieten.

Entschlossen drehte sie sich um und ging die Main Street zu Fox' Büro entlang.

Es war ein hübscher Ort, wenn man davon absah, was hier alle sieben Jahre passierte. An der Main Street standen hübsche alte Häuser, hübsche kleine Läden. Es herrschte eine angenehme, lebendige Atmosphäre.

Layla gefielen die breiten Veranden, die Markisen, die gepflegten Vorgärten und die gepflasterten Bürgersteige. Zumindest an der Oberfläche war es eine nette, nicht übertrieben kitschige Kleinstadt.

Der Rhythmus hier war ein anderer als in Manhattan. Die Leute gingen langsam, blieben stehen, um ab und zu ein Wort mit einem Freund oder einem Nachbarn zu wechseln. Wenn sie auf die andere Straßenseite zu Ma's Pantry gehen würde, würde sie mit Namen begrüßt werden, und man würde sich nach ihrem Befinden erkundigen.

Sie blieb vor dem kleinen Geschenkladen stehen, in dem sie ab und zu ein paar Kleinigkeiten für ihr gemietetes Haus gekauft hatte. Die Besitzerin stand davor und starrte auf ihre kaputten Scheiben. Als sie sich umdrehte, sah Layla, dass sie weinte.

»Es tut mir so leid.« Layla trat zu ihr. »Kann ich irgendetwas …«

Die Frau schüttelte den Kopf. »Es ist ja nur Glas, oder? Nur Glas und Dinge, die kaputtgegangen sind. Das waren ein paar von diesen verdammten Vögeln, die das angerichtet haben. Es war so, als ob sie es extra machten, als ob sie betrunken wären. Ich weiß nicht.«

»Es tut mir so leid.«

»Ich sage mir, na ja, was soll es, du bist doch versichert. Und Mr Hawkins repariert die Fenster schon wieder. Er ist ein guter Vermieter, und er bringt bestimmt gleich alles wieder in Ordnung. Aber es kommt mir so sinnlos vor.«

»Mir würde es auch das Herz zerreißen.« Layla legte ihr tröstend die Hand auf den Arm. »Sie hatten wirklich hübsche Sachen.«

»Alles kaputt. Vor sieben Jahren sind Jugendliche – das glauben wir zumindest – eingebrochen, haben alles zerstört und Obszönitäten an die Wände geschmiert. Es hat eine Weile gedauert, bis wir uns davon erholt hatten, aber wir haben es geschafft. Ich weiß nicht, ob ich jetzt noch mal die Kraft aufbringe. Ich weiß wirklich nicht, ob ich noch mal die Kraft habe.« Die Frau trat wieder in ihren Laden.

Es waren nicht nur Glas und Dinge, die zerbrochen waren, dachte Layla, als sie weiterging. Es waren auch Träume zerbrochen. Ein Gewaltakt konnte so viel zerstören.

Ihr Herz war schwer, als sie den Empfangsbereich betrat. Mrs Hawbaker saß am Schreibtisch. Ihre Finger glitten flink über die Tastatur. »Guten Morgen!« Sie hielt inne und schenkte Layla ein Lächeln. »Sie sehen aber hübsch aus.«

»Danke.« Layla schlüpfte aus ihrer Jacke und hängte sie in den Garderobenschrank. »Eine Freundin aus New York hat mir meine Sachen geschickt. Kann ich einen Kaffee trinken, oder haben Sie gleich eine Aufgabe für mich?«

»Fox möchte Sie gerne sprechen. Er hat in einer halben Stunde einen Termin, deshalb gehen Sie am besten gleich zu ihm.«

»In Ordnung.«

»Ich gehe heute um eins. Erinnern Sie Fox bitte daran, dass er morgen ins Gericht muss. Es steht zwar in seinem Kalender, und ich habe ihm auch noch eine Erinnerung geschickt, aber es ist immer besser, es ihm am Ende des Tages noch einmal zu sagen.«

»Kein Problem.«

Layla hatte beobachtet, dass Fox keineswegs so vergesslich oder geistesabwesend war, wie er und Alice gerne glauben wollten. Da die gepolsterten Türen zu seinem Büro offen standen, wollte sie gerade auf den Rahmen klopfen, als sie bei dem Anblick, der sich ihr bot, wie erstarrt stehen blieb.

Er stand mit gespreizten Beinen vor dem Fenster in seinen Heute-kein-Gericht-Jeans und einem Hemd, das über dem Hosenbund hing, und jonglierte mit drei roten Bällen. Sein Gesicht wirkte absolut entspannt, und seine Tigeraugen folgten den Bällen, während er sie warf und auffing.

»Du kannst jonglieren.«

Er kam aus dem Rhythmus, fing aber trotzdem die Bälle noch rechtzeitig auf. »Ja. Es hilft mir beim Nachdenken.«

»Du kannst jonglieren«, wiederholte sie, benommen und entzückt.

Da sie nur selten so selig lächelte, ließ er die Bälle wieder kreisen. »Es ist alles eine Frage des richtigen Zeitpunkts.« Als sie lachte, warf er die Bälle hoch und fuhr fort: »Drei, sogar vier Objekte von gleicher Größe und Gewicht stellen nicht wirklich eine Herausforderung dar. Wenn ich das haben möchte, mische ich Größe und Gewicht. Das hier ist nur Jonglieren zum Nachdenken.«

»Jonglieren zum Nachdenken«, wiederholte sie, als er die Bälle erneut fing.

»Ja.« Er öffnete seine Schreibtischschublade und warf sie hinein. »Das hilft mir, den Kopf klar zu bekommen, wenn ich …« Er musterte sie prüfend. »Wow. Du siehst … gut aus.«

»Danke.« Sie trug einen Rock und ein kurzes Jackett mit Gürtel und fragte sich jetzt, ob sie damit für ihre Position vielleicht zu elegant war. »Ich habe meine Kleider aus New York bekommen, und ich dachte, wenn ich sie schon einmal habe … Na ja, du wolltest mich sprechen.«

»Ja? Ja, klar«, erinnerte er sich. »Warte.« Er trat zur Tür und schloss sie. »Kann ich dir etwas anbieten?«

»Nein.«

»Okay.« Eben noch war sein Kopf vom Jonglieren ganz klar gewesen, aber jetzt war er dank ihrer Beine wieder benebelt, deshalb trat er an seinen Minikühlschrank und nahm sich eine Cola heraus. »Ich dachte, heute Morgen haben wir mehr Zeit, um unsere Notizen über den Traum zu vergleichen. Komm, wir setzen uns.«

Sie setzte sich auf einen der Besucherstühle, und Fox nahm den anderen. »Du fängst an«, sagte sie zu ihm.

Als er fertig war, stand er auf, holte eine Flasche Diet Coke aus seinem kleinen Kühlschrank und drückte sie ihr in die Hand. Als sie ihn erstaunt anblickte, sagte er: »Das trinkst du doch, oder? Das liegt für dich im Kühlschrank.«

»Ja. Danke.«

»Möchtest du ein Glas?«

Sie schüttelte den Kopf. Seine Umsicht hätte sie eigentlich nicht zu überraschen brauchen, aber sie war doch erstaunt. »Hast du für Alice auch immer Diet Sprite vorrätig?«

»Ja, klar. Warum nicht?«

»Warum nicht«, murmelte sie und trank einen Schluck. »Ich war auch im Wald«, begann Layla. »Aber ich war nicht nur ich. Sie war in meinem Kopf. Oder ich war in ihrem, es ist schwer zu sagen. Ich fühlte ihre

Verzweiflung, ihre Angst, als ob sie meine wären. Ich … ich war noch nie schwanger, habe noch nie ein Kind bekommen, aber mein Körper fühlte sich anders an.« Sie zögerte, beschloss aber dann, Fox alles zu erzählen. »Meine Brüste waren schwer, und ich begriff, ich *wusste*, dass ich stillte. Ähnlich habe ich ihre Vergewaltigung mitgefühlt. Es war die gleiche Art von Bewusstheit. Ich wusste, wohin ich ging.«

Sie machte eine Pause und blickte Fox ins Gesicht. Er hatte eine Art zuzuhören, dachte sie, die einem das Gefühl gab, er würde jedes einzelne Wort verstehen. »Ich kenne diesen Wald hier nicht, war ja nur das eine Mal zusammen mit euch da, aber ich wusste genau, wo ich war und dass ich zum Teich ging. Ich wusste auch, warum. Ich wollte nicht dorthin gehen, aber ich konnte mich nicht davon abbringen. Alles in mir schrie, weil ich nicht sterben wollte, aber sie wollte sterben, weil sie es nicht mehr ertragen konnte.«

»Was konnte sie nicht mehr ertragen?«

»Sie erinnerte sich. Sie erinnerte sich an die Vergewaltigung, wie es sich anfühlte, was in ihr war. Sie erinnerte sich an die Nacht auf der Lichtung, Fox. Er hatte sie in der Gewalt, und so beschuldigte sie Giles Dent, sie vergewaltigt zu haben, beschuldigte ihn und Ann Hawkins der Hexerei, und dann glaubte sie, sie wären tot. Mit der Schuld konnte sie nicht leben, und er sagte ihr, sie solle weglaufen.«

»Wer?«

»Dent. Dent blickte sie auf der Lichtung an, kurz bevor der Brand ausbrach – er hatte Mitleid mit ihr, er verzieh ihr. Und er sagte ihr, sie solle weglaufen. Das tat sie auch. Sie war doch erst sechzehn. Alle glaubten, das Kind sei von Dent, und sie hatten Mitgefühl mit ihr. Sie hingegen wusste Bescheid, aber sie hatte Angst, die Wahrheit zu gestehen.«

Es schmerzte sie, davon zu sprechen. Diese Angst, dieses Entsetzen, dieser Schrecken. »Sie hatte ständig Angst, Fox, und die Angst und das Schuldgefühl trieben sie in den Wahnsinn, als sie das Kind bekam. Ich spürte das alles. Sie wollte das Kind mit in den Tod nehmen, brachte es aber nicht über sich.«

Fox kniff die Augen zusammen. »Sie wollte das Baby umbringen?«

Layla nickte und holte tief Luft. »Sie fürchtete und hasste es, aber sie liebte es auch. Ich meine, sie brachte es nicht über sich, das Kind umzubringen. Wenn sie es getan hätte, gäbe es mich nicht, und jetzt wollte sie mich umbringen, weil ich mit ihr in dieser Geschichte gefangen war. Wir gingen zum Teich, und wenn sie mich gehört hat, hat sie sicherlich geglaubt, ich sei eine der Stimmen, die sie in den Wahnsinn getrieben haben. Ich konnte sie nicht dazu bringen, mir zuzuhören. Dann sah ich dich.«

Sie trank einen Schluck, um sich zu beruhigen. »Ich sah dich und dachte, Gott sei Dank. Gott sei Dank, er ist hier. Ich fühlte die Steine in meiner Hand, als sie ihre Hand hochhob, spürte, wie sie die Taschen des Kleides herunterzogen. Ich konnte nichts tun, aber ich dachte …«

»Du dachtest, ich würde sie aufhalten.« Das hatte er auch gedacht, überlegte Fox. Er hatte das Mädchen retten wollen.

»Du hast gerufen, hast ihr gesagt, es sei nicht ihre Schuld gewesen. Du bist zu ihr – zu mir – gelaufen. Und einen Augenblick lang hat sie dich wohl sogar gehört. Ich spürte, dass sie dir glauben wollte. Aber dann waren wir im Wasser und gingen unter. Ich weiß nicht mehr, ob sie hineingefallen oder gesprungen ist, auf jeden Fall waren wir unter Wasser. Und ich sagte mir, nur keine Panik. Ich kann nämlich gut schwimmen.«

»Du warst in der Schwimmmannschaft in der Schule.«

»Habe ich dir das erzählt?« Sie lachte leise und trank noch einen Schluck. »Ich sagte mir, ich könnte zur Oberfläche aufsteigen, weil ich kräftig bin. Aber es ging nicht. Ich konnte es noch nicht einmal versuchen, und es waren nicht nur die Steine, die mich herunterzogen.«

»Es war Hester.«

»Ja. Ich sah dich, wie du durch den Teich tauchtest, und dann …« Sie schloss die Augen und presste die Lippen zusammen.

»Ist schon okay.« Er legte seine Hand auf ihre. »Uns ist ja nichts passiert.«

»Fox, ich weiß nicht, ob ich es war oder sie … ich weiß es einfach nicht. Wir griffen nach dir.«

»Du hast mich geküsst.«

»Ich habe dich getötet.«

»Die ganze Geschichte hat ein schlimmes Ende genommen, aber es ist nicht wirklich passiert. Wie lebhaft du es auch empfunden haben magst, es war nicht real. Es war schwer für dich, in Hester Deales Kopf hereinzukommen, aber jetzt wissen wir mehr über sie.«

»Warum warst du da?«

»Ich nehme an, weil wir beide diese Verbindung zueinander haben. Ich habe früher auch schon das Gleiche wie Cal und Gage geträumt, aber dieses Mal war eine stärkere Verbindung da. Im Traum habe ich dich gesehen, Layla, nicht Hester. Ich habe dich gehört. Das ist interessant. Darüber sollte ich mal nachdenken.«

»Wenn du jonglierst.«

Er grinste. »Das könnte nicht schaden. Wir müssen …«

Seine Sprechanlage summte. »Mr Edwards ist hier.«

Fox stand auf und drückte auf den Schalter, um zu antworten. »Okay, ich bin gleich so weit.« Er wandte sich an Layla, die ebenfalls aufgestanden war. »Wir brauchen noch mehr Zeit für das Ganze. Mein letzter Termin heute ist um …«

»Um vier. Mrs Halliday.«

»Genau. Du bist gut. Wenn du nichts anderes vorhast, könnten wir nach dem Termin nach oben gehen, um weiter daran zu arbeiten.«

Es war Zeit, sich darauf einzulassen, dachte Layla. »In Ordnung.«

Er trat mit ihr an die Tür und öffnete sie. »Wir könnten ja zu Abend essen«, begann er.

»Du brauchst dich wegen mir nicht zu bemühen.«

»Ich habe jeden Lieferservice im Umkreis von acht Kilometern auf meiner Telefonliste.«

Unwillkürlich musste sie lächeln. »Guter Plan.«

Er brachte sie hinaus. An der Rezeption warteten zweihundertzwanzig Pfund Mr Edwards auf ihn. Sein Bauch, über den sich ein weißes T-Shirt spannte, sprengte fast den Bund seiner Jeans. Auf seinen krausen grauen Haaren saß eine John-Deere-Kappe. Er erhob sich schwerfällig und reichte Fox die Hand.

»Wie geht es Ihnen?«, fragte Fox.

»Das müssten Sie doch am besten wissen.«

»Kommen Sie mit nach hinten, Mr Edwards. Wir reden darüber.«

Arbeitet viel draußen, dachte Layla, als Fox seinen Mandanten mit in sein Büro nahm. Ein Farmer vielleicht oder auch ein Bauarbeiter oder Gärtner. Etwas über sechzig und ziemlich mutlos.

»Worum geht es bei ihm, Alice? Dürfen Sie mir das sagen?«

»Eigentumsstreitigkeiten«, erwiderte Alice. »Tim Edwards hat eine Farm südlich von der Stadt. Eine Baugesellschaft hat ein Grundstück gekauft, das an sein Land grenzt. Sie haben sich drei Hektar von seinem Land unter den Nagel gerissen, und jetzt will Tim es wiederhaben. Die Baugesellschaft will es aber nicht rausrücken. Ich muss rasch zur Post.«

»Das kann ich doch auch machen.«

Alice hob den Finger. »Dann würden mir aber sowohl der Spaziergang als auch der Klatsch entgehen. Ich habe hier Notizen zu einem Vorgang, den Fox gerade bearbeitet. Wollen Sie mir die Unterlagen dazu rasch zusammenstellen?«

Als sie gegangen war, setzte Layla sich und machte sich an die Arbeit, wobei sie sich wunderte, warum die Leute so einfache Sachverhalte in einer so komplizierten Sprache darstellen mussten. Tapfer kämpfte sie sich durch, nahm Anrufe entgegen, machte Termine. Als Alice zurückkam, überschüttete sie sie mit Fragen, hatte aber zwischendurch noch genug Zeit, um festzustellen, dass Edwards sehr viel weniger mutlos aussah, als er ging.

Um eins war sie schließlich wieder allein und druckte die Unterlagen aus, die sie abgeschrieben hatte. Bei Seite zwei signalisierte der Drucker, dass die Tintenpatrone leer sei. Sie trat an den Vorratsschrank gegenüber der hübschen kleinen Bibliothek. Die Schachtel mit den Patronen lag ganz oben.

Warum mussten solche Dinge immer auf dem obersten Regalbrett liegen, fragte sie sich. Warum gab es überhaupt oberste Regalbretter, wenn doch noch lange nicht jeder ein Meter achtzig groß war? Sie stellte sich auf die Zehenspitzen und reckte sich, so weit sie konnte, wobei sie sich mit der Hand an einem der niedrigeren Regale abstützte. So kam sie mit den Fingerspitzen gerade an den Rand des Kartons.

»Ich gehe jetzt Mittagessen«, sagte Fox hinter ihr. »Wenn du auch etwas willst – warte, ich helfe dir.«

»Jetzt habe ich das verdammte Ding ja fast.«

»Ja, klar, gleich fällt es dir auf den Kopf.«

Er beugte sich vor und griff nach oben, gerade als Layla sich umdrehte.

Ihre Körper berührten sich, sie hob das Gesicht, und ihr Duft hüllte ihn ein wie Satinbänder. Benommen blickte er in ihre Sirenenaugen. Er dachte: Tritt lieber einen Schritt zurück, O'Dell. Aber dann beging er den Fehler, auf ihren Mund zu blicken. Und es war um ihn geschehen.

Er beugte sich zu ihr herunter, und sie öffnete leicht die Lippen. Und dann küssten sie sich.

Der Kuss wurde tiefer, und Hitze erfüllte ihn. Am liebsten wäre er mit ihr versunken.

Sie gab einen kleinen Laut von sich, und plötzlich fiel ihm ein, wo sie sich befanden. Sie arbeitete für ihn, um Gottes willen. Verlegen löste er sich von ihr.

»Entschuldigung. Es tut mir leid. Ich hätte das nicht tun dürfen. Das schickt sich nicht. Es war … Es war …«

»Fox?«

Er zuckte zusammen, als die Stimme hinter ihm ertönte. Sein Magen rutschte ihm bis auf die Knie. »Mom.«

»Es tut mir leid, wenn ich euch unterbreche.« Sie lächelte Fox fröhlich an, dann wandte sie sich zu Layla. »Hi, ich bin Joanne Barry, Fox' Mutter.«

Warum gab es eigentlich nie ein Loch im Boden, in das man versinken konnte, wenn man es brauchte, dachte Layla. »Nett, Sie kennen zu lernen, Ms Barry. Ich bin Layla Darnell.«

»Ich habe dir ja erzählt, dass Layla mir im Büro hilft. Wir wollten gerade …«

»Ja, das hast du mir erzählt.«

Lächelnd beließ sie es dabei.

Sie war der Typ Frau, den man fasziniert anstarrte, dachte Layla. Sie hatte dicke braune Haare, die in Wellen um ihr gut geschnittenes Gesicht mit dem breiten, ungeschminkten Mund und den auffallenden, braunen Augen, aus denen sie sie amüsiert, neugierig und geduldig zugleich anblickte, lagen. Joanne war groß und schlank, und die schmale Jeans, Stiefel und der enge Pullover standen ihr perfekt.

Layla räusperte sich, zumal es Fox die Sprache verschlagen zu haben schien. »Ich, äh, brauchte eine neue Patrone für den Drucker. Sie stehen im obersten Regal.«

»Ja, genau. Genau, ich wollte sie gerade herunterholen.« Fox drehte sich um, wobei er erneut mit Layla zusammenstieß. »Entschuldigung.« Er hatte den Karton kaum heruntergeholt, als Layla ihn auch schon an sich riss und fluchtartig das Weite suchte.

»Hast du eine Minute Zeit für mich?«, fragte Jo süß. »Oder habe ich dich gerade bei der Arbeit unterbrochen?«

»Vergiss es.« Fox führte seine Mutter in sein Büro.

»Sie ist sehr hübsch. Es könnte dir keiner verübeln, wenn du ein bisschen Chef und Sekretärin spielen willst.«

»Mom.« Er fuhr sich mit den Händen durch die Haare. »So war es gar nicht. Es war … Ach, egal.« Er sank auf einen Stuhl. »Was gibt es denn?«

»Ich hatte in der Stadt zu tun. Unter anderem war ich zum Essen bei deiner Schwester. Sie hat mir gesagt, sie hätte dich seit zwei Wochen nicht gesehen.«

»Ich wollte schon lange mal vorbeischauen.«

Jo lehnte sich an seinen Schreibtisch. »Es würde dich nicht umbringen, Fox, wenn du wenigstens einmal die Woche etwas essen würdest, was nicht gebraten, tiefgekühlt oder voller Chemikalien ist. Und du solltest deine Schwester unterstützen.«

»Okay. Ich gehe heute vorbei.«

»Gut. Zum Zweiten habe ich Töpferwaren zu Lorrie's gebracht. Du hast bestimmt gesehen, was mit ihrem Laden passiert ist.«

»Nicht direkt.« Er dachte an die zersplitterten Fensterscheiben, die Krähenkadaver auf der Main Street. »Wie schlimm ist der Schaden?«

»Wirklich schlimm.« Jo berührte die Kristalle, die an einer Kette um ihren Hals hingen. »Fox, sie redet davon zuzumachen. Wegzuziehen. Es bricht mir das Herz. Und es macht mir Angst. Ich habe auch Angst um dich.«

Er stand auf und legte die Arme um seine Mutter, rieb seine Wange an ihrer. »Es wird schon alles gut werden. Wir arbeiten daran.«

»Ich möchte etwas tun. Dein Dad und ich, wir alle möchten etwas tun.«

»Ihr habt jeden Tag in meinem Leben genug getan.« Er drückte sie an sich. »Du bist meine Mom.«

Sie löste sich von ihm und umfasste sein Gesicht mit den Händen. »Du besitzt genauso viel Charme wie dein Vater. Schau mir in die Augen und versichere mir, dass alles in Ordnung kommt.«

Ohne zu zögern, blickte er sie an. »Es wird alles gut. Glaub mir.«

»Okay.« Sie küsste ihn auf die Stirn, die Wangen und leicht auf den Mund. »Aber du bist immer noch mein Baby. Also pass gut auf dich auf. Und jetzt geh zu deiner Schwester essen. Das Tagesgericht ist Auberginensalat.«

»Lecker.«

Lächelnd versetzte sie ihm einen leichten Boxhieb in den Bauch. »Du solltest die Kanzlei für eine Stunde schließen und dieses hübsche Mädchen mit in die Mittagspause nehmen.«

»Das hübsche Mädchen arbeitet für mich.«

»Wie ist es mir nur gelungen, jemanden großzuziehen, der so strenge Prinzipien verfolgt? Das ist ja entmutigend.« Sie wandte sich zum Gehen. »Ich liebe dich, Fox.«

»Ich liebe dich auch, Mom. Ich bringe dich zur Tür«, fügte er rasch hinzu, damit seine Mutter keine Chance hatte, am Empfang stehen zu bleiben und Layla auszuhorchen.

»Ich bekomme schon noch die Chance, mit ihr alleine zu plaudern«, erwiderte Jo lächelnd.

»Ja. Aber nicht heute.«

Der Salat war nicht übel, und da er ihn an der Theke gegessen hatte, hatte er ein bisschen Zeit gehabt, mit seiner kleinen Schwester zu plaudern. Sie versetzte ihn immer in gute Laune, und so genoss er den schönen, sonnigen Tag, als er ins Büro zurückging. Er hätte ihn allerdings noch mehr genossen, wenn er nicht Derek Napper über den Weg gelaufen wäre, dem Feind aus Kindertagen, der jetzt Deputy Napper war.

»Zum Teufel, das ist ja O'Dell.« Napper setzte seine Sonnenbrille auf und blickte sich dann um. »Komisch, ich sehe gar keine Krankenwagen.«

»Hast du nicht die Gerüchte gehört, dass die Stadt pleite ist?«

Napper lächelte dünn. »Ich habe nur gehört, dass du gestern am Tatort warst, als es Probleme auf dem Platz gegeben hat. Anscheinend hast du es aber nicht nötig, eine Aussage zu machen oder auf die Wache zu kommen, um ein Protokoll zu unterschreiben. Als Winkeladvokat solltest du es eigentlich besser wissen.«

»Du irrst dich leider, aber das ist ja nichts Neues. Ich habe heute früh mit dem Chief geredet, aber wahrscheinlich erzählt er seinen Stiefelleckern auch nicht alles.«

»Du solltest dich besser daran erinnern, wie oft ich dir mit diesem Stiefel schon in den Arsch getreten habe, O'Dell.«

»Ich erinnere mich an vieles.« Fox ging weiter. Der Kerl war und blieb einfach ein Arschloch. Wahrscheinlich würde er mit Napper aneinandergeraten, noch bevor die Sieben vorbei waren. Aber im Moment wollte er daran keinen Gedanken verschwenden.

Als er die Kanzlei betrat, ging Layla gerade mit einer Blumenvase zur Rezeption. Sie blieb abrupt stehen, als sie ihn sah.

»Ich habe ihnen gerade frisches Wasser gegeben. Es hat niemand angerufen, während du weg warst, aber ich habe das Schriftstück fertig gemacht und ausgedruckt. Es liegt auf deinem Schreibtisch.

»Gut. Hör mal, Layla ...«

»Ich wusste allerdings nicht, ob es zu Mr Edwards auch etwas zu schreiben gibt, oder ...«

»Okay, okay, stell die Vase mal ab.« Er nahm ihr die Vase aus den Händen und stellte sie auf einen Tisch.

»Sie sind schon ...«

»Hör auf. Ich war nicht ganz bei mir, und ich möchte mich entschuldigen.«

»Das hast du bereits getan.«

»Dann entschuldige ich mich eben noch mal. Ich möchte nicht, dass du dich hier unwohl fühlst, weil wir eine Büro-Affäre haben, und der erste Schritt ist von mir ausgegangen. Ich hatte nicht vor … dein Mund war einfach da.«

»Mein Mund war einfach da?« Ihr Tonfall klang auf einmal gefährlich süß. »In meinem Gesicht, unter meiner Nase und über meinem Kinn?«

»Nein.« Er rieb sich mit den Fingern über die Stirn. »Ja, nein. Dein Mund war … ich habe einfach vergessen, dass ich so etwas nicht tun sollte. Ich plädiere auf mildernde Umstände oder vielleicht auch zeitweilige Umnachtung.«

»Du kannst meinetwegen plädieren, auf was du willst, aber vielleicht überlegst du dir auch mal, dass mein Mund, der einfach da war, keineswegs Wörter formuliert hat wie *Nein*, *Stopp* oder *Zum Teufel, lass mich in Ruhe*. Das kann er nämlich durchaus auch.«

»Okay.« Er schwieg einen Moment lang. »Das ist alles ziemlich peinlich.«

»Bevor oder nachdem deine Mutter ins Spiel gekommen ist?«

»Da wurde es eher zur Farce.« Er steckte die Hände in die Taschen. »Soll das heißen, dass du mich nicht wegen sexueller Belästigung verklagst?«

Sie legte den Kopf schräg. »Kann ich davon ausgehen, dass du mich nicht entlässt?«

»Ja. Also alles wieder gut?«

»Bestens.«

Sie ergriff die Vase und stellte sie auf den richtigen Tisch. »Ach, übrigens, ich habe neue Patronen für den Drucker bestellt.« Sie blickte ihn an, die Mundwinkel ganz leicht hochgezogen.

»Gut. Ich bin dann mal …« Er wies auf sein Büro.

»Und ich bin …« Sie zeigte auf ihren Schreibtisch.

»Okay.« Er wandte sich zum Gehen. »Okay«, wiederholte er. Dann fiel sein Blick auf den Vorratsschrank. »Oh, Mann.«

4

Um Viertel vor fünf begleitete Fox die letzte Mandantin des Tages zur Tür. Braune Blätter wirbelten über den Bürgersteig, und eine Gruppe von Jugendlichen in Kapuzenpullis trotzte dem Märzwind. Sie wollten bestimmt ins Center gehen, dachte Fox, um vor dem Abendessen noch ein bisschen zu spielen.

Es hatte eine Zeit gegeben, in der auch er bei Wind und Wetter ins Bowlingcenter gelaufen war. Noch letzte Woche war er dort gewesen. Wenn ihn das zum Zwölfjährigen machte, konnte er damit leben. Manche Dinge änderten sich eben nie.

Er hörte, wie Layla einem Anrufer sagte, Mr O'Dell sei morgen bei Gericht, aber sie könne ihm einen Termin später in dieser Woche geben.

Als er sich umdrehte, gab sie etwas in den Computer ein. Vermutlich notierte sie auf ihre effiziente Art gleich den Termin im Kalender. Er konnte ihre Beine sehen, und als sie sich zu ihm umdrehte, flatterten Schmetterlinge in seinem Bauch. Nein, in dieser Hinsicht war er ganz sicher nicht mehr zwölf. Gott sei Dank änderten sich manche Dinge eben doch.

Anscheinend hatte er ein dummes Gesicht gemacht, denn sie legte den Kopf schief. »Was ist?«

»Nichts. Ich habe nur so ein bisschen vor mich hin philosophiert. War was Wichtiges?«

»Nein, nichts Dringendes. Es ging um eine berufliche Partnerschaft – zwei Frauen, die gemeinsam eine Kochbuchreihe schreiben wollen. Sie glauben, es werden Bestseller, und deshalb wollen sie vorher eine Gesellschaft gründen. Du hast diese Woche viel zu tun.«

»Dann kann ich mir heute Abend bestimmt chinesisches Essen leisten, wenn du noch Lust dazu hast.«

»Ich muss nur noch alles abschließen.«

»Ja, mach das. Ich räume auch noch schnell auf. Wir können durch die Küche hinaufgehen.«

In seinem Büro fuhr Fox seinen Computer herunter, ergriff seine Aktentasche und überlegte, in welchem Zustand sich seine Wohnung befand.

Das war wohl ein weiterer Bereich, in dem er ewig zwölf bleiben würde.

Jetzt konnte er sowieso nichts mehr daran ändern.

Er ging in die Küche, in der Mrs Hawbaker neben Mikrowelle, Kaffeemaschine und Geschirrspüler auch Plätzchen aufbewahrte.

Wer würde so etwas machen, wenn Mrs H ihn verließ? Wehmütig drehte er sich um, als Layla hereinkam.

»Sie kauft die Vorräte von dem Geld aus meinem Schimpfwörter-Glas. Ich sorge dafür, dass es immer gut gefüllt ist. Das hat sie dir wahrscheinlich erzählt.«

»Ein Dollar für jedes schlimme Wort. Ich habe das Glas gesehen, und ich muss sagen, du gehst anscheinend freizügig mit Schimpfwörtern um.« Er ist so traurig, dachte sie. Am liebsten hätte sie ihn in den Arm genommen und ihm über die zerzausten, welligen Haare gestreichelt. »Du wirst sie bestimmt schrecklich vermissen.«

»Vielleicht kommt sie ja wieder zurück. Das Leben geht weiter.« Er öffnete die Tür zum Treppenhaus. »Um meine Wohnung kümmert sich Mrs H allerdings nicht, und es könnte sein, dass sie ein bisschen unordentlich ist.«

»Das macht mir nichts.«

Als sie allerdings von der ordentlichen Küche in Fox' persönliche Küche kam, verstand sie, was er gemeint hatte. Überall stand schmutziges Geschirr herum, und auf dem kleinen Tisch stapelten sich die Zeitungen von mehreren Tagen. Zwei Schachteln Müsli, Chipstüten, eine Flasche Rotwein, ein paar Gewürze und eine leere Dose Gatorade machten sich den Platz auf der kleinen Theke neben dem Kühlschrank, an dessen Tür Notizen und Fotos hingen, streitig.

Auf dem Boden standen drei Paar Schuhe, über einem Küchenstuhl hing eine zerrissene Jacke, und auf dem anderen lagen Zeitschriften.

»Vielleicht möchtest du lieber eine Stunde spazieren gehen, bis ich hier aufgeräumt habe.«

»Nein. Nein. Sieht der Rest genauso schlimm aus?«

»Ich kann mich nicht erinnern. Ich kann ja mal nachschauen …«

Aber sie war bereits ins Wohnzimmer gegangen.

So schlimm sah es gar nicht aus, dachte er. Entschlossen begann er, den Abfall einzusammeln. »Ich weiß, ich weiß, ich lebe wie ein Schwein. Das hat man mir schon oft gesagt.« Er stopfte die Klamotten, die überall herumlagen, einfach in den Schrank in der Diele.

Erstaunen malte sich auf Laylas Zügen. »Warum nimmst du dir nicht einfach eine Haushälterin, die einmal in der Woche kommt?«

»Weil sie immer weglaufen und nie mehr wiederkommen. Weißt du was, wir gehen aus.« Eigentlich war es ihm gar nicht so peinlich, er hatte nur Angst davor, dass sie ihm einen Vortrag halten würde. »Wir suchen uns ein nettes, hygienisches Restaurant.«

»Ich habe auf dem College mit zwei Mädchen zusammengewohnt. Am Ende des Semesters musste ich den Kammerjäger bestellen.« Sie ergriff ein paar Socken, die auf einem Sessel lagen, und reichte sie ihm. »Aber wenn du ein sauberes Glas hast, könnte ich einen Schluck Wein gebrauchen.«

»Ich hole dir eins.«

Auf dem Weg in die Küche nahm er noch mehr Abfall mit. Neugierig blickte Layla sich im Wohnzimmer um. Abgesehen von der Unordnung waren die Wände in einem schönen, gedämpften Grünton gestrichen, von dem sich die Eichenrahmen der Fenster abhoben. Ein prachtvoller Webteppich, der vor zehn Jahren vielleicht das letzte Mal gesaugt worden war, lag auf dem dunklen Holzdielenboden. An den Wänden hingen ein paar schöne Bilder – Aquarelle, Bleistiftzeichnungen, Fotografien. Ein großer Flachbildfernseher und andere technische Geräte hätten den Raum beherrscht, wenn nicht so viele schöne Töpferwaren da gewesen wären.

Wahrscheinlich stammten sie von seinem Bruder,

dachte sie, oder von seiner Mutter. Er hatte ihr die Töpferei seines jüngeren Bruders einmal im Vorbeifahren gezeigt. Sie drehte sich um, als sie spürte, dass Fox wieder ins Zimmer gekommen war.

»Deine Kunstwerke gefallen mir. Die hier zum Beispiel.« Sie glitt mit dem Finger über eine lange, schlanke Flasche in rauchigen Blautönen. »Sie wirkt so fließend.«

»Meine Mutter hat sie gemacht. Von Ridge, meinem Bruder, stammt die Schale auf dem Tisch unter dem Fenster.

Sie ging hin, um sie genauer zu betrachten. »Sie ist wunderschön. Und die Farben. Wie ein Wald in einer Schale.«

Sie drehte sich zu Fox, um ihr Weinglas in Empfang zu nehmen. »Und die Bilder?«

»Meine Mutter, mein Bruder, meine Schwägerin. Die Fotografien sind von Sparrow, meiner jüngeren Schwester.«

»Ihr seid eine begabte Familie.«

»Und dann gibt es da noch die Anwälte, meine große Schwester und ich.«

»Ach, um Jurist zu sein, braucht man keine Begabung?«

»Doch, ein bisschen.«

Sie trank einen Schluck Wein. »Dein Vater ist Schreiner, nicht wahr?«

»Ja, Möbelschreiner. Er hat den Tisch gebaut, auf dem Ridges Schale steht.«

»Den Tisch gebaut.« Sie betrachtete ihn. »Das muss man sich mal vorstellen.«

»Ohne Nägel und ohne Schrauben. Er hat magische Hände.«

Sie fuhr mit dem Finger über die staubige Tischplatte. »Er ist glatt wie Satin. Wunderschön.« Dann zog sie die Augenbrauen hoch und rieb ihren Finger an Fox' Ärmel sauber. »Ich muss dir leider sagen, dass du all diese schönen Dinge besser pflegen solltest.«

»Da bist du leider nicht die Erste. Ich lenke dich besser mit etwas Essbarem ab.« Er hielt eine Speisekarte hoch. »Han Lee's China Kitchen.«

»Es ist noch ein bisschen zu früh für Abendessen.«

»Ich bestelle es jetzt schon mal für sieben Uhr, dann können wir vorher noch etwas arbeiten.«

»Schweinefleisch süßsauer«, beschloss sie nach einem Blick auf die Karte.

»Mehr nicht?«, fragte er. »Armselig. Ich kümmere mich um den Rest.«

Er ging wieder, um anzurufen. Kurz darauf hörte Layla Wasser rauschen und das Klappern von Geschirr. Sie verdrehte die Augen und ging in die Küche. Fox hatte angefangen zu spülen.

»Okay.« Layla zog ihr Jackett aus.

»Nein, wirklich nicht.«

»Doch.« Sie krempelte die Ärmel auf. »Wirklich. Außerdem bezahlst du das Abendessen.«

»Soll ich mich noch mal entschuldigen?«

»Nein, dieses Mal nicht.« Sie zog die Augenbrauen hoch. »Hast du keine Geschirrspülmaschine?«

»Das ist ein Problem. Ich habe mir schon überlegt, ob ich hier den Schrank ausbauen und mir einen Geschirrspüler einbauen lassen soll, aber dann denke ich wieder, das ist überflüssig. Ich wohne doch hier alleine und benutze häufig Pappteller.«

»Anscheinend nicht häufig genug. Gibt es hier irgendwo ein sauberes Geschirrhandtuch?«

»Oh. Ach so.« Er zog die Stirn in Dackelfalten. »Ich bin gleich wieder da.«

Kopfschüttelnd nahm Layla seinen Platz am Spülbecken ein. Geschirrspülen machte ihr nichts aus. Es war eine anspruchslose Tätigkeit, die sie seltsam entspannend und befriedigend fand. Außerdem hatte sie aus dem Fenster am Spülbecken einen hübschen Ausblick auf die Berge, hinter denen gerade die Sonne unterging.

Der Wind peitschte immer noch heftig durch die Bäume und bauschte die weißen Bettlaken, die in einem Garten unten an der Leine hingen. Sie stellte sich vor, wie die Laken nach Wind und Bergen riechen würden.

Ein kleiner Junge tobte so ausgelassen mit einem großen schwarzen Hund durch einen Garten, dass sie förmlich den Wind in ihren Haaren spüren konnte. Er stellte sich auf die Schaukel, die Finger fest um die Ketten und schwang so hoch, dass sich Laylas Magen zusammenzog.

Ob seine Mutter wohl gerade in der Küche ist und das Abendessen zubereitet, überlegte sie verträumt. Vielleicht ist heute auch sein Dad mit Kochen an der Reihe. Oder sie kochen gemeinsam, während ihr kleiner Junge draußen spielt.

»Wer hätte gedacht, dass Geschirrspülen so sexy sein könnte?«

Sie lachte und warf Fox, der ein zerknittertes Geschirrtuch in der Hand hielt, einen Blick über die Schulter zu.

»Abwaschen ist nur dann sexy, wenn man nicht derjenige ist, der die Hände im Spülwasser hat.«

Er trat zu ihr und legte ihr die Hand auf den Arm. »Das habe ich doch gar nicht laut gesagt.«

»Ich habe es aber gehört.«

»Offensichtlich, aber ich habe es nur gedacht. Ich war abgelenkt«, fuhr er fort, »von deinem Aussehen, von dem Licht in deinen Haaren, der Linie deiner Arme. Ich war abgelenkt«, wiederholte er, »und offen. Was war mit dir, Layla? Denk nicht nach, analysier nicht. Sag mir einfach, was du gefühlt hast, als du mich ›gehört‹ hast.«

»Ich war entspannt. Ich habe den kleinen Jungen auf der Schaukel im Garten beobachtet. Ich war entspannt.«

»Jetzt bist du es nicht mehr.« Er ergriff einen Teller und begann abzutrocknen. »Dann warten wir eben so lange, bis es wieder so weit ist.«

»Kannst du das bei mir? Hören, was ich denke?«

»Emotionen sind leichter als Worte. Aber ich würde das nie machen, es sei denn, du erlaubst es mir.«

»Du kannst das bei jedem.«

Er blickte ihr in die Augen. »Aber ich würde es nie tun.«

»Weil du der Typ von Mann bist, der einen Dollar in die Spardose wirft, selbst wenn gar keiner in der Nähe ist, der ihn fluchen hören könnte.«

»Wenn ich mein Wort gebe, dann halte ich es auch.«

Sie wusch weiter ab. »Konntest du es immer schon kontrollieren? Immer schon der Versuchung widerstehen?«

»Nein. Ich war zehn, als es anfing. Während der ersten Sieben hat es mir Angst gemacht, und ich habe es kaum in den Griff bekommen. Als das erste Mal vorbei war, habe ich gedacht, die Fähigkeit wäre damit auch weg.«

»Aber das war nicht so.«

»Nein. Es war cool, als Zehnjähriger spüren zu können, was die Leute dachten oder fühlten. Es war toll, und ich konnte es zum Beispiel auch in der Schule benutzen. Wenn wir einen Geschichtstest schrieben, und der Klassenbeste saß in der nächsten Reihe, warum sollte ich ihn nicht anzapfen, wenn ich eine gute Note haben wollte?«

Er räumte das Geschirr weg, das er schon abgetrocknet hatte. Sie war ruhiger, wenn ihre Hände bei dem Gespräch beschäftigt waren. »Nach einer Weile bekam ich ein schlechtes Gewissen. Und ich fühlte mich komisch, weil ich in den Kopf jedes beliebigen Lehrers blicken und sehen konnte, was er vorhatte. Ich erfuhr auch Dinge, die mich gar nichts angingen. Probleme zu Hause, so etwas. Meine Eltern hatten mich dazu erzogen, die Privatsphäre anderer zu respektieren, und jetzt drang ich auf einmal überall ein. Also hörte ich auf damit.« Er lächelte. »Meistens jedenfalls.«

»Es hilft, dass du auch nicht so perfekt bist.«

»Es hat eine Weile gedauert, bis ich gelernt hatte, damit umzugehen. Manchmal war ich nicht aufmerksam genug, dann ist mir einiges entgangen – manchmal war ich zu aufmerksam, dann passierte das Gleiche. Und manchmal tat ich es absichtlich. Es gab ein paar Ereignisse, wo so ein Blödmann versuchte, mich auf die Palme zu bringen. Und … als ich älter war, ging es natürlich um Mädchen. Dann schaute ich schon mal bei einer, ob ich sie herumkriegen könnte.«

»Und, hat es funktioniert?«

Fox lächelte nur und räumte weiter Teller ein. »Dann ging, zwei Wochen bevor wir siebzehn wurden, alles wieder von vorne los. Ich wusste – wir wussten –, dass es keineswegs vorbei war, und auf einmal wurde mir klar, dass meine Gabe sicher nicht dazu bestimmt war, damit herumzuspielen. Also hörte ich auf.«

»Meistens?«

»Nein, fast völlig. Es ist da, Layla, es ist ein Teil von uns. Ich kann die Tatsache nicht kontrollieren, dass ich etwas von jemand anderem erspüre, aber ich habe die Kontrolle darüber, wie weit ich in jemanden eindringe.«

»Das muss ich erst noch lernen.«

»Und du musst vielleicht auch noch lernen, dich hineinzudrängen. Wenn es um Privatsphäre, um das Leben anderer geht, muss man erst einmal eine Barriere überwinden, bevor man sich traut, sich hineinzubegeben.«

»Aber woher weiß man denn, wann es richtig ist?«

»Daran arbeiten wir noch.«

»Ich bin in deiner Gegenwart nicht besonders entspannt.«

»Das habe ich schon gemerkt. Woran liegt das?«

Sie legte weitere Teller und eine Schüssel ins Spülwasser. Der kleine Junge war hineingegangen, stellte sie fest, und der Hund lag auf der Veranda und schlief.

»Weil mir bewusst ist, dass du spüren kannst, was ich denke oder fühle. Auf jeden Fall macht es mich nervös. Obwohl ich weiß, dass du es kontrollierst und dass ich dich davon abhalten kann. Vielleicht auch beides. Du wusstest zum Beispiel nicht, was ich heute empfunden habe, als du mich geküsst hast.«

»Ich war völlig durcheinander.«

»Wir fühlen uns zueinander hingezogen. Kann ich das so sagen?«

»Von meiner Seite aus absolut.«

»Und das macht mich nervös. Es ist auch verwirrend, weil ich nicht weiß, wie realistisch es ist.« Layla spülte die Schüssel aus und reichte sie Fox. »Und ich weiß nicht, ob wir uns das auch noch antun sollten, bei all den anderen Problemen, um die wir uns kümmern müssen.«

»Lass uns noch ein bisschen beim Thema bleiben. Bist du nervös, weil ich mich zu dir hingezogen fühle, oder weil wir uns zueinander hingezogen fühlen?«

»Letzteres, und ich brauche nicht hellsichtig zu sein, um dir anzusehen, dass dir die Vorstellung gefällt.«

»Ja, die beste Idee, die ich seit Wochen, vielleicht sogar seit Jahren, hatte.«

Sie drückte ihre nasse, seifige Hand auf sein Hemd, als er sich vorbeugen wollte. »Ich kann mich nicht entspannen, wenn ich darüber nachdenken muss, ob ich mit dir ins Bett gehen soll. Die Vorstellung, Sex mit dir zu haben, wühlt mich einfach auf.«

»Entspannen können wir uns später. Ich kann dir sogar garantieren, dass wir viel entspannter sein werden, wenn wir diesen aufwühlenden Teil hinter uns gebracht haben.«

Layla schob ihn weg. »Zweifellos. Aber ich vermische die Dinge nicht gerne. Ich packe sie lieber in getrennte Schubladen. So bin ich eben. Ich werde es eine Zeitlang wegschieben müssen. Ich muss darüber nachdenken, und wenn ich etwas von dir lernen will, wenn ich euch von Nutzen sein soll, muss ich mich darauf konzentrieren.«

Er hatte ihr aufmerksam zugehört und nickte. »Ich jongliere gerne.«

»Ich weiß.«

»Und ich verhandele gerne. Und.« Er trocknete ihre Hand ab und zog sie an die Lippen. »Ich weiß, wann ich der Gegenpartei Zeit zum Nachdenken lassen muss. Ich will dich. Nackt, im Bett, in einem halbdunklen Zimmer mit leiser Musik. Ich möchte spüren, wie dein Herz an meiner Hand schlägt, während ich Dinge mit dir mache. Leg auch das in deine Schublade, Layla.«

Er legte sein Geschirrtuch beiseite. »Ich hole dir deinen Wein. Dann kannst du dich besser entspannen, bevor wir anfangen zu arbeiten.«

Sie blickte ihm nach, als er aus dem Zimmer ging. Das Herz schlug ihr bis zum Hals.

Wenn das alles in ihm steckte, und sie hatte es bis jetzt nicht gespürt, dann musste sie offensichtlich noch eine Menge lernen.

Um sich jetzt noch zu entspannen, brauchte sie mehr als ein Glas Rotwein.

Layla trank ihren Wein; Fox räumte den Küchentisch ab. Dann schenkte er ihr noch ein Glas ein. Sie schwieg, und er ließ sie in Ruhe, so dass sie nachdenken konnte, bis er sich gesetzt hatte.

»Okay, kannst du meditieren?«

»Ich weiß, wie es geht.« Ihre Stimme klang leicht irritiert, aber das war ihm egal.

»Du solltest dich setzen, damit wir anfangen können. Das Problem beim Meditieren ist«, begann er, als sie sich ebenfalls gesetzt hatte, »dass die wenigsten Menschen ihr Gehirn wirklich leer machen können, ohne an die Arbeit, ihren nächsten Zahnarzttermin oder ihre Rückenschmerzen zu denken. Aber wir können zumindest so nahe wie möglich herankommen. Schließ deine Augen, stell dir eine leere weiße Wand vor …«

»Und mach ›Om‹. So soll ich meine Kraft nutzen können? Ich kann doch nicht ständig in Trance herumlaufen.«

»Es kann dir hinterher helfen. Meditation hilft dir – ich höre mich an wie meine Mutter –, deine Gedanken und deine Aura zu reinigen und dein Chi auszubalancieren.«

»Bitte?«

»Es ist ein Prozess, Layla. Bis jetzt hast du gerade mal die Oberfläche gestreift. Aber je tiefer du eindringst, desto mehr verlangt es dir ab.«

»Zum Beispiel?«

»Kopfschmerzen, Übelkeit, Nasenbluten. Es kann wehtun. Es kann dich völlig erschöpfen, wenn du zu lange zu tief drin warst.«

Stirnrunzelnd fuhr sie mit dem Finger um den Rand ihres Weinglases. »Als wir auf dem Speicher in der alten Bibliothek waren, hatte Quinn einen Flashback zu Ann Hawkins. Es hat sie ziemlich angegriffen. Starke Kopfschmerzen, Frösteln, kalter Schweiß.« Layla stieß die Luft aus. »Ich kann nicht besonders gut meditieren. Wenn wir beim Yoga zum Schluss die Ruhestellung einnehmen, bin ich schon entspannt, aber ich denke dabei trotzdem über alles Mögliche nach. Aber ich kann ja mit Cybil üben.«

Ja, klar, Cybil ist ja auch sicherer als ich, dachte Fox, aber er sagte nichts. »Na gut, bleiben wir also für den Moment an der Oberfläche. Entspann dich, mach deinen Kopf so leer wie möglich. So wie eben beim Abwaschen.«

»Wenn man es absichtlich macht, ist es schwerer. Dann fallen einem immer wieder Sachen ein.«

»Das stimmt. Dann steck sie in Schubladen«, empfahl er ihr lächelnd. »Schieb sie einfach beiseite. Schau mich an.« Er legte seine Hand auf ihre. »Sieh mich an. Konzentrier dich auf mich. Du kennst mich doch.«

Sie fühlte sich seltsam, so als sei der Wein ihr direkt in den Kopf gestiegen. »Ich verstehe dich nicht.«

»Das kommt noch. Sieh mich an. Es ist, als ob du eine Tür öffnest. Dreh den Türknopf. Leg deine Hand darauf und drehe ihn. Drück die Tür ein wenig auf, nur ein bisschen. Schau mich an. Was denke ich?«

»Du hoffst, dass ich nicht alle gebratenen Klößchen esse.« Sie *spürte* seinen Humor wie ein warmes blaues Licht. »Das hast du jetzt gemacht.«

»Das haben wir gemeinsam gemacht. Bleib an der Tür stehen. Konzentrier dich weiter. Mach sie ein bisschen weiter auf und sag mir, was ich fühle.«

»Ich … du bist ruhig. So ruhig. Ich weiß nicht, wie du das machst. Ich glaube nicht, dass ich jemals so ruhig war, und jetzt, bei all dem, was passiert, werde ich wohl nie wieder zur Ruhe kommen. Und … du bist ein bisschen hungrig.«

»Ich habe heute Mittag so getan, als ob ich Auberginensalat gegessen hätte. Deshalb habe ich so viel bestellt …«

»Kung Pao Rindfleisch, Erbsen, kalte Nudeln, ein Dutzend Frühlingsrollen, Klößchen. Ein *Dutzend* Frühlingsrollen?«

»Wenn welche übrig bleiben, kann man sie gut zum Frühstück essen.«

»Das ist ja eklig. Und jetzt denkst du, ich wäre gut zum Frühstück«, fügte sie hinzu und zog ihre Hand weg.

»Entschuldigung, das ist mir so rausgerutscht. Alles okay?«

»Ein bisschen schwindlig, ein bisschen benommen, aber ja, ansonsten okay. Mit dir zusammen ist es einfacher, nicht wahr? Du weißt einfach, wie man damit umgeht, und kannst mich dirigieren.«

Fox ergriff sein Bier und lehnte sich auf seinem Stuhl zurück. »Eine Frau kommt in deinen Laden in New York. Sie schaut sich nur um. Woher weißt du, in welche Richtung du sie dirigieren musst?«

»Ich muss sie zufriedenstellen, nicht dirigieren«, korrigierte Layla ihn. »Einen Teil kann ich aus ihrem Äußeren ableiten – aus ihrem Alter, wie sie angezogen ist, was sie für eine Handtasche hat, was für Schuhe sie trägt. Das sind oberflächliche Dinge, die einen in die falsche Richtung führen können, aber für den Anfang sind sie ganz nützlich. Und ich bin schon lange im Geschäft, da entwickelt man ein Gespür für die Kunden.«

»Aber ich wette, neun von zehn Mal weißt du, ob du

die flippige, moderne Ledertasche aus dem Lager holen musst oder ob sie eher zu der schwarzen, konservativen neigt. Vielleicht sagt sie nur, sie möchte ein Business-Kostüm, verzehrt sich aber in Wirklichkeit nach einem sexy Kleidchen und Pumps mit hohen Absätzen.«

»Ja, da spielt natürlich auch die Erfahrung eine Rolle …« Ärgerlich stieß sie die Luft aus. »Ich weiß gar nicht, warum ich mich so dagegen wehre. Du hast ja recht, ich weiß oft instinktiv, was die Kundinnen wollen. Die Eigentümerin nennt es immer meine magische Berührung. So ganz unrecht hat sie damit sicher nicht.«

»Wie machst du es im Beruf?«

»Ich konzentriere mich auf die Kundin, auf das, was sie will und was sie mag und, ja, was ich ihr verkaufen kann. Du musst genau hinhören, was sie sagt, es gibt natürlich auch Körpersprache und mein eigenes Gefühl dafür, was an ihr gut aussähe. Manchmal bekomme ich ein Bild im Kopf von einem bestimmten Kleid oder einem bestimmten Paar Schuhen. Ich habe immer gedacht, ich läse einfach zwischen den Zeilen dessen, was die Kundin sagt, wenn ich mit ihr plaudere, aber ich höre dann auch so eine kleine Stimme. Vielleicht sind es ja ihre Gedanken. Ich bin mir nicht sicher.«

Sie begann langsam zu akzeptieren, was in ihr war, dachte er. »Du hattest einfach Vertrauen in das, was du getan hast, weil du dich auf sicherem Boden befunden hast, und deshalb warst du entspannt. Es hat dir etwas daran gelegen, die Kundin zufriedenzustellen. Außerdem wolltest du etwas verkaufen. Richtig?«

»Ich denke schon.«

»Das gleiche Programm, anderer Kanal.« Er griff in seine Hosentasche und zog ein paar Münzen heraus. Dann wandte er sich von ihr ab und zählte sie. »Wie viel habe ich in der Hand?«

»Ich …«

»Ich habe den Betrag im Kopf. Mach die Tür auf.«

»Gott. Warte.« Sie trank noch einen Schluck Wein. Es ging ihr viel zu viel durch den Kopf, dachte sie. Sie musste es wegschieben. »Hilf mir nicht!«, fuhr sie Fox an, als er nach ihrer Hand greifen wollte. »Lass es einfach!«

Schieb es weg, mahnte sie sich. Mach den Kopf frei. Entspann dich, konzentrier dich. Warum glaubte er, dass sie so etwas konnte? Warum war er sich so sicher? Warum hatten so viele Männer so schöne Wimpern? Ups. Keine Seitensprünge. Sie schloss die Augen und stellte sich die Tür vor. »Ein Dollar achtunddreißig.« Sie riss die Augen auf. »Wow.«

»Gut gemacht.«

Als es an der Tür klopfte, fuhr sie zusammen.

»Das ist der Bote mit dem Essen. Lies seine Gedanken.«

»Was?«

»Lies ihn, während ich mit ihm rede und ihn bezahle.«

»Aber das ist …«

»Ungezogen und ungehörig, klar. Aber wir tun es im Namen des Fortschritts. Lies ihn«, befahl Fox und ging zur Tür. »Hey, Kaz, wie läuft es?«

Der Junge war etwa sechzehn, schätzte Layla. Jeans, Sweatshirt, hoch geschnittene Nikes, die ziemlich neu aussahen. Dünne braune Haare, ein kleiner Silberring im rechten Ohrläppchen. Seine Augen waren braun und glitten kurz über sie, als er Fox die Tüten reichte und das Geld entgegennahm.

Sie holte tief Luft und stieß die Tür auf.

Fox hörte, wie sie einen leisen Laut, eine Mischung aus Schnauben und Keuchen, von sich gab. Er redete ganz normal mit dem Jungen weiter, gab ihm ein Trinkgeld und kommentierte das letzte Basketballspiel.

Als der Junge gegangen war, stellte Fox die Tüten auf den Tisch. »Nun?«

»Er findet, du bist ein lässiger Typ.«

»Bin ich.«

»Mich findet er heiß.«

»Bist du.«

»Er hat sich gefragt, ob er heute Abend wohl auch an so etwas drankommt, und er meinte nicht die Frühlingsrollen.«

Fox öffnete die Tüten. »Kaz ist siebzehn. Ein Junge in seinem Alter denkt an nichts anderes. Hast du Kopfschmerzen?«

»Nein. Es war ganz leicht bei ihm. Leichter als bei dir.«

Er lächelte sie an. »Jungs in meinem Alter denken auch an nicht viel anderes. Aber wir wissen für gewöhnlich auch, wann wir uns mit Frühlingsrollen begnügen müssen. Lass uns essen.«

Er versuchte nicht noch einmal, sie zu küssen, noch nicht einmal, als er sie nach Hause fuhr. Layla konnte nicht sagen, ob er daran dachte, und fand, es war auch besser so. Ihre eigenen Gedanken und Gefühle waren viel zu chaotisch, sie sollte wohl Fox' Rat befolgen und meditieren.

Cybil lag mit einem Buch und einer Tasse Tee im Wohnzimmer auf der Couch.

»Hi. Wie war es?«

»Es lief gut.« Layla ließ sich auf einen Sessel fallen. »Überraschend gut. Ich bin allerdings ein bisschen benommen. Als ob ich mindestens zwei Whiskey getrunken hätte.«

»Willst du einen Tee? Es ist noch welcher in der Kanne.«

»Ja, vielleicht.«

»Ich hole dir eine Tasse«, sagte Cybil, als Layla aufstehen wollte. »Du siehst erschöpft aus.«

»Danke.« Layla schloss die Augen und versuchte, wie beim Yoga den Atem durch den Körper fließen zu lassen, um sich von den Zehen an aufwärts zu entspannen. Sie war gerade beim Knöchel angelangt, als sie schon wieder aufgab. »Fox sagt, ich solle meditieren«, erklärte sie Cybil, als die Freundin mit einer Tasse zurückkam. »Ich finde Meditation so langweilig.«

»Dann machst du es nicht richtig. Trink erst einmal einen Schluck Tee«, antwortete Cybil. »Und sag, an was du denkst. Das ist nämlich die beste Methode, um es aus dem Kopf zu bekommen, damit du meditieren kannst.«

»Er hat mich geküsst.«

»Ich bin schockiert und erstaunt.« Cybil reichte Layla die Tasse und hockte sich wieder auf die Couch, wobei sie ihre langen Beine unterzog. Sie lachte leise, als Layla ihr einen verweisenden Blick zuwarf. »Süße, der Typ lässt dich die ganze Zeit über nicht aus den Augen. Den Jungen hat es schlimm erwischt.«

»Er sagte … Wo ist eigentlich Quinn?«

»Bei Cal. Maverick ist bei einem Kartenspiel, deshalb hat Cal zur Abwechslung mal sturmfreie Bude. Und das nutzen die beiden aus.«

»Oh. Wie schön für sie. Sie passen toll zusammen, nicht wahr? Das hat einfach nur klick gemacht.«

»Ja, er ist ohne Frage wie geschaffen für sie. Ist es für dich einfacher, über die beiden zu reden statt über dich?«

Layla seufzte. »Es ist verwirrend, so zu empfinden. Ich spüre, was er empfindet, versuche aber, das nicht zu tun, weil es mich noch mehr durcheinanderbringt. Außerdem kommt noch hinzu, dass wir zusammen arbeiten. Dadurch entsteht auch eine gewisse Intimität, und die müssen wir ebenso respektieren. Wenn man das alles zusammennimmt, wie sollen wir da noch unsere eigentliche Aufgabe hier bewältigen?«

»Wow.« Lächelnd trank Cybil einen Schluck. »Du hast aber viel nachgedacht.«

»Ja, das stimmt.«

»Versuch es doch mal mit dem einfachen, direkten Zugang. Stehst du auf ihn?«

»O Gott, ja. Aber …«

»Nein, nein, kein Aber. Versuch, nicht alles zu analysieren. Lust ist etwas Elementares, Mächtiges. Genieß es. Du wirst dich viel lebendiger fühlen. Alles andere kommt später. Du bist ein Mensch, und du bist eine Frau. Über Emotionen und Konsequenzen kannst du dir noch früh genug Gedanken machen. Nutz einfach die

Gelegenheit, das Jetzt zu genießen.« Cybils Augen funkelten. »Genieß die Lust.«

Nachdenklich trank Layla einen Schluck Tee. »Wenn du es so formulierst, fühlt es sich richtig gut an.«

»Wenn du deinen Tee getrunken hast, nehmen wir deine Lust als Ausgangspunkt für eine Meditationsübung.« Cybil lächelte Layla über den Rand ihrer Tasse hinweg an. »Ich glaube nicht, dass dich das langweilt.«

5

Zuerst musste Layla ein Kichern unterdrücken, als sie anfing, auf der Basis ihrer Lust zu meditieren, aber dann fand sie, dass sie es eigentlich ziemlich gut gemacht hatte. Auf jeden Fall besser als im Yoga-Kurs, wo sie immer nur so getan hatte, als ob. Wie angewiesen, hatte sie in die Lust hineingeatmet – vom Nabel zur Wirbelsäule – und die Spannung, den Stress ausgeatmet. Sie hatte sich auf dieses »Kitzeln im Bauch«, wie Cybil es beschrieben hatte, konzentriert.

Irgendwann hatte sie sich bei allem Lachen, Atmen und Kitzeln so entspannt, dass sie ihren eigenen Pulsschlag gehört hatte. Das war doch zumindest ein Anfang.

Sie schlief tief und traumlos und wachte erfrischt und voller Energie auf, wie sie zugeben musste. Meditation brauchte also nicht langweilig zu sein.

Da Fox im Gericht war und Alice in der Kanzlei saß,

gab es keinen Grund, vor Nachmittag ins Büro zu gehen. Sie würde Cybil und Quinn bei der Recherche unterstützen, dachte sie, als sie unter der Dusche stand. Sie hatte den Zwischenfall am Platz immer noch nicht ausgewertet und auch den Traum noch nicht aufgeschrieben, den sie und Fox beide gehabt hatten.

Sie schlüpfte in Jeans und Pullover, legte sich aber für den Nachmittag schon einmal die Garderobe fürs Büro zurecht. Es machte Spaß, sich für die Arbeit anzuziehen, zu überlegen, welche Accessoires dazu passten. Bevor sie in Fox' Kanzlei angefangen hatte, war sie natürlich nicht untätig gewesen, aber es hatte ihr gefehlt, zur Arbeit zu gehen, zu einer bestimmten Zeit an einem bestimmten Ort erwartet zu werden, um bestimmte Aufgaben zu erledigen.

Auch wenn das vielleicht oberflächlich klang, vermisste sie die Gelegenheit, schöne Schuhe zu tragen.

Als sie in die Küche lief, um sich einen Kaffee zu machen, hörte sie aus dem vierten Schlafzimmer, das sie zu einem Arbeitszimmer umfunktioniert hatten, das Klappern der Tastatur.

Quinn saß im Schneidersitz auf dem Stuhl und tippte. Ihr langer blonder Pferdeschwanz wippte, als sie sich im Takt zu einer imaginären Musik bewegte.

»Ich wusste ja gar nicht, dass du wieder da bist.«

»Doch.« Quinn blickte auf. »Ich war schon im Studio, habe ein paar hundert Kalorien abgearbeitet, dann alles wieder mit einem riesigen Blaubeer-Muffin verdorben, aber ich bin wahrscheinlich immer noch im grünen Bereich, wenn man bedenkt, was für großartigen Sex ich letzte Nacht gehabt habe. Ich habe Kaffee gekocht, mich geduscht, und jetzt schreibe ich Cybils Notizen über deinen Traum ab.« Quinn reckte sich. »Und ich fühle mich immer noch so, als ob ich den Boston Marathon mitlaufen könnte.«

»Na, das muss ja wirklich toller Sex gewesen sein.«

»Oh, Mann, oh, Mann.« Quinn lachte. »Ich habe es immer für romantisches Geschwafel gehalten, dass der Sex besser sein soll, wenn man verliebt ist. Aber ich bin der lebende Beweis dafür. Jetzt aber genug von mir. Wie geht es dir?«

Wenn sie nicht schon so energiegeladen aufgewacht wäre, dachte Layla, würden zwei Minuten in Quinns Gesellschaft ausreichen, um sie aufzumuntern. »Ich bin zwar nicht so außergewöhnlich befriedigt wie du, fühle mich aber auch ganz gut. Ist Cybil schon auf?«

»Sie sitzt in der Küche mit einer Tasse Kaffee und ihren Tageszeitungen. Wir sind uns kurz begegnet, und sie grunzte irgendwas, dass du mit Fox gestern Fortschritte gemacht hättest.«

»Hat sie auch erwähnt, dass sich unsere Lippen vor dem Vorratsschrank in seinem Büro getroffen haben, als zufällig seine Mutter vorbeikam?«

Quinn riss die hellblauen Augen auf. »Nein, so wach war sie noch nicht. Erzähl mal.«

»Das habe ich doch gerade getan.«

»Ich brauche Details.«

»Ich brauche erst einmal Kaffee. Bin gleich wieder da.«

Das hatte ihr auch gefehlt, dachte Layla. Freundinnen, mit denen sie herumalbern und persönliche Dinge teilen konnte.

In der Küche knabberte Cybil an einem halben Bagel, während sie die Zeitung studierte. »In der Zeitung steht nicht ein einziges Wort über die Krähen«, verkündete sie, als Layla hereinkam. »Das ist außergewöhnlich. Gestern ein kurzer Artikel, ziemlich knapp, und heute gar nichts mehr.«

»Das ist doch typisch, oder?« Nachdenklich schenkte Layla sich Kaffee ein. »Niemand achtet besonders auf das, was hier passiert. Und wenn es doch Berichte oder Interesse gibt, dann werden sie als Legenden abgetan.«

»Oft verdrängen es sogar die Leute, die es erlebt haben und hier leben. Oder es passiert etwas mit ihnen, damit sie es vergessen.«

»Einige, die sich genau erinnern, ziehen weg, wie Alice Hawbaker.« Layla nahm sich einen Joghurt aus dem Kühlschrank.

»Es ist faszinierend. Aber es gibt keine weiteren Berichte über Angriffe von Tieren oder unerklärliche Vorfälle. Heute nicht jedenfalls. Na ja.« Cybil zuckte mit den Schultern und begann die Zeitung zusammenzufalten. »Ich werde mal ein paar sehr vage Spuren verfolgen, um herauszufinden, wo Ann Hawkins in den zwei Jahren, über die wir nichts wissen, gelebt hat. Es ist verdammt irritierend«, fügte sie hinzu und erhob sich. »So viele Leute gab es hier sechzehnhundertzweiundfünfzig gar nicht. Warum kann ich denn nicht die richtigen finden?«

Gegen Mittag hatte Layla den beiden anderen Frauen alles berichtet, was sie wusste. Sie schlüpfte in eine graue Hose und hochhackige Stiefel und bereitete sich auf ihren Nachmittag in der Kanzlei vor.

Als sie dorthin ging, stellte sie fest, dass das Schaufenster des Geschenkladens ausgetauscht worden war. Cals Vater war ein gewissenhafter Vermieter, und sie wusste, dass man ihn im Ort sehr schätzte. Aber sie sah auch das große, handgeschriebene Schild im Schaufenster, auf dem »Geschäftsaufgabe« stand.

Es war eine Schande, dachte sie, als sie weiterging. Das Leben, das sich die Leute aufbauten, brach ohne ihre Schuld einfach zusammen. Manche resignierten, andere krempelten immer wieder die Ärmel hoch und begannen von Neuem.

Auch bei Ma's Pantry war das Schaufenster ausgetauscht worden, ebenso wie an anderen Läden und Häusern. An der Buchhandlung arbeitete ein Mann in einer ausgebleichten Jeansjacke. Er baute eine neue Tür ein. Gestern war die Tür noch völlig zerkratzt, das Schaufenster zerbrochen gewesen. Jetzt war alles wieder frisch und neu.

Als sich der Mann umdrehte und sah, dass sie ihn beobachtete, lächelte er. Laylas Herz machte einen Satz. Es war Fox' Lächeln. Einen Moment lang dachte sie, sie hätte Halluzinationen, aber dann fiel ihr ein, dass Fox' Vater ja Schreiner war. Grüßend hob sie die Hand und erwiderte sein Lächeln.

War es nicht interessant, einen Blick darauf werfen zu können, wie Fox B. O'Dell in zwanzig Jahren aussehen würde? Sehr, sehr gut auf jeden Fall.

Sie lachte immer noch leise vor sich hin, als sie in Fox' Kanzlei kam und Alice ablöste.

Da sie das Büro für sich alleine hatte, legte sie eine Michelle-Grant-CD ein, als sie sich an die Arbeit machte, die Alice ihr hinterlassen hatte. Wenn das Telefon klingelte, schaltete sie sie auf stumm.

Nach einer Stunde hatte sie den Schreibtisch aufgeräumt und Fox' Terminkalender auf den neuesten Stand gebracht. Da sie das Büro immer noch als Alices Domäne betrachtete, widerstand sie der Versuchung, auch den Vorratsraum und die Schreibtischschubladen nach ihren Bedürfnissen umzuräumen.

Stattdessen nahm sie ein Buch zur Hand, in dem es um eine lokale Version der Legende des Heidensteins ging.

Sie sah ihn auf der Lichtung vor sich stehen. Wie ein Altar ragte er aus der verbrannten Erde, düster und grau. Fest, dachte sie, als sie das Buch durchblätterte. Ein Zentrum der Macht.

Sie fand nichts Neues in dem Buch – die kleine puritanische Ansiedlung, die von Hexerei, einem tragischen Feuer, einem plötzlichen Sturm erschüttert wurde. Sie hätte besser eins von Ann Hawkins' Tagebüchern mitgebracht, dachte sie, aber sie fühlte sich nicht wohl bei dem Gedanken, sie aus dem Haus zu entfernen.

Sie legte das Buch weg und versuchte es im Internet. Aber auch da fand sie nichts Neues. Was Recherche anging, waren Quinn und Cybil sowieso besser als sie. Ihre Stärke lag eher im Organisieren, im logischen Verbinden der einzelnen Punkte. Und im Moment gab es einfach keine neuen Punkte, die sie verbinden konnte.

Ruhelos stand sie auf und trat ans Fenster. Sie musste etwas zu tun haben, etwas, das ihre Hände und ihren Verstand gleichermaßen beschäftigte.

Entschlossen drehte sie sich um, um Quinn anzurufen. Sie hatte bestimmt eine Aufgabe für sie.

Die Frau stand vor dem Schreibtisch, die Hände vor dem Bauch gefaltet. Sie trug ein graues, hochgeschlossenes Kleid mit langem Rock und langen Ärmeln. Ihre hellblonden Haare hatte sie im Nacken zu einem Knoten geschlungen.

»Ich weiß, wie es ist, ungeduldig und ruhelos zu sein«, sagte sie. »Ich konnte auch nie lange ohne Beschäftigung dasitzen. Er sagte mir immer, dass auch in der Ruhe Sinn läge, aber mir fiel das Warten so schwer.«

Geister, dachte Layla. »Bist du Ann?«

»Das weißt du doch. Du lernst noch, dir und deiner Gabe zu vertrauen. Aber du weißt es.«

»Sag mir, was ich tun soll, sag *uns*, was wir tun sollen, um es zu beenden. Um den Dämon zu zerstören.«

»Das liegt nicht in meiner Macht. Es liegt auch nicht in der Macht meines Geliebten. Ihr müsst es entdecken, ihr, die ihr Teil davon seid, Teil von mir und meinen Nachfahren.«

»Ist das Böse in mir?« Oh, wie die Frage Layla auf der Seele brannte. »Kannst du mir das sagen?«

»Es ist das, was du daraus machst. Kennst du die Schönheit des Augenblicks?« Trauer und Freude spiegelten sich in Anns Zügen. »Jeder Moment ist in einem ständigen Wandel begriffen. So geht es auch dir. Wenn du in andere hineinschauen kannst, in ihr Herz und ihren Kopf, wenn du bei anderen weißt, was richtig ist und was falsch, dann kannst du auch bei dir selbst die Antworten finden.«

»Der Augenblick ist jetzt, aber du bringst mir nur weitere Fragen. Sag mir, wohin du vor dem Feuer am Heidenstein gegangen bist.«

»Ins Leben, wie er es von mir verlangt hat. Um meinen Kindern das Leben zu schenken. Sie waren mein Glaube, meine Hoffnung, meine Wahrheit, und sie wurden in Liebe empfangen. Jetzt bist du meine Hoffnung. Du darfst nicht aufgeben. Das hat er auch nie getan.«

»Wer? Giles Dent? Ach nein, Fox. Du meinst Fox«, sagte Layla.

»Er glaubt an die Gerechtigkeit.« Sie lächelte liebevoll. »Das ist seine große Stärke, aber auch seine Verletzlichkeit. Denk daran, der Dämon sucht die Schwächen.«

»Was kann ich … oh, verdammt!« Ann war weg, und das Telefon läutete.

Sie würde alles aufschreiben, dachte Layla, als sie zum Schreibtisch eilte. Jedes Wort, jedes Detail.

Sie griff nach dem Telefonhörer. Und ihre Hand berührte eine zischende Schlange.

Mit einem Aufschrei schleuderte sie die sich windende schwarze Masse von sich weg. Sie taumelte zurück und schrie immer weiter, während die Schlange sich wie eine Kobra zusammenrollte und den Kopf hob. Mit roten Schlitzaugen blickte das Tier sie an, dann senkte es den Kopf und glitt über den Boden auf sie zu. Layla wich an die Tür zurück, als die Schlange sich mit Lichtgeschwindigkeit zwischen ihr und dem Ausgang zusammenrollte.

Laylas Atem kam in keuchenden, schnellen Stößen. Am liebsten hätte sie sich umgedreht und wäre weggelaufen, aber sie hatte zu viel Angst, dem Ding den Rücken zuzuwenden. Wieder schlängelte es auf sie zu.

War es jetzt länger geworden? O Gott, oh, lieber Gott. Die Haut glänzte in einem öligen Schwarz, und das Zischen wurde immer lauter, als Layla mit dem Rücken an der Wand stand. Jetzt gab es für sie kein Entkommen mehr.

»Du bist nicht real.« Aber sie hörte selbst den Zweifel in ihrer Stimme. »Nicht real«, wiederholte sie und rang keuchend nach Atem. Schau sie dir an, befahl sie sich selbst. Schau sie dir an, dann weißt du es. »Du bist nicht real. Noch nicht, du Bastard.«

Sie biss die Zähne zusammen und drückte sich von der Wand ab. »Hau ab! Verschwinde! Du bist nicht *real!*« Beim letzten Wort stampfte sie mit dem Fuß auf den öligen schwarzen Körper. Einen Moment lang spürte sie Substanz, sah sie Blut aus der Wunde spritzen. Sie war erschreckt und angewidert, als sie seine Wut und seinen Schmerz *spürte*.

»Ja, genau. Wir haben dich schon einmal verwundet, und wir werden dich wieder verwunden. Fahr zur Hölle, du …«

Er schlug zurück. Einen kurzen Augenblick lang empfand auch sie Schmerz, und sie taumelte. Noch bevor sie sich wieder fangen konnte, um zurückzuschlagen, war er weg.

Voller Panik zog sie ihre Hosenbeine hoch und untersuchte ihre Beine auf eine Wunde. Aber ihre Haut war unversehrt. Auch der Schmerz war nur eine Illusion gewesen, dachte sie, als sie nach ihrer Tasche griff. Er konnte sie Schmerzen fühlen lassen, aber er konnte sie nicht tatsächlich verwunden. Mit zitternden Händen kramte sie ihr Handy aus der Tasche.

Fox war bei Gericht, fiel ihr ein. Er konnte nicht kommen und ihr helfen. Sie drückte die Schnellwahltaste für Quinn. »Komm«, stieß sie hervor, als Quinn sich meldete. »Du musst kommen. Schnell!«

»Wir wollten gerade gehen, als du anriefst«, sagte Quinn zu ihr. »Du bist nicht ans Telefon gegangen, weder an dein Handy noch im Büro.«

»Es hat geklingelt.« Layla saß auf dem Sofa im Empfangsbereich. Sie konnte wieder atmen, und auch ihr Zittern war fast verschwunden. »Es klingelte, aber als ich abnahm …« Sie trank einen Schluck Wasser. »Ich habe es dorthin geworfen.«

Sie zeigte auf eine Stelle, und Cybil trat an den Schreibtisch. »Aber es ist noch hier.« Sie hob den Apparat an.

»Weil ich es gar nicht angefasst habe«, sagte Layla langsam. »Ich habe überhaupt nichts angefasst. Er hat es mir nur vorgegaukelt.«

»Was genau ist vorgefallen?«

»Ich weiß nicht. Ich habe ihn gehört. Ich habe ihn gesehen, und ich glaube, ich habe ihn auch gespürt.« Sie blickte auf ihre Hände und unterdrückte ein Schaudern.

»Cal ist hier«, sagte Cybil, die aus dem Fenster geblickt hatte.

»Wir haben ihn angerufen.« Quinn rieb Laylas Arme. »Wir haben uns gedacht, wir rufen besser die gesamte Kavallerie zu Hilfe.«

»Fox ist bei Gericht.«

»Okay.« Quinn, die vor Layla gehockt hatte, stand auf, als Cal hereinkam.

»Seid ihr alle in Ordnung? Niemand verletzt?«

»Niemand verletzt.« Quinn legte Layla die Hand auf die Schulter. »Sie hat nur einen Schreck gekriegt.«

»Was ist passiert?«

»Darüber wollten wir gerade sprechen. Fox ist bei Gericht.«

»Ich habe versucht, ihn zu erreichen, aber es ging nur seine Mailbox an. Ich habe keine Nachricht hinterlassen, sonst macht er sich nur unnötige Sorgen.« Cal trat zu Quinn und berührte sie am Arm, bevor er sich neben Layla setzte.

»Was ist passiert?«

»Ich hatte Besucher aus beiden Mannschaften.«

Sie erzählte ihnen von Ann Hawkins, wobei sie einmal innehielt, als Quinn ihren Rekorder herausholte, und dann noch einmal, als Gage hereinkam.

»Du hast gesagt, du hast sie sprechen hören?«, fragte Cal.

»Wir haben uns unterhalten. Genau hier. Nur ich und die Frau, die seit dreihundert Jahren tot ist.«

»Aber hat sie tatsächlich gesprochen?«

»Ich habe doch gerade gesagt ... Oh. Oh. Wie blöd bin ich eigentlich?« Layla stellte die Wasserflasche ab und drückte die Finger gegen die Augen. »Ich soll im Augenblick bleiben, auf das Jetzt achten, und ich tue nichts dergleichen. Ich habe es nicht getan!«

»Wahrscheinlich war es eine große Überraschung, dass auf einmal eine tote Frau vor dir stand«, warf Cybil ein.

»Ich hatte mir gerade gewünscht, etwas Sinnvolles zu tun zu haben, und, na ja, man sollte immer aufpassen, was man sich wünscht. Lasst mich nachdenken.« Layla schloss die Augen und versuchte sich die Episode noch einmal vorzustellen. »In meinem Kopf«, murmelte sie. »Ich habe sie in meinem Kopf gehört. Ich bin mir fast sicher. Ich hatte also eine telepathische Unterhaltung mit einer toten Frau. Es wird immer besser.«

»Mir kommt es ein bisschen so vor wie eine Ermunterung aus dem Jenseits«, sagte Gage. »Keine echte Information, nur ein paar ermunternde Worte. Geht hinaus und gebt alles für euer Team!«

»Vielleicht brauchte ich das. Denn dann ist der andere Gast aufgetaucht. Das Telefon klingelte. Das warst wahrscheinlich du«, sagte sie zu Quinn. »Dann …«

Sie brach ab, als die Tür aufging. Fox kam herein. »Da feiert jemand eine Party und … Layla.« Er stürzte zu ihr. »Was ist passiert?« Er packte ihre Hände. »Schlange? Ach, du liebe Scheiße. Du bist nicht verletzt.« Er zerrte ihr Hosenbein hoch, bevor sie ihm antworten konnte.

»Hör auf. Lass das. Ich bin nicht verletzt. Hör doch erst mal zu.«

»Entschuldigung. Du warst allein. Du hättest …«

»Hör auf!«, befahl sie und entzog ihm energisch ihre Hände. »Hör auf damit. Ich kann dir nicht vertrauen, wenn du dich so in meinen Kopf hereindrängst.«

Zerknirscht zog er sich zurück. »Ja, gut. Gut. Erzähl.«

»Zuerst kam Ann Hawkins«, sagte Quinn, »aber das können wir dir später noch erzählen. Sie war gerade bei dem nächsten Besucher.«

»Dann erzähl weiter.«

»Das Telefon klingelte«, sagte Layla und erzählte ihnen die Geschichte.

»Du hast ihn verletzt«, meinte Quinn. »Ganz allein, ohne jede Hilfe. Das hört sich gut an. Und deine Stiefel gefallen mir.«

»Ich trage sie in der letzten Zeit am liebsten.«

»Aber du hast auch Schmerz verspürt.« Cal wies auf ihre Wade. »Und das ist nicht gut.«

»Es war nur für eine Sekunde, und ich weiß nicht, wie viel davon Panik oder die Erwartung von Schmerz war. Ich hatte solche Angst, und dann noch die Schlange. Ich habe hyperventiliert, ich glaube, ich wäre ohnmächtig geworden, wenn ich nicht noch viel mehr Angst davor gehabt hätte, dass die Schlange dann über mich gekrochen wäre. Ich habe Probleme damit.«

Cybil legte den Kopf schräg. »Angst vor Schlangen? Du hast Ophidiophobie? Schlangenphobie«, erklärte sie, als Layla sie nur verständnislos anblickte.

»Sie versteht von allen möglichen Sachen was«, warf Quinn stolz ein.

»Ich weiß nicht, ob es wirklich eine Phobie ist. Ich mag eigentlich nur keine Schlangen – na ja, ich habe schon Angst vor ihnen«, räumte Layla ein. »Vor allen Kriechtieren.«

Cybil warf Quinn einen Blick zu. »Kannst du dich noch an die Riesenschnecke erinnern, an dem Tag, als Layla im Hotel eincheckte?«

»Ja. Damit hat er genau ihre Ängste getroffen. Gut, Cyb.«

»Als wir auf der Tanzveranstaltung waren, waren es Spinnen.« Cybil zog eine Augenbraue hoch. »Du hast Angst vor Spinnen, Q.«

»Nicht wirklich Angst, eher Ekel.«

»Deshalb habe ich bei dir auch nicht von Arachnophobie geredet.«

»Das hat Fox«, warf Cal ein.

»Nein, ich mag Spinnen nicht, aber Angst …«

»Wer wollte denn nicht in *Arachnophobia* gehen? Du weißt schon, den Film! Und wer hat wie ein Mädchen gekreischt, als eine Vogelspinne über seinen Schlafsack gekrabbelt ist, als wir …«

»Da war ich zwölf, du meine Güte!« Verlegen schob Fox die Hände in die Hosentaschen. »Ich mag Spinnen eben nicht, aber deswegen habe ich noch lange keine Phobie. Im Gegensatz zu Schlangen, die ich irgendwie cool finde, haben sie viel zu viele Beine, und bedenklich ängstlich werde ich auch nur bei Spinnen, die größer sind als meine Hand.«

»Das waren sie allerdings«, bestätigte Layla.

Fox stieß die Luft aus. »Ja, genau.«

»Ann sagte, er sucht nach unseren Schwächen.«

»Spinnen und Schlangen«, warf Cal ein.

»Wovor hast du denn Angst?«, fragte Cybil Gage.

»Vor dem Finanzamt und vor Frauen, die Wörter wie *Ophidiophobie* herunterrasseln können.«

»Jeder hat Ängste oder Schwachstellen.« Erschöpft rieb Layla sich über den Nacken. »Und er verwendet sie gegen uns.«

»Wir sollten dich nach Hause bringen.« Fox musterte Layla. »Du hast Kopfschmerzen, das sehe ich deinen Augen an. Ich mache für heute die Kanzlei zu.«

»Gute Idee«, erwiderte Quinn, bevor Layla etwas sagen konnte. »Wir gehen zu uns nach Hause. Layla kann eine Aspirin nehmen und vielleicht ein heißes Bad. Und Cyb kocht uns was.«

»Ach ja?«, sagte Cybil und verdrehte die Augen, als Quinn nur lächelte. »Schon gut, schon gut, ich koche.«

Als die Frauen weg waren, stellte Fox sich mitten in den Raum und schaute sich um.«

»Hier ist nichts, Junge«, erklärte Gage.

»Aber er war hier. Wir alle haben es gespürt.«

»Ja, es wäre ja auch keiner von uns auf die Idee gekommen, dass sie es sich nur eingebildet hat.«

»Nein, natürlich nicht«, stimmte Gage zu, »und sie ist ganz gut damit fertig geworden. Die drei sind schon ein starkes Team. Das ist ein Vorteil.«

»Sie war allein«, erwiderte Fox. »Sie musste alleine damit klarkommen.«

»Wir sind zu sechst, Fox.« Cals Stimme war ruhig. »Wir können nicht vierundzwanzig Stunden am Tag zusammenhocken. Wir müssen arbeiten, schlafen, leben. So ist es eben. So ist es immer gewesen.«

»Sie weiß, was auf dem Spiel steht.« Gage spreizte die Finger. »Wie wir alle.«

»Das ist aber kein Spiel«, fuhr Fox ihn an.

»Und sie ist nicht Carly.«

Es wurde still im Zimmer, als Cal das sagte.

»Sie ist nicht Carly«, wiederholte er. »Was heute hier passiert ist, ist genauso wenig deine Schuld wie das, was vor sieben Jahren passiert ist. Wenn du das ständig mit dir herumschleppst, dann tust du niemandem einen Gefallen.«

»Keiner von euch hat jemals jemanden verloren, den

er liebte«, gab Fox zurück. »Deshalb könnt ihr das gar nicht beurteilen.«

»Aber wir waren dabei«, korrigierte Gage ihn. »Deshalb können wir es doch beurteilen. Wir wissen es.« Er schob seinen Jackenärmel zurück und hielt Fox das Handgelenk mit der dünnen Narbe hin. »Wir waren immer dabei.«

Das war die Wahrheit. Fox stieß die Luft aus. »Wir müssen uns ein Kontaktsystem ausdenken, damit wir ein Signal an die anderen aussenden können, wenn jemand von uns bedroht ist. Irgendetwas müssen wir uns ausdenken«, fügte er hinzu. »Aber jetzt will ich erst mal diesen Anzug loswerden, und ich brauche ein Bier.«

Als sie bei den Frauen ankamen, waren die Essensvorbereitungen schon in vollem Gange. Quinn fungierte als Cybils Küchenjunge.

»Was gibt es denn?« Cal küsste Quinn auf den Mund.

»Ich weiß nur, dass man mir befohlen hat, diese Karotten und Kartoffeln zu schälen.«

»Es war schließlich deine Idee, dass ich für sechs Personen kochen soll«, erinnerte Cybil sie. Sie lächelte Cal an. »Es gibt etwas Köstliches. Es wird dir bestimmt schmecken. Und jetzt raus aus der Küche.«

»Er kann doch auch Karotten schälen«, wandte Quinn ein.

»Fox kann Karotten schälen«, schlug Cal vor. »Er kann besonders gut mit Gemüse umgehen, weil sie bei ihm zu Hause nichts anderes gegessen haben.«

»Und weil das bei dir nicht so war, solltest du endlich

mal üben«, gab Fox zurück. »Ich möchte mit Layla reden. Wo ist sie?«

»Oben. Sie … hmmm«, sagte Quinn, als Fox sich einfach umdrehte und aus der Küche marschierte. »Das wird bestimmt interessant. Schade, dass ich nicht dabei sein kann.«

Er ging direkt nach oben. Er kannte sich in dem Haus gut aus, weil er den Frauen beim Einzug geholfen und Möbel geschleppt hatte. Die Tür zu ihrem Schlafzimmer stand offen, und da war sie, nur mit einem Büstenhalter und einem Höschen bekleidet.

»Ich muss mit dir sprechen.«

»Raus. Raus mit dir. Himmel!« Sie ergriff ein T-Shirt vom Bett und hielt es sich vor.

»Es dauert auch nicht lange.«

»Das ist mir egal. Ich bin nicht angezogen.«

»Ach, du liebe Güte, ich habe schon häufiger Frauen in Unterwäsche gesehen.« Aber da sie nur gebieterisch den Arm hob und zur Tür zeigte, ließ er sich auf einen Kompromiss ein und drehte sich um. »Wenn du dich genierst, solltest du die Tür zumachen.«

»In diesem Haus wohnen nur Frauen, und ich … ach, egal.«

Er hörte, wie sie Schubladen auf- und zuzog. »Was machen deine Kopfschmerzen?«

»Sie sind weg. Mir geht es gut, also wenn das alles war …«

»Du könntest ruhig mal herunterkommen.«

»Wie bitte?«

»Von deinem hohen Ross. Wenn du glaubst, ich entschuldige mich dafür, dass ich heute Nachmittag in deine Gedanken eingedrungen bin, dann hast du dich geschnitten. Du hast Angst ausgestrahlt, und sie ist direkt auf mich übergesprungen. Ich habe lediglich instinktiv reagiert, das macht aus mir noch lange keinen hellsichtigen Voyeur.«

»Du hast doch sonst deine Instinkte immer im Griff. Das hast du mir selbst gesagt.«

»Wenn jemand, der einem etwas bedeutet, sich in Gefahr befindet, ist es schwieriger. Damit musst du dich abfinden. Und vielleicht hättest du lieber einen anderen Job.«

»Willst du mich etwa *entlassen*?«

Mittlerweile hatte sie sicher schon wieder genug an, deshalb drehte er sich um. Im Geiste sah er sie immer noch in BH und Höschen vor sich, musste aber zugeben, dass sie auch in Jeans und Pullover äußerst ansehnlich war, vor allem, wenn sie so wütend war wie jetzt.

»Ich schlage dir lediglich vor, dass du dir überlegst, ob du nicht lieber irgendwo arbeitest, wo du mit anderen Menschen zusammen bist, damit du nicht alleine bist. Ich bin doch ständig unterwegs, und wenn Mrs H erst einmal …«

»Meinst du etwa, ich brauche einen Babysitter?«

»Nein. Findest du nicht auch, dass du ein bisschen überreagierst? Ich sage doch nur, dass du nicht mehr in die Kanzlei zu kommen brauchst, wenn du dich dort unwohl fühlst. Ich würde es verstehen und dir etwas anderes besorgen.«

»Ich lebe und arbeite in einer Stadt, wo alle sieben Jahre ein Dämon auftaucht. Und es gibt in diesem Zusammenhang wesentlich unbehaglichere Situationen, als deine Büroarbeit zu erledigen.

»Es gibt andere Jobs, in denen du nicht alleine in einem Büro säßest und leicht angegriffen werden könntest.«

»Ich habe mich gewehrt und einigen Schaden angerichtet.«

»Das erkenne ich durchaus an, Layla.«

»In meinen Ohren klingt das aber nicht so.«

»Ich will mich nicht dafür verantwortlich fühlen müssen, wenn dir etwas passiert. Sag es nicht.« Abwehrend hob er die Hand. »Es ist mein Büro, und es sind meine Gefühle.«

Sie legte den Kopf schräg und blickte ihn an. »Dann musst du mich entweder rauswerfen oder aber deinen eigenen Rat befolgen und lernen, damit umzugehen.«

»Na gut, dann lerne ich es eben. Wir wollen eine Art Alarm oder ein Signal entwickeln, mit dem wir alle gleichzeitig erreichen können.«

»So etwas wie bei Fledermäusen?«

Er musste lächeln. »Ja, das wäre cool. Darüber reden wir noch.«

Als sie gemeinsam nach unten gingen, fragte er: »Vertragen wir uns wieder?«

»Ja, klar.«

Obwohl Cybil es nicht wollte, saßen alle in der Küche. Lump, Cals Hund, lag schnarchend unter dem kleinen Caféhaustisch.

»Wir haben ein wunderbares Wohnzimmer im Haus«, sagte Cybil. »Wunderbar geeignet für Männer und Hunde, wenn man bedenkt, wie es eingerichtet ist.«

»Cyb hat sich an die Flohmarkteinrichtung immer noch nicht gewöhnt.« Quinn grinste und biss in einen Stangensellerie. »Geht es dir besser, Layla?«

»Viel besser. Ich wollte mir nur rasch ein Glas Wein holen und dann die letzten Ereignisse dokumentieren. Ach, übrigens, warum habt ihr mich angerufen? Ihr habt gesagt, ihr hättet es in der Kanzlei und auf meinem Handy probiert.«

»O Gott, das haben wir bei all der Aufregung völlig vergessen.« Quinn warf Cybil einen Blick zu. »Unsere Top-Ermittlerin hat möglicherweise herausgefunden, wo Ann Hawkins nach der Nacht am Heidenstein Unterschlupf gefunden hat.«

»Eine Familie namens Ellsworth, die sechzehnhundertzweiundfünfzig einige Meilen außerhalb der Ansiedlung gewohnt hat. Sie sind kurz nach Hawkins gekommen, etwa drei Monate später, wie ich herausgefunden habe.«

»Gibt es eine Verbindung?«, fragte Cal.

»Sie sind beide aus England gekommen. Fletcher Ellsworth. Ann hat einen ihrer Söhne Fletcher genannt. Und Ellsworths Frau, Honor, war eine Kusine dritten Grades von Hawkins' Frau.«

»Das ist doch eine Verbindung«, stellte Quinn fest.

»Hast du den Ort feststellen können?«

»Daran arbeite ich noch«, erwiderte Cybil. »Ich weiß auch nur so viel, weil einer von Ellsworths Nachfahren mit George in Valley Forge war und einer *seiner* Nachfahren ein Buch über die Familie geschrieben hat. Ich habe Kontakt zu ihm aufgenommen – ein ganz schön geschwätziger Typ.«

»Mit Cyb reden sie alle.« Quinn biss erneut in ihre Selleriestange.

»Ja, das stimmt. Er hat jedenfalls bestätigt, dass die Ellsworths, an denen wir interessiert sind, eine Farm westlich von der Stadt hatten, an einem Ort der Hollow Creek hieß.«

»Wir brauchen also nur …« Quinn brach ab, als sie bemerkte, dass Cal Fox anstarrte. »Was ist?«

»Manche Einheimischen nennen sie immer noch so«, erklärte Fox. »Oder zumindest taten sie es, als meine Eltern vor dreiunddreißig Jahren das Land kauften. Das ist die Farm meiner Familie.«

6

Es war schon dunkel, als Fox hinter dem Truck seines Vaters anhielt. Die späte Stunde war einer der Gründe, warum nicht gleich sechs Personen über seine Eltern herfielen.

Aber auch damit wären sie fertig geworden, dachte er. Das Haus hatte immer allen offen gestanden. Verwandte, alte Freunde, neue Freunde, gelegentlich ein Fremder, sie alle konnten auf ein Bett, eine Mahlzeit, eine Zuflucht bei den Barry-O'Dells rechnen. Als Bezahlung für die Gastfreundschaft musste man höchstens die Hühner füttern, die Ziegen melken, Unkraut jäten oder Holz hacken.

Seine gesamte Kindheit hindurch war es im Haus laut

und lebhaft zugegangen, und das war heute oft noch so. Es war ein Haus, dessen Bewohner ermutigt wurden, ihre eigenen Wege zu erforschen und zu gehen, in dem Regeln flexibel und individuell waren und in dem von jedem erwartet wurde, dass er zum Ganzen beitrug.

Das weitläufige Haus aus Stein und Holz mit der breiten Veranda, den interessanten Erkern und den bunt gestrichenen Fensterläden (zurzeit in einem leuchtenden Rot) war immer noch sein Zuhause, dachte er. Wahrscheinlich würde es das auch bleiben, selbst wenn er längst schon ein eigenes Haus und eine eigene Familie hätte.

Er hörte Musik, als er in das große Wohnzimmer mit seiner exzentrischen Mischung aus Kunst, Farben und Stoffen trat. Jedes Möbelstück war handgearbeitet, die meisten von seinem Vater. Lampen, Gemälde, Vasen, Schalen, Decken, Kissen und Kerzen waren Originalwerke – von der Familie oder von Freunden.

Hatte er das als Kind eigentlich gewürdigt? Wahrscheinlich nicht. Es war eben einfach sein Zuhause.

Zwei Hunde rannten ihm entgegen. Sie bellten aufgeregt und wedelten mit den Schwänzen. Sie hatten immer Hunde gehabt. Diese hier, Mick und Dylan, waren Mischlinge – wie immer –, die seine Eltern aus dem Tierheim gerettet hatten. Fox hockte sich hin, um sie zu streicheln, als sein Vater auf ihn zukam.

»Hey!« Brians Gesicht leuchtete auf. »Wie geht's? Willst du was essen?«

»Ja.«

»Komm nach hinten. Wir sind gerade dabei, ich habe etwas von einem Apple Cobbler läuten hören.« Brian legte Fox den Arm um die Schultern, und sie gingen zur Küche.

»Ich wollte heute eigentlich nach der Arbeit bei dir vorbeischauen«, fuhr Brian fort. »Aber ich bin aufgehalten worden. Sieh mal, wen ich gefunden habe«, sagte er zu Jo. »Bestimmt hat er das mit dem Nachtisch gehört.«

»Es hat schon in der gesamten Stadt die Runde gemacht.« Fox trat um den großen Holztisch herum, um seine Mutter zu küssen. In der Küche roch es nach Kräutern und Kerzen und nach der dicken Suppe, die auf dem Herd stand. »Und um deiner Frage zuvorzukommen, ich habe schon zu Abend gegessen.«

Er setzte sich auf einen Stuhl, an dem er als Dreizehnjähriger mit gebaut hatte. »Ich wollte mit euch über das Haus hier, die Farm, sprechen.«

»Willst du wieder hierherziehen?«, fragte Brian und ergriff seinen Löffel. Fox sah, dass seine Mutter ihre berühmte Linsensuppe mit braunem Reis gemacht hatte.

»Nein.« Obwohl die Tür immer offen stand, dachte er. »Der Hauptteil des Hauses stammt aus der Zeit vor dem Bürgerkrieg, oder?«

»Achtzehnhundertfünfzig«, bestätigte Jo. »Das weißt du doch.«

»Ja, aber ich habe mich gefragt, ob es nicht vielleicht noch auf einem älteren Gebäude errichtet worden ist.«

»Möglich«, antwortete sein Vater. »Der Steinschuppen draußen ist auf jeden Fall älter, und früher gab es hier bestimmt noch andere Gebäude.«

»Ja, genau. Ich weiß noch, dass du dich mal mit der Geschichte befasst hast.«

»Ja.« Jo blickte ihren Sohn an. »Hier wurde schon Ackerbau betrieben, bevor der weiße Mann kam und das Land an sich riss.«

»Ich meine nicht die Indianer oder ihre Ausbeutung durch die Einwanderer.« Das Thema wollte er jetzt nun wirklich nicht mit seiner Mutter diskutieren. »Ich bin vielmehr daran interessiert, was ihr über die Siedler wisst.«

»Als Hollow gegründet wurde«, erwiderte Jo. »Als Lazarus Twisse kam.«

»Ja.«

»Ich weiß, dass das Land damals bearbeitet wurde. Die Gegend hier wurde als Hollow Creek bezeichnet. Ich habe Unterlagen darüber. Warum willst du das wissen, Fox? Wir sind hier nicht in der Nähe des Heidensteins, wir sind außerhalb der Stadt.«

»Wir glauben, dass Ann Hawkins hier gewohnt und ihre Söhne zur Welt gebracht hat.«

»Auf dieser Farm?«, fragte Brian. »Wie kommt ihr darauf?«

»Ich habe euch ja erzählt, dass sie Tagebücher geschrieben hat. Aber wir haben keine Aufzeichnungen aus den zwei Jahren, in denen sie Hollow verlassen hat – oder angeblich verlassen hat. Wenn wir sie finden könnten …«

»Aber das war vor dreihundert Jahren«, warf Jo ein.

»Ja, sicher, wir müssen es trotzdem versuchen. Wenn wir morgen ganz früh vorbeikommen könnten, noch bevor ich die ersten Termine habe …«

»Du weißt doch, dass du nicht zu fragen brauchst«, sagte Brian. »Wir sind hier.«

Jo schwieg einen Moment. Dann stand sie auf. »Ich hole den Cobbler.« Sie streichelte ihrem Sohn über die Schulter und trat an die Anrichte.

Er hätte am liebsten alles von seiner Familie ferngehalten. Als er im Morgengrauen die vertrauten Straßen zur Farm fuhr, sagte Fox sich immer wieder, dass diese Suche seine Familie nicht weiter hineinziehen würde. Selbst wenn sie beweisen konnten, dass Ann tatsächlich dort gelebt hatte, änderte das doch nichts an der Tatsache, dass die Farm sicher war.

Keine ihrer Familien war jemals heimgesucht worden, keiner von ihnen war bedroht worden. Daran würde sich nichts ändern. Die Vorfälle wurden immer schlimmer und ereigneten sich früher, aber seine Familie blieb sicher.

Er hielt vor dem Haus. Direkt hinter ihm kamen Cal und Gage.

»Ich habe zwei Stunden Zeit«, sagte er zu ihnen, als sie alle ausgestiegen waren. »Wenn wir mehr brauchen, kann ich versuchen, ein paar Termine zu verschieben. Sonst müssen wir eben bis morgen warten.«

»Wir schauen mal.« Cal trat beiseite, damit Lump und die beiden Hunde der Familie sich beschnüffeln und miteinander bekannt machen konnten.

»Da kommt die Östrogen-Fraktion.« Gage wies mit dem Kinn zur Straße. »Ist deine Freundin bereit, in die Vergangenheit zu gehen, Hawkins?«

»Sie hat ja gesagt.« Cal trat ans Auto und zog Quinn auf die Seite, als die Frauen ausstiegen. »Ich weiß nicht, ob ich dir heute helfen kann.« Er küsste sie. »Ich werde natürlich tun, was ich kann, aber Tatsache ist, ich gehe hier ein und aus, habe in diesem Haus geschlafen, gegessen, gespielt, mitgeholfen. Es war mein zweites Zuhause, aber ich habe nie etwas von der Vergangenheit oder von Ann mitbekommen.«

»Giles Dent war ja auch nicht hier – und auch nicht die Hüter, die vor ihm kamen. Jedenfalls nicht, soweit wir wissen. Wenn Ann hier gelebt hat, dann kam sie ohne Dent und war auch noch hier, als er schon tot war. Das hier ist meine Aufgabe, Cal.«

»Ich weiß.« Er küsste sie erneut. »Aber streng dich nicht zu sehr an, Blondie.«

»Es ist ein wundervolles Haus«, sagte Layla zu Fox. »Einfach ein wundervoller Ort, nicht wahr, Cybil?«

»Wie ein Gemälde von Pisarro. Was für Landwirtschaft habt ihr hier, Fox?«

»Biologischer Anbau. Im Moment sind sie sicher bei den Tieren.«

»Kühe?«, fragte Layla und ging neben ihm her aufs Haus zu.

»Nein, Ziegen, wegen der Milch. Hühner, wegen der Eier. Bienen für den Honig. Gemüse, Kräuter, Blumen. Alles wird verwendet, und was übrig bleibt, wird verkauft oder getauscht.«

Es roch nach Tieren, fand Layla, exotisch für ihre an die Stadt gewöhnte Nase. Am Ast einer alten Platane hing ein Autoreifen an einem Seil. »Es muss toll gewesen sein, hier aufzuwachsen.«

»Ja. Ich habe das zwar bestimmt nicht gedacht, wenn ich bei den Hühnern ausgemistet oder Unkraut gejätet habe, aber es war schon toll.«

Sie hörte Hühner gackern, und als sie um die Hausecke bogen, sahen sie Fox' Mutter, die sie fütterte. Sie trug Jeans, uralte Gummistiefel und ein kariertes Flanellhemd über einem Vliespullover. Die Haare hatte sie zu einem dicken Zopf geflochten, der ihr über den Rücken hing.

Wie so oft sang sie bei der Arbeit. Ihr Vater, der im Gehege gerade eine der Ziegen molk, sang mit ihr.

Als sie ihn sah, lächelte sie. »Du hast es mal wieder so gelegt, dass du die morgendlichen Pflichten versäumt hast, wie ich sehe.«

»Darin war ich schon immer gut.«

Sie warf den Hühnern die letzte Handvoll Körner hin, stellte den Eimer ab und trat auf ihn zu. Sie küsste ihn – auf die Stirn, auf beide Wangen und auf den Mund. »Guten Morgen.« Dann wandte sie sich zu Cal und machte es bei ihm genauso. »Caleb. Ich habe gehört, du hast Neuigkeiten.«

»Ja. Hier ist sie. Quinn, das ist Joanne Barry, die Liebe meiner Kindheit.«

»Dagegen komme ich ja kaum an. Schön, Sie kennen zu lernen.«

»Nett, Sie kennen zu lernen.« Joanne tätschelte Quinns Arm und wandte sich dann an Gage. »Wo warst du, und warum hast du mich nicht besucht?«

Sie küsste ihn und nahm ihn dann fest in die Arme.

Cybil fiel auf, dass er die Umarmung erwiderte. Er schloss die Augen und hielt sie fest umschlungen. »Ich habe dich so vermisst«, murmelte er.

»Dann bleib das nächste Mal nicht so lange weg.« Sie löste sich von ihm. »Hallo, Layla, schön, Sie wiederzusehen. Und das ist bestimmt Cybil.«

»Ja. Sie haben eine sehr schöne Farm, Ms Barry.«

»Danke. Hier kommt mein Mann.«

»La-Mancha-Ziegen?«, fragte Cybil. Jo warf ihr einen neugierigen Blick zu. »Das ist richtig. Sie sehen gar nicht so aus, als ob Sie Schäferin wären.«

»Ich habe die Rasse vor ein paar Jahren in Oregon kennen gelernt. Es ist auffällig, wie sie die Ohrspitzen aufrichten. Ihre Milch hat einen hohen Butterfettgehalt, nicht wahr?«

»Ja. Möchten Sie sie mal probieren?«

»Das habe ich schon mal. Sie schmeckt hervorragend, und man kann fabelhaft damit backen.«

»Das stimmt. Bri, das sind Cybil, Quinn und Layla.«

»Nett, Sie … Hey, wir kennen uns schon.« Er grinste Layla an. »Gewissermaßen jedenfalls. Ich habe Sie gestern auf der Main Street gesehen.«

»Ja, Sie haben gerade eine neue Tür an der Buchhandlung eingebaut. Ich habe noch gedacht, wie tröstlich es doch ist, dass es Menschen gibt, die Kaputtes reparieren können.«

»Das ist unsere Spezialität. Gut gemacht mit der Blonden, Cal«, fügte er hinzu und legte Cal den Arm um die Schultern. Zu Gage sagte er: »Es wurde auch Zeit«, und umarmte ihn ebenfalls. »Wollt ihr frühstücken?«

»Wir haben nicht viel Zeit«, erwiderte Fox. »Tut mir leid.«

»Kein Problem. Ich bringe die Milch rein, Jo.«

»Ja, ich komme gleich mit den Eiern. Setz schon mal Teewasser auf, Bri. Es ist kalt heute früh.« Sie wandte sich wieder an Fox. »Sag uns Bescheid, wenn ihr etwas braucht oder wir helfen können.«

»Danke.« Fox drehte sich zu seinen Freunden. »Wo wollt ihr anfangen? Drinnen?«

»Das Haus gab es doch damals noch nicht, oder?« Quinn blickte Fox fragend an.

»Es wurde etwa hundert Jahre später gebaut, aber es könnte ja auf den Fundamenten eines früheren Hauses stehen. Ich weiß es nicht. Der Schuppen allerdings war schon da.« Er zeigte auf ein verfallenes, mit Efeu überwuchertes Gebäude.

»Er ist zu klein.« Layla musterte die Mauern, die noch standen. »Selbst für damalige Verhältnisse war er sicher nicht groß genug, wenn wir von einer Familie sprechen, die eine Frau und ihre drei Babys aufgenommen hat.«

»Er hat vielleicht als Räucherkammer gedient«, überlegte Cybil. »Oder als Stall. Aber es ist interessant, dass der Schuppen noch so gut erhalten ist. Dafür könnte es einen Grund geben.«

»Lasst es mich zuerst mal mit dem Haus versuchen.« Quinn studierte den Schuppen, den Hof und das große Steinhaus. »Wenn ich außen um das Haus herumgehe, bekomme ich ja vielleicht etwas. Wenn nicht, gehen wir einfach durch das Haus, wenn Fox' Eltern nichts dagegen haben. Also, drückt mal die Daumen.«

Sie streckte Cal die rechte Hand entgegen. »Die Lichtung im Wald, das ist heiliger Grund – ein magischer Ort. Und der Stein hat mir die Eingebungen förmlich aufgedrängt. Auf dem Speicher in der Bibliothek war es genauso. Ich brauchte gar nichts zu machen, und ich weiß eigentlich auch nicht, was ich tun soll.«

»Denk an Ann«, riet Cal ihr. »Du hast sie gesehen und sie gehört. Denk an sie.«

Quinn stellte sich Ann vor, wie sie sie beim ersten Mal gesehen hatte, mit offenen Haaren, dickem Schwangerschaftsbauch und einem Gesicht, das vor Liebe zu dem Mann, mit dem sie lebte, leuchtete. Als sie sie zum zweiten Mal gesehen hatte, war sie wieder schlank gewesen, züchtig gekleidet und hatte älter und trauriger gewirkt.

Sie ging über das harte Wintergras, über Kies, über Trittsteine. Die Luft war kühl und frisch auf ihren Wangen, und es roch nach Tieren und Erde. Sie hielt Cals Hand fest umklammert, weil sie wusste – und spürte –, dass er sie mit all seinen Fähigkeiten unterstützte.

»Ich komme einfach nicht dorthin. Ständig sehe ich dich«, sagte sie leise lachend zu Cal. »Dich als kleinen Jungen, als du noch deine Brille brauchtest. Du warst ja süß. Ich sehe euch alle drei, und dann noch einen kleineren Jungen und ein Kleinkind, ein kleines Mädchen. Sie ist niedlich.«

»Du musst tiefer gehen.« Cal drückte ihre Hand. »Ich bin bei dir.«

»Vielleicht ist das ja das Problem. Ich nehme vielleicht Bilder und Dinge auf, an die du dich erinnerst.« Sie entzog ihm ihre Hand. »Ich glaube, ich muss es alleine versuchen. Gib mir ein bisschen Raum. Ist das okay für alle? Ich brauche ein bisschen Raum.«

Sie drehte sich um und ging am Haus entlang. Es war so solide, dachte sie, und einfach schön, wie Cybil gesagt hatte. Stein, Holz und Glas. In den Blumenbeeten waren schon die ersten grünen Spitzen zu sehen, wahrscheinlich Narzissen, Tulpen und Hyazinthen.

Starke, alte Bäume boten Schatten, damit die Blumen, die die pralle Sonne nicht vertrugen, gedeihen konnten.

Sie roch Rauch, stellte sie fest. Anscheinend gab es im Haus Feuerstellen. Ja, natürlich. In welchem alten Farmhaus gab es die nicht? Einen gemütlichen Kamin, in dem die Flammen tanzten und vor dessen Wärme man sich abends setzen konnte.

Sie saß in einem Raum, das vom Kaminfeuer und dem Schein einer einzelnen Talgkerze erhellt wurde. Sie weinte nicht, obwohl ihr Herz von Tränen überschwemmt war. Sorgfältig schrieb sie mit Feder und Tinte in ihr Tagebuch.

Unsere Söhne sind acht Monate alt. Sie sind wunderschön, und sie sind gesund. Ich sehe dich in ihnen, Geliebter. Ich sehe dich in ihren Augen, und es tröstet mich und macht mich traurig zugleich. Mir geht es gut. Meine Kusine und ihr Mann sind über die Maßen freundlich. Wir sind sicherlich eine Last für sie, aber wir werden nie so behandelt. In den Wochen vor und nach der Geburt unserer Söhne konnte ich nur wenig tun, um meiner Kusine zu helfen. Und doch hat sie sich nie beklagt. Auch jetzt kann ich, weil ich mich um die Kinder kümmern muss, nicht so viel tun, wie ich möchte, um mich ihr und Cousin Fletcher dankbar zu erweisen.

Ich flicke. Honor und ich machen Seife und Kerzen, die Fletcher dann tauschen kann.

Ich möchte eigentlich etwas anderes schreiben, aber es fällt mir so schwer, meine Worte diesem Papier anzuvertrauen. Meine Kusine hat mir erzählt, dass die junge Hester Deale sich im Teich von Hawkins Wood ertränkt hat und ihre kleine Tochter als Waise zurücklässt. Sie hat dich in jener Nacht beschuldigt, du hattest es vorausgesehen. Sie hat auch mich beschuldigt. Wir wissen, dass sie es nicht aus freiem Willen getan hat, so wenig wie sie ihr mutterloses Kind aus freiem Willen empfangen hat.

Die Bestie ist in dem Kind, Giles. Du hast mir immer wieder gesagt, dass das, was du tun würdest, das Blut reinigen und die Ordnung wiederherstellen würde. Dieses Opfer, das du gebracht hast, und ich und unsere Kinder mit dir, war notwendig. Und doch fürchte ich in Nächten wie dieser, wenn ich so alleine bin und mein Herz voller Kummer ist für ein Mädchen, das ich kannte und das nun verloren ist, dass es nicht ausreicht. Ich beklage, dass du dich für nichts geopfert hast und dass unsere Kinder ihren Vater nie sehen und seinen Kuss nie spüren werden.

Ich bete um die Kraft und den Mut, die du immer in mir gesehen hast. Ich will beten, dass sie zu mir zurückkehren, wenn die Sonne aufgeht. Jedoch heute Nacht, in der Dunkelheit, kann ich nur eine Frau sein, die sich nach ihrer Liebe sehnt.

Sie schloss das Buch, als einer der Säuglinge zu schreien begann und seine Brüder weckte, die sofort in sein Geschrei einstimmten. Sie stand auf und trat an den Strohsack neben ihrem eigenen, um die Kinder zu beruhigen, zu singen und ihnen die Brust zu geben.

Ihr seid meine Hoffnung, flüsterte sie und gab einem Baby einen Zuckerschnuller, während die anderen beiden an der Brust tranken.

Als Quinn die Augen öffnete, nahm Cal sie in die Arme. »Wir müssen hineingehen.« Mit langen Schritten trug er sie die Treppe zur seitlichen Veranda hinauf. Fox lief voraus und öffnete ihm die Tür zum Musikzimmer der Familie.

»Ich hole Wasser.«

»Sie muss jetzt viel trinken.« Cybil eilte ihm nach. »Wo ist die Küche?«

Er zeigte es ihr und drehte sich in die entgegengesetzte Richtung.

Weil Quinn am ganzen Leib zitterte, warf Layla eine Decke von einem der Sofas über sie, als Cal Quinn dort ablegte.

»Mein Kopf«, stieß Quinn hervor. »Gott, mein Kopf. Mir wird gleich schlecht. Ich muss …« Sie setzte sich auf und ließ den Kopf zwischen die Knie sinken. »Okay.« Sie atmete tief ein und aus, während Cal ihr die Schultern massierte. »Okay.«

»Hier, trink einen Schluck. Fox hat dir Wasser gebracht.« Layla kniete sich neben Quinn und hielt ihr das Glas hin.

»Schön langsam«, riet Cal. »Richte dich erst auf, wenn du bereit bist. Tief atmen.«

»Ja, klar.« Sie warf einen Blick auf den Blecheimer, den Gage neben sie gestellt hatte. »Guter Gedanke, aber ich bin mir ziemlich sicher, dass ich ihn nicht brauche.«

Vorsichtig schob sie sich hoch, bis sie ihren schmerzenden Kopf an Cals Schulter lehnen konnte. »Das war heftig.«

»Ich weiß.« Er drückte ihr einen Kuss auf die Schläfe.

»Habe ich etwas gesagt? Es war Ann. Sie hat in ihr Tagebuch geschrieben.«

»Du hast viel gesagt«, erwiderte Cal.

»Warum habe ich bloß nicht meinen Rekorder eingeschaltet?«

»Ich habe alles aufgenommen.« Gage hielt ihren kleinen Rekorder hoch. »Ich habe ihn aus deiner Tasche genommen, als die Show begann.«

Langsam trank sie einen Schluck Wasser, dann blickte sie Fox aus Augen an, die immer noch ein wenig glasig in ihrem schmalen, blassen Gesicht wirkten. »Deine Eltern haben nicht zufällig Morphium im Haus?«

»Nein, tut mir leid.«

»Es vergeht schon wieder.« Cal gab ihr noch einen Kuss und rieb ihr sanft über den Nacken. »Versprochen.«

»Wie lange war ich weggetreten?«

»Fast zwanzig Minuten.« Cal blickte auf, als Cybil mit einem großen Keramikbecher hereinkam.

»Hier.« Sie streichelte Quinns Wange. »Das wird dir helfen.«

»Was ist das?«

»Tee. Mehr brauchst du nicht zu wissen. Komm, sei ein braves Mädchen.« Sie hielt den Becher an Quinns Lippen. »Deine Mutter hat eine erstaunliche Kollektion selbst gemachter Tees, Fox.«

»Das mag ja sein, aber das hier schmeckt wie …« Quinn brach ab, als Joanne eintrat. »Ms Barry.«

»Die Mischung schmeckt ziemlich scheußlich, aber sie hilft. Lass mich mal, Cal.« Joanne schob Cal beiseite und drückte und rieb zwei Punkte unten an Quinns Hals. »Versuchen Sie sich nicht zu verkrampfen. Ja, so ist es besser. Atmen Sie gleichmäßig. Atmen Sie Sauerstoff ein, atmen Sie alle Spannung und Unbehagen aus. So ist es gut. Sind Sie schwanger?«

»Was? Nein. Äh, nein.«

»Es gibt hier einen Punkt.« Sie ergriff Quinns linke Hand und drückte auf das Gewebe zwischen Daumen und Zeigefinger. »Das ist effektiv, darf aber bei schwangeren Frauen nicht angewendet werden.«

»Das angrenzende Tal«, sagte Cybil.

»Verstehen Sie etwas von Akupressur?«

»Sie versteht von allem etwas«, erklärte Quinn. Sie atmete jetzt leichter. »Oh, es ist besser geworden, viel besser. Ich spüre es kaum noch. Danke.«

»Sie sollten sich ein wenig ausruhen. Cal kann mit Ihnen nach oben gehen, wenn Sie wollen.«

»Danke, aber …«

»Cal, du solltest sie nach Hause bringen.« Layla legte Cal die Hand auf den Arm. »Ich kann mit Fox ins Büro fahren. Cybil, du kannst doch Gage sicher zu Cal bringen, oder?«

»Ja, klar.«

»Wir sind doch noch nicht fertig«, wandte Quinn ein. »Wir müssen noch herausfinden, wo sie das Tagebuch versteckt hat.«

»Heute nicht.«

»Sie hat recht, Blondie. Du musst dich jetzt ausruhen.« Damit erst gar kein Widerspruch aufkam, hob Cal sie von der Couch.

»Ja, da kann ich ja wohl kaum nein sagen. Danke, Ms Barry.«

»Jo.«

»Danke, Jo, dass wir Ihnen den Morgen verderben durften.«

»Jederzeit. Fox, mach Cal die Tür auf. Gage, gehst du mit Cybil nach hinten und sagst Brian Bescheid, dass alles in Ordnung ist? Layla.« Jo legte Layla die Hand auf den Arm und hielt sie fest, während die anderen aus dem Zimmer gingen. »Das haben Sie wunderbar gemacht.«

»Was?«

»Sie haben es so hingedreht, dass Quinn und Cal alleine miteinander sein können, das ist genau das, was die beiden jetzt brauchen. Ich möchte Sie um einen Gefallen bitten.«

»Ja, natürlich.«

»Wenn wir irgendetwas tun können, wollen Sie es mir dann sagen? Fox will die, die er liebt, immer schützen, und manchmal übertreibt er es damit.«

»Ich werde tun, was ich kann.«

Fox wartete draußen auf Layla. »Du brauchst nicht ins Büro zu gehen.«

»Cal und Quinn brauchen ein bisschen Zeit zu zweit, und da kann ich genauso gut arbeiten.«

»Leih dir Quinns oder Cybils Auto. Geh einkaufen. Tu etwas Normales.«

»Arbeit ist normal. Willst du mich loswerden?«

»Ich versuche nur, dir ein bisschen Ruhe zu verschaffen.«

»Ich brauche keine Ruhe.« Sie drehte sich um, als Cybil und Gage aus dem Haus kamen. »Ich fahre jetzt ins Büro, wenn ihr mich zu Hause nicht braucht.«

»Nein, ich komme schon alleine klar«, erwiderte Cybil. »Ich brauche ja nur aufzuschreiben, was heute Morgen passiert ist. Mehr können wir sowieso nicht machen, bis wir das Tagebuch finden.«

»Wir setzen viele Hoffnungen in ein Tagebuch«, meinte Gage.

»Es ist der nächste Schritt«, erwiderte Cybil achselzuckend.

»Ich kann es nicht finden.« Fox spreizte die Finger. »Vielleicht hat sie hier Tagebuch geführt, aber ich habe in diesem Haus gelebt und hatte nicht den leisesten Schimmer. Ich habe mich gestern Abend noch geöffnet und bin überall herumgegangen, drinnen und draußen – ich habe nichts empfangen.«

»Vielleicht brauchst du mich.«

Er blickte Layla an.

»Vielleicht müssen wir es ja gemeinsam machen. Das könnten wir versuchen. Wir haben ja noch ein bisschen Zeit. Wir könnten …«

»Jetzt nicht. Nicht während meine Eltern hier sind. Morgen früh sind sie beide den ganzen Vormittag unterwegs.« Dann konnte ihnen auch nichts passieren. »Sie sind mit dem Töpferstand auf dem Markt. Wir kommen morgen zurück.«

»In Ordnung. So, Cowboy.« Cybil wies auf Quinns Auto. »Dann lass uns mal fahren.« Sie schwieg, bis sie beide im Wagen saßen und aus dem Hof fuhren. Dann sagte sie zu Gage: »Was glaubt er denn, was seinen Eltern passieren könnte?«

»Hier ist noch nie etwas passiert. Auch nicht bei Cals Eltern. Aber soweit ich weiß, hatten sie bisher auch noch nie eine Verbindung dazu. Also, wer weiß.«

»Sie sind nett«, sagte Cybil, die am Steuer saß.

»Ja, die Besten.«

»Du warst als Junge häufig hier, oder?«

»Ja.«

»Gott, hältst du eigentlich jemals den Mund?«, fragte sie nach einer Weile. »Du redest ja wie ein Wasserfall.«

»Ich liebe den Klang meiner eigenen Stimme.«

Cybil schwieg erneut. »Lass es uns mal andersrum versuchen. Wie war dein Pokerspiel?«

»Okay. Kannst du spielen?«

»Ziemlich gut sogar.«

Sie fuhren um eine Kurve, und im gleichen Moment sah sie ein paar Meter vor sich den riesigen schwarzen Hund mitten auf der Straße liegen. Als sie seinen Blick sah, widerstand Cybil der Versuchung, auf die Bremse zu treten. »Halt dich besser fest«, sagte sie kühl und drückte das Gaspedal durch.

Er sprang. Eine schwarze Masse mit blitzenden Reißzähnen und Klauen. Das Auto erbebte beim Aufprall, und Cybil bemühte sich, es unter Kontrolle zu halten. Das Herz schlug ihr bis zum Hals. Die Windschutzscheibe platzte, die Haube ging in Flammen auf. Wieder kämpfte sie gegen den Impuls zu bremsen an. Sie wendete und bereitete sich darauf vor, den Hund erneut zu rammen, aber plötzlich war er weg.

Die Windschutzscheibe war intakt; die Kühlerhaube unversehrt.

»Der Hurensohn, der Hurensohn«, sagte sie immer wieder.

»Fahr weiter, Cybil.« Gage legte seine Hand über ihre, die das Lenkrad umklammert hielt. Ihre Hand war kalt, aber sie zitterte nicht, stellte er fest. »Dreh um und fahr weiter.«

»Ja, okay.« Sie erschauerte, fuhr aber an. »So … wobei waren wir gerade, als wir unterbrochen wurden?«

Er musste unwillkürlich lachen. Ihre Chuzpe war bewundernswert. »Du hast Nerven, Schwester. Wie Stahlseile.«

»Ich weiß nicht. Ich wollte ihn töten. Ich wollte ihn einfach töten. Und, na ja, es ist ja nicht mein Auto, wenn es hinüber gewesen wäre, nachdem ich einen Dämon damit überfahren habe, dann wäre das Qs Problem gewesen.« Im Moment war ihr Magen ein einziges bibberndes Chaos. »Es war wahrscheinlich blöd. Eine Minute lang konnte ich gar nichts sehen, als die Windschutzscheibe … Ich hätte uns gegen einen Baum oder in die Schlucht fahren können.«

»Leute, die zu viel Angst haben, etwas Blödes auszuprobieren, kommen nie zu etwas.«

»Ich wollte ihm heimzahlen, was er Layla gestern angetan hat. Und so etwas funktioniert nie.«

»Aber geschadet hat es auch nichts«, erwiderte Gage.

Sie lachte leise, dann warf sie ihm einen Blick zu und lachte ein bisschen lauter. »Nein, jetzt wo du es sagst, das stimmt.«

7

Fox' Terminkalender war an diesem Freitag so voll, dass er nicht zum Nachdenken kam. Er hastete von einem Termin zum anderen, und als er am Nachmittag feststellte, dass er jetzt eine Stunde lang keine Verabredung hatte, beschloss er, einen Spaziergang um den Ort zu machen, um den Kopf klar zu bekommen.

Nein, noch besser, dachte er, er würde zum Bowl-a-Rama spazieren und sich mit Cal unterhalten.

Als er an den Empfang ging, um Layla Bescheid zu sagen, traf er sie im Gespräch mit Cals Urgroßmutter Estelle Hawkins an.

»Ich dachte, wir treffen uns an unserem üblichen geheimen Rendezvous-Ort.« Er trat zu ihr und küsste sie auf die weiche Wange. »Wie sollen wir denn so unsere Affäre geheim halten?«

»Es weiß ja sowieso schon die ganze Stadt.« Essies Augen funkelten hinter den dicken Brillengläsern. »Da können wir doch genauso gut öffentlich in Sünde leben.«

»Ich gehe gleich nach oben und packe.«

Sie lachte. »Ich hatte gehofft, du hättest vorher ein paar Minuten Zeit für mich. Beruflich.«

»Ich habe in jeder Hinsicht immer Zeit für dich. Komm mit in mein Büro. Layla wimmelt meine Anrufer ab.« Er zwinkerte ihr zu, als er Essies Arm ergriff. »Falls uns die Leidenschaft überwältigt.«

»Soll ich die Eingangstür abschließen?«, rief Layla ihm nach, als er mit Essie nach hinten ging.

»Es ist ein Wunder, dass du dich auf deine Arbeit konzentrieren kannst«, sagte Essie, als sie in sein Büro traten, »mit so einem hübschen Mädchen im Vorzimmer.«

»Ich habe gewaltige Willenskraft. Möchtest du eine Cola?«

»Ach, weißt du was, ich glaube, ja.«

»Kommt sofort.«

Er tat Eis in ein Glas und schenkte Cola ein. Essie gehörte zu Fox' Lieblingen, und er geleitete sie behutsam zu seiner Sitzgruppe. »Wo ist Ginger?«, fragte er. Ginger war Cals Kusine, die bei Essie wohnte und sich um sie kümmerte.

»Sie wollte noch zur Bank, bevor sie zumacht. Danach kommt sie mich hier abholen. Es dauert auch nicht lange.«

»Was kann ich für dich tun? Möchtest du jemanden verklagen?«

Sie lächelte ihn an. »Mir fällt kaum etwas ein, was ich weniger möchte. Ich frage mich immer, warum sich die Leute gegenseitig vor Gericht zerren.«

»Daran sind die Anwälte schuld. Und es ist immer noch eine bessere Alternative, als sich zu verprügeln. Meistens jedenfalls.«

»Das machen die Leute ja auch. Aber deswegen bin ich nicht hier. Es geht um mein Testament, Fox.«

Das versetzte ihm einen kleinen Stich. Sie war dreiundneunzig, und natürlich verstand er das Bedürfnis, alle Angelegenheiten geregelt zu haben, wenn man ein gewisses Alter erreicht hatte. Aber es schmerzte doch, sich die Welt ohne sie vorzustellen.

»Ich habe doch dein Testament erst vor ein paar Jahren auf den neuesten Stand gebracht. Möchtest du etwas ändern?«

»Nichts Großes. Ich habe ein paar Schmuckstücke, die ich gerne Quinn vermachen möchte. Ich hatte meine Perlen und meine Aquamarin-Ohrringe eigentlich für Frannie vorgesehen, aber sie versteht, dass ich sie jetzt ihrer zukünftigen Schwiegertochter hinterlassen möchte. Wenn ich mich richtig erinnere, hast du mir mal gesagt, dass man immer genau aufschreiben sollte, was für wen bestimmt ist.«

»Ja, im Allgemeinen ist das so.« Er vertraute zwar seinem Gedächtnis, wenn es um Essie ging, aber Fox erhob sich trotzdem, holte sich einen Notizblock und notierte alles. »Es dauert nicht lange, die Änderungen einzutragen. Ich bringe es dir am Montag vorbei, damit du unterschreiben kannst. In Ordnung?«

»Ja, das ist wunderbar, aber es macht mir auch nichts aus hierherzukommen.«

Er wusste, dass sie immer noch fast jeden Tag in die Bibliothek ging, aber er würde ihr den Gang lieber ersparen. »Weißt du was, ich rufe dich einfach an, wenn alles fertig ist, dann kannst du dich entscheiden, wie es dir am liebsten wäre. Möchtest du sonst noch etwas ändern?«

»Nein, es geht nur um diese beiden Schmuckstücke. Du hast alles so klar formuliert. Das gibt mir Seelenfrieden, Fox.«

»Wenn zufällig eins meiner Enkelkinder Anwalt werden sollte, kann es ja deine Interessen weiter vertreten.«

Sie lächelte, aber ihre Augen blickten ernst, als sie ihm die Hand tätschelte. »Ich möchte gerne Cals Hochzeit nächsten Herbst noch erleben. Ich möchte diese nächste Sieben überleben und mit meinem Jungen auf seiner Hochzeit tanzen.«

»Miss Essie …«

»Ich hätte auch nichts dagegen, mit dir auf deiner Hochzeit zu tanzen. Und ich kann auch gierig sein und sagen, ich möchte gerne Cals Erstgeborenes im Arm halten. Aber ich weiß, dass das wahrscheinlich nicht so sein wird. Was dieses Mal kommt, wird schlimmer als alles andere vorher.«

»Wir lassen nicht zu, dass dir etwas passiert.«

Sie seufzte liebevoll. »Ihr drei habt euch seit eurem zehnten Lebensjahr um diese Stadt gekümmert. Du, Cal und Gage. Ich möchte einfach den Tag noch erleben, an dem ihr das nicht mehr braucht. So lange halte ich noch durch.« Erneut tätschelte sie seine Hand. »Jetzt kommt bestimmt gleich Ginger, um mich abzuholen.«

Er half ihr beim Aufstehen. »Ich bringe dich hinaus, und dann warten wir gemeinsam auf sie.«

»Nein, arbeite du nur ruhig weiter. Ich hoffe, du hast dir was Schönes fürs Wochenende vorgenommen?«

»Wenn du mit mir ausgehen würdest!«

Lachend hakte sie sich bei ihm unter, als sie zum Empfang gingen. »Früher hätte ich das auf jeden Fall gemacht.«

Fox stand am Fenster und beobachtete, wie Ginger Essie ins Auto half.

»Sie ist eine bemerkenswerte Frau«, sagte Layla.

»Ja, das ist sie. Ich brauche ihre Akte. Sie möchte etwas in ihrem Testament ändern.«

»In Ordnung.«

»Denkst du eigentlich manchmal, dass wir verlieren? Dass wir unterliegen?«

Sie zögerte. »Du?«

»Nein.« Er blickte sie an. »Nein, ich weiß, dass wir gewinnen werden. Aber es werden nicht alle überleben. Nicht jeder, der da draußen heute seinen Geschäften nachgeht, wird durchkommen.«

Statt spazieren zu gehen, ging Fox in sein Büro zurück. Er zog sein eigenes Testament aus der Schreibtischschublade und las es sich noch einmal durch.

Kurz nach fünf brachte er seinen letzten Mandanten zur Tür. Dann wandte er sich an Layla. »Wir sind fertig. Nimm deine Sachen. Wir gehen zum Bowlen.«

»Das glaube ich nicht, aber es ist ein netter Gedanke. Ich möchte nach Quinn schauen.«

»Sie kommt auch ins Bowl-a-Rama. Die ganze Truppe trifft sich dort. Es ist Freitagabend. Pizza, Bier und ein bisschen Bowlen.«

Sie dachte an den ruhigen Abend, den sie geplant hatte, mit einem Teller Suppe, einem Glas Wein und einem Buch. »Du bowlst gerne.«

»Ich hasse es, was ein Problem darstellt, wenn man bedenkt, dass einer meiner engsten Freunde ein Bowlingcenter besitzt.« Fox holte ihren Mantel, während er antwortete. »Aber die Pizza ist gut, und es gibt auch Flipper und Spielautomaten. Außerdem haben wir ein bisschen Erholung verdient.«

»Ja, da hast du wohl recht.«

Er hielt ihr den Mantel hin. »Freitagabends in Hollow ist das Bowl-a-Rama der angesagte Treffpunkt.«

Sie lächelte. »Dann machen wir uns besser auf den Weg. Können wir zu Fuß gehen?«

»Also, ich hätte Lust dazu. Ich war schon den ganzen Tag so unruhig.« Draußen sagte er: »Hast du gesehen? Der Blumenladen hat Stiefmütterchen vor der Tür stehen. Und siehst du da drüben? Das ist Eric Moore, glatt rasiert. Er rasiert sich jedes Jahr im März den Winterbart ab. Der Frühling kommt.«

Er ergriff ihre Hand, als sie den Bürgersteig entlanggingen. »Weißt du, was ich genauso liebe wie Flippern und Pizza?«

»Was?«

»Mich mit einem hübschen Mädchen zu unterhalten.«

Sie warf ihm einen prüfenden Blick zu. »Deine Laune hat sich gebessert.«

»Das macht die Vorfreude auf die Pizza.«

»Nein, ich meine es ernst.«

»Ich habe ein bisschen gegrübelt. Das brauche ich von Zeit zu Zeit, und dann ist es wieder gut.«

»Wie machst du das?«

»Indem ich mir ins Gedächtnis rufe, dass wir alle unser Bestes tun. Und indem ich mich daran erinnere, dass das Gute auf lange Sicht meistens siegt. Meistens.«

»Das macht mich froh.«

»Gut. Das war auch meine Absicht.«

»Ich habe eigentlich nicht gegrübelt, sondern mir Sorgen gemacht. Stiefmütterchen sind ein gutes Zeichen, aber mir gefällt das hier im Gegensatz dazu gar nicht.« Sie wies auf den Geschenkladen. »Ich möchte ja gerne glauben, dass das Gute meistens siegt, aber es ist schlimm zu wissen, dass der Preis dafür so hoch ist, dass manche Leute dabei verlieren.«

»Vielleicht verlieren sie ja gar nichts. Vielleicht ziehen sie nach Iowa und gewinnen in der Lotterie oder erweitern ihr Geschäft. Oder sie sind aus irgendwelchen Gründen einfach glücklicher dort. Das Rad muss sich eben drehen, bevor man irgendwo ankommt.«

»Das sagt gerade der Mann, der als Anwalt in der Stadt arbeitet, in der er geboren wurde.«

»Ich habe das Rad gedreht.« Sie überquerten den Platz. »Es hat mich wieder hierhin zurückgebracht. Und dich hat es auch hierhergebracht.«

Er öffnete die Tür und zog sie in den Lärm und die Wärme des Bowl-a-Rama.

An Bahn sechs saß Cal mit Quinn und Cybil. Sie zogen sich gerade Bowlingschuhe an. »Wo ist Turner?«

»In die Spielhalle verschwunden«, erwiderte Cybil.

»Ah, meine alte Flipper-Konkurrenz. Bis später dann.«

»Kein Problem.« Ich habe drei schöne Frauen für mich ganz alleine.« Cal hielt Layla ein paar Bowlingschuhe hin. »Größe sieben?«

»Ja, die müssten mir passen.« Layla setzte sich, während Fox Cal beiseitewinkte.

»Wie hast du Gage dazu gekriegt herzukommen?«

»Sein Vater hat heute Abend frei. Bill ist nicht da, deshalb …«

»Okay, ich weiß Bescheid. Ich werde ihm den Arsch beim Tomcat aufreißen. Er muss das Bier bezahlen.«

»Tomcat?« Cybil zog dramatisch die Augenbrauen hoch. »Ist das nicht ein Kriegsspiel?«

»Vielleicht.« Fox kniff die Augen zusammen. »Wer bist du, meine Mutter? Und erwähn das Spiel um Himmels willen nicht, wenn du meiner Mutter begegnest.«

Die Stunde im hellen Licht am Spielautomaten bewirkte, dass Fox' nachdenkliche Stimmung sich völlig auflöste. Während er sein Siegesbier trank – beim Tomcat hatte Gage ihn noch *nie* besiegen können –, beobachtete er die drei Frauen beim Bowlen.

»Die beste Aussicht im ganzen Haus«, kommentierte Gage und musterte Quinns Hinterteil.

»Ja, unschlagbar. Ach, da kommen die Freitagsmannschaften.« Fox blickte zu den Männern und Frauen in Bowling-T-Shirts, die sich am Empfang drängten. »Cal hat ein volles Haus heute Abend.«

»Da ist Napper.« Gage trank einen Schluck Bier, während er den Mann in dem braunen T-Shirt musterte. »Ist er immer noch …«

»Ja. Ich hatte vor zwei Tagen einen kleinen Wortwechsel mit ihm. Er ist einfach ein Arschloch in Uniform.«

»Achtundfünfzig.« Layla ließ sich neben ihn sinken, um nach ihrem letzten Spiel die Schuhe zu wechseln. »Ich glaube nicht, dass das meine neue Leidenschaft wird.«

»Mir gefällt es.« Cybil setzte sich neben sie. »Ich hätte gerne attraktiveres Schuhwerk, aber das Spiel gefällt mir, das Zerstören und der anschließende Wiederaufbau.«

»Meinst du das ernst?«

»Ja, du wirfst die Kugel, zerstörst die Pins. Wenn du richtig wirfst, stoßen sie sich gegenseitig um. Und nach einer Minute sind sie dann alle wieder da, wie zehn Soldaten. Nach diesen ganzen Kriegsspielen«, sagte sie lächelnd zu Fox, »sterbe ich vor Hunger. Sie blickte Gage an. »Wie war deine Schlacht?«

»Ich bin besser im Kartenspielen und bei Frauen.«

»Ich habe ihm wie versprochen den Arsch aufgerissen. Das Bier geht auf Gage.«

Sie redeten nicht über den Morgen, als sie sich zu Bier und Pizza hinsetzten, und auch ihre Pläne für den nächsten Tag erwähnten sie nicht. Für den Moment waren sie einfach nur eine Gruppe von Freunden, die sich am Freitagabend in der Kleinstadt vergnügten.

»Wenn ich das nächste Mal spiele«, verkündete Gage, »wird es ein schönes Pokerspiel sein.« Er grinste Fox an. »Mal sehen, wer dann das Bier bezahlt.«

»Jederzeit gerne.« Fox nahm sich eine Ecke Pizza. »Ich habe geübt.«

»Strip Poker zählt nicht.«

»Doch, wenn du gewinnst«, erwiderte Fox kauend.

»Ach, sieh mal, wer da ist.« Shelley Kholer kam hüftenschwenkend an ihren Tisch. Sie trug hautenge Jeans und ein T-Shirt, das für eine unterentwickelte Zwölfjährige noch zu klein gewesen wäre. Sie umfasste Gages Gesicht mit beiden Händen und gab ihm einen langen, gierigen und leicht betrunkenen Kuss.

»Hey, Shell«, sagte er, als er wieder sprechen konnte.

»Ich habe schon gehört, dass du wieder da bist, habe aber keinen Ton von dir gehört. Du bist ja lecker wie eh und je! Sollen wir nicht …«

»Was gibt es Neues?«, unterbrach er sie und setzte das Bierglas an, um sich vor einem erneuten Angriff zu schützen.

»Ich lasse mich scheiden.«

»Das tut mir leid.«

»Mir nicht. Block ist ein nutzloser, hinterhältiger Bastard mit einem kleinen Schwanz. Einer von den ganz kleinen, weißt du?«

»Das wusste ich nicht.«

»Ich hätte mit dir durchbrennen sollen«, sagte sie und lächelte wehmütig. »Hi!«, sagte sie zu den anderen. »Hey, Fox. Ich möchte gern mit dir über meine Scheidung sprechen.«

Das wollte sie am liebsten zwanzig Stunden am Tag, dachte Fox. Die restlichen vier waren für ihre Schwester bestimmt, die zu Shelleys Ehemann ein wenig zu freundlich gewesen war »Dann kommst du am besten nächste Woche zu mir in die Kanzlei.«

»Ich kann auch hier offen reden. Ich habe keine Geheimnisse. Ich habe vor der ganzen verdammten Stadt keine Geheimnisse. Alle wissen doch, dass mein Mann mit den Händen auf den Titten meiner Schwester erwischt worden ist. Ich möchte nur noch eins hinzufügen, diesen Verlust an ehelicher Gemeinschaft oder wie das heißt.«

»Wir reden darüber. Komm, ich gebe dir einen Kaffee an der Theke aus, und dann können wir …«

»Ich will keinen Kaffee. Ich will meine bevorstehende Scheidung feiern. Ich will noch ein Bier, und ich will mit Gage ausgehen. Wie früher.«

»Wir können ja auch eins trinken.«

»Ich könnte ja auch mit dir ausgehen«, sagte sie zu Fox, als er aufstand. »Sind wir eigentlich jemals ausgegangen?«

»Ich möchte bloß klarstellen«, verkündete Gage, als Fox Shelley zur Theke dirigierte, »dass ich ›früher‹ fünfzehn war.«

»Sie ist so unglücklich. Entschuldigung«, murmelte Layla. »Das habe ich ungewollt wahrgenommen. Sie ist so unglücklich.«

»Fox hilft ihr schon. Er nimmt seinen Job als Anwalt sehr ernst.«

»Wenn meine Schwester sich von meinem Mann an die Melonen packen lassen würde, würde ich mich auch scheiden lassen.«

Cybil brach sich eine winzige Ecke von einem Nacho ab. »Das heißt, wenn ich verheiratet wäre. Und nachdem ich beide verprügelt hätte. Heißt ihr Mann tatsächlich Block?«

»Ja, leider«, erwiderte Cal.

An der Theke trank Shelley zwar keinen Kaffee, aber sie hörte Fox immerhin zu.

»Es wäre besser, wenn du in der Öffentlichkeit nicht schlecht über Block reden würdest. Sag einfach alles nur mir, okay? Aber es ist nicht gut für dich, vor anderen Leuten über die Größe seines Glieds zu reden.«

»Er hat auch nicht wirklich einen kleinen Schwanz«, murmelte Shelley. »Aber er hätte es verdient. Am besten hätte er überhaupt keinen Schwanz.«

»Ich weiß. Bist du alleine hier?«

»Nein.« Shelley seufzte. »Ich bin mit meinen Freundinnen in der Spielhalle.«

»Gut. Du fährst doch nachher nicht Auto, oder, Shelley?«

»Nein, wir sind von Arlene zu Fuß hierhergekommen.

Hinterher gehen wir auch wieder zu ihr. Sie hat sich mit ihrem Freund gestritten.«

»Wenn ich noch da bin und du möchtest lieber fahren, dann sag Bescheid, ja?«

»Du bist der süßeste Typ, der mir je untergekommen ist.«

»Möchtest du jetzt wieder in die Spielhalle gehen?«

»Ja. Wir wollten sowieso gleich nach Hause, um Apfelmartinis zu machen und *Thelma und Louise* zu gucken.«

»Das klingt doch gut!« Er ergriff sie am Arm und dirigierte sie an Gage vorbei zur Spielhalle.

Danach setzte er sich wieder an die Theke und bestellte sich auf Gages Kosten noch ein Bier.

»Ah, du machst dich also an Shelley heran.«

Fox drehte sich nicht um, als Nappers Stimme ertönte. »Nicht viel los heute Abend, was, Deputy?«

»Leute mit richtigen Jobs haben am Abend frei. Was ist deine Entschuldigung?«

»Ich sehe den Leuten gerne beim Bowlen zu.«

»Ich frage mich, was wohl passieren wird, wenn Block herausfindet, dass du es mit seiner Frau treibst.«

»Bitte, Fox.« Holly, die Barfrau, stellte Fox das Bier hin und warf ihm einen verständnisvollen Blick zu. Sie arbeitete schon so lange im Center, dass sie wusste, wann Ärger drohte. »Möchten Sie auch was zu trinken, Deputy?«

»Ein Bud. Na, ich wette, Block tritt dir in den Arsch, dass dir Hören und Sehen vergeht.«

»Du solltest dich besser heraushalten.« Fox blickte Napper an. »Block und Shelley haben schon genug Probleme, auch ohne dass du dich einmischst.«

»Willst du mir etwa vorschreiben, was ich tun soll?« Er stieß Fox mit dem Finger vor die Brust.

»Ich sage dir nur, dass Block und Shelley im Moment eine schwere Zeit durchmachen und es sicher nicht brauchen können, wenn du es noch schlimmer machst, nur weil du dich mit mir anlegen willst.« Fox ergriff sein Bier. »Geh mir aus dem Weg.«

»Ich denke nicht daran. Ich habe frei heute Abend.«

»Ach ja? Ich auch.« Fox, der einer Herausforderung noch nie hatte widerstehen können, kippte Napper sein Bier übers T-Shirt. »Ups. Ist mir aus der Hand gerutscht.«

»Du blödes Arschloch!« Napper holte aus, die Wucht des Schlags hätte Fox umgehauen, wenn er nicht damit gerechnet hätte. So wich er zur Seite aus, und Napper taumelte gegen einen Barhocker. Als er sich wieder aufrichtete, stand er auf einmal nicht nur Fox gegenüber, sondern auch Gage und Cal.

»Na, wie schade«, knurrte Gage. »Das schöne Bier. Aber ich muss sagen, es steht dir echt gut.«

»Heutzutage jagen wir Leute wie dich aus der Stadt, Turner.«

Gage breitete einladend die Arme aus. »Versuch's doch mal.«

»Keiner von uns will hier Ärger haben, Derek.« Cal trat einen Schritt vor und blickte Napper an. »Hier halten sich Familien auf. Viele Kinder sind hier. Viele Zeugen. Ich gehe mit dir in den Geschenkladen, und du kannst dir ein neues Hemd aussuchen. Kostet dich nichts.«

»Ich will nichts von dir.« Er grinste Fox höhnisch an.

»Deine Freunde werden nicht immer da sein, um dich zu beschützen, O'Dell.«

»Du vergisst ständig die Regeln.« Gage trat entschlossen vor Napper, damit Fox nicht auf ihn losging. »Wenn du dich mit einem von uns anlegst, kriegst du es mit uns allen zu tun. Cal und ich halten gerne Fox' Jacke, während er dich windelweich prügelt. Wäre nicht das erste Mal.«

»Zeiten ändern sich.« Napper drängte sich an ihnen vorbei.

»Nicht so sehr«, murmelte Gage. »Er ist immer noch so ein Großmaul.«

»Das sage ich dir.« Fox trat wieder an den Tresen. »Kannst du mir bitte noch ein Bier machen, Holly?«

Als er an den Tisch zurückkam, lächelte Quinn ihn fröhlich an. »Dinner und Show, hier gibt es alles.«

»Diese Show läuft schon seit fünfundzwanzig Jahren.«

»Er hasst dich«, sagte Layla leise. »Und er weiß noch nicht einmal, warum.«

»Manche Leute brauchen keinen Grund.« Fox legte seine Hand über ihre. »Vergiss ihn. Wie wäre es mit einer Runde Flippern? Du kriegst tausend Punkte Vorsprung.«

»Das ist zwar die reinste Beleidigung, aber … Nicht! Trink das nicht! Gott! Sieh nur!«

Der Schaum in Fox' Bierglas war blutig. Langsam stellte er das Glas wieder auf den Tisch. »Zwei vergeudete Biere an einem Abend. Ich glaube, die Party ist vorbei.«

Quinn wollte lieber bei Cal bleiben, bis das Center zumachte, und so brachte Fox Layla und Cybil nach Hause. Es war zwar nur ein paar Blocks entfernt, und sie waren sicher nicht hilflos, aber ihm gefiel die Vorstellung einfach nicht, dass sie im Dunkeln allein unterwegs waren.

»Welche Geschichte steckt denn hinter dem Typ, dem du das Bier übers Hemd geschüttet hast?«, fragte Cybil.

»Er stänkert einfach gerne und hat mich schon als Kind gepiesackt. Mittlerweile ist er Deputy.«

»Hat er denn einen besonderen Grund?«

»Ich war dünn und kleiner als er – allerdings auch klüger –, und meine Eltern sind Bio-Fanatiker.«

»Na, das reicht ja schon. Nun …« Sie kniff ihn prüfend in den Bizeps. »Mittlerweile bist du aber nicht mehr dünn. Und klüger bist du auch immer noch.« Sie lächelte Fox anerkennend an. »Und schneller.«

»Er würde dich am liebsten verprügeln. Das steht ganz oben auf seiner Wunschliste.« Layla musterte Fox von der Seite. »Er wird nicht aufgeben. Das tun solche Leute nie.«

»Nappers Wunschliste ist nicht mein Problem. Da wird er sich schon hinten anstellen müssen.«

»Ah, endlich zu Hause.« Cybil stieg die Treppe zur Haustür hinauf, drehte sich um und blickte die stille Straße entlang. »Wir waren bowlen, haben zu Abend gegessen, einen kleinen Streit miterlebt und hatten einen Hinweis von unserem Dämon, und trotzdem ist es noch nicht einmal elf. In Hawkins Hollow ist immer was los.« Sie legte Fox die Hände auf die Schultern. »Danke, Süßer, dass du uns nach Hause gebracht hast.« Sie gab ihm einen leichten Kuss. »Bis morgen früh. Layla, ihr könnt ja die Logistik – Zeitpunkt, Transportmittel und so weiter – ausarbeiten und mir dann Bescheid sagen. Ich bin oben.«

»Meine Eltern sind spätestens um acht aus dem Haus«, sagte er zu Layla, als Cybil gegangen war. »Ich kann vorbeikommen und euch alle abholen, wenn ihr möchtet.«

»Nein, das ist schon in Ordnung. Wir fahren wahrscheinlich mit Quinns Auto. Wer bringt dich nach Hause, Fox?«

»Ich kenne den Weg.«

»Du weißt, was ich meine. Komm besser herein und bleib hier.«

Lächelnd trat er einen Schritt näher. »Wo hier?«

»Auf der Couch, für den Augenblick jedenfalls.« Sie schob ihn mit einem Finger ein bisschen zurück.

»Eure Couch ist unbequem, und außerdem bekommt ihr auch nicht genug Fernsehprogramme. Du musst an deiner Strategie arbeiten. Wenn du mich gebeten hättest zu bleiben, weil du allein mit Cybil Angst im Haus hättest, hätte ich versucht, auf eurer Couch zu schlafen und mich mit einer Wiederholung von *Law and Order* begnügt. Gib mir einen Gutenachtkuss, Layla.«

»Vielleicht habe ich ja tatsächlich Angst, wenn nur Cybil und ich im Haus sind.«

»Nein, zu spät. Küss mich.«

Sie seufzte. Wahrscheinlich musste sie wirklich an ihrer Strategie arbeiten. Gehorsam reckte sie sich auf die Zehenspitzen und gab ihm einen freundschaftlichen, leichten Kuss. »Gute Nacht. Sei vorsichtig.«

»Vorsicht allein genügt oft nicht.«

Er umfasste ihr Gesicht mit den Händen und senkte seine Lippen über ihre. Obwohl der Kuss sanft und langsam war, spürte sie ihn vom Scheitel bis in die Fußsohlen. Mit den Daumen rieb er über ihre Schläfen, und sein fester Körper drückte sich an sie.

Er hielt ihr Gesicht fest, als er den Kopf hob, und blickte ihr in die Augen. »Das war ein Gutenachtkuss.«

»Ja, ohne Frage.«

Noch einmal küsste er, und sie musste sich an seinen Unterarmen festhalten, um nicht das Gleichgewicht zu verlieren.

»Jetzt wird wohl keiner von uns mehr besonders gut schlafen.« Er trat einen Schritt zurück. »Leider habe ich hier jetzt alles erledigt. Bis morgen dann.«

»Okay.« Sie wandte sich zur Tür, drehte sich dann aber noch einmal um. »Ich bin ein vorsichtiger Mensch, vor allem, wenn es wichtig ist. Und ich finde, Sex ist wichtig, oder sollte es zumindest sein.«

»Er steht ganz oben auf meiner Liste persönlicher Prioritäten.«

Lachend öffnete sie die Tür. »Gute Nacht, Fox.«

Drinnen ging Layla direkt nach oben. Cybil kam ihr entgegen und zog fragend die Augenbraue hoch. »Allein?«

»Ja.«

»Darf ich fragen, warum du den leckeren Anwalt nicht wenigstens mal probierst?«

»Ich glaube, es könnte mir zu viel bedeuten.«

»Ah.« Mit einem wissenden Nicken lehnte Cybil sich an den Türrahmen. »Ja, das macht es immer kompliziert.

Willst du deine sexuelle Frustration an Recherche und Zahlentabellen abarbeiten?«

»Ich weiß zwar nicht, ob das funktioniert, aber ich probiere es mal aus.« Sie schlüpfte aus ihrer Jacke und trat ins Arbeitszimmer. »Was machst du denn in so einem Fall?«

»Im Allgemeinen laufe ich – entweder direkt auf mein Ziel zu oder weg. Die Ergebnisse sind unterschiedlich.« Cybil trat an den Stadtplan von Hawkins Hollow, den Layla gezeichnet und an die Wand gehängt hatte.

»Ich neige dazu, ständig darüber nachzudenken, und ich frage mich auch jetzt, ob es etwas damit zu tun hat, dass ich mich in ihn hineinversetzt habe.« Sie schüttelte den Kopf. »Ohne es wirklich zu merken.«

»Das kann sein.« Cybil ergriff eine Stecknadel mit rotem Kopf und steckte sie ins Bowlingcenter. »Aber über Fox kann man auch unter normalen Umständen viel nachdenken. Lass dir also ruhig Zeit, wenn du das brauchst.«

»Unter normalen Umständen wäre das sicher vernünftig.« Layla nahm eine Karteikarte und schrieb: »Blutiges Bier, Fox, Bowl-a-Rama. Dann trug sie noch Uhrzeit und Datum ein. »Aber wir wissen ja gar nicht genau, wie viel Zeit uns überhaupt noch bleibt.«

»Du hörst dich an wie Gage. Es ist schon gut, dass ihr nichts aneinander findet, sonst würdest du alles viel zu negativ sehen.«

»Das mag sein, aber …« Stirnrunzelnd musterte Layla den Stadtplan. »Da ist ja noch eine schwarze Nadel auf der Straße zwischen Fox' und Cals Haus.«

»Ja, sie steht für den großen, hässlichen Hund. Habe

ich dir das nicht erzählt? Ach nein, du bist ja direkt von der Arbeit ins Center gekommen. Entschuldigung.«

»Dann erzähl es mir jetzt.«

Als Cybil ihren Bericht beendet hatte, nahm Layla eine dunkelblaue Karte, die Farbe, die sie immer nahm, wenn der Dämon in Tiergestalt auftauchte, und füllte sie aus.

»Ich sage es ja ungern, aber obwohl Kopf und Hände beschäftigt sind, hat meine sexuelle Frustration noch nicht nachgelassen.«

»Na, komm.« Cybil tätschelte Layla die Schulter. »Ich mache uns einen Tee. Und wir essen ein wenig Schokolade. Das hilft immer.«

Layla bezweifelte, dass Süßigkeiten ihren Appetit auf den anbetungswürdigen Anwalt befriedigen würden, aber sie musste nehmen, was sie kriegen konnte.

8

Der Morgen war kalt und regenverhangen. Wahrscheinlich würde es den ganzen Tag lang nicht besser werden.

Fox kramte ein Kapuzenshirt aus dem Wäschekorb, das er zwar gewaschen, aber noch nicht in den Schrank geräumt hatte. Zumindest war er sich zu neunzig Prozent sicher, dass er es gewaschen hatte. Oder vielleicht zu fünfundsiebzig. Er schnüffelte daran, dann erhöhte er die Wahrscheinlichkeit auf hundert Prozent.

Er fand auch Jeans, Unterhose und Socken – für Letztere brauchte er ein wenig länger, weil er unbedingt wollte, dass sie zueinander passten. Während er sich anzog, blickte er sich in seinem Schlafzimmer um und gelobte, so bald wie möglich die Wäsche in den Schrank zu räumen. Auch das Bett würde er machen und den ganzen anderen Müll aus dem Zimmer schaffen.

Wenn er es so weit hinbekam, dann würde er vielleicht auch eine Reinmachefrau finden, die die Wohnung in Ordnung hielt.

Er schnürte seine alten Arbeitsstiefel zu, und weil er in Gedanken bei einem aufgeräumten Haus war, warf er die anderen Schuhe in den Schrank und schob nach kurzer Überlegung den Wäschekorb hinterher.

Er nahm seine Schlüssel, trank noch eine Cola und vertilgte einen Schokoriegel, der als Frühstück herhalten musste. Als er aus dem Haus trat, sah er Layla dort stehen.

»Hey.«

»Ich wollte gerade heraufkommen. Wir haben gesehen, dass dein Wagen noch dasteht, deshalb hat Quinn mich abgesetzt. Ich dachte, ich fahre mit dir.«

»Toll.« Er hielt einen Schokoriegel hoch. »Willst du auch einen?«

»Ist das etwa dein Frühstück?«, fragte sie und biss hinein. Fox lächelte nur.

»Mein Magen hat mit zwölf seine Entwicklung eingestellt.« Er öffnete die Beifahrertür seines Trucks. »Wie hast du geschlafen?«

»Ganz gut.« Sie wartete, bis er ebenfalls eingestiegen war, dann fuhr sie fort: »Obwohl Cybil mir erzählt hat, dass sie und Gage buchstäblich mit einem Höllenhund zusammengestoßen sind. Es ist passiert, als sie nach dem Besuch bei deinen Eltern zu Cal gefahren sind.«

»Ja, Gage hat es mir beim Flippern erzählt.« Er stellte seine Coladose in den Becherhalter und biss noch einmal in seinen Schokoriegel. Dann fuhr er los.

»Ich wollte mit dir fahren, weil ich mir überlegt habe, wie wir die Sache heute angehen sollen.«

»Und ich dachte, es läge daran, dass du unbedingt in meiner Nähe sein willst.«

»Ich versuche, meine Hormone im Griff zu behalten.«

»Eine verdammte Schande.«

»Vielleicht, aber … Es hat Quinn gestern viel Kraft gekostet. Ich hoffe, wir zwei können sie da heraushalten. Es geht ja nur darum, die Tagebücher zu finden, wenn sie da sind. Wenn sie da sind, sind sie im Jetzt. Und wenn nicht, dann müssten wir noch mal auf Quinn zurückgreifen. Aber …«

»Du möchtest ihr die Migräne ersparen. Das können wir versuchen. Ich nehme an, ihr gegenüber hast du nichts davon erwähnt?«

»Ich habe gedacht, wir könnten so tun, als ob wir es uns auf der Fahrt ausgedacht hätten.« Sie lächelte ihn an. »Siehst du, ich arbeite an meiner Strategie. Hast du letzte Nacht etwas geträumt?«

»Nur von dir. Wir waren in meinem Büro, und du hattest ein ganz kurzes rotes Kleid, hohe Absätze und Strapse an. Es hat mich fast umgebracht. Du hast auf meinem Schreibtisch gesessen, mich angeschaut und dir über die Lippen geleckt. Dann hast du gesagt: »Ich bin bereit zum Diktat, Mr O'Dell.«

Layla legte den Kopf schief. »Das hast du gerade erfunden.«

Er warf ihr einen raschen Blick zu und grinste charmant. »Vielleicht, aber ich garantiere dir, heute Nacht träume ich genau das. Vielleicht sollten wir mal ausgehen. Es gibt da so eine Bar drüben am Fluss. Eine nette Bar. Samstagabends haben sie da Live-Musik. Ganz gute Musiker.«

»Das klingt so normal. Ich versuche ständig, mit einem Bein auf dem Boden der Normalität zu bleiben, während ich mit dem anderen mitten im Übernatürlichen stehe. Es ist …«

»Surreal. Ich vergesse es immer wieder – zwischen den Sieben vergesse ich es wochen-, manchmal sogar monatelang. Und dann erinnert mich irgendetwas daran. Das ist auch surreal. Du lebst dein Leben, arbeitest, hast Spaß, und *zack*, fällt es dir auf einmal wieder ein. Und je näher es kommt, desto häufiger geht es mir durch den Kopf.« Er trommelte im Takt zur Musik aus dem Radio mit den Fingern auf das Lenkrad. »Und deshalb ist eine nette Bar mit guter Musik eine gute Methode, um sich klarzumachen, dass es nicht alles ist.«

»Ich finde es klug, das Ganze so zu sehen. Ich weiß nicht, ob ich es auch schaffe, aber ich würde gerne in dieser Bar Musik hören. Um wie viel Uhr?«

»Äh … um neun? Ist neun okay für dich?«

»Ja, gut.« Layla holte tief Luft, als Fox in den Weg zum Farmhaus einbog. Sie hatte sich gerade mit einem Mann verabredet, mit dem sie sich jetzt gleich psychisch verbinden würde. Surreal traf es nicht ganz.

Es fühlte sich ungezogen an, ohne Einladung ins Haus

einzudringen. Natürlich war es Fox' Elternhaus, aber er wohnte ja nicht mehr da. Sie versuchte sich vorzustellen, das Gleiche bei ihren Eltern zu machen, und konnte es einfach nicht.

»Es fühlt sich falsch an«, sagte sie, als sie im Wohnzimmer standen. »Es fühlt sich falsch und verboten an. Ich verstehe, warum wir nicht wollen, dass sie dabei sind, aber es fühlt sich …« Sie suchte nach dem richtigen Wort. »Es fühlt sich wirklich ungezogen an.«

»Meinen Eltern ist es egal, ob Leute ins Haus kommen. Wenn es anders wäre, würden sie die Türen verschließen.«

»Trotzdem …«

»Wir müssen Prioritäten setzen, Layla.« Quinn, die inzwischen mit den anderen zu ihnen gestoßen war, spreizte die Hände. »Der Grund, warum wir hier sind, ist viel wichtiger als irgendwelche Höflichkeitsregeln. Ich habe gestern schon draußen so viel empfangen, dass ich hier drinnen bestimmt noch mehr bekomme.«

»Apropos. Ich habe da eine Idee und habe auf der Fahrt mit Layla darüber gesprochen. Ich möchte es gerne zuerst mit Layla probieren, wenn du nichts dagegen hast, Quinn. Wir können vielleicht visualisieren, wo die Tagebücher sind, wenn sie hier sind. Oder zumindest können wir sie spüren.«

»Das ist eine gute Idee. Und nicht nur, weil ich eigentlich finde, dass du diese Qual nicht noch einmal durchmachen solltest«, fügte Cal hinzu, als Quinn ihn zornig anfunkelte. »Es könnte funktionieren, und wenn Fox und Layla sich verbinden, sind die Nebeneffekte geringer.«

»Wenn es nicht funktioniert«, sagte Fox, »dann bist du wieder an der Reihe.«

»Ja, in Ordnung, das hört sich vernünftig an. Schließlich ist es ja nicht so, als ob ich Wert darauf legte, dass mein Kopf explodiert.«

»Okay, dann geht es los. Das ist der älteste Teil des Hauses. Eigentlich bestand das Haus früher nur aus diesem Raum und den Räumen darüber. Wenn hier also eine Hütte oder ein Haus gestanden hat, bevor diese Farm gebaut worden ist, dann könnte es genau hier gewesen sein. Vielleicht haben sie ja sogar dasselbe Baumaterial benutzt.«

»Wie den Kamin zum Beispiel.« Quinn trat zur Feuerstelle, vor der sich Lump schon ausgestreckt hatte, und fuhr mit der Hand über die Steine. »Ich tendiere ja zu der Annahme, dass man hinter losen Ziegeln am besten etwas verstecken kann.«

»Aber wir können nicht einfach auf gut Glück Steine hier heraushacken«, sagte Fox. »Mein Vater bringt mich um, wenn wir nicht hundert Prozent sicher sind. Bist du bereit?«, wandte er sich an Layla.

»Ja.«

»Sieh mich an.« Er ergriff ihre Hände. »Sieh mich einfach an. Denk nicht. Stell dir ein kleines Buch vor, die Schrift darin. Die Tinte ist verblasst. Stell dir ihre Schrift vor. Du hast sie ja in den anderen Tagebüchern gesehen.«

Seine Augen waren so tief. Das Goldbraun so faszinierend. Seine Hände waren nicht weich und glatt wie die eines Mannes, der am Schreibtisch arbeitet. Man merkte ihnen an, dass sie zupacken konnten, dass sie stark und geschickt waren. Er roch nach Regen, ganz leicht nach Regen.

Er würde schmecken wie Kuchen.

Er begehrte sie. Er stellte sich vor, wie er sie berührte, wie seine Hände über ihre bloße Haut glitten, ihre Brüste, ihren Bauch streichelten. Seine Lippen fuhren über ihren Körper, und seine Zunge schmeckte ihre Hitze …

Im Bett, wenn es nur uns zwei gibt.

Keuchend zuckte sie zurück. Sie hatte seine Stimme klar in ihrem Kopf gehört.

»Was hast du gesehen?«, wollte Cal wissen. »Hast du es gesehen?«

Fox blickte Layla unverwandt an und schüttelte den Kopf. »Wir mussten zuerst etwas anderes aus dem Weg räumen«, erklärte er. »Noch einmal?«, fragte er Layla. »Benutz deine Schubladen.«

Ihre Wangen brannten, aber sie nickte und tat ihr Bestes, um sein und ihr Verlangen beiseitezuschieben.

Alles drängte sich auf einem engen Raum. Sie hörte die Gedanken ihrer Gefährten wie Geplauder auf einer Cocktailparty. Sorgen, Zweifel, Vorfreude – gemischte Gefühle. Auch diese Gedanken schob sie beiseite.

Sie sah das Buch vor ihrem geistigen Auge. Brauner Ledereinband, brüchig vom Alter. Vergilbte Seiten, verblasste Tinte.

In der Dunkelheit sehne ich mich nach meiner Liebe.

»Es ist nicht hier«, sagte Fox und löste vorsichtig die Verbindung zwischen sich und Layla. »Es ist nicht in diesem Zimmer.«

»Nein.«

»Dann muss ich es noch einmal versuchen.« Quinn straffte die Schultern. »Ich kann versuchen, mich in sie hineinzuversetzen, um zu sehen, wann sie die Bücher weggepackt hat. Vielleicht wollte sie sie ja in das Haus ihres Vaters in der Stadt mitnehmen, in die alte Bibliothek.«

»Nein, die Tagebücher sind nicht in der alten Bibliothek«, sagte Layla langsam. »Sie sind nicht in diesem Zimmer.«

»Aber sie sind hier«, ergänzte Fox. »Das war ganz deutlich. Sie müssen hier sein.«

Gage tippte mit der Fußspitze auf den Boden. »Vielleicht sind sie hier drunter. Sie hat sie vielleicht unter den Dielenbrettern versteckt, wenn es die damals schon gegeben hat.«

»Oder sie hat sie vergraben«, fuhr Cybil fort.

»Wenn sie unter dem Haus liegen, haben wir aber Pech gehabt«, erklärte Gage. »Wenn Brian noch nicht einmal erlauben würde, dass wir ein paar Steine aus seinem Kamin nehmen, dann würde er wahrscheinlich durchdrehen, wenn wir ihm vorschlagen, das Haus einzureißen, um an ein paar Tagebücher zu kommen.«

»Du scheinst nicht genug Respekt vor den Tagebüchern zu haben«, verwies ihn Cybil. »Aber du hast natürlich recht.«

»Wir müssen es noch einmal versuchen. Wir können ja Zimmer für Zimmer durchgehen«, schlug Layla vor. »Gibt es hier einen Keller? Wenn sie die Tagebücher vergraben hat, bekommen wir dort vielleicht ein deutlicheres Signal. Ich kann mir nicht vorstellen, dass sie an einer für uns unzugänglichen Stelle liegen. Giles hat ihr doch gesagt, was passieren würde, hat ihr von uns – von euch erzählt.«

»Sie hat sie vielleicht versteckt, damit sie nicht verloren gehen oder zerstört werden.« Cal ging auf und ab, um besser nachdenken zu können. »Sie wollte nicht, dass sie zu früh oder von den falschen Leuten gefunden werden. Aber sie wollte, dass wir sie finden, und wenn auch nur aus sentimentalen Gründen.«

»Das glaube ich auch. Ich habe das auch gespürt. Sie liebte Giles. Sie liebte ihre Söhne. Und sie hoffte darauf, dass ihre Nachkommen Giles befreien können. Wir sind ihre Chance, wieder mit Giles zusammenzukommen.«

»Lass uns draußen anfangen. Es gibt zwar einen Keller«, sagte Fox, »aber wir können uns draußen besser auf das ganze Haus konzentrieren. Und auf den Schuppen. Den Schuppen gab es höchstwahrscheinlich schon, als Ann hier war. Wir sollten es mit dem Schuppen versuchen.«

Es regnete immer noch. Fein und stetig fiel der Regen. Fox sperrte die Hunde seiner Eltern zusammen mit Lump ins Haus, damit sie ihnen nicht im Weg waren. Dann trat er mit den anderen in den Nieselregen.

»Ach übrigens, bevor wir anfangen. Mir ist da drinnen eine Idee gekommen, wegen des Fledermaussignals.«

»Was?«, fragte Quinn.

»Als Alarmsystem«, erklärte Fox. »Das funktioniert genauso wie die Wahrnehmung der Gedanken, so als ob man ein Radio einstellt. Wenn ihr eure Gedanken auf mich richtet, müsste ich sie eigentlich hören. Und wenn ich mich an einen von euch wende, müsste es genauso funktionieren. Wir können es ja ein paarmal üben, aber eigentlich müsste es schneller gehen als telefonieren.«

»Das mediale Team.« Cybil zog sich ihren schwarzen Hut über die Ohren. »Unbegrenzte Sprechzeit und keine unerwünschten Anrufe. Das gefällt mir.«

»Und wenn du diejenige bist, die in Schwierigkeiten steckt?« Layla trug einen Kapuzenpullover unter ihrer leuchtenden Jacke und zog sich die Kapuze über die Haare, als sie über den Hof gingen.

»Dann wende ich mich an Cal oder Gage. Das haben wir schon früher so gemacht. Oder an dich«, fügte Fox hinzu. »Dort drinnen haben wir immer gespielt«, sagte er zu Cal und Gage. »Wisst ihr noch? Eine Zeitlang haben wir den Schuppen als Fort benutzt. Aber wir haben ihn nicht Fort genannt, das war zu kriegerisch für die Barry-O'Dells. Deswegen haben wir ihn als Clubhaus bezeichnet.«

»Von dort aus haben wir Tausende ermordet.« Gage blieb stehen und steckte die Hände in die Taschen. »Sind eine Million Tode gestorben.«

»Hier ist auch der Plan für unsere Geburtstagsfeier am Heidenstein entstanden.« Cal blieb ebenfalls stehen. »Wisst ihr noch? Ich hatte es schon fast vergessen. Zwei Wochen vor unserem Geburtstag hatten wir die Idee.«

»Es war Gages Idee.«

»Ja, gib mir nur die Schuld.«

»Wir waren – lass mich mal nachdenken. Die Ferien hatten gerade angefangen, und ich durfte den ganzen Tag hier spielen.«

»Wir hatten keine Pflichten«, fuhr Fox fort. »Ich weiß

es jetzt wieder. Ich hatte den ganzen Tag frei. Wir haben da drin gespielt.«

»Polizisten gegen Drogenbosse.«

»Das ist mal eine nette Abwechslung gegenüber Cowboy und Indianer«, kommentierte Cybil.

»Der Hippie-Junge spielte nie gierige Einwanderer gegen Eingeborene. Wenn du dir jemals einen Vortrag von Joanne Barry zu diesem Thema hättest anhören müssen, hättest du das auch nicht gespielt.« Gage lächelte in der Erinnerung. »Es war eine tolle Zeit. Der September war eine Ewigkeit entfernt. Es war heiß, und alles grünte und blühte. Ich wollte, dass es nie mehr aufhört. Daran erinnere ich mich auch. Ja, es war meine Idee. Ein großes Abenteuer, völlige Freiheit.«

»Wir waren sofort Feuer und Flamme«, sagte Cal. »Und haben auf der Stelle alles geplant.« Er wies auf das verfallene Gemäuer. »Na, wenn das ein Zufall ist.«

Einen Moment lang standen sie nebeneinander. Drei Männer im selben Alter, alle aus dem gleichen Ort. Gage in seiner schwarzen Lederjacke, Cal in Flanellhemd und Kappe, Fox im Kapuzenshirt. Komisch, dachte Layla, wie die Kleidung ihre Individualität unterstrich, obwohl sie als absolute Einheit dort standen.

»Layla.« Fox ergriff ihre Hand. Regentropfen hingen an ihren Wimpern, und er spürte ihre Nervosität und Bereitschaft.

»Lass es einfach kommen«, sagte er. »Entspann dich, schau mich an.«

»Es fällt mir schwer, das gleichzeitig zu tun.«

Er grinste. »Darum kümmern wir uns später. Im Moment holst du nur das Buch in deinen Kopf. Los.«

Er war Brücke und Anker zugleich. Als sie die Brücke überquerte, war er bei ihr. Sie spürte den Regen auf ihrem Gesicht, den Boden unter ihren Füßen. Sie roch die Erde, das nasse Gras, sogar die nassen Steine. Sie hörte ein Eichhörnchen, das einen Baumstamm hinaufhuschte, hörte die Schwingen eines Vogels.

Wie wundervoll, dachte sie, zu verstehen, dass sie ein Teil davon war, immer gewesen war und immer sein würde. Wachsen, atmen, schlafen. Leben und Sterben.

Sie überquerte die Brücke.

Der Schmerz kam plötzlich und unerwartet, wie ein heftiges Reißen in ihr. Sie schrie auf und sah das Buch – wie ein Blitz. Dann war es wieder weg, ebenso wie der Schmerz, und ließ sie schwach und benommen zurück.

»Entschuldigung. Ich konnte es nicht halten.«

Gage packte sie unter den Armen, als sie taumelte. »Ganz ruhig, Baby. Cybil.«

»Ja, ich habe sie. Komm, stütz dich auf mich.«

»Ich habe gehört, wie sich die Wolken bewegten und alles im Garten wuchs. Gott, ich fühle mich …«

»Berauscht?«, fragte Quinn. »Du siehst aus, als ob du Drogen genommen hättest.«

»Ja, so fühle ich mich auch. Wow, Fox, hast du …« Sie brach ab, als sie sah, dass er auf dem Kies zusammengesunken war. Seine Freunde hockten neben ihm. An seinem Hemd war Blut.

»Oh, mein Gott, was ist passiert?« Sie hockte sich vor ihn. »Du bist verletzt. Deine Nase blutet.«

»Das wäre nicht das erste Mal. Verdammt, und dabei hatte ich die Sachen gerade gewaschen. Lass mir ein bisschen Raum. Bitte, lass mich erst mal wieder zu mir kommen.« Er zog ein Taschentuch aus der Tasche und drückte es gegen seine Nase.

»Wir bringen dich ins Haus«, sagte Quinn, aber Fox schüttelte den Kopf. »Nein, ich bin gleich wieder okay.«

»Cal, hol ihm etwas Wasser. Wir versuchen es mal mit dem Trick deiner Mutter, Fox.« Cybil trat hinter ihn. »Ganz ruhig atmen.« Sie drückte auf die Punkte, die Joanne ihr gezeigt hatte. »Muss ich fragen, ob du schwanger bist?«

»Das ist kein guter Zeitpunkt, um mich zum Lachen zu bringen.«

»Warum war es für ihn schlimmer als für Quinn?«, fragte Layla. »Die Wirkung müsste doch schwächer sein, weil wir verbunden waren. Aber es ist schlimmer. Du weißt es.« Sie warf Gage einen Blick zu. »Warum?«

»Ich nehme an, dass O'Dell für dich die volle Wucht des Schlags abgewehrt hat. Das ist jedenfalls meine Vermutung. Und es muss ein gewaltiger Schlag gewesen sein, weil ihr miteinander verbunden wart.«

»Ist das so?« Wütend wandte sich Layla an Fox. »Ich lausche den Wolken, und du wirst ins Gesicht geschlagen?«

»Dein Gesicht ist eben ein bisschen hübscher als meins. Sei mal einen Moment lang still, ja? Hab Mitleid mit den Verwundeten.«

»Tu das nie wieder. Sieh mich an, und hör mir genau zu! Tu das nie wieder! Versprich es mir, oder ich bin raus aus der Sache.«

»Ich mag keine Ultimaten«, erwiderte er hitzig. »Ich finde sie zum Kotzen.«

»Und weißt du, was ich zum Kotzen finde? Dass du nicht darauf vertraut hast, dass ich meinen Anteil selbst tragen kann.«

»Das hat doch nichts mit Vertrauen zu tun. Danke, Cybil, jetzt ist es besser.« Vorsichtig stand er auf und trank das Glas Wasser aus, das Cal ihm reichte. »Sie liegen hinter der Südmauer in Öltuch eingewickelt. Wie viele es sind, konnte ich nicht genau erkennen. Zwei, vielleicht drei. Du weißt ja, wo das Werkzeug ist, Cal. Ich helfe euch gleich.«

Er schaffte es gerade noch ins Haus und ins Badezimmer, bevor er sich heftig erbrach. Anschließend spülte er sich den Mund aus und lehnte am Waschbecken, bis er wieder zu Atem gekommen war.

Als er herauskam, stand Layla in der Küche. »Wir sind noch nicht fertig.«

»Willst du dich mit mir streiten? Lass uns das auf später verschieben. Im Moment haben wir etwas anderes zu tun.«

»Ich tue gar nichts, bevor du mir nicht dein Wort gibst, dass du mich nie wieder abschirmst.«

»Das kann ich nicht. Und ich verspreche nur etwas, wenn ich auch weiß, dass ich es halten kann.« Er drehte sich um und öffnete einen Küchenschrank. »Nur dieser ganzheitliche Scheiß. Warum gibt es hier kein Excedrin?«

»Du hattest kein Recht …«

»Du kannst mich ja verklagen. Ich kenne ein paar gute Anwälte. Wir tun, was wir tun müssen, Layla. So ist es eben, und so bin ich. Ich wusste, dass es Erfolg hat, und ich habe es für dich, für uns getan. Ich wollte nicht, dass du verletzt wirst, und ich werde dir nicht versprechen, dass ich nie mehr verhindere, dass du verletzt wirst, wenn ich die Möglichkeit dazu habe.«

»Wenn du glaubst, ich wäre schwächer und weniger belastbar, nur weil ich eine Frau bin …«

Sein Gesicht war kreidebleich, als er sich zu ihr umdrehte. »Ach, du lieber Himmel, jetzt komm mir nicht mit diesem feministischen Scheiß. Hast du dich mit meiner Mutter verbündet, oder was? Dein Geschlecht hat damit überhaupt nichts zu tun – mal abgesehen von der Tatsache, dass ich auf dich stehe, was ich nicht täte, wenn du ein Kerl wärst, da ich hetero bin. Ich habe es überlebt. Ich habe Kopfschmerzen, Nasenbluten, und ich habe das Frühstück, das Abendessen und vermutlich ein paar innere Organe ausgekotzt. Aber abgesehen davon, dass ich gerne ein Aspirin und eine Cola zu mir nehmen würde, was es aber in diesem verdammten Haushalt nicht gibt, geht es mir gut. Wenn du sauer auf mich sein willst, bitte sehr, es steht dir frei.«

Layla öffnete ihre Tasche, die sie auf dem Küchentisch abgelegt hatte, und nahm eine kleine Schachtel heraus.

»Hier.« Sie gab ihm zwei Tabletten. »Das ist Advil«

»Dem Himmel sei Dank. Sei nicht knauserig. Gib mir noch zwei.«

»Ich bin immer noch sauer.« Sie reichte ihm noch zwei Tabletten und zuckte innerlich zusammen, als er sie trocken herunterschluckte. »Aber ich helfe natürlich mit, den Job zu Ende zu bringen, weil ich Teil des Teams bin. Du solltest dir vielleicht mal überlegen, wie ich mich fühle, wenn ich dich blutend am Boden liegen sehe. Es gibt viele Arten, verletzt zu werden. Denk darüber nach.«

Fox blieb noch einen Moment in der Küche, als sie herausmarschiert war. Sie mochte ja recht haben, aber im Moment war er zu erschöpft, um darüber nachzudenken. Er nahm den Krug mit kaltem Tee aus dem Kühlschrank, den seine Mutter dort immer stehen hatte, schenkte sich ein Glas ein und trank es in einem Zug aus.

Weil er noch nicht wieder völlig auf dem Damm war, überließ er es Gage und Cal, die Steine herauszubrechen. Er müsste seinen Eltern alles beichten, dachte er, vor allem, wenn sie die Mauer nicht wiederherstellen konnten.

Nein, dachte er, er musste es ihnen so oder so sagen. Und sie würden bestimmt verstehen, warum er das unbedingt hatte machen wollen, während sie weg waren. Auf jeden Fall besser als eine gewisse Brünette.

»Versuch den Stein ganz zu lassen.«

»Das ist bloß ein Stein, O'Dell.« Gage schlug mit dem Hammer auf den Kopf des Meißels. »Kein Diamant.«

»Sag das meinen Eltern«, murrte Fox und steckte die Hände in die Taschen.

»Hoffentlich ist es auch genau hier.« Cal schlug von der anderen Seite zu. »Sonst müssen wir mehr kaputt machen als nur einen Stein.«

»Das ist ganz bestimmt die richtige Mauer. Sie ist hier besonders tief, deshalb steht sie ja auch noch. Der Stein hier war vermutlich locker, oder sie hat ihn gelockert. Die Vergangenheit ist doch deine Domäne.«

»Domäne, du liebe Scheiße.« Mit zerkratzten Knöcheln und durchnässt arbeitete Gage weiter. Beim nächsten Schlag waren seine Knöchel jedoch schon wieder verheilt. »Er kommt.«

Mit der Hand lockerten sie den Stein weiter.

»Der wiegt mindestens eine Tonne«, beschwerte sich Gage. »Pass auf deine Finger auf!« Er fluchte, als er sich einen Finger einklemmte, aber dann hatten sie den Stein weggedrückt, und während Gage an seiner blutenden Hand lutschte, griff Cal in die Öffnung.

»Ach, du liebe Güte! Ich habe es!« Cal zog ein in Wachstuch gewickeltes Päckchen hervor. »Ein Punkt für O'Dell.« Vorsichtig beugte er sich darüber, als er es auswickelte, um den Inhalt vor dem Regen zu schützen.

»Mach es nicht auf!«, warnte Quinn. »Es ist zu nass hier draußen. Am Ende verläuft die Tinte. Wir haben Ann Hawkins' Tagebücher gefunden!«

»Wir nehmen sie mit zu mir nach Hause. Dann können wir uns auch die nassen Klamotten ausziehen, um …«

Ein heftiger Windstoß erschütterte den Boden. Fox wurde gegen die Mauer gedrückt, als er sich umdrehte, sah er, dass das Haus brannte. Flammen schossen aus dem Dach und schlugen aus den zerborstenen Fenstern. Eine schwarze Rauchwolke stand am Himmel. Er rannte durch eine glühend heiße Feuerwand auf das Haus zu.

Als Gage ihn festhielt, schlug er blindwütig zu. »Die Hunde sind im Haus, verdammt noch mal.«

»Reiß dich zusammen«, schrie Gage über dem Toben des Feuers. »Ist es real, Fox? Ist es Wirklichkeit?«

Er spürte die Hitze. Der Rauch brannte ihm in den Augen, drang ihm in die Kehle und erstickte ihn fast. Er musste das Bild zurückdrängen, dass sein Elternhaus, mit drei hilflosen Hunden darin, in Flammen aufging.

Er packte Gage an der Schulter und hielt sich an Cals Unterarm fest. Einen Moment lang standen sie vereint, das reichte schon aus.

»Es ist eine Lüge. Verdammt. Nur eine Lüge.« Er hörte, wie Cal zitternd den Atem ausstieß. »Lump ist in Ordnung. Den Hunden ist nichts passiert. Es ist einfach nur eine Lüge.«

Das Feuer ließ nach, sank in sich zusammen, und das alte Steinhaus stand wieder unversehrt im grauen Nieselregen.

Erleichtert atmete Fox auf. »Tut mir leid, dass ich dich geschlagen habe.«

»Du schlägst zu wie ein Mädchen.«

»Immerhin blutest du am Mund.«

Gage wischte sich das Blut ab und grinste. »Nicht mehr lange.«

Cal ging zum Haus, öffnete die Tür und ließ die Hunde heraus. Dann setzte er sich auf der Veranda auf den Boden und hielt Lump im Arm.

»Er darf nicht hierherkommen.« Fox trat vor und legte eine Hand auf die Geländer der Veranda. »Er konnte noch nie hierherkommen. Nicht zu unseren Familien.«

»Jetzt sieht es anders aus.« Cybil hockte sich hin und streichelte die beiden Hofhunde. »Diese Hunde sind nicht verängstigt. Für sie ist nichts passiert. Nur für uns.«

»Und wenn meine Eltern im Haus gewesen wären?«

»Ihnen wäre auch nichts passiert.« Quinn hockte sich neben Cal. »Wie oft habt ihr drei Dinge gesehen, die sonst niemand sehen konnte?«

»Aber manchmal sind die Vorfälle real«, erwiderte Fox.

»Der hier nicht. Er wollte uns nur Angst einjagen. Er … o Gott, die Tagebücher.«

»Ich habe sie.«

Fox drehte sich zu Layla um. Sie drückte das Wachstuchpäckchen an die Brust. »Er hatte es auf dich abgesehen. Hast du das nicht gespürt? Weil du sie gefunden hast. Hast du den Hass nicht gespürt?«

Er hatte nichts gespürt, dachte Fox, außer Panik – und das war ein Fehler. »Also noch ein Punkt für ihn.« Er trat zu Layla und zog sich die Kapuze wieder über den Kopf. »Aber wir sind ihm immer noch voraus.«

9

In Cals Wohnzimmer brannte ein Feuer im Kamin, damit sie sich aufwärmen konnten, und er hatte Kaffee gekocht. Es gab genügend trockene Sachen für alle, wenn auch Layla sich nicht sicher war, welchen Eindruck sie in Cals Joggingshorts machte, die ihr bis über die Knie reichte, und einem T-Shirt, das einige Nummern zu groß war. Aber Cybil hatte sich die einzige Jeans unter den Nagel gerissen, die Quinn bei Cal deponiert hatte, und in ihrer Situation konnte man nicht wählerisch sein.

Während Waschmaschine und Trockner liefen, schenkte sie sich Kaffee nach. Ihre Füße steckten in riesigen Wollsocken, mit denen sie über den Boden wischte.

»Hübsches Outfit«, sagte Fox von der Tür her.

»Ja, vielleicht löse ich ja damit einen Trend aus.« Sie wandte sich zu ihm. Cals Sachen passten ihm wesentlich besser als ihr. »Geht es dir wieder besser?«

»Ja.« Er nahm sich eine Cola aus dem Kühlschrank. »Ich wollte dich bitten, unsere Auseinandersetzung erst einmal beiseitezulegen. Wir können später immer noch darüber sprechen.«

»Das ist immer das Problem, oder? Persönliche Gefühle, Reaktionen, Beziehungen. Immer sind sie im Weg, verkomplizieren alles.«

»Vielleicht. Aber dagegen kann man kaum was machen, weil wir alle Menschen sind.«

»Was wäre passiert, wenn Gage dich nicht aufgehalten hätte, wenn du tatsächlich ins Haus gerannt wärst?«

»Ich weiß nicht.«

»Doch. Du kannst zumindest spekulieren. Ich vermute, dass das Feuer für dich in diesem Moment real war. Du hast die Hitze und den Rauch gespürt. Wenn du ins Haus gelaufen wärst, dann hättest du sterben können, ganz gleich, wie schnell alle Wunden bei dir heilen.«

»Ich habe mich von diesem Hurensohn täuschen lassen. Mein Fehler.«

»Darum geht es nicht. Er hätte dich töten können. Daran habe ich vorher noch nie gedacht. Er kann deinen Geist gegen dich wenden und dich dadurch umbringen.«

»Dann müssen wir also in Zukunft klüger reagieren.« Er zuckte mit den Schultern, aber sie merkte ihm an, dass er keineswegs so gelassen war, wie er tat. »Er konnte mich deshalb überrumpeln, weil auf der Farm oder bei Cals Eltern noch nie etwas passiert ist. Sie waren immer außen vor. Sicherheitszonen sozusagen. Deshalb habe ich auch nicht nachgedacht, sondern nur reagiert. Das ist niemals klug.«

»Wenn es real gewesen wäre, wärst du hineingegangen. Du hättest dein Leben riskiert, um drei Hunde zu retten. Ich weiß nicht, was ich von dir halten soll«, fuhr sie fort. »Ich weiß nicht, was ich fühlen soll. Deshalb lege ich auch das erst einmal beiseite. Wir können ja später noch einmal darüber reden.«

»Entschuldigung.« Quinn stand in der Tür. »Wir sind hier drinnen fertig.«

»Ich komme.« Layla ging ins Esszimmer, und ein paar Sekunden später folgte ihr Fox.

»Wir sollten sofort anfangen.« Quinn setzte sich neben Cal an den Tisch. Cybil hatte einen Notizblock vor sich liegen, um alle Gedanken und Eindrücke aufzuschreiben. »Also, wer möchte anfangen?«

Sechs Personen studierten das eingepackte Päckchen auf dem Tisch. Alle schwiegen.

»Ach, Mann, das ist doch albern.« Quinn ergriff vorsichtig die Tagebücher und wickelte sie aus. »Selbst wenn man davon ausgeht, dass sie unter irgendeinem magischen Schutz stehen, sind sie unglaublich gut erhalten.«

»Unter den Umständen können wir annehmen, dass sie über gewisse magische Kräfte verfügt hat«, sagte Cybil. »Lies irgendeinen Eintrag laut vor.«

»Okay.« Es waren drei Bücher, also nahm sie eines und schlug es beim ersten Eintrag auf. Die Tinte war verblasst, aber lesbar, die Handschrift, die ihr mittlerweile schon vertraut war, sorgfältig und klar.

»›Ich glaube, jemand muss berichten, was war, was ist und was sein wird. Ich bin Ann. Mein Vater, Jonathan Hawkins, brachte meine Mutter, meine Schwester, meinen Bruder und mich zu diesem Ort, den wir Hollow nennen. Es ist eine neue Welt, und er hoffte, dass wir hier glücklich werden. Bis jetzt waren wir das auch. Es ist ein grünes Land, wild und ruhig. Mein Vater und mein Onkel haben für Hütten und für Felder Land gerodet. Das Wasser ist im Frühling kalt und klar. Immer mehr Siedler kamen, und aus Hollow wurde Hawkins Hollow. Mein Vater hat ein kleines, hübsches Steinhaus gebaut, wir haben uns dort wohlgefühlt.

Es gibt viel Arbeit, um Geist und Hände zu beschäftigen, und das muss auch so sein. Die Siedler hier haben eine steinerne Kapelle gebaut. Ich habe die Gottesdienste besucht, wie es von mir erwartet wird, aber ich habe Gott dort nicht gefunden. Ich habe ihn im Wald gefunden. Dort empfinde ich tiefen Frieden. Dort bin ich auch Giles das erste Mal begegnet.

Man sagt, die Liebe kommt nicht in einem Augenblick, sondern braucht ein ganzes Leben lang. Aber warum habe ich dann in jenem Moment solche Liebe empfunden? Vor meinem geistigen Auge habe ich gesehen, wie ich Leben um Leben mit diesem Mann verbracht habe, der in einer Steinhütte im Wald am Altarstein wohnt.

Er hat auf mich gewartet. Das wusste ich ebenfalls. Er wartete darauf, dass ich zu ihm kam, ihn sah, ihn erkannte. Als wir uns begegneten, sprachen wir von einfachen Dingen, wie es schicklich ist. Wir sprachen von der Sonne und den wilden Beeren, die ich pflückte, von meinem Vater, von dem Fell, das Giles gerbte.

Wir sprachen nicht von Göttern und Dämonen, von Magie und Schicksal. Damals nicht. Das kam erst später.

Bei jeder Gelegenheit ging ich in den Wald. Er wartete immer auf mich. Und die Liebe aus allen Leben erblühte aufs Neue, im grünen Wald, im Geheimen. Wieder war ich die Seine, wie ich es immer gewesen war und immer sein werde.‹«

Quinn hielt inne und seufzte. »Das ist der erste Eintrag. Sehr schön.«

»Hübsche Worte sind keine Waffe«, warf Gage ein. »Sie bieten dir keine Antworten.«

»Da bin ich anderer Meinung«, erklärte Cybil. »Und ich finde, sie hat es verdient, dass wir auch diese Worte lesen. Aus allen Leben«, fuhr sie fort und betrachtete nachdenklich ihre Notizen. »Offensichtlich wusste sie, dass Dent und sie Reinkarnationen des Wächters und seiner Gefährtin waren. Und er wartete darauf, dass sie es akzeptierte. Er stieß sie nicht gleich mit der Nase darauf und stellte sie vor vollendete Tatsachen, so nach dem Motto, in ein paar hundert Jahren werden unsere Nachfahren den großen bösen Dämon bekämpfen.«

»Ja, Cyb hat recht«, sagte Quinn. »Jedes einzelne Wort von ihr ist wichtig, weil sie es geschrieben hat. Es ist schwer, die Zeilen nicht einfach ungeduldig zu überfliegen und nach irgendeinem Zauberspruch gegen den Dämon zu suchen.«

Layla schüttelte den Kopf. »So funktioniert das sowieso nicht.«

»Nein, das glaube ich auch nicht. Soll ich weiterlesen?«

»Ja, von ihrem Standpunkt aus erschließt es sich für uns am besten.« Fox blickte Gage und Cal an. »Lies weiter, Quinn.«

Sie las von Liebe, vom Wechsel der Jahreszeiten, von Pflichten und stillen Momenten. Ann schrieb vom Tod, vom Leben, von neuen Gesichtern. Sie schrieb von den Menschen, die zur Hütte im Wald kamen, um Heilung zu suchen. Sie schrieb von ihrem ersten Kuss neben einem Fluss, dessen Wasser in der Sonne glitzerte. Sie schrieb davon, wie sie mit Giles in der Steinhütte saß, vor einem flackernden Feuer, während er ihr erzählte, was vorher gewesen war.

»›Er sagte zu mir, die Welt sei alt, älter, als der Mensch ahnt. Es ist nicht so, wie wir es gelernt haben, wie es uns der Glaube unserer Eltern lehrt. Oder jedenfalls ist das nicht alles. Denn er sagte, in diesen uralten Zeiten, bevor es Menschen gab, gab es andere. Es gab Dunkle und Helle. Das war ihre eigene Wahl, denn wir haben immer die Freiheit zu wählen. Diejenigen, die das Licht wählten, wurden Götter genannt, und die Dunklen waren die Dämonen.

Es gab Tod und Blut, Schlachten und Krieg, und als die Menschen entstanden, wurden sowohl Dunkle als auch Helle vernichtet. Die Menschen breiteten sich über die Welt aus, sie regierten die Welt. Die Dämonen aber hassten die Menschen noch mehr als die Götter. Sie verachteten und beneideten sie um ihren Verstand und ihre Herzen, um ihre verletzlichen Körper, ihre Bedürfnisse und ihre Schwächen. Die Menschen fielen den Dämonen, die überlebt hatten, zum Opfer. Die Götter, die überlebt hatten, wurden Hüter. Schlachten wurden geschlagen, bis es schließlich nur noch zwei gab, einen Hellen und einen Dunklen. Einen Hüter und einen Dämon. Der Hüter verfolgte den Dämon, aber der Dämon war geschickt und entkam immer wieder. In der letzten Schlacht wurde der Hüter tödlich verwundet und lag sterbend da, als ein kleiner Junge vorbeikam, unschuldig und mit reinem Herzen. Sterbend übergab der Gott ihm seine Macht und seine Last. So wurde der Junge, ein Sterblicher mit der Macht der Götter, ein Hüter. Aus dem Jungen wurde ein Mann, der den Dämon jagte. Und er wurde ein Mann, der eine Frau mit Zauberkräften liebte, sie bekamen einen Sohn. Diesem Sohn übergab der Hüter seine Macht und seine Last, als er starb, und so geschah es immer weiter, Lebenszeit um Lebenszeit, bis zu dieser Zeit und diesem Ort. Und jetzt, sagte er, seien wir an der Reihe.

Ich wusste, dass er die Wahrheit sagte, denn ich sah alles im Feuer, während er sprach. Ich verstand die Träume, die ich mein ganzes Leben lang gehabt hatte und die ich nie jemandem zu erzählen gewagt hatte. Dort, im Feuerschein, gelobte ich ihm ewige Treue und gab mich ihm hin. Ich würde nie wieder ins Haus meines Vaters zurückgehen, sondern mit meinem Liebsten im Wald wohnen, in der Steinhütte neben dem Altar, den Giles Heidenstein nannte.‹«

Quinn lehnte sich zurück. »Entschuldigung, meine Augen brennen.«

»Fürs Erste ist es auch genug.« Cal reichte ihr ein Glas Wasser. »Es ist ja schon eine ganze Menge.«

»Es weist Übereinstimmungen mit einigen Legenden und Überlieferungen auf.« Cybil studierte ihre Notizen. »Die Schlachten, das Weitergeben der Macht. Wenn ich es richtig verstanden habe, ist also nur noch dieser eine Dämon übrig. Ich weiß zwar nicht, ob ich das glauben soll, dazu bin ich ein bisschen zu abergläubisch, aber man könnte es auch so interpretieren, als ob es der einzige Dämon sei, der sich frei in der Welt bewegen kann, zumindest alle sieben Jahre. Warum hat er sich eigentlich vor Hester Deale mit niemandem gepaart? Das ist doch seltsam, oder?«

»Vielleicht hat er keinen hochgekriegt.« Gage lächelte dünn.

»Ich halte das gar nicht für so abwegig. Es ist zwar sarkastisch, aber durchaus eine brauchbare Theorie.« Cybil hob den Finger. »Vielleicht konnten sich ja Dämonen nicht mit Menschen paaren. Aber ebenso wie Giles einen Weg gefunden hat, um den Dämon einzusperren, hat er einen Weg entdeckt, sich fortzupflanzen. Jede Seite entwickelt sich sozusagen. Alles Lebendige entwickelt sich.«

»Guter Gedanke«, stimmte Fox zu. »Vielleicht ist ja auch bis Hester keine Frau schwanger geworden. Wir sollten jetzt eine Pause machen. Ich weiß ja nicht, wie es euch geht, aber ich könnte etwas zu essen gebrauchen.«

»Mich brauchst du nicht anzusehen«, sagte Cybil mit fester Stimme. »Ich habe letztes Mal gekocht.«

»Ich mache etwas.« Layla sprang auf. »Kann ich mich in deiner Küche umschauen, Cal?«

»Fühl dich wie zu Hause.«

Sie inspizierte gerade den Kühlschrank, als Fox hereinkam.

»Ich dachte, ich könnte dir helfen.«

Sie drehte sich um und legte ein Päckchen Käsescheiben, Bacon und ein paar Treibhaustomaten auf den Tisch. »Ich dachte an Sandwiches mit gegrilltem Käse, Bacon und Tomaten. Vielleicht noch einen Nudelsalat, wenn er Zutaten dafür hat. Ich komme schon klar.«

»Du willst, dass ich wieder gehe.«

»Nein. Ich bin nicht böse. Dazu haben wir viel zu viele andere Probleme. Du könntest mal nachsehen, ob unsere Klamotten trocken sind. Ich möchte endlich aus diesen Shorts heraus und meine eigenen Sachen wieder anziehen.«

»Ja, klar. Aber du siehst irgendwie süß darin aus.«

»Nein, das tue ich nicht.«

»Du siehst dich doch selber nicht.« Fox trat einen Schritt vor. »Ich kann Tomaten schneiden. Darin bin ich sogar äußerst gut. Und außerdem …« Er drückte sie an die Küchentheke. »Außerdem weiß ich, wo Cal die Nudeln aufbewahrt.«

»Und das macht dich unschätzbar wertvoll in der Küche?«

»Layla.« Er blickte sie eindringlich an. »Ich will dir nicht vorschreiben, was du denken oder fühlen sollst, aber ich denke über dich nach. Ich fühle für dich. Und ich kann Gedanken und Gefühle nicht so einfach beiseiteschieben.«

»Ich habe Angst vor dir.«

Schockiert blickte er sie an. »Was? Vor mir? Keiner hat Angst vor mir.«

»Das stimmt nicht. Deputy Napper hat auch Angst vor dir. Deshalb lässt er dich nicht in Ruhe. Aber das ist sowieso etwas anderes. Ich habe Angst vor dir, weil du mich dazu bringst, Dinge zu fühlen, die ich nicht fühlen will. Wahrscheinlich wäre es leichter für mich, wenn du mich einfach im Sturm erobert hättest, dann bräuchte ich mich für meine eigene Wahl nicht verantwortlich zu fühlen.«

»Das kann ich ja jetzt noch versuchen.«

»Nein.« Layla schüttelte den Kopf. »Das tust du ja doch nicht. Du bist einfach nicht so. Beziehungen sind Partnerschaften, Sex ist eine Entscheidung von beiden. So bist du aufgewachsen, und so bist du eben. Das finde ich ja auch anziehend an dir. Zugleich aber wird es dadurch schwieriger.«

Sie legte die Hand auf seine Brust und drückte ihn leicht weg. Als er sofort zurückwich, lächelte sie, weil es ihre Aussage bestätigte.

»Ich habe Angst vor dir«, fuhr sie fort, »weil du einfach in ein brennendes Haus gelaufen wärst, um einen Hund zu retten. Weil du meinen Anteil an Schmerz und Verletzung übernommen hast. Du hattest recht, als du vorhin sagtest, es sei eben deine Natur. Es ging nicht nur um mich. Du hättest das Gleiche auch für Cal oder Gage, Quinn oder Cybil getan. Für einen völlig Fremden. Ich habe Angst vor dir, weil ich noch nie jemanden wie dich gekannt habe. Und ich habe Angst, dich zu verlieren, wenn ich es tatsächlich einmal wagen sollte, mich an dir festzuhalten.«

»Ich wusste ja gar nicht, dass ich so angsterregend bin.«

Layla drehte sich um, nahm ein Messer aus dem Block und reichte es ihm. »Schneid die Tomaten.«

Sie öffnete eine Schranktür und fand die Nudeln ohne seine Hilfe. Sie setzte gerade einen Topf mit Wasser auf, als sein Handy klingelte. Er blickte auf das Display. »Hey, Mom, hey, Dad«, meldete er sich. »Wirklich?« Er lehnte sich gegen die Küchentheke. »Wann? Im Ernst. Ja, klar.« Er hielt das Handy ein wenig vom Ohr weg und sagte zu Layla: »Meine Schwester und ihre Partnerin kommen zu Besuch. Was?«, sagte er ins Telefon. »Nein, kein Problem. Ach, hört mal, wo ich euch gerade am Apparat habe … Wir waren heute auf der Farm, ich und die anderen. Heute früh. Es ist nur …« Er brach ab und zog sich in den Wäscheraum neben der Küche zurück.

Layla lächelte. Ja, es lag in seiner Natur, dachte sie. Hunde zu retten, aufrichtig zu sein. Und Mom und Dad zu erklären, warum er einen Stein aus ihrem alten Schuppen herausgehämmert hatte.

Es war kein Wunder, dass sie sich ein bisschen in ihn verliebt hatte.

Der regnerische Vormittag ging in einen feuchten, trüben Nachmittag über. Sie aßen und ließen sich dann im Wohnzimmer nieder, wo Quinn am Kamin weiter vorlas.

Es war beinahe wie im Traum, dachte Layla. Der plätschernde Regen, das knisternde Feuer, der Klang von Quinns Stimme, die Anns Worte vorlas. Behaglich kuschelte sie sich in ihren Sessel, warm in ihren eigenen, trockenen Sachen, und trank Tee. Fox saß auf dem Boden, an ihren Sessel gelehnt, und daneben lag Lump.

Auf einem Foto würden sie aussehen wie eine Gruppe von Freunden, die an einem verregneten Tag zusammensaßen. Quinn mit ihrem Buch, Cal neben ihr auf der Couch. Cybil räkelte sich wie eine Katze am anderen Ende des Sofas, und Gage saß im Sessel und trank Kaffee.

Aber dieses Bild änderte sich rasch, wenn sie den Worten lauschte, die Quinn vorlas. Dann sah sie eine junge Frau vor sich, mit langen blonden Haaren, die Feuer im Ofen machte. Sie spürte den Schmerz des Herzens, das vor so langer Zeit aufgehört hatte zu schlagen.

Ich erwarte ein Kind. Es ist eine solche Freude in mir und zugleich auch solche Trauer.

Freude wegen des Lebens in ihr, dachte Layla. Trauer, weil dieses neue Leben signalisierte, dass Anns Zeit mit Giles zu Ende ging. Sie stellte sich vor, wie Ann Mahlzeiten zubereitete, Wasser vom Fluss holte, in das erste Tagebuch schrieb, dessen Umschlag Giles aus Leder gemacht hatte, das er selbst gegerbt hatte. Sie schrieb von gewöhnlichen Dingen, von gewöhnlichen Tagen. Seite um Seite füllte sie mit einfachen, menschlichen Angelegenheiten.

»Ich kann nicht mehr«, sagte Quinn schließlich. »Es kann ja einer von euch weiterlesen, aber mein Gehirn muss sich jetzt ausruhen. Ich glaube, ich kann nichts mehr aufnehmen, auch nicht, wenn jemand anderer vorliest.«

Cal rutschte dichter an sie heran und rieb ihr die Schultern. Quinn reckte sich erleichtert. »Wenn wir zu viel auf einmal lesen, entgeht uns am Ende noch etwas.«

»In diesem Tagebuch sind viele alltägliche Dinge enthalten«, stellte Cybil fest. »Er unterrichtet sie, zeigt ihr einfache Rituale. Kräuter, Kerzen und die Erweiterung der Fähigkeiten, die sie bereits hatte. Sie ist sehr offen dafür, und er will sie anscheinend nicht ganz hilflos zurücklassen.«

»Pioniertage«, kommentierte Fox. »Das war ein hartes Leben.«

»Wir haben das erste Tagebuch jetzt etwa zur Hälfte durch.« Quinn markierte die Seite und legte das Buch weg. »Noch hat sie nichts von dem erwähnt, was geschehen wird. Entweder hat er ihr noch nichts gesagt, oder sie wollte nicht darüber schreiben.« Sie gähnte herzhaft. »Ich bin dafür, wir gehen ein bisschen an die frische Luft, oder wir legen uns hin.«

»Die anderen können gerne gehen«, erwiderte Cal. »Wir legen uns ein bisschen hin.«

»Nichts da, ihr zwei habt schon genug Sex.« Cybil versetzte Cal einen leichten Tritt. »Eine weitere Option wäre ein bisschen Unterhaltung. Kein Poker«, fügte sie hinzu, bevor Gage etwas sagen konnte.

»Sex und Poker sind hervorragende Unterhaltungsformen«, erwiderte er.

»Ich habe auch nichts dagegen, aber es muss etwas sein, was eine Gruppe junger, attraktiver Menschen hier gemeinsam tun kann. Nichts gegen das Bowl-a-Rama, Cal, aber es muss doch etwas geben, wo wir Getränke für Erwachsene bekommen, wo es laut ist und vielleicht sogar Musik und Knabbereien gibt.«

»Also – aua!« Layla warf Fox, der ihr in den Fuß gekniffen hatte, einen bösen Blick zu. »Also«, begann sie noch einmal, »Fox hat ein Lokal erwähnt, auf das diese Beschreibung passt. Eine Bar auf der anderen Seite des Flusses, wo es samstags Live-Musik gibt.«

»Dahin fahren wir.« Cybil sprang auf.

»Wer fährt? Für unsere Seite nominiere ich Quinn.«

»Ich auch«, rief Layla.

»Oh.«

»Du hast Sex«, rief Cybil ihr ins Gedächtnis. »Wir wollen keine Klagen hören!«

»Gage!« Fox zielte mit Daumen und Zeigefinger auf seinen Freund.

»Immer ich«, murrte Gage.

Obwohl sie sich einig waren, dauerte es danach immer noch eine halbe Stunde, bis die Frauen ihr Make-up aufgefrischt und sich frisiert hatten. Dann entstand eine hitzige Debatte darüber, wer mit wem fahren sollte, zumal Cal unnachgiebig darauf bestand, Lump mitzunehmen.

»Der Dämon ist einmal auf meinen Hund losgegangen, und das könnte jederzeit wieder passieren. Ich lasse ihn jedenfalls nicht mehr allein. Außerdem fahre ich bei meiner Frau mit.«

Also quetschte Fox sich mit Lump in Cals Truck, den Gage steuerte.

»Warum kann der Hund eigentlich nicht in der Mitte sitzen?«, sagte Fox zu Gage.

»Weil er mich besabbert, und dann rieche ich nach Hund.«

»Jetzt werde ich nach Hund riechen.«

»Das ist dein Problem.« Gage warf ihm einen Blick zu.

»Vermutlich hat die hübsche Brünette was dagegen, von dir angefasst zu werden, wenn du nach Lump riechst.«

»Bis jetzt hat sie sich noch nicht beklagt.« Fox ließ das Fenster ein wenig herunter, damit Lump die Nase herausstrecken konnte.

»Ich kann dir keinen Vorwurf machen, dass du in ihre Richtung schielst. Sie hat Klasse, ist intelligent und hat Mut, darauf stehst du doch.«

»Ach ja?« Amüsiert lehnte Fox sich an den Hund und musterte Gages Profil.

»Ja, sie ist genau dein Typ. Lass dir die Sache nur nicht von unserem Dämon verderben.«

»Warum sollte er das tun?«

Als Gage nicht antwortete, sagte Fox: »Das ist sieben Jahre her, und die Ereignisse waren schuld, dass Carly mich verlassen hat. Außerdem ist Layla Teil dieser ganzen Angelegenheit, und Carly hat nicht dazugehört.«

»Beunruhigt es dich eigentlich, dass sie Teil des Ganzen ist? Ihr beiden habt eine ähnliche Verbindung wie Cal und Quinn. Und jetzt fängt Cal an, Porzellanmuster auszusuchen.«

»Ach ja?«

»Na ja, im übertragenen Sinn. Und du kriegst diesen Dackelblick, wenn du Layla anschaust.«

»Wenn ich ein Hund wäre, wäre ich eher eine dänische Dogge. Sie besitzen Würde. Und, nein, es beunruhigt mich nicht. Ich fühle, was ich fühle.« Er grinste Gage an. »Vielleicht beunruhigt es dich eher, dass damit nur noch Cybil und du übrig bleiben? Hast du Angst, dass das Schicksal zuschlägt? Soll ich schon einmal Handtücher mit Monogramm bestellen?«

»Ich habe keine Angst. Ich schätze in jedem Spiel die Fakten ab und beurteile die Spieler.«

»Die dritte Spielerin ist ziemlich heiß.«

»Ich hatte schon heißere.«

Fox schnaubte und wandte sich an Lump. »Er hatte schon heißere.«

»Außerdem ist sie nicht mein Typ.«

»Ich habe gar nicht gewusst, dass es Frauen gibt, die nicht dein Typ sind.«

»Komplizierte Frauen sind nicht mein Typ. Wenn du mit einer komplizierten Frau ins Bett gehst, bekommst du am nächsten Morgen die Rechnung präsentiert. Ich mag es lieber einfach.« Er grinste Fox an. »Und in großer Menge.«

»Mit einer komplizierten Frau ist das Spiel spannender. Das magst du doch auch.«

»Nein, nicht so. Einfach fährst du am besten. Wahrscheinlich lege ich deshalb so viel Wert auf Quantität, weil wir möglicherweise unseren nächsten Geburtstag nicht erleben werden.«

Fox boxte Gage freundschaftlich an den Arm. »Du heiterst mich mit deinem sonnigen, optimistischen Gemüt immer auf.«

»Worüber regst du dich auf? Du wirst essen, trinken und wahrscheinlich Layla klarmachen, während ich mich mit einer Cola und schlechter Musik in einer überfüllten West Virginia Bar zufriedengeben muss.«

»Du könntest auch Glück haben. Ich wette mit dir, es ist zumindest eine einfache Frau da.«

Gage überlegte, während er den Wagen am Straßenrand in der Nähe der Bar parkte. »Das könnte sein.«

Es war nicht so, wie er es geplant hatte, dachte Fox. Er hatte sich vorgestellt, mit Layla an einem Tisch in der Ecke zu sitzen, ein wenig abseits vom Gedränge, so dass sie sich trotz der lauten Musik unterhalten konnten. Ein kleines Zwischenspiel, um sich besser kennen zu lernen, vielleicht ein bisschen Schmusen. Im Truck hätte sich das noch ein wenig gesteigert, um dann geradewegs im Bett zu enden.

Doch jetzt saß er mit fünf anderen Personen an einem Tisch für vier, trank Bier und aß Nachos, während aus der Jukebox Country-Musik drang.

Sie lachten viel.

Die Band, die schließlich auftrat, war nicht schlecht. Die fünf Typen auf der Bühne machten ihre Sache gut, und da er sie kannte und seinen großzügigen Tag hatte, gab er ihnen einen aus.

»Wessen Idee war das?«, wollte Quinn wissen. »Das war eine *großartige Idee*. Dabei trinke ich noch nicht einmal.«

»Eigentlich war es meine Idee.« Fox stieß mit ihr an. »Ich habe ständig großartige Ideen.«

»Es war vielleicht deine Überlegung«, korrigierte Layla ihn. »Aber meine Ausführung. Allerdings hattest du recht. Es ist eine nette Bar.«

»Mir gefällt vor allem die Bettie-Page-Wanduhr«, erklärte Cybil und wies dorthin.

»Kennst du Bettie Page?«, wollte Gage wissen.

»Cybil hat sie kennen gelernt«, warf Quinn ein.

»Erzähl mal«, forderte Gage sie auf.

»Ich habe vor ein paar Jahren am Drehbuch zu dem biographischen Film über sie mitgearbeitet. Die Pin-up-

Sensation der fünfziger Jahre, die Kult wurde. Sie ist reizend, innen wie außen. Bist du ein Fan, Mr Turner?«

»Ja, das bin ich.« Er trank einen Schluck von seiner Cola. »Du hast einige ungewöhnliche Dinge gemacht.«

Sie lächelte ihr katzenhaftes Lächeln. »Ich reise gern.«

Als die Band nach der Pause zurückkam, blieben zwei der Mitglieder am Tisch stehen. »Willst du mitspielen, O'Dell?«

»Ihr macht das schon ganz gut ohne mich.«

»Du spielst ein Instrument?« Cybil knuffte ihn in die Schulter.

»Das war bei uns zu Hause Pflicht.«

»Dann ab mit dir auf die Bühne, O'Dell. Wir bestehen darauf.«

»Ich trinke hier.«

»Komm, sonst machen wir eine Szene. Dazu sind wir durchaus in der Lage, was, Q?«

»Ja, klar«, antwortete Quinn. »Fox, Fox, Fox«, skandierte sie, wobei sie jedes Mal ein bisschen lauter wurde.

»Okay, okay.«

Als er aufstand, steckte Quinn zwei Finger in den Mund und pfiff.

»Pass auf dein Mädchen auf.«

»Das geht nicht.« Cal grinste nur. »Ich mag sie wild.«

Kopfschüttelnd nahm Fox eine Gitarre vom Ständer und beriet sich kurz mit der Band.

Cybil wandte sich an Layla. »Warum sind Gitarrenspieler nur so sexy?«

»Das liegt wohl an den Händen.«

Und seine wussten anscheinend genau, was sie taten, als er loslegte.

»Der Angeber«, murrte Gage und brachte Cybil damit zum Lachen.

Sie spielten »Lay Down Sally«, und Layla musste zugeben, dass sie Schmetterlinge im Bauch bekam, als er schließlich auch noch ins Mikro sang.

Er sah aus wie ein Popstar, dachte sie. Verblichene Jeans, schmale Hüften und die Haare zerzaust um sein gutaussehendes Gesicht. Als er sie aus blitzenden Tigeraugen ansah, verstärkte sich das Prickeln noch.

»Er ist echt gut!«, sagte Cybil ihr ins Ohr.

»Ja, das ist er. Ich glaube, ich habe Probleme.«

»Na, diese Probleme hätte ich auch gerne.« Lachend lehnte Cybil sich zurück, als der Song vorbei war und alle im Lokal stürmisch applaudierten.

Fox stellte die Gitarre beiseite.

»Ach, komm«, rief Cybil. »Zugabe!«

Er schüttelte den Kopf und kam an den Tisch zurück. »Wenn ich mehr als einen Song hintereinander spiele, dann müssen sie mir die Gitarre aus den gierigen Händen reißen.«

»Warum bist du denn kein Rockstar geworden?«, fragte Layla.

»Das ist mir zu viel Arbeit.« Die Band begann wieder zu spielen, als er sich zu ihr beugte. »Clapton wollte ich dir nicht antun. Wie viele Typen haben über die Jahre »Layla« für dich gesungen?«

»Eigentlich fast alle.«

»Das habe ich mir gedacht. Ich habe eine individualistische Ader und entscheide mich lieber für das nicht so Offensichtliche.«

Oh ja, dachte sie, als er sie angrinste. Sie hatte wirklich Probleme.

10

Der Regen ließ nicht nach, und am Sonntagmorgen war es trüb und windig. Eigentlich hätte man an so einem Tag ausschlafen müssen, dachte Fox, als er seine Wohnungstür hinter sich zuzog. Aber sie mussten schließlich weiter auf Dämonenjagd gehen.

Trotz der Nässe beschloss er, die paar Blocks bis zu dem gemieteten Haus der Frauen zu Fuß zu gehen. Wie beim Jonglieren konnte er auch beim Gehen gut nachdenken. Anscheinend sahen die anderen Einwohner von Hawkins Hollow das nicht so, denn vor Ma's Pantry parkten jede Menge Autos, deren Besitzer anscheinend das Sonntagsfrühstück in dem Lokal einnahmen.

Auf der anderen Straßenseite fiel ihm die neue Tür der Buchhandlung ins Auge, und er dachte, gute Arbeit, Dad. Wie schon Layla vor ihm studierte auch er das Schild im Geschenkladen, das die Geschäftsaufgabe ankündigte. Daran konnte er nichts ändern. Es würde ein anderes Geschäft eröffnet. Jim Hawkins fand bestimmt einen neuen Mieter für das Ladenlokal. Alles würde so weitergehen wie bisher.

Und doch könnten sich die Dinge ändern. Wenn dieses Mal die Sieben kam, wären sie mehr als bereit für den großen bösen Bastard. Sie würden mehr tun, als das Blut aufzuwischen, die Brände zu löschen und sich um die Verwundeten zu kümmern, bis der Wahnsinn vorbei war.

Sie mussten mehr tun.

In der Zwischenzeit würden sie ihrer Arbeit nachgehen und nach Antworten suchen. Der gestrige Abend war schön gewesen, dachte er. Sie hatten jede Menge Spaß gehabt. Tagsüber hatten sie Fortschritte gemacht, und es hatte gutgetan, einfach nur auszugehen, etwas zu trinken und Musik zu hören.

Auch wenn er heute nicht ausschlief oder bei Ma frühstückte, würde er doch den Tag mit Freunden verbringen, mit der Frau, in die er sich verliebt hatte, und gemeinsam würden sie darauf hinarbeiten, dass das Leben für die Bewohner von Hawkins Hollow so weitergehen konnte wie bisher, selbst in der Woche ab dem siebten Juli, jedes siebte Jahr.

Am Platz bog er ab, die Hände in den Taschen seines Kapuzensweaters vergraben, den Kopf gesenkt.

Müßig blickte er auf, als Bremsen auf dem nassen Pflaster quietschten. Fox erkannte Block Kholers Truck. Oh, Scheiße, dachte er, aber da stieg Block auch schon aus.

»Du kleiner Hurensohn!« Der riesige Kerl marschierte mit geballten Fäusten auf ihn zu.

»Halt dich zurück, Block! Ganz ruhig!« Sie kannten sich seit der Highschool, deshalb hatte Fox nur wenig Hoffnung, dass er sich gegen das Schwergewicht zur Wehr setzen konnte. Block war eigentlich relativ friedfertig, aber wenn er wütend war, dann überrollte er alles wie eine Dampfwalze.

Dem ersten Schlag konnte Fox noch ausweichen.

»Sei doch vernünftig, Block. Ich bin Shelleys Anwalt, das ist Realität. Wenn ich es nicht wäre, wäre es ein anderer.«

»Ich habe gehört, du wärst nicht nur ihr Anwalt.« Wieder holte Block aus, und Fox duckte sich erneut. »Wie lange treibst du es schon mit meiner Frau, du Schwanzlutscher?«

»Ich habe noch nie was mit Shelley gehabt. Du kennst mich doch, verdammt noch mal. Wenn Napper dir diesen Bären aufgebunden hat, dann überleg doch mal, warum er das macht.«

»Ich bin aus meinem eigenen Haus geworfen worden.« Blocks blaue Augen blitzten vor Wut, und rote Flecken zeichneten sich auf seinem kreidebleichen Gesicht ab. »Wenn ich ein anständiges Frühstück haben will, muss ich zu Ma's gehen, und das alles nur wegen dir!«

»Ich habe meine Hand nicht in die Bluse meiner Schwägerin geschoben.« Versuch, ihn mit Worten zu beruhigen, ermahnte Fox sich. So ruhig und kühl wie möglich fuhr er fort, während er versuchte, den Schlägen auszuweichen: »Gib jetzt nicht mir die Schuld dafür, Block, und tu nichts, wofür du letztendlich zahlen musst.«

»Bezahlen wirst nur du hier!«

Fox war schnell, aber Block hatte nicht alles verlernt, was er früher einmal auf dem Footballfeld beherrscht hatte. Er mähte Fox einfach nieder, und Fox schlug mit dem Hinterkopf hart auf dem Bürgersteig auf.

Block war gute fünfzig Pfund schwerer als er, und das meiste davon waren Muskeln. Er hielt ihn fest, so dass er der Faust nicht ausweichen konnte, die mitten in sein

Gesicht traf. Ihm verschwamm alles vor den Augen, aber er sah doch noch den Wahnsinn in Blocks Blick.

Und die Gedanken, die sich ihm übermittelten, waren genauso irre und mörderisch.

Fox tat das Einzige, was ihm übrig blieb. Er kämpfte mit schmutzigen Tricks. Mit allen zehn Fingern krallte er sich in diese wahnsinnigen Augen. Als Block aufheulte, rammte er ihm die Faust in die Kehle. Block würgte und spuckte, so dass Fox Zeit hatte, ihm das Knie zwischen die Beine zu stoßen.

Aber als er versuchte, sich von dem anderen Mann zu lösen und wegzulaufen, packte Block wieder zu und schlug Fox' Kopf auf den Asphalt. Er spürte, wie in seinem Inneren etwas brach, als eine stahlbewehrte Stiefelspitze in seiner Seite landete. Dann rang er verzweifelt nach Luft, als sich zwei riesige Hände um seinen Hals schlossen.

Stirb hier.

Er wusste nicht, ob es Blocks Gedanken oder seine eigenen waren, die ihm durch den Kopf gingen. Aber er wusste, dass er das Bewusstsein verlor. Er kämpfte darum, mental in diesen Mann einzudringen, einen Mann, der die Redskins und NASCAR liebte, einen Mann, der für einen guten, schmutzigen Witz immer zu haben war, einen Mann, der ein Genie im Umgang mit Motoren war. Einen Mann, der so blöd gewesen war, seine Frau mit ihrer Schwester zu betrügen.

Aber es gelang ihm nicht. Er fand weder sich selbst noch den Mann, der ihn auf dem Bürgersteig an einem regnerischen Sonntagmorgen ein paar Schritte vom Marktplatz entfernt umbrachte.

Dann sah er nur noch ein rotes Meer. Seinen eigenen Tod.

Der Druck an seinem Hals lockerte sich, und das schreckliche Gewicht wurde von seiner Brust genommen. Würgend und keuchend rollte er zur Seite und spuckte Blut.

»Fox! Fox! O'Dell!«

Undeutlich sah er ein Gesicht vor sich. Der Polizeichef Wayne Hawbaker beugte sich über ihn.

»Beweg dich nicht«, befahl Wayne ihm. »Ich rufe einen Krankenwagen.«

Nicht tot, dachte Fox. »Nein, warte«, krächzte er und rappelte sich mühsam auf. »Kein Krankenwagen.«

»Du bist ziemlich schwer verletzt.«

Fox wusste, dass eins seiner Augen zugeschwollen war, aber es gelang ihm doch, Wayne anzuschauen. »Ich bin okay. Wo ist Block?«

»Sitzt mit Handschellen hinten in meinem Auto. Himmel, Fox, ich musste ihn halb bewusstlos prügeln, bevor ich ihn von dir wegbekommen habe. Was war denn bloß los?«

Fox wischte sich das Blut vom Mund. »Frag Napper.«

»Was hat er denn damit zu tun?«

»Er hat Block eingeredet, ich hätte mit Shelley rumgemacht.« Bei jedem Atemzug hatte Fox das Gefühl, den Hals voller Glasscherben zu haben. »Aber lass nur, es spielt keine Rolle. Es ist nicht strafbar, wenn man einen Idioten anlügt, oder?«

Wayne schwieg einen Augenblick. »Ich rufe die Sanitäter an, damit sie wenigstens mal einen Blick auf dich werfen.«

»Ich brauche sie nicht.« Wut und Schmerzen bauten sich in Fox auf, und er stützte sich mit seiner blutigen Hand auf dem Pflaster ab. »Ich will sie nicht.«

»Ich nehme Block fest. Wenn du dazu in der Lage bist, musst du aufs Revier kommen und Anzeige wegen Körperverletzung erstatten.«

Fox nickte. Eigentlich war es ja versuchter Mord gewesen, aber Körperverletzung würde es auch tun.

»Komm, ich helfe dir ins Auto. Ich fahre dich nach Hause.«

»Nein, danke, ich komme schon alleine klar.«

Wayne fuhr sich mit der Hand durch seine grauen, nassen Haare. »Du liebe Güte, Fox, soll ich dich etwa blutend auf dem Bürgersteig liegen lassen?«

Fox blickte ihn an. »Du kennst mich doch, Chief. Bei mir heilt alles schnell.«

Wayne musterte ihn besorgt. »Dann lass mich wenigstens so lange warten, bis du auf den Füßen stehst. Ich fahre erst, wenn ich gesehen habe, dass du aufstehen und gehen kannst.«

Mühsam rappelte Fox sich auf, wobei die Schmerzen ihn fast zerrissen. Mindestens drei gebrochene Rippen, dachte er. Er spürte bereits, wie sie wieder zusammenwuchsen, die Schmerzen waren kaum auszuhalten. »Sperr ihn ein. Ich komme vorbei, sobald ich kann.«

Er humpelte davon und blieb erst stehen, als er hörte, dass der Chief weggefahren war. Dann drehte er sich um und starrte den grinsenden Jungen an, der auf der anderen Straßenseite stand.

»Ich werde wieder gesund, du Scheißkerl, und wenn

die Zeit gekommen ist, tue ich dir etwas viel Schlimmeres an.«

Der Dämon in Kindergestalt lachte. Dann öffnete er seinen Mund, weit wie eine Höhle, und verschluckte sich selbst.

Als Fox am Haus der Frauen angekommen war, war eine seiner gebrochenen Rippen bereits verheilt, und die zweite arbeitete daran. Auch seine lockeren Zähne waren bereits wieder fest, die kleinsten Schrammen und Risse waren schon nicht mehr zu sehen.

Ich wäre besser nach Hause gegangen, dachte er. Aber die Schläge hatten ihn benommen gemacht, und er konnte nicht mehr klar denken. Die Frauen mussten seinen Anblick eben ertragen. Während der Sieben würden sie Schlimmeres erleben.

»Wir sind hier oben!«, rief Quinn, als er eintrat. »Wir kommen gleich herunter. Kaffee steht auf dem Herd, Coke ist im Kühlschrank.«

Sein Hals schmerzte immer noch so, dass er nicht antworten konnte. Schweigend machte er sich auf den Weg in die Küche.

Als er die Hand nach dem Griff des Kühlschranks ausstreckte, stellte er fest, dass sein Handgelenk gebrochen war. Er biss die Zähne zusammen und nahm die Coladose mit der linken Hand heraus. Allerdings bekam er sie mit einer Hand nicht auf.

»Wir fangen spät an. Ich glaube, wir waren … oh, mein Gott!« Layla stürzte auf ihn zu. »Fox! Gott! Quinn, Cybil, Cal, kommt herunter! Fox ist verletzt!«

Sie versuchte, den Arm um ihn zu legen, um ihn zu stützen. »Öffnest du bitte die blöde Dose?«, bat er sie.

»Setz dich. Du musst dich setzen. Dein Gesicht. Dein armes Gesicht. Hier, setz dich hierhin.«

»Mach einfach die verdammte Dose auf«, fuhr er sie an, aber sie zog einen Stuhl heran und drückte ihn darauf. Dass sie das problemlos schaffte, zeigte ihm, wie schlecht seine Verfassung noch war.

Sie öffnete die Dose und legte seine Hände darum. Mit dünner Stimme sagte sie: »Dein Handgelenk ist gebrochen.«

»Das dauert nicht lange.«

Er trank einen ersten Schluck, als Cal hereingerannt kam. »Layla, hol Wasser und ein Handtuch, damit wir ihn ein bisschen sauber machen können.« Er hockte sich vor Fox und legte ihm eine Hand auf den Oberschenkel. »Wie schlimm ist es?«

»So schlimm wie schon lange nicht mehr.«

»Napper?«

»Indirekt.«

»Quinn«, sagte Cal, ohne den Blick von Fox zu wenden. »Ruf Gage an. Er soll sofort hierherkommen.«

»Ich hole gerade Eis aus dem Kühlschrank.« Sie nahm den Eiswürfelbehälter aus dem Gefrierfach. »Cybil.«

»Ich rufe ihn an.« Aber vorher beugte sie sich zu Fox herunter und hauchte ihm einen sanften Kuss auf die Wange. »Wir kümmern uns um dich, Baby.«

Layla brachte eine Schüssel mit Wasser und ein Handtuch. »Er hat Schmerzen. Können wir ihm etwas gegen die Schmerzen geben?«

»Er muss sie aushalten und sie sogar nutzen. Es hilft aber, wenn wir drei zusammen sind.« Cal blickte Fox unverwandt an. »Sag mir wo.«

»Die Rippen auf der linken Seite. Er hat drei erwischt, eine ist schon wieder zusammengewachsen, eine ist gerade dabei.«

»Okay.«

»Sie sollten gehen.« Er stieß zischend die Luft aus, als ihn erneut eine Schmerzwelle überschwemmte. »Sag ihnen, sie sollen gehen.«

»Wir gehen nirgendwohin.« Sanft und vorsichtig tupfte Layla mit dem kalten Lappen Fox' Gesicht ab.

»Hier, Schätzchen.« Quinn hielt einen Eisbeutel an Fox' geschwollenes Auge.

»Ich habe ihn auf dem Handy erwischt.« Cybil kam wieder in die Küche. »Er war schon in der Stadt. Er ist gleich hier.« Sie blieb stehen und beobachtete trotz ihres Entsetzens fasziniert, wie die violetten Druckstellen an Fox' Hals zu verblassen begannen.

»Er hat mich am Kopf verletzt«, murmelte Fox. »Ich kann mich nicht konzentrieren und kann es nicht finden, aber irgendetwas blutet. Gehirnerschütterung. Ich kann nicht klar denken.«

Cal beobachtete Fox aufmerksam. »Konzentrier dich vor allem auf die Gehirnerschütterung. Alles andere kann warten.«

»Ich versuche es.«

»Lass mich das machen.« Layla drückte Cybil das feuchte Handtuch in die Hand. Sie kniete sich vor Fox. »Ich kann versuchen, ob du mich hereinlässt. Aber du musst mich auch lassen. Lass mich deinen Schmerz sehen, Fox, damit ich dir dabei helfen kann, gesund zu werden. Wir sind miteinander verbunden. Ich kann dir helfen.«

»Aber du darfst keinen Schreck kriegen. Denk daran.« Er schloss die Augen und öffnete sich für sie. »Nur den Kopf. Den Rest schaffe ich schon alleine, wenn ich erst mal wieder klar denken kann.«

Er spürte ihren Schock, ihr Entsetzen, dann ihr Mitgefühl. Es war weich und warm. Sie führte ihn zur richtigen Stelle, genau wie sie ihn zum Stuhl geführt hatte.

Dort war der Schmerz heftig und stark, ein Monster mit scharfen Zähnen und spitzen Krallen. Einen Augenblick lang schreckte er davor zurück, aber sie ließ nicht locker.

Eine Hand griff nach seiner Faust, und er wusste, es war Gage. Er öffnete sich für seine Freunde und ritt auf der Woge des Schmerzes, um ihn zu bezwingen. Als er schließlich so weit wiederhergestellt war, dass er sprechen konnte, war er schweißüberströmt.

»Geh heraus«, sagte er zu Layla. »Zieh dich zurück. Es ist ein bisschen zu viel und zu schnell.«

Weiter ging der Ritt. Knochen, Muskeln, Organe. Er klammerte sich an die Hände seiner Freunde und schämte sich nicht, seine Schmerzen zu zeigen. Als er wieder unbeschwert atmen konnte, hörte er auf. Den Rest würde seine Natur übernehmen.

»Okay. Es ist okay.«

»Du siehst aber nicht okay aus.«

Cybil liefen die Tränen über die Wangen. »Das ist nur noch oberflächlich. Darum kann ich mich selbst kümmern.«

Sie nickte und wandte sich ab. Auch Laylas Augen schwammen in Tränen, aber zu seiner Erleichterung weinte sie nicht. »Danke«, sagte er zu ihr.

»Wer hat dir das angetan?«

»Das ist die Frage.« Gage richtete sich auf und trat zum Herd, um sich einen Kaffee einzuschenken. »Die zweite Frage ist, wann wir ihn zusammenschlagen?«

»Dabei würde ich euch gerne helfen.« Cybil drückte Gage die Hand.

»Es war Block«, sagte Fox, als Quinn mit frischem Wasser kam, um ihm das Gesicht abzuwischen.

»Block Kholer?« Gage, der verwundert auf seine Hand geschaut hatte, obwohl Cybil längst schon woanders stand, blickte auf. »Warum das denn?«

»Napper hat ihm eingeredet, ich hätte mit seiner Frau gevögelt.«

Cal schüttelte den Kopf. »Block ist wahrscheinlich dumm genug, um dem Arschloch zu glauben, und ich könnte mir auch vorstellen, dass er dich deswegen zusammenschlägt. Aber er hat dich beinahe umgebracht. Das ist nicht einfach …«

Fox trank einen kleinen Schluck. »Der Dämon war da. Der Scheißkerl. Auf der anderen Straßenseite. Ich habe mich auf Block konzentriert, weil ich gemerkt habe, dass er mich zu Brei schlagen wollte, aber ich habe es in seinen Augen gesehen. Wenn Wayne Hawbaker nicht gekommen wäre, hätte er mich umgebracht. Ich wäre jetzt tot.«

»Er wird immer stärker.« Quinn packte Cal an der Schulter. »Er wird immer stärker.«

»Damit mussten wir rechnen. Dieses Mal geht alles viel schneller. Du hast gesagt, Wayne kam vorbei. Was hat er gemacht?«

»Zuerst war ich bewusstlos. Als ich wieder zu mir kam,

saß Block schon mit Handschellen hinten im Streifenwagen. Der Chief sagte, er hätte ihn k.o. schlagen müssen, damit er mich losließ. Wayne war in Ordnung. Wie immer. Besorgt, ein bisschen sauer, ein bisschen verwirrt. Der Dämon hat ihn nicht berührt.«

»Vielleicht konnte er es nicht.« Layla richtete sich auf. »Ich bin mir sicher, wenn er es gekonnt hätte, hätte er auch Wayne infiziert. Du hast gesagt, Block wollte dich umbringen. Der Dämon wollte bestimmt nicht, dass die Polizei, dass irgendjemand das verhindert.«

Cybil drehte sich um. Sie hatte die Fassung wiedergewonnen und strich Fox über die nassen, wirren Haare. »Dein Auge heilt schon wieder. Du siehst beinahe so gut aus wie immer.«

»Was willst du mit Block machen?«, fragte Quinn.

»Ich gehe später aufs Revier und rede mit ihm und Wayne. Im Moment möchte ich gerne duschen, wenn ihr Damen nichts dagegen habt.«

»Ich bringe dich hinauf.« Layla streckte die Hand aus.

»Du musst schlafen«, sagte Cal.

»Duschen reicht wahrscheinlich.«

»Diese Art von Heilung ist anstrengend, das weißt du.«

»Ich dusche trotzdem zuerst.« Er ging mit Layla aus dem Zimmer. Die Schmerzen waren noch nicht ganz weg, aber sie waren deutlich schwächer geworden.

»Ich wasche deine Sachen, während du im Badezimmer bist«, sagte Layla zu ihm. »Du kannst ja solange Cals Sachen anziehen. Die Jeans sind sowieso hinüber.«

Er blickte an seinen zerrissenen, blutigen Levi's herunter. »Hinüber? Sie sind nur ein bisschen schmutzig.«

Sie rang sich ein Lächeln ab, aber es gelang ihr nicht so ganz. »Tut es noch weh?«, fragte sie besorgt, als sie die Treppe hinaufgingen.

»Nein, nur noch ein bisschen.«

»Dann …« Sie drehte sich oben an der Treppe um und nahm ihn in die Arme.

»Es ist schon in Ordnung.«

»Natürlich ist es nicht in Ordnung. Gar nichts ist in Ordnung. Ich halte dich einfach fest, bis ich die Fassung wiedergewonnen habe.«

»Du hast deine Sache großartig gemacht.« Er strich ihr über die Haare. »Wie aus dem Lehrbuch.«

Layla löste sich von ihm und umfasste sein Gesicht mit den Händen. Sein linkes Auge war noch gerötet, aber die Schwellung war fast weg. Sie hauchte vorsichtig einen Kuss darauf und küsste dann seine Wangen und seine Schläfen. »Ich hatte schreckliche Angst.«

»Ich weiß. Aber das ist wahres Heldentum – das zu tun, was man tun muss, auch wenn man schreckliche Angst hat.«

»Fox.« Sie küsste ihn auf den Mund. »Zieh deine Kleider aus.«

»Ich warte schon seit Wochen darauf, dass du das endlich sagst.«

Jetzt musste sie doch lächeln. »Und geh unter die Dusche.«

»Das wird ja immer besser.«

»Wenn du jemanden brauchst, der dir den Rücken wäscht, … dann schicke ich dir Cal.«

»Damit sind alle meine Träume zunichte.«

Schließlich band sie ihm die Schnürsenkel auf, half ihm mit deprimierend schwesterlicher Zuneigung aus Hemd und Jeans. Als er in seinen Boxershorts vor ihr stand, sagte sie: »Oh, Fox.« An ihrem Tonfall erkannte er, dass sie es nicht wegen seines männlichen Körperbaus sagte, sondern wegen der zahlreichen Blutergüsse, mit denen er übersät war.

»Wenn innen so viele Verletzungen sind, dauert es außen oft länger, bis alles verheilt ist.«

Sie nickte nur und verließ mit seinen Kleidern das Badezimmer.

Es fühlte sich großartig an – das heiße Wasser, das sanft auf ihn herunterplätscherte. Es fühlte sich großartig an, am Leben zu sein. Er blieb so lange unter dem Wasserstrahl stehen, die Hände an die Duschwand gestützt, bis auch die Schmerzen aus dem Körper gespült und mit dem Wasser im Abfluss verschwunden waren. Jeans und ein Sweatshirt lagen sauber gefaltet auf dem Hocker, als er aus der Dusche trat. Es gelang ihm, sich anzuziehen, er musste allerdings häufiger innehalten, weil ihm schwindlig wurde. Als er schließlich den Dampf vom Spiegel über dem Waschbecken gewischt hatte und sein Gesicht betrachtete, die Blutergüsse, das immer noch geschwollene Auge und die Schrammen, musste er zugeben, dass Cal wie immer recht hatte.

Er musste schlafen.

Also ging er in Laylas Zimmer, legte sich auf ihr Bett und schlief eingehüllt von ihrem tröstlichen Duft sofort ein.

Als er aufwachte, war er zugedeckt, die Jalousien waren heruntergelassen und die Tür zu. Vorsichtig setzte er sich auf. Keine Schmerzen, stellte er fest. Noch nicht einmal um sein linkes Auge herum. Auch die bleierne Müdigkeit war verflogen. Und er hatte furchtbaren Hunger. Das waren gute Zeichen.

Er trat aus dem Zimmer und fand Layla mit Quinn im Arbeitszimmer. »Ich habe ein bisschen geschlafen.«

»Fünf Stunden.« Layla trat sofort zu ihm und betrachtete forschend sein Gesicht. »Du siehst gut aus. Der Schlaf hat dir gutgetan.«

»*Fünf* Stunden? Ihr hättet mich wecken sollen. Wir wollten doch wenigstens das erste Tagebuch zu Ende lesen.«

»Das haben wir gemacht. Wir geben gerade unsere Notizen ein.« Layla wies auf Quinns Laptop. »Du kannst es gleich lesen, das reicht auch, Fox.«

»Ja, wahrscheinlich.«

»Cybil hat übrigens eine wundervolle Lauch-Kartoffelsuppe gezaubert.«

»Ist noch was übrig?«

»Jede Menge sogar, für dich. Komm, ich mache sie dir warm.«

Unten stand Gage am Wohnzimmerfenster. Er drehte sich um, als Fox hereinkam. »Der Regen hat aufgehört. Ich sehe, du bist wieder dein altes, hässliches Selbst.«

»Immer noch hübscher als du. Wo ist Cal?«

»Er ist vor ein paar Minuten ins Bowlingcenter gegangen. Wenn du wieder unter den Lebenden weilst, sollen wir ihm Bescheid sagen.«

»Ich esse erst mal Suppe.«

Gage wartete, bis er mit Fox alleine war. »Iss in Ruhe,

und dann rufen wir Cal an. Er kommt direkt zum Polizeirevier. Quinn stellt die Hauptpunkte aus dem ersten Tagebuch für dich zusammen.«

»War irgendwas Besonderes?«

»Meiner Meinung nach nicht, aber du solltest es selbst lesen.«

Fox aß zwei Teller Suppe und einen Kanten Olivenbrot. Als er fertig war, kam Quinn mit einem Hefter und dem Tagebuch herunter. »Ich glaube, die Zusammenfassung reicht, aber du kannst ja heute Abend auch noch mal das Tagebuch lesen, falls du bestimmte Passagen genauer anschauen willst.«

»Danke für alles.« Er gab Layla einen Kuss auf den Mund. »Danke für dein Bett. Wir sehen uns morgen.«

Als die Männer gegangen waren, sagte Cybil: »Er hat einen schönen Mund.«

»Ja, das hat er«, stimmte Layla zu.

»Und was ich heute früh in der Küche gesehen habe, als er darum gerungen hat zu heilen … ich glaube, das war das Tapferste, was ich jemals erlebt habe. Du kannst dich wirklich glücklich schätzen. Und …« Sie zog ein Blatt Papier aus der Tasche. »Und du bist auch die Gewinnerin der heutigen Einkaufsliste.«

Seufzend nahm Layla den Zettel entgegen. »Na toll.«

Chief Hawbaker starrte auf Fox' unversehrtes Gesicht, als die drei Männer das Polizeirevier betraten. Wayne hatte es doch schon öfter erlebt, dachte Fox. Aber wahrscheinlich gewöhnten sich die Leute nicht so leicht daran.

In Hollow taten die meisten Leute sowieso so, als wenn sie nichts merkten.

»Offensichtlich geht es dir wieder besser. Ich habe gesehen, wie du in Richtung von Ms Blacks Haus gehumpelt bist, und habe mich dort nach deinem Befinden erkundigt. Eine Ms Kinski hat mir die Tür aufgemacht und gemeint, sie würden sich schon um dich kümmern.«

»Ja, das stimmt. Wie geht es Block?«

»Ich habe die Sanitäter geholt.« Wayne kratzte sich am Kinn. »Aber er sieht trotzdem noch wesentlich schlimmer aus als du. Wirklich, wenn ich nicht gesehen hätte, was los war, könnte man glatt glauben, du hättest ihn angegriffen und nicht umgekehrt. Er hat sich bestimmt den Kopf gestoßen. Er weiß nicht mehr genau, was vorgefallen ist. Er hat zwar zugegeben, dass er sich auf dich gestürzt hat, weiß aber nicht mehr, warum.«

»Ich möchte gerne mit ihm sprechen.«

»Das kann ich arrangieren. Soll ich mit Derek reden?«

»Er ist dein Deputy. Aber ich würde dir raten, ihn von mir fernzuhalten. Weit fernzuhalten.«

Wayne schwieg. Er holte die Schlüssel und ging mit Fox zu den Zellen. »Er wollte noch nicht einmal einen Anwalt anrufen. Block? Fox möchte mit dir sprechen.«

Block saß auf der Liege in einer der drei Zellen und hatte den Kopf in die großen Hände gestützt. Rasch stand er auf, als der Sheriff ihn ansprach. Als er an die Gitterstäbe trat, sah Fox die Blutergüsse in seinem Gesicht, und es erfüllte ihn mit leiser Befriedigung, dass er ihm wenigstens zwei blaue Augen geschlagen hatte.

»Himmel, Fox!« Block riss die verquollenen Augen auf.

»Können wir kurz miteinander reden, Chief?«

»Bist du einverstanden, Block?«

»Ja, klar. Himmel! Heiliger Strohsack! Fox, ich habe gedacht, ich hätte dich krankenhausreif geschlagen. Du bist nicht verletzt!«

»Doch, du hast mich verletzt, Block. Du hast mich fast umgebracht, und das wolltest du auch.«

»Aber …«

»Kannst du dich noch an das eine Baseballspiel erinnern, in unserem Junior-Jahr auf der Highschool? Der Ball ist abgerutscht und mir direkt ins Gesicht geprallt. Alle haben gedacht, ich hätte den Wangenknochen gebrochen. Weißt du noch, dass ich direkt hinterher wieder mitgespielt habe?«

Angst und Verwirrung spiegelten sich in Blocks Gesicht. Er leckte sich über die geschwollene Lippe. »Ja, ich kann mich undeutlich daran erinnern. Ich dachte immer, ich hätte das geträumt. Auch jetzt habe ich hier gesessen und gedacht, dass das gar nicht wirklich passiert ist. Aber das ist es wahrscheinlich doch. Ich schwöre bei Gott, Fox, ich weiß nicht, was über mich gekommen ist. Ich habe noch nie jemanden so angegriffen.«

»Hat Napper dir erzählt, ich hätte was mit Shelley?«

»Ja.« Block verzog verächtlich das Gesicht. »Das Arschloch. Ich habe ihm nicht geglaubt. Er hasst dich, hat dich immer schon gehasst. Außerdem wusste ich, dass Shelley nichts gemacht hatte. Aber …«

»Die Vorstellung nagte an dir.«

»Ja. Ich meine, Fox, sie hat mich rausgeworfen, sie

hat die Scheidung eingereicht und will nicht mit mir reden.« Seine Finger umklammerten die Gitterstäbe. »Und da habe ich mir gedacht, na ja, gut, vielleicht fühlt sie sich so sicher, weil sie dich hat. Nur vielleicht.«

»Und nicht, weil sie dich mit Samis Titten in der Hand erwischt hat?«

»Ich habe Scheiße gebaut, richtig üble Scheiße. Shelley und ich, wir haben uns oft gestritten, und Sami …« Er zuckte mit den Schultern. »Sie war schon eine ganze Zeitlang hinter mir her, an dem Tag hat sie gemeint, ich solle mal nach hinten kommen und ihr helfen. Und auf einmal reibt sie sich an mir, und ihr T-Shirt schiebt sich hoch. Himmel, Fox, die Titte ist mir sozusagen in die Hand gefallen. Ich habe einfach Scheiße gebaut.«

»Ja, das hast du.«

»Ich will keine Scheidung. Ich will nach Hause, Fox, weißt du?« Er warf ihm einen jämmerlichen Blick zu. »Shelley redet noch nicht einmal mit mir. Ich will es doch nur wieder in Ordnung bringen, und sie erzählt im ganzen Ort, dass du mich vor Gericht fertigmachst und so einen Scheiß.«

»Und da warst du sauer«, sagte Fox, als Block stirnrunzelnd auf seine Stiefel blickte.

»Ja, ich war wütend, dann kam auch noch das blöde Gerede von Napper dazu. Ich habe noch nie einen Mann so zusammengeschlagen.« Block hob den Kopf und blickte Fox verwirrt an. »Es war, als wenn ich verrückt wäre oder so. Ich konnte einfach nicht mehr aufhören. Ich dachte schon, ich hätte dich vielleicht umgebracht. Ich weiß nicht, wie ich damit weitergelebt hätte.«

»Da haben wir beide Glück, dass dir das nicht gelungen ist.«

»Verdammt, Fox, ich meine das ernst. Du bist doch ein Freund von mir. Wir kennen uns doch schon so lange. Ich weiß nicht, was … ich nehme an, ich bin durchgedreht oder so.«

Fox dachte an den lachenden dämonischen Jungen, der sich selbst verschluckt hatte. »Ich erstatte keine Anzeige gegen dich, Block. Wir hatten ja sonst noch nie Probleme miteinander.«

»Ja, wir verstehen uns doch eigentlich.«

»Also, was mich angeht, haben wir keine Probleme. Und was Shelley angeht, ich bin ihr Anwalt, mehr nicht. Ich kann dir nicht raten, was du mit deiner Ehe machen sollst. Wenn du mir sagen würdest, dass du zur Eheberatung gehen willst, könnte ich das meiner Mandantin weitergeben. Möglicherweise könnte ich sie als Anwalt und Freund überzeugen, dass sie es erst einmal auf diesem Weg versucht, bevor sie die Scheidung weiter vorantreibt.«

»Ich tue alles, was sie will.« Blocks Adamsapfel hüpfte, als er schluckte. »Ich schulde dir was, Fox.«

»Nein, das tust du nicht. Ich bin Shelleys Anwalt, nicht deiner. Versprich mir nur, dass du nach Hause gehst, wenn Chief Hawbaker dich gleich herauslässt. Schau dir Formel eins an. Ich meine, heute liefe was im Fernsehen.«

»Ich wohne bei meiner Ma. Ja, ich bleibe zu Hause. Ich gebe dir mein Wort.«

Fox ging zu Wayne zurück. »Ich erstatte keine Anzeige.« Er ignorierte Gages unterdrückten Fluch. »Offensichtlich bin ich ja nicht verletzt. Wir hatten eine Auseinandersetzung, die schlimmer aussah, als sie war, und jetzt zur Zufriedenheit beider Parteien gelöst ist.«

»Wenn du es so willst, Fox.«

»Ja, so will ich es. Ich bin auf jeden Fall froh, dass du vorbeigekommen bist.« Fox schüttelte dem Chief die Hand.

Draußen fluchte Gage erneut. »Für einen Anwalt hast du ein ganz schön weiches Herz.«

»Du hättest dasselbe gemacht. Genau dasselbe«, erwiderte Fox. »Er war nicht verantwortlich.«

»Wir alle hätten genauso reagiert«, bestätigte Cal. »Und es ist ja auch schon vorgekommen. Willst du mit ins Center kommen?«

»Verführerisch, aber ich muss leider ablehnen. Ich habe einiges zu lesen.«

»Ich fahre dich nach Hause«, sagte Gage.

Einen Moment lang blieben die drei vor dem Polizeirevier stehen und blickten auf den Ort, der bereits unter einer dunklen Wolke lag.

11

Fox verbrachte lange Zeit damit zu lesen, sich Notizen zu machen und bestimmte Passagen im Tagebuch, die Quinn markiert hatte, nachzuprüfen.

Er jonglierte und grübelte.

Keinem Hüter war es jemals gelungen, das Dunkle zu zer-

stören. Manche ließen ihr Leben bei dem Versuch, und auch Giles war darauf vorbereitet, da das, was er vorhatte, noch nie jemand versucht hatte.

Dent konnte also nicht sicher sein, dass sein Vorhaben auch funktionieren würde, dachte Fox. Aber er war bereit, sein Leben zu riskieren. Deshalb brachte er zuerst Ann und die Kinder, die sie erwartete, in Sicherheit.

Er hat mehr getan als jeder andere. Das Blut Unschuldiger wurde vergossen, und deshalb, glaubt mein Liebster, wird es ein Kampf des Dunklen gegen das Dunkle sein. Und es wird mein Geliebter sein, der den Preis für diese Sünde zahlt. Es wird Blut und Feuer geben, Opfer und Verlust. Tod auf Tod, bevor es wieder Leben, bevor es wieder Hoffnung gibt.

Rituelle Magie, dachte Fox, und lenkte sich mit Haushaltspflichten ab. Blutmagie. Er blickte auf die Narbe an seinem Handgelenk. Damals und dreihundert Jahre später. Blut und Feuer am Heidenstein zu Dents Zeit und ein Jugendritual zu ihrer Zeit. Ein Lagerfeuer, die Worte, die er, Cal und Gage extra aufgeschrieben hatten, damit sie sie sprechen konnten, als Cal ihnen die Schnitte zufügte.

Kleine Jungen – das Blut Unschuldiger.

Er spielte mit verschiedenen Ideen und Strategien. Erst spät ging er zu Bett, um in seiner sauberen Bettwäsche zu schlafen.

Am Morgen, während er sich rasierte, fiel es ihm auf einmal ein. Er rasierte sich nicht gerne und überlegte sich, wie so oft, ob er sich nicht einen Bart wachsen lassen sollte. Aber die Stoppeln juckten, und er fand, es sah blöd aus. Das ist auch ein heidnisches Ritual, dachte er, als er das Rasiermesser über die Haut zog. Wenn man sich keinen Bart wachsen lassen wollte, musste man sich jeden Morgen mit einem scharfen Gerät übers Gesicht schaben, bis … Mist.

Er hatte sich geschnitten wie fast jeden Morgen und drückte den Finger auf die Wunde, die sich meistens schon wieder schloss, noch bevor sie anfing, richtig zu bluten. Mit gerunzelter Stirn betrachtete er seine blutverschmierte Fingerspitze.

Leben und Tod, dachte er. Blut war Leben, Blut war Tod.

Entsetzen breitete sich in ihm aus. Das konnte unmöglich stimmen, dachte er. Und doch ergab es einen schrecklichen Sinn. Wenn man bereit war, unschuldiges Blut zu vergießen, war es eine teuflische Strategie.

Was bedeutete es, fragte er sich. Was machte es aus Dent, wenn das sein Opfer gewesen war?

Was machte es aus ihnen allen?

Er drehte und wendete es in seinem Kopf, während er sich zu Ende rasierte, sich anzog und sich für den Arbeitstag bereit machte. Heute war Frühstückssitzung im Stadtrat, und als Anwalt der Stadt durfte er nicht fehlen. Es war wahrscheinlich auch am besten, dachte er, als er in seine Jacke schlüpfte und seine Aktentasche ergriff, das Ganze erst einmal zu überdenken. Er musste noch ein wenig warten, bevor er den anderen seine Idee präsentierte.

Er zwang sich, sich auf die Sitzung zu konzentrieren, und obwohl der neue Anstrich des Rathauses und die Bepflanzung des Marktplatzes nicht gerade ganz oben auf seiner Prioritätenliste standen, fand er, dass er seine Sache gut gemacht hatte.

Aber sofort nach dem Frühstück sprach ihn Cal an. »Spuck es aus. Du hast dein halbes Frühstück auf dem Teller liegen lassen. Und wenn du nichts isst, dann ist doch irgendwas im Busch.«

»Ich arbeite an etwas, aber ich muss es noch genauer unter die Lupe nehmen, bevor ich darüber sprechen kann. Außerdem ist Sage in der Stadt, und ich treffe mich mit ihr und der Familie bei Sparrow zum Mittagessen. Ich habe schon jetzt keinen Hunger mehr.«

»Du kannst ja mit mir zum Center laufen und es mir dabei erzählen.«

»Nein, jetzt nicht. Ich habe noch einiges zu erledigen. Wir reden heute Abend darüber.«

»Gut. Wenn du früher darüber sprechen willst, du weißt ja, wo du mich findest.«

Sie trennten sich, und Fox zog sein Handy aus der Tasche, um Shelley anzurufen. Wenigstens in dieser Angelegenheit wusste er, wie er vorzugehen hatte. Während er mit ihr redete und sie bat, in die Kanzlei zu kommen, fuhr Derek Napper in seinem Streifenwagen vorbei. Grinsend verlangsamte er sein Tempo und hob den Mittelfinger.

Arschloch, dachte Fox und ging weiter. Er beendete das Telefonat, als er an der Tür zum Büro ankam.

»Morgen, Mrs H.«

»Guten Morgen, wie war die Sitzung?«

»Ich habe die nackte Jessica Simpson als neues Stadtsymbol vorgeschlagen. Sie denken darüber nach.«

»Na, das würde Hollow auf jeden Fall eine gewisse Aufmerksamkeit sichern. Ich bin heute früh übrigens nur eine Stunde lang da. Ich habe Layla angerufen, sie kommt gerne früher.«

»Oh.«

»Ich habe einen Termin mit unserem Makler. Wir haben das Haus verkauft.«

»Sie … wann?«

»Am Samstag. Es gibt jetzt viel zu tun«, antwortete sie. »Sie machen den Vertrag für uns, oder?«

»Ja, natürlich.« Das ging zu schnell, dachte er. Viel zu schnell.

»Fox, ich bin heute das letzte Mal hier. Layla weiß jetzt mit allem Bescheid.«

»Aber …« Aber was, dachte er. Er hatte ja gewusst, dass es so kommen würde.

»Wir haben beschlossen, nach Minneapolis zu fahren und uns Zeit zu lassen. Die meisten Sachen haben wir schon eingepackt, sie brauchen nur noch verschickt zu werden. Unsere Tochter hat ein Reihenhaus für uns gefunden, nur ein paar Meilen von ihr entfernt. Ich habe eine anwaltliche Vollmacht für Sie aufgesetzt, damit Sie den Vertrag machen können. Wir werden dann nicht mehr hier sein.«

»Ich schaue es mir an. Aber ich muss schnell nach oben. Bin gleich wieder da.«

»In einer Viertelstunde ist Ihr erster Termin«, rief sie ihm nach.

»Ich bin gleich wieder zurück.«

Das war er auch, und er ging sofort zu ihrem Schreibtisch und überreichte ihr ein Päckchen. »Es ist kein Abschiedsgeschenk. Ich kann Ihnen nichts schenken, weil ich Ihnen viel zu böse bin, dass Sie mich verlassen. Es ist für alles andere.«

»Nun.« Sie schniefte ein wenig, als sie die Schachtel

auspackte. Sorgfältig faltete sie das Papier und legte es beiseite. Dann hob sie den Deckel ab.

In der Schachtel lag eine Perlenkette, so würdevoll und traditionell, wie sie es war. Der Verschluss war ein diamantbesetzter Rosenstrauß. »Ich weiß ja, dass Sie Blumen mögen«, begann er, als sie nichts sagte. »Deshalb ist mir diese Kette ins Auge gefallen.«

»Sie ist wunderschön. Absolut …« Ihre Stimme brach. »Sie ist viel zu teuer.«

»Noch bin ich hier der Chef.« Er nahm die Perlenkette heraus und legte sie ihr um den Hals. »Und Sie sind einer der Gründe, warum ich mir so etwas leisten kann.« Seine Kreditkarte hatte bei der Summe aufgeschrien, aber ihre leuchtenden Augen waren es wert. »Sie steht Ihnen sehr gut, Mrs H.«

Sie fuhr mit den Fingerspitzen über die Perlen. »Ich bin so stolz auf Sie.« Sie stand auf und schlang die Arme um ihn. »Sie sind so ein guter Junge. Ich werde an Sie denken und für Sie beten.« Seufzend trat sie einen Schritt zurück. »Ich werde Sie vermissen. Danke, Fox.«

Sie lachte unter Tränen und trat zum Wandspiegel. »Oh, du meine Güte. Ich komme mir vor wie eine Königin.« Sie blickte ihn an. »Danke, Fox. Für alles.«

Als die Tür aufging, huschte sie rasch wieder an ihren Schreibtisch zurück, um den ersten Termin in Empfang zu nehmen. Als Fox seinen Mandanten hinausbegleitete, war sie weg.

»Alice meinte, ihr hättet euch schon verabschiedet.« Verständnisvoll blickte Layla ihn an. »Sie hat mir ihre Perlen gezeigt. Das hast du gut gemacht. Sie sind absolut perfekt.«

»Wenn du ein paar Jahre bleibst, bekommst du vielleicht auch so etwas.« Er rollte die Schultern. »Ich muss es wahrscheinlich lockerer nehmen. Hör mal, Shelley kommt vorbei – ich habe sie dazwischengeschoben.«

»Willst du ihr erzählen, was Block gemacht hat?«

»Warum sollte ich?«

»Ja, warum solltest du?«, murmelte Layla. »Ich suche ihre Akte heraus.«

»Nein, die brauchen wir hoffentlich gar nicht. Ich möchte dich etwas fragen. Wenn du einen Mann so lieben würdest, dass du ihn heiratest, und er würde einmal fremdgehen, würdest du dich dann auf der Stelle scheiden lassen? Sagen wir mal, du würdest ihn immer noch lieben, und du hättest dich vor allem in ihn verliebt, weil er zwar nicht der Hellste ist, dich aber ebenfalls liebt. Würdest du ihm noch mal eine Chance geben?«

»Du möchtest, dass Shelley ihm noch eine Chance gibt.«

»Ich bin Shelleys Anwalt, deshalb möchte ich, was sie will, innerhalb vernünftiger Grenzen. Vielleicht möchte sie ja zur Eheberatung gehen.«

»Du hast sie hierher bestellt, um ihr vorzuschlagen, mit ihm zur Eheberatung zu gehen.« Layla musterte ihn und nickte langsam. »Und das, nachdem er dich zusammengeschlagen hat.«

»Es gibt mildernde Umstände. Sie will die Scheidung nicht, Layla. Sie will nur, dass er sich genauso elend fühlt wie sie. Ich zeige ihr nur eine weitere Möglichkeit auf. Alles andere liegt an ihr. Also, würdest du ihm noch eine Chance geben?«

»Ich glaube an zweite Chancen, aber es käme darauf an, wie sehr ich ihn liebe.«

»Ja, das habe ich mir gedacht. Schick sie bitte in mein Büro, wenn sie kommt.«

Nachdenklich saß Layla an ihrem Platz. Sie dachte an Alices feuchte Augen und die schöne Perlenkette. Sie dachte daran, wie Fox blutend und kreidebleich vor Schmerzen in der Küche gesessen hatte. Sie dachte daran, wie er in der Bar Gitarre gespielt hatte und auf das brennende Haus zugelaufen war, um die Hunde zu retten.

Als Shelley kam, schickte Layla sie sofort in Fox' Büro. Dann erledigte sie die Montagspflichten, mit denen Alice bereits begonnen hatte.

Als Shelley wieder herauskam, weinte sie ein wenig, aber in ihren Augen stand Hoffnung.

»Ich möchte Sie etwas fragen«, sagte sie zu Layla. »Würde ich mich zum Narren machen, wenn ich diese Nummer anrufen würde?« Sie hielt eine Visitenkarte hoch. »Wenn ich einen Termin bei diesem Eheberater machen würde, von dem Fox echt viel hält? Wenn ich diesem Idioten Block eine Chance gäbe und versuchen würde, zwischen uns wieder alles in Ordnung zu bringen?«

»Ich glaube eher, es wäre dumm, nicht alles zu tun, was Sie tun möchten.«

»Ich weiß noch nicht einmal, warum ich diesen Mann so begehre.« Shelley blickte auf die Visitenkarte. »Aber vielleicht könnte ich es hier herausfinden. Danke, Layla.«

»Viel Glück, Shelley.«

Warum sollte jemand so dumm sein? Layla überlegte kurz, dann stand sie auf und marschierte zu Fox' Büro.

Er saß mit gerunzelter Stirn am Computer und hämmerte auf die Tastatur ein. Er blickte kaum auf, als sie an seinen Schreibtisch trat.

»In Ordnung«, sagte sie. »Ich schlafe mit dir.«

Er hielt inne und hob den Kopf. »Das sind ja hervorragende Neuigkeiten.« Er schaute ihr in die Augen. »Jetzt gleich?«

»Für dich ist das alles ganz einfach, was?«

»Eigentlich …«

»Du sagst einfach nur: Ja klar, lass uns loslegen.«

»Unter diesen Umständen brauche ich doch wohl nicht darauf hinzuweisen, dass ich ein Mann bin.«

»Das ist es nicht nur.« Sie hob die Arme. »Ich wette, du bist so aufgewachsen, dass du Sex als etwas ganz Natürliches ansiehst, als eine Grundform menschlichen Ausdrucks zwischen zwei Erwachsenen, die sich einig sind.«

Er blickte sie unschuldig an. »Und, ist das nicht so?«

Hilflos breitete sie die Arme aus. »Mir hat man beigebracht, dass es ein enormer, gewichtiger Schritt ist, der Verantwortungsgefühl erfordert.«

»Aber du willst doch mit mir schlafen.«

»Ja, klar, das habe ich ja gesagt.«

»Warum?«

»Weil Shelley einen Eheberater anruft.« Layla seufzte. »Weil du Gitarre spielst, und weil ich ohne nachzuzählen weiß, dass, obwohl Alice nicht mehr da ist, schon wieder ein Dollar im Glas ist, weil du Scheiße gesagt hast. Weil Cal Quinn erzählt hat, du wolltest Block nicht anzeigen.«

»Das klingt für mich aber eher nach Gründen, um

gute Kumpel zu sein«, warf Fox ein. »Keine Gründe, um Sex zu haben.«

»Ich kann aus allen möglichen Gründen mit dir schlafen wollen«, erwiderte sie spitz, und er musste unwillkürlich grinsen. »Dazu gehört auch die Tatsache, dass du einen tollen Arsch hast und dass es mich schon geil macht, wenn du mich nur ansiehst. Außerdem will ich es. Also werde ich Sex mit dir haben.«

»Wie ich bereits sagte, das sind tolle Neuigkeiten. Hey, Sage, wie geht es dir?«

»Gut. Tut mir leid, dass ich euch störe.«

Layla sank der Magen in die Knie. Die Frau, die lächelnd in der Tür stand, sah Fox sehr ähnlich. Kurze, leuchtend rote Haare umrahmten ein hübsches Gesicht, wie ihr Bruder hatte sie goldbraune Augen.

»Layla, das ist meine Schwester Sage. Sage, Layla.«

»Schön, dich kennen zu lernen.« Sage trat auf sie zu und reichte ihr die Hand.

»Ja. Na ja. Ich gehe jetzt mal zur Rezeption und schlage ein paar Minuten lang meinen Kopf an die Wand. Entschuldigt mich.«

Sage blickte ihr nach, dann wandte sie sich zu Fox. »Hübsch.«

»Lass die Finger davon. Es wäre mir unheimlich, wenn du hinter derselben Frau her wärst wie ich. Außerdem bist du verheiratet.«

»Die Ehe macht einen ja nicht blind. Hey.« Sie breitete die Arme aus.

Fox stand auf und umarmte sie. »Ich habe gedacht, wir treffen uns bei Sparrow.«

»Ja, ich wollte auch nur kurz bei dir vorbeischauen.«

»Wo ist Paula?«

»Sie ist auf der Konferenz in D.C., die uns den Vorwand für den Besuch geliefert hat. Sie kommt später nach. Lass dich anschauen. Bist du immer noch gerne Kleinstadt-Anwalt?«

»Ich sehe dich auch an. Bist du immer noch gerne lesbisch?«

Sie lachte. »Okay, das reicht. Ich sollte wahrscheinlich später noch einmal vorbeikommen, wenn du nicht gerade Sex mit deiner Büroleiterin hast.«

»Das ist jetzt wahrscheinlich wegen akuter Peinlichkeit auf unbestimmte Zeit verschoben.«

»Ich hoffe, ich habe sie nicht vergrault.«

»Ich bringe es schon wieder in Ordnung. Mom meinte, du wüsstest noch nicht genau, wie lange ihr bleiben wollt.«

»Ja, es kommt darauf an.« Sie stieß die Luft aus. »Es hängt von dir ab.«

»Du und Paula, ihr wollt also lesbische Kleinstadt-Anwältinnen werden und strebt eine Partnerschaft mit mir an.« Er nahm zwei Dosen Cola aus seinem kleinen Kühlschrank.

»Nein, obwohl Partnerschaft auch ein Faktor sein kann, je nachdem, wie du es definierst.«

Fox reichte ihr eine Cola. »Was ist los, Sage?«

»Wenn du zu tun hast, können wir auch heute Abend darüber sprechen.«

Sie war nervös, stellte Fox fest, das kam bei Sage selten vor. »Ich habe Zeit.«

»Na ja, es geht um Folgendes. Paula und ich möchten ein Kind.«

»Das ist toll! Das ist großartig. Wie wollt ihr es machen? Ruft ihr bei Rent-a-Penis an? Oder bei Sperm R Us?«

»Sei nicht so gemein.«

»Entschuldigung, aber die blöden Witze haben sich mir förmlich aufgedrängt.«

»Ha ha. Nein, wir haben lange darüber geredet. Eigentlich möchten wir sogar zwei Kinder, und da haben wir uns gedacht, dass Paula mit dem ersten schwanger wird. Und ich übernehme die zweite Schwangerschaft.«

»Ihr werdet großartige Eltern sein.« Fox zupfte sie liebevoll an den Haaren. »Die Kinder können sich auf euch freuen.«

»Ja, wir möchten auch gerne gute Eltern sein. Aber zunächst mal brauchen wir einen Spender.« Sie trat einen Schritt zurück. »Wir möchten, dass du das bist.«

»Entschuldigung, was?« Die Coladose, die zum Glück noch nicht geöffnet war, fiel ihm aus der Hand.

»Ich weiß, das ist eine große Sache, und es ist auch seltsam.« Sie bückte sich und hob die Dose auf. »Wir sind dir auch nicht böse, wenn du nein sagst.«

»Warum? Ich meine, mal abgesehen von den lahmen Witzen, es gibt doch so etwas wie Sperma-Banken, auf die ihr zurückgreifen könnt.«

»Ja. Bei den guten, wo die Spender genauestens durchleuchtet werden, kannst du dir sogar spezifische Eigenschaften aussuchen. Das ist eine Option, aber du und ich, Fox, wir sind vom selben Blut, aus dem gleichen Gen-Teich. Und das Baby wäre deshalb mehr unseres.«

»Und Ridge? Er hat sich auf diesem Gebiet schon bewiesen.«

»Ja, das ist einer der Gründe, warum ich ihn eher nicht fragen möchte. Paula und ich jedenfalls haben unabhängig voneinander für dich votiert. Ich liebe Ridge wie verrückt, aber er ist ein Träumer, ein Künstler, eine schöne Seele. Du bist ein Macher, Fox, und was die Persönlichkeit angeht, sind wir uns näher. Auch körperlich. Die gleiche Haarfarbe zum Beispiel.« Sie zupfte sich selbst an den Haaren. »Auch wenn ich jetzt rot gefärbt bin.«

Fox merkte, dass er sich an dem Begriff *Spender* stieß. »Das trifft mich jetzt ein bisschen unvorbereitet, Sage.«

»Ja, klar. Denk bitte darüber nach. Wenn du es ablehnst, verstehen wir das auch. Ich habe sonst noch niemandem in der Familie etwas gesagt, deshalb gibt es von dieser Seite keinen Druck.«

»Ja, danke. Ich bin schon geschmeichelt, dass Paula und du gerade mich ausgesucht habt. Ich denke darüber nach.«

»Danke.« Sie drückte ihre Wange an seine. »Wir sehen uns dann beim Mittagessen.«

Als sie gegangen war, starrte er auf die Coladose in seiner Hand. Dann trat er zu seinem Mini-Kühlschrank und stellte sie wieder hinein. Mehr Stimulation brauchte er im Moment nicht. Eins nach dem anderen, dachte er und ging zu Layla.

»Okay«, sagte er.

»Deine Schwester war sehr freundlich, und sie hat sich so benommen, als ob sie gar nicht gehört hätte, dass ich gesagt habe, ich wolle mit dir schlafen.«

»Das liegt wahrscheinlich daran, dass sie es ebenfalls

als etwas ganz Natürliches betrachtet. Außerdem hatte sie andere Sorgen.«

»Ich bin eine erwachsene, gesunde Frau.« Trotzig warf sie ihre Haare zurück. »Es gibt absolut keinen Grund, mich zu schämen, nur weil ich … Ist etwas passiert?«

»Nein, ich weiß nicht. Es ist ein merkwürdiger Vormittag. Ich habe …« Wie sollte er das formulieren? »Ich habe dir doch erzählt, dass meine Schwester lesbisch ist, oder?«

»Ja, das hast du erwähnt.«

»Sie und Paula sind jetzt seit einigen Jahren zusammen. Sie verstehen sich blendend, und …« Er trat ans Fenster, kam wieder zurück. »Sie wollen ein Baby.«

»Das ist doch schön.«

»Sie wollen, dass ich das Y-Chromosom zur Verfügung stelle.«

»Oh. *Oh.*« Layla schürzte die Lippen. »Das war wohl wirklich ein merkwürdiger Vormittag. Was hast du gesagt?«

»Ich weiß nicht mehr genau, aber ich soll sowieso erst mal darüber nachdenken. Und das mache ich auch.«

»Sie müssen beide viel von dir halten. Und da du nicht sofort abgelehnt hast, hältst du wohl auch viel von ihnen.«

»Ich kann im Moment überhaupt keinen klaren Gedanken fassen. Können wir die Kanzlei nicht schließen und nach Hause gehen, um Sex zu haben?«

»Nein.«

»Das habe ich befürchtet.«

»Dein letzter Termin ist um sechzehn Uhr dreißig. Danach können wir miteinander schlafen.«

Er starrte sie an. »Der Vormittag wird immer merkwürdiger.«

»In deinem Terminkalender für heute steht, dass ich jetzt eine Konferenzschaltung für dich herstellen muss. Hier ist die Akte zum Fall Benedict.«

»Ja, danke. Die Familie trifft sich bei Sparrow zum Mittagessen. Möchtest du mitkommen?«

»Nicht für eine Million Dollar.«

Er verstand sie nur zu gut, aber für ihn wurde es eine angenehme Stunde mit Ridges kleiner Familie, seinen Schwestern und seinen Eltern in Sparrows Restaurant.

Als er zurückkam, ging Layla in die Mittagspause, und so hatte er Zeit nachzudenken. Er versuchte, nicht auf die Uhr zu schauen, während er arbeitete, aber er hatte sich noch nie in seinem ganzen Leben so sehr gewünscht, dass die Zeit schnell vergehen möge.

Der letzte Mandant des Tages hörte nicht auf zu reden, und es war bereits zehn nach fünf. Erneut kämpfte Fox gegen den Wunsch an, ständig auf die Uhr zu sehen. Das war eben der Preis, den man dafür zahlte, wenn man Anwalt in einer Kleinstadt war. Die Leute wollten sich auch über unverfängliche Themen wie Baseball und so weiter mit ihm unterhalten.

Aber auf ihn wartete eine Frau, und er wurde zusehends ungeduldiger.

Entschlossen komplimentierte er den letzten Mandanten zur Tür hinaus.

»Ich dachte schon, er hört nie mehr auf«, sagte Fox, als er die Tür hinter sich abschloss. »Wir haben jetzt geschlossen. Du gehst auch nicht mehr ans Telefon. Komm mit mir.«

»Gerade habe ich noch gedacht, ob wir es uns nicht doch noch einmal überlegen sollten.«

»Nein, hier wird nichts mehr überlegt.« Er ergriff ihre Hand und zog sie zur Treppe. »Eheberatung, brennende Häuser, hübscher Arsch – die Reihenfolge ist willkürlich –, nur um dein Gedächtnis noch einmal aufzufrischen.«

»Ich habe es nicht vergessen, ich dachte nur – wann hast du das letzte Mal sauber gemacht?«, fragte sie, als er sie in die Wohnung zog.

»Gestern. Es war schrecklich viel Arbeit, hat sich aber gelohnt.«

»In diesem Fall kann ich dir den Namen einer Putzfrau sagen. Marcia Biggons.«

»Ich bin mit ihrer Schwester zur Schule gegangen.«

»Das hat sie mir auch erzählt. Sie gibt dir eine Chance. Ruf sie an.«

»Gleich morgen früh. Und jetzt.« Er küsste sie, und seine Hände glitten über ihre Arme. »Jetzt trinken wir ein Glas Wein.«

Sie riss die Augen auf. »Wein?«

»Ich lege Musik auf, und wir trinken Wein. Wir setzen uns in mein ziemlich sauberes Wohnzimmer und entspannen uns.«

Sie lachte atemlos. »Das ist ein weiterer Punkt auf meiner Liste, warum ich hier bin. Ich hätte gerne einen Wein, danke.«

Er öffnete eine Flasche Shiraz, die ihm ein Mandant zu Weihnachten geschenkt hatte, legte Eric Clapton auf und schenkte zwei Gläser Wein ein.

»Deine Kunstwerke kommen ohne den ganzen Müll

viel besser zur Geltung. Mmm, lecker«, sagte sie nach dem ersten Schluck, als er sich neben sie auf die Couch setzte. »Ich war mir nicht sicher, ob du einen anständigen Wein im Haus hast. Du trinkst ja lieber Bier.«

»Ich habe überraschende Seiten.«

»Ja, die hast du.« Er sah so toll aus mit seinen dichten braunen Haaren und seinen wundervollen Tigeraugen. »Ich habe dich noch gar nicht gefragt, ob du unsere Notizen gelesen hast oder …« Den Rest des Satzes erstickte er mit einem erneuten Kuss.

»Das sind die Themen, die heute Abend tabu sind: Büro und Missionen der Götter. Erzähl mir lieber, was du in New York in deiner Freizeit gemacht hast.«

Okay, dachte sie, Small Talk war immer gut. »Ich bin in Clubs gegangen, weil ich Musik mag. In Galerien, weil ich Kunst mag. Aber mir hat auch mein Job Spaß gemacht. Vermutlich ist das immer so, wenn man etwas gut kann.«

»Deine Eltern hatten ein Kleidergeschäft.«

»Dort habe ich auch gerne gearbeitet. Na ja, eigentlich eher gespielt, weil ich ja noch ein Kind war. All die Farben und Stoffe. Es hat mir gefallen, Dinge zu kombinieren. Diese Jacke zu diesem Rock, jenen Mantel mit jener Tasche. Wir haben immer gedacht, ich würde den Laden eines Tages übernehmen, aber es wurde ihnen einfach zu viel.«

»Also bist du nach New York gegangen, weg aus Philadelphia.«

»Ich wollte dahin, wo, zumindest auf dieser Seite des Atlantiks, die Mode regiert.« Der Wein war köstlich, er glitt ganz leicht über ihre Zunge. »Ich wollte etwas lernen, mehr Erfahrung in einem spezielleren Bereich sammeln, und dann meinen eigenen Laden aufmachen.«

»In New York?«

»Mit dem Gedanken habe ich etwa fünf Minuten lang geflirtet, aber ich hätte mir die Mieten in Manhattan nie leisten können. Ich habe mir vorgestellt, vielleicht eines Tages irgendwo in einem Vorort. Dann verging ein Jahr, und dann noch eins und so weiter. Ich leite die Boutique gern, und außerdem gab es kein Risiko. Ich habe aufgehört, Risiken einzugehen.«

»Bis vor Kurzem.«

Sie blickte ihn an. »Ja, sieht so aus.«

Er lächelte und schenkte ihr Wein nach. »In Hollow gibt es keinen Kleiderladen und keine Boutique oder wie immer man das nennen mag.«

»Im Augenblick habe ich eine gute Stelle und denke nicht mehr daran, eine Boutique zu eröffnen. Ich habe meine Risikoquote schon erreicht.«

»Und was für Musik hörst du gerne?«, erkundigte er sich.

»Oh, da bin ich ganz offen.«

Er zog ihr die Schuhe aus und legte ihre Füße in seinen Schoß. »Und wie ist es mit Kunst?«

»Da auch. Ich glaube …« Ihr ganzer Körper seufzte auf, als er begann, ihre Fußballen zu massieren. »Alle mögliche Kunst oder Musik, die Spaß macht. Ich finde, es ist ein zutiefst menschliches Bedürfnis, etwas zu erschaffen.«

»Ich bin damit aufgewachsen. Ich habe alles in allen möglichen Formen aufgenommen. Es gab keine Grenzen.« Sein Daumen glitt über ihren Spann. »Welche Grenzen gibt es für dich?«

Jetzt redete er nicht mehr von Kunst oder Musik. Ihr Magen bebte vor Vorfreude. »Ich weiß nicht«, erwiderte sie verlegen.

»Ist okay, ich komme schon dahinter. Mir gefallen deine Formen. Der hohe Spann deines Fußes, die Muskeln in deinen Waden. Besonders attraktiv sieht es aus, wenn du hohe Absätze trägst.«

»Dazu sind hohe Absätze ja da.« Ihre Kehle war trocken, und das Herz schlug ihr bis zum Hals.

»Mir gefallen dein Hals und deine Schultern. Dort werde ich später bestimmt ein bisschen Zeit verbringen. Deine Knie und deine Schenkel gefallen mir auch.« Ganz leicht glitt seine Hand immer höher, bis sie den Spitzenrand ihrer Strümpfe erreicht hatte. »Das gefällt mir«, murmelte er, »diese kleine Überraschung unter einem schwarzen Rock.« Er griff unter den Rand und zog den Strumpf herunter.

»Oh, Gott.«

»Ich mache langsam.« Er beobachtete sie, während er den Strumpf herunterrollte. »Aber wenn ich aufhören soll – dann sag es. Obwohl ich hoffe, du tust es nicht.«

Seine Finger glitten über ihr Knie und ihre Wade zu ihrem Knöchel herunter, bis ihr Bein entblößt war, und ihre Haut summte. »Ich will nicht, dass du aufhörst.«

»Trink noch etwas Wein«, ermunterte er sie. »Das hier wird eine Weile dauern.«

12

Sie fühlte sich leicht beschwipst, und obwohl sich Layla für eine erfahrene Frau hielt, war sie wohl doch nicht erfahren genug, um Wein zu trinken, während er sie auszog. Als er den zweiten Strumpf herunterrollte, musste sie das Glas beiseitestellen, damit sie den Wein nicht verschüttete.

Lächelnd drückte er seine Lippen auf den Spann ihres Fußes, und in ihrem Bauch breitete sich Erregung aus. Er ließ sich Zeit und entzündete kleine Feuer der Lust auf ihrer Haut. Als er ihre Knöchel ergriff und sie dichter zu sich heranzog, stieß sie einen überraschten Laut aus.

Ihre Gesichter waren jetzt ganz nahe beieinander, und seine goldbraunen Augen hypnotisierten sie. Seine Fingerspitzen glitten an ihren Beinen hinauf, unter ihren Rock. Ganz langsam. Dabei küsste er sie. Sie schlang die Arme um seinen Hals und schmiegte sich an ihn.

Er packte sie an den Hüften und hob sie ein wenig an, so dass sie die Beine um seine Taille schlingen konnte, als er aufstand.

»Mir ist ganz schwindlig«, stieß sie hervor.«

»Das wird auch noch ein Weilchen so bleiben«, murmelte er, während er sie ins Schlafzimmer trug. Er setzte sich auf die Bettkante, mit ihr auf seinem Schoß. »Ich hatte eigentlich fürs erste Mal Kerzenlicht vorgesehen, aber das müssen wir uns jetzt sparen.«

Er fuhr mit den Fingern über ihre Schultern, über die weiche Wolle ihrer hübschen blauen Strickjacke, die vorne mit winzigen Perlenknöpfen geschlossen war. »Du siehst einfach immer richtig aus. Er zog die Jacke über ihre Schultern herunter bis zu den Ellbogen, so dass sie gefesselt war.

Dann drückte er die Lippen an ihren Hals bis zum Ausschnitt des dünnen Hemdchens, das sie unter der Jacke trug.

Ein Schauer durchrann sie, ihr Atem wurde schneller, und ihre Wangen färbten sich rot. Seine Hände glitten über ihre Arme und schoben die Jacke noch weiter herunter. Dann küsste er sie leidenschaftlich und erstickte ihre hilflosen Laute mit seinem Mund.

Schließlich löste er sich ein wenig von ihr, befreite ihre Arme und flüsterte: »Das sparen wir uns auch für später auf.«

Er warf die Strickjacke achtlos beiseite und blickte auf ihre Brüste unter einem Hauch von blauer Spitze. »Ja, du siehst immer richtig aus.«

Er griff hinter sie und zog den Reißverschluss ihres Rocks herunter.

Sie kam sich vor, als würde sie durch warmes, duftendes Wasser gleiten. Ihr Herz klopfte, als sie sein Hemd aufknöpfte und die harten Muskeln an seinen Schultern, seiner Brust und seinem Rücken spürte. Wieder küsste er sie, während seine Hände sie unablässig streichelten. Als er ihre Brüste aus dem Büstenhalter befreite, bog sie sich ihm entgegen.

Immer weiter glitt seine Zunge über ihre Haut, immer tiefer, bis er schließlich auch ihr Spitzenhöschen herunterzog.

Dann wurde sie in einen wahnsinnigen Wirbel hineingezogen. Sie krallte sich an der Bettdecke fest und schluchzte seinen Namen, als der Orgasmus sie überwältigte. Aber er hörte nicht auf, und sie schrie, als sie erneut kam.

Ihr Körper bebte und wand sich unter ihm, und im letzten Licht des Sonnenuntergangs, der sie mit einem goldenen Schimmer überzog, gab sie sich ihm hin. Er drang in sie ein und blickte sie unverwandt an, während er tief in sie hineinstieß.

Sie bewegte sich im gleichen Rhythmus wie er, erwiderte seinen Blick, und ihre Augen schlossen sich erst, als sie beide gemeinsam erneut den Höhepunkt erreichten.

Sie hatte das Gefühl, sich nie wieder bewegen zu können. Aber es war ihr egal.

Er lag wie erschlagen auf ihr, aber auch das war ihr egal. Sie liebte sein Gewicht, seine Wärme, seinen rasenden Herzschlag, an dem sie erkannte, dass sie nicht als Einzige geflogen war.

»Soll ich von dir runtergehen?« Seine Stimme klang ein wenig schläfrig.

»Nein, eigentlich nicht.«

»Gut, mir gefällt es nämlich hier. Ich hole den Wein, vielleicht bestelle ich uns auch etwas zum Essen.«

»Das hat keine Eile.«

»Ich habe eine Frage.« Er streifte ihre Wange mit den Lippen. »Passt deine Unterwäsche immer zu deiner Kleidung?«

»Nicht immer, aber häufig. Ich bin da ein wenig zwanghaft.«

»Ich fand es toll.« Er spielte mit der Kette, die sie um den Hals trug. »Die hier auch, und auch die Tatsache, dass du außer Ohrringen sonst keinen Schmuck trägst.« Erneut küsste er sie, wobei er mit den Daumen langsam über ihre Nippel rieb. Als sie leise aufstöhnte, lächelte er.

»Ich hatte gehofft, dass du das sagen würdest«, murmelte er und drang erneut in sie ein, hart wie Stahl.

Layla riss die Augen auf. »Wie kannst du … musst du nicht … O Gott. O Gott.«

»Du bist jetzt ganz weich. Weich und nass.« Er stieß in langen, langsamen Stößen in sie hinein, und sie erschauerte. »Dieses Mal nehme ich dich tiefer. Schließ die Augen, Layla. Nimm, was ich dir gebe.«

Sie hatte keine Wahl, die Entscheidung lag schon lange nicht mehr bei ihr. Ihr Körper war so schwer, während im Innern lauter kleine Vulkane ausbrachen. Er berührte sie, und seine Hände weckten Bedürfnisse, die sie nie bei sich vermutet hätte.

Mit jedem Stoß wurde die Lust intensiver.

»Hör nicht auf. Hör nicht auf.«

»Nein, erst, wenn du kommst.«

Als sie kam, war es wie im freien Fall. Es raubte ihr den Atem.

Sie war immer noch völlig schlaff, als er ihr ein Glas Wein brachte. »Ich habe Pizza bestellt. Ist das okay?«

Layla nickte. »Wie kannst du … erholst du dich immer so schnell?«

»Das ist einer der Vorteile.« Er setzte sich mit gekreuzten Beinen aufs Bett. »Hat Quinn denn nichts davon erwähnt? Ach komm, ich weiß doch, dass ihr Frauen über Sex redet.«

»Erwähnt … na ja, sie hat gesagt, sie hätte den besten Sex ihres Lebens, wenn du das meinst. Und dass er …« Es fiel ihr schwer, so über ihre Freundinnen zu sprechen. »Na ja, er hätte großes Stehvermögen, hat sie gesagt.«

»Du weißt ja, dass bei uns seit jener Nacht alles schnell heilt. Und das hier ist in etwa das Gleiche.«

»Oh.« Sie trank einen Schluck Wein. »Das ist wirklich ein schöner Vorteil.«

»Ja, entschieden einer meiner liebsten.« Er stand auf, ging durchs Zimmer und zündete Kerzen an.

Ja, ja, dachte sie, er hatte wirklich einen sehr schönen Arsch. Seine Haare lagen zerzaust um sein gut geschnittenes Gesicht, seine Augen glitzerten befriedigt und ein wenig schläfrig.

Am liebsten hätte sie ihn aufgeschleckt wie geschmolzene Schokolade.

»Was ist dein Rekord?«

Er grinste. »In welchem Zeitrahmen? Ein Abend, über Nacht oder ein Wochenende?«

Sie blickte ihn herausfordernd an. »Wir fangen mit einem Abend an, und ich wette, wir können das Ergebnis toppen.«

Sie aßen die Pizza im Bett. Bis sie zum Essen kamen, war sie kalt, aber das war ihnen egal. Die Musik wechselte zu B.B. King, und die Kerzen verbreiteten ein warmes, duftendes Licht.

»Meine Mutter macht sie selbst«, erklärte er, als sie eine Bemerkung darüber machte.

»Deine Mutter macht Kerzen, tolle, duftende Kerzen, töpfert und malt Aquarelle.«

»Und sie webt. Wenn sie Lust dazu hat, macht sie auch noch andere Handarbeiten.« Er leckte die Sauce von seinem Daumen. »Wenn sie auch noch vernünftig kochen würde, wäre sie perfekt.«

»Bist du der einzige Fleischfresser in eurer Familie?«

»Mein Vater isst ab und zu heimlich einen Big Mac, und Sage ist auch vom Gemüsewagen gefallen.« Er betrachtete ein Stück Pizza. »Ich habe beschlossen, es zu tun.«

»Was zu tun?«

»Sage … oder vielmehr Paula … meinen Zaubersaft zu geben.«

»Oh.« Layla warf ihm einen neugierigen Blick zu. »Was hat dich dazu bewogen?«

»Mir ist einfach klar geworden, dass ich im Moment sowieso nichts damit anfangen kann. Und sie gehören zur Familie. Wenn ich dazu beitragen kann, sie glücklich zu machen, warum sollte ich es dann nicht tun?«

»Ja, warum nicht?«, erwiderte sie. Sie umfasste sein Gesicht mit den Händen und küsste ihn. »Du bist wirklich einzigartig.«

»Na, wir wollen hoffen, dass alles klappt. Ich weiß, dass es in der jetzigen Situation komisch ist, darüber zu sprechen, aber ich fand, du solltest es wissen. Manche Frauen würden es vielleicht ein bisschen merkwürdig oder abstoßend finden, aber ich glaube, bei dir ist das nicht so.«

»Ich finde es ganz hinreißend.« Sie küsste ihn wieder. In diesem Moment klingelte das Telefon.

»Vergiss nicht, was du sagen wolltest.« Er nahm den Hörer ab. »Hey. Oh ja.« Er legte die Hand auf die Muschel und sagte zu Layla: »Es ist Cal. Nein, das machen wir morgen. Es hat noch Zeit bis morgen. Weil ich mit Layla zusammen bin«, fügte er hinzu.« Dann legte er auf und schaute sie an. »Ich bin mit Layla zusammen.«

Sie hatte eigentlich nicht bei ihm übernachten wollen und war ein wenig überrascht, als die Sonne durch das Fenster schien. »Oh, mein Gott. Wie spät ist es denn?«

Hastig wollte sie aufstehen, aber Fox hielt sie zurück. »Es ist noch früh am Morgen. Warum beeilst du dich so?«

»Ich muss nach Hause, um mich umzuziehen. Fox!« Lachend wehrte sie ihn ab, als seine Hände unter der Bettdecke über ihren Körper glitten. »Hör auf.«

»Das hast du aber gestern Abend nicht gesagt. Wie oft war das?« Lachend küsste er sie. »Entspann dich. Dann kommst du eben ein bisschen zu spät. Ich kann dir garantieren, dass dein Chef nichts dagegen hat.«

Als sie später, sehr viel später, ihren zweiten Strumpf suchte, bot er ihr eine Dose Cola an. »Entschuldige, aber das ist das einzige Koffein, das ich im Haus habe.«

Sie zuckte mit den Schultern. »Das muss reichen. Wie gut, dass dein erster Termin um zehn Uhr dreißig ist, denn bis um zehn werde ich es wohl kaum ins Büro schaffen.«

Er beobachtete sie, wie sie den Strumpf hochzog. »Vielleicht sollte ich dir besser beim Anziehen helfen.«

»Halt dich bloß fern von mir.« Lachend drohte sie ihm mit dem Finger. »Ich meine es ernst. Wir müssen gleich die Kanzlei aufmachen.« Sie schlüpfte in ihre Schuhe. »Ich komme so schnell wie möglich ins Büro.«

»Ich fahre dich nach Hause.«

»Nein, danke, ich gehe zu Fuß. Ich brauche ein bisschen frische Luft. Sie stand auf und zeigte auf ihn. »Hände hoch.« Als er grinsend gehorchte, küsste sie ihn.

Dann lief sie eilig die Treppe hinunter, bevor sie noch ihre Meinung ändern konnte.

Ihre Hoffnung, zu Hause sofort nach oben und unter die Dusche springen zu können, erfüllte sich nicht, weil Cybil unten an der Treppe stand. »Ah, sieh mal einer an. Hey, Q, unsere kleine Schwester ist zu Hause.«

»Ich muss mich schnell umziehen und dann in die Kanzlei. Wir reden später.«

Sie eilte die Treppe hinauf, aber Cybil blieb ihr dicht auf den Fersen. »Oh nein, so leicht kommst du mir nicht davon. Du kannst ja erzählen, während du dich umziehst.«

Da auch Quinn aus dem Arbeitszimmer kam und sich an Cybils Fersen heftete, gab Layla auf.

»Wie ihr seht, habe ich die Nacht mit Fox verbracht.«

»Habt ihr Schach gespielt?«, fragte Quinn grinsend, während Layla sich rasch auszog, um zu duschen. »Das spielt er doch so gerne.«

»Dazu sind wir leider nicht gekommen. Vielleicht nächstes Mal.«

»Deinem Lächeln nach zu urteilen, kennt er ganz andere Spiele«, kommentierte Cybil.

»Ich fühle mich ...« Sie sprang unter die Dusche. »Benutzt und energiegeladen.« Sie zog den Duschvorhang ein wenig zur Seite. »Warum hast du mir nichts von dem Vorteil erzählt?«, fragte sie Quinn. »Dass sie sich sexuell ebenso schnell erholen, wie Wunden bei ihnen zuheilen.«

»Habe ich das nicht erwähnt?«

»Nein«, antwortete Cybil vorwurfsvoll.

Quinn nahm sie in den Arm. »Ich wollte dich nicht traurig machen, Cyb.«

Cybil kniff die Augen zusammen. »Wie oft? Und versuch nicht, mir weiszumachen, dass du nicht gezählt hast«, fügte sie hinzu und riss den Duschvorhang auf.

Layla zog ihn wieder vor und steckte die Hand mit gespreizten Fingern heraus.

»Fünf?«

Rasch knickte sie Daumen und Zeigefinger weg, um noch drei anzuzeigen.

»*Acht?* Acht Mal? Heilige Muttergottes!«

Layla stellte das Wasser ab und wickelte sich in ein Handtuch. »Die zwei Mal heute Morgen habe ich nicht mitgezählt. Ich muss gestehen, ich bin ein bisschen müde, und ich habe schrecklichen Hunger. Für eine Tasse Kaffee würde ich sogar morden!«

»Weißt du was?«, sagte Cybil. »Ich gehe schon mal nach unten, mache dir Rührei und schenke dir eine große Tasse Kaffee ein. Im Moment bist du meine Heldin!«

Quinn blieb im Badezimmer, als Layla sich mit Körpermilch einrieb. »Er ist ein Süßer.«

»Ja, das ist er.«

»Wollt ihr zusammen arbeiten, miteinander schlafen und gemeinsam die Mächte des Bösen bekämpfen?«

»Das machst du doch mit Cal auch.«

»Deshalb frage ich ja, weil diese Kombination manchmal schwierig sein kann. Aber du kannst immer zu mir kommen, um mit mir zu reden, wenn das der Fall sein sollte.«

»Mit dir konnte ich von Anfang an gut reden. Das gehört wahrscheinlich zu unseren Vorteilen.« Layla schlüpfte in ihren Bademantel. »Im Moment bin ich sehr durcheinander und verwirrt, aber ich habe zum ersten Mal in meinem Leben das Gefühl, dass das nicht so schlimm ist.«

»Gut. Arbeitet auf jeden Fall heute nicht zu viel, weil wir heute Abend ein wichtiges Treffen haben. Cal möchte wissen, was Fox aufgefallen ist.«

»Bei was?«

»Ich weiß nicht.« Quinn schürzte die Lippen. »Hat er dir gegenüber nichts erwähnt? Eine Theorie oder so.«

»Nein. Nein, er hat nichts gesagt.«

»Vielleicht feilt er ja noch daran herum. Auf jeden Fall wollen wir heute Abend darüber reden.«

Als Layla ins Büro kam, saß Fox bereits am Schreibtisch und telefonierte. Da sein Mandant jeden Moment kommen musste, war es wohl nicht der richtige Zeitpunkt, um ihn nach neuen Erkenntnissen und Theorien zu fragen, dachte Layla.

Sie überprüfte seinen Terminkalender auf eine längere Pause zwischen zwei Terminen, um mit ihm zu sprechen, beschloss aber, als Sage auf einmal in der Tür stand, dass das bis abends warten müsste.

»Fox hat mich angerufen und mich gebeten vorbeizukommen. Ist er im Moment frei?«

»Wie ein Vogel.«

»Ich gehe einfach hinein.«

Eine halbe Stunde verging, bevor Sage wieder herauskam. Man konnte ihr ansehen, dass sie geweint hatte, aber jetzt lächelte sie Layla strahlend an. »Falls es dir nicht bewusst war, du arbeitest für den wundervollsten, schönsten, unglaublichsten Mann im gesamten Universum. Nur, falls du das noch nicht wusstest«, fügte sie hinzu und rannte hinaus.

Seufzend stellte Layla ihre eigenen Fragen zurück und ging nach hinten, um nachzuschauen, wie Fox diese emotionale halbe Stunde überstanden hatte.

Er saß am Schreibtisch und sah äußerst erschöpft aus. »Sie hat geweint«, sagte er sofort. »Sage ist eigentlich gar keine Heulsuse, aber sie hat geweint. Dann hat sie Paula angerufen, und Paula hat auch geweint. Jetzt fühle ich mich ein bisschen überwältigt, also wenn du auch weinen möchtest, kannst du noch etwas damit warten?«

Schweigend trat Layla an den Kühlschrank und holte eine Dose Cola für ihn heraus.

»Danke. Ich habe mich vor ein paar Monaten beim Arzt durchchecken lassen, jetzt müssen die Ergebnisse dorthin geschickt werden, wo es gemacht wird. Sage sagt, sie hat eine Freundin in Hagerstown, die ihre Ärztin ist. Übermorgen haben wir dort einen Termin, und dann den Tag danach noch einmal, da Paula ihren …«

»Eisprung hat?«

Fox zuckte zusammen. »Trotz meiner Erziehung fühle ich mich nicht vollständig wohl bei solchen Themen. Also übermorgen um acht. Danach muss ich zum Gericht.« Er stand auf und legte einen Dollarschein in das

Glas. »Es ist so scheißbizarr. So, jetzt geht's mir besser. Wer kommt als Nächstes?«

»Ich. Quinn hat mir erzählt, dass du dich eigentlich gestern Abend mit Cal und Gage treffen wolltest, um ihnen über eine neue Theorie zu berichten.«

»Ja, aber dann hatte ich etwas Besseres vor, deshalb …« Er brach ab. Diesen Ausdruck in ihren Augen kannte er. »Und jetzt bist du sauer?«

»Ich weiß nicht. Das kommt darauf an. Aber es irritiert mich schon, dass du eine Idee hast, die du nur mit deinen Männerfreunden besprechen willst und nicht mit mir.«

»Ich hätte ja mit dir darüber gesprochen, aber ich war viel zu sehr damit beschäftigt, unsere multiplen Orgasmen zu genießen.«

Das stimmte, das musste sie zugeben. Aber es traf nicht ganz den Kern der Sache. »Wir waren den ganzen Tag hier im Büro zusammen und dann noch die ganze Nacht im Bett. Da wäre doch sicherlich irgendwann mal Zeit gewesen, darüber zu sprechen.«

»Klar. Aber ich wollte das Thema nicht anschneiden.«

»Weil du zuerst mit Cal und Gage sprechen wolltest.«

»Ja, zum Teil. Ich habe immer zuerst mit Cal und Gage gesprochen. Dreißig Jahre Gewohnheit schüttelst du nicht einfach über Nacht ab.« Seine Stimme klang leicht gereizt. »Aber ich hatte auch gar nichts anderes im Kopf als dich. Ich wollte an nichts anderes denken. Und ich habe doch auch das Recht dazu, verdammt noch mal. Meine Theorie zu Giles Dent eignet sich nicht als

Vorspiel, und ich will mich ganz bestimmt nicht nach dem Koitus über Menschenopfer unterhalten.«

»Du … Menschenopfer? Wovon redest du? Was meinst du damit?«

Das Telefon klingelte, und fluchend griff Layla nach dem Hörer. »Guten Tag. Kanzlei Fox O'Dell. Es tut mir leid, Mr O'Dell ist im Mandantengespräch. Möchten Sie eine Nachricht hinterlassen?« Sie notierte sich einen Namen und eine Telefonnummer auf Fox' Memoblock. »Ja, natürlich. Er wird sich bei Ihnen melden. Danke.«

Sie legte auf. »Du kannst sie zurückrufen, wenn wir hier fertig sind. Ich muss erst wissen, wovon du geredet hast.«

»Es ist ja nur eine Überlegung. Ann hat geschrieben, dass Dent etwas tun wollte, was vor ihm noch kein anderer Hüter getan hatte, und dass er dafür den Preis bezahlen müsste. Die Hüter sind die Guten, oder? So haben wir sie immer gesehen, auch Dent. Weiße Magie. Aber selbst weiße Magie kann in die Grauzone geraten. Oder auch darüber hinaus. Ich sehe es jeden Tag bei meiner Arbeit. Was Menschen so alles tun, wenn sie nur verzweifelt genug sind, wenn sie glauben, keine andere Wahl zu haben. Blutopfer. Das gehört normalerweise zur schwarzen Magie.«

»Das Reh, das Quinn letzten Winter im Traum gesehen hat, das mit aufgeschlitzter Kehle im Wald lag. Das Blut der Unschuldigen. Davon hat sie geschrieben. Wir haben vermutet, dass Dent das Tier geopfert hat. Aber du hast gesagt, ein Menschenopfer.«

»Glaubst du, dass ein geopfertes Reh Dent die Macht verliehen hätte, Twisse dreihundert Jahre lang festzuhalten? Die Macht, seine Aufgabe an Cal, Gage und mich zu übertragen? Das habe ich mich selbst auch schon gefragt, Layla. Und ich glaube nicht, dass es ausgereicht hat.«

Er schwieg. Es bereitete ihm immer noch leichte Übelkeit, daran zu denken. »Er sagte zu Hester, sie solle weglaufen. In derselben Nacht, in der sie ihn der Hexerei beschuldigte, sagte er zu ihr, sie solle weglaufen. Das hast du gesehen.«

»Ja, das stimmt.«

»Er wusste, was passieren würde. Nicht nur, dass er Twisse ein paar Jahrhunderte lang in eine andere Dimension ziehen, sondern auch, was ihn das kosten würde.«

Layla blickte Fox aufmerksam an. »Die Menschen am Heidenstein.«

»Soweit wir wissen, etwa ein Dutzend. Das ist viel Blut. Das ist ein großes Opfer.«

»Du glaubst, er hat sie benutzt.« Langsam setzte sie sich auf einen Stuhl. »Du glaubst, Dent hat sie getötet.«

»Ich glaube, er hat sie sterben lassen, was dem Gesetz nach nicht das Gleiche ist. Man kann es vielleicht als unterlassene Hilfeleistung bezeichnen, allerdings hat eine Absicht dahintergesteckt. Er hat ihren Tod benutzt.« Fox' Stimme klang gepresst. »Ich glaube, er hat das Feuer – die Fackeln, die sie dabeihatten, und das Feuer, das er entzündet hat, benutzt, um den Boden zu verbrennen – und das hat noch kein Hüter vor ihm getan.«

Layla war blass geworden, und ihre Augen leuchteten unheimlich grün. »Wenn das stimmt, was macht das dann aus ihm? Was macht es aus uns?«

»Ich weiß nicht. Vielleicht sind wir alle verdammt.«

»Wir sind immer davon ausgegangen, dass Twisse den Tod all dieser Menschen in jener Nacht verursacht hat.«

»Vielleicht stimmt es ja auch, zumindest teilweise. Wie viele von ihnen wären denn überhaupt zum Heidenstein gegangen, um Giles Dent und Ann Hawkins zu töten, wenn sie nicht unter dem Einfluss von Twisse gestanden hätten? Aber wenn wir uns noch einmal in die Grauzone begeben, ist es dann nicht möglich, dass Dent auch Twisse benutzt hat? Laut den Tagebüchern wusste er ja, was kam. Er schickte Ann weg, um sie und ihre Söhne zu schützen. Er gab sein Leben – weiße Magie. Aber wenn er auch den anderen ihr Leben nahm, dann klebt auf einmal jede Menge Blut an der weißen Magie.«

»Es ergibt Sinn, so schrecklich es auch sein mag.«

»Wir müssen es uns auf jeden Fall genauer ansehen, vielleicht wissen wir dann auch, wie wir vorgehen müssen.« Er musterte ihr Gesicht, in dem der Schock deutlich geschrieben stand. »Komm, geh nach Hause.«

»Es ist gerade erst mal zwei Uhr. Ich habe noch zu tun.«

»Ich kann meine Anrufe selbst entgegennehmen. Geh spazieren, lauf ein bisschen an der frischen Luft herum. Oder leg dich hin, nimm ein Schaumbad, was auch immer.«

Langsam stand Layla auf. »Sag mal, was denkst du eigentlich von mir? Dass ich beim ersten Schlag zusammenbreche? Dass ich das alles nicht ertrage? Es mag ja eine Weile gedauert haben, bis ich mich an die Umstände hier gewöhnt habe – aber jetzt brauche ich kein verdammtes Schaumbad mehr, um meine Nerven zu beruhigen.«

»Entschuldige.«

»Unterschätz mich nicht, Fox. Wie verdünnt es auch sein mag, ich habe das Blut dieses Bastards in mir. Es könnte durchaus sein, dass ich auf lange Sicht mit den dunklen Mächten besser klarkomme als du.«

»Möglich. Aber du brauchst nicht von mir zu erwarten, dass ich mir das für dich wünsche. Vielleicht kannst du dir jetzt besser vorstellen, warum ich gestern nichts davon erwähnen wollte. Oder willst du lieber böse auf mich sein?«

Layla schloss die Augen, um sich zu beruhigen. »Nein. Du hast ja recht. Ich kann es mir jetzt besser vorstellen.« Und ihr wurde auch klar, was Quinn mit ihrer Warnung gemeint hatte. Ihre Beziehung stand unter einer großen Belastung, wenn sie alles miteinander vereinbaren wollten.

»Es ist schwer, diese unterschiedlichen Bereiche zu trennen«, sagte sie vorsichtig. »Und es wird noch schwieriger, wenn die Grenzen verschwimmen. Du hast eben gesagt, du wärst überwältigt. Ich bin von dir auch überwältigt, Fox, und deshalb verliere ich ständig das Gleichgewicht.«

»Seit ich dich kenne, habe ich meins noch nicht wiedergefunden. Ich werde versuchen, dich aufzufangen, wenn du stolperst, aber du musst das auch für mich machen.«

Sie blickte auf die Uhr. »Oh, jetzt habe ich fast meine Mittagspause versäumt. Es sind nur noch zwei Minuten übrig. Na, die will ich lieber mal ausnutzen.«

Sie trat um den Schreibtisch herum und beugte sich zu ihm herunter. »Du hast jetzt übrigens auch Pause, deshalb ist die Kanzlei in den nächsten dreißig Sekunden geschlossen.« Sie umfasste sein Gesicht und küsste ihn.

Und so seltsam es klingen mochte, dachte sie, aber hier fand sie ihr Gleichgewicht wieder.

Als sie sich aufrichtete, griff sie kurz nach seiner Hand, dann löste sie sich von ihm. »Mrs Mullendore möchte gerne mit dir sprechen. Ihre Nummer liegt auf dem Schreibtisch.«

»Layla«, sagte er, als sie zur Tür ging. »Ich werde deine Pausen verlängern müssen.«

Sie lächelte ihm zu, und als Fox alleine war, saß er ganz still an seinem Schreibtisch und dachte darüber nach, was ein guter Mann, ja, selbst der beste aller Männer, tun würde, wenn alles, was er liebte, in Gefahr war.

Als an diesem Abend die sechs in dem spartanisch eingerichteten Wohnzimmer des Mietshauses saßen, las Fox ihnen die Passagen aus dem Tagebuch von Ann vor, die ihn auf die Idee gebracht hatten. Er legte ihnen seine Theorie dar.

»Himmel. Fox. Er war ein Hüter.« Man spürte förmlich, wie ablehnend Cal der Idee gegenüberstand. »Er hat sein Leben dem Schutz anderer verschrieben. Ich habe doch gefühlt, was er gefühlt hat, habe gesehen, was er gesehen hat.«

»Aber nicht alles.« Gage ging vor dem Fenster auf und ab, wie er es häufig bei ihren Diskussionen tat. »Du hast nicht das vollständige Bild gesehen, Cal, und ich gehe auch davon aus, dass Dent sein Möglichstes getan hat, um das so lange wie möglich geheim zu halten.«

»Aber warum ließ er dann Hester gehen?«, wollte Cal wissen. »Sie war doch in gewisser Weise die Unschuldigste, zugleich aber auch die Gefährlichste für ihn.«

»Weil es uns geben musste.« Cybil blickte Quinn und Layla an. »Wir drei mussten geboren werden, deshalb musste Hesters Kind ebenfalls überleben. Das hat etwas mit Macht zu tun. Der Hüter hielt sich in jedem Leben – soweit wir wissen – an die Regeln und konnte nie gewinnen. Er konnte den Dämon nie völlig aufhalten.«

»Und er wurde immer menschlicher«, fügte Layla hinzu. »Darüber habe ich heute nachgedacht. Mit jeder Generation wurde er menschlicher, bekam immer mehr menschliche Schwächen. Aber Twisse blieb so, wie er ursprünglich war. Wie lange hätte Dent noch kämpfen können? Wie viele Leben hatte er?«

Fox nickte. »Also griff er zu der Art von Waffen, die Twisse immer schon benutzt hatte.«

»Tötete er die unschuldigen Menschen, um Zeit zu gewinnen? Damit er auf uns warten konnte?«

»Es ist schrecklich.« Quinn griff nach Cals Hand. »Es ist schrecklich, darüber nachzudenken. Aber ich glaube, es bleibt uns nichts anderes übrig.«

»Wenn man es also auf den Punkt bringt, seid ihr Nachfahren eines Dämons, und wir stammen von einem Massenmörder ab.« Cal schüttelte den Kopf. »Na, das ist vielleicht eine Mischung.«

»Wir sind das, was wir aus uns machen.« Cybils Einwurf klang ein wenig hitzig. »Wir alleine entscheiden, was wir sind. War es richtig, was er getan hat? War es gerechtfertigt? Ich weiß es nicht, aber ich will es auch nicht beurteilen.«

Gage drehte sich um. »Und was haben wir?«

»Wir haben Tagebücher, einen in drei gleiche Teile zerbrochenen Stein, einen Kraftplatz im Wald. Wir haben Verstand und Mut«, erwiderte Cybil. »Und bevor wir das alles zusammennehmen und den Bastard töten, liegt noch einiges an Arbeit vor uns.«

13

Fox fand, es gab Zeiten, da musste ein Mann mit seinen Freunden zusammen sein. Es war nichts weiter passiert, seit Block ihn auf dem Platz zusammengeschlagen hatte, und er hatte reichlich Zeit zum Nachdenken gehabt.

Sie waren gerade dabei, das zweite Tagebuch zu lesen. Es gab zwar bis jetzt keine verblüffenden Enthüllungen, aber Fox machte sich trotzdem selbst Notizen. Manchmal überhörte man beim Lesen etwas, und es fiel einem erst später, wenn man darüber nachdachte, auf.

Er hatte gemerkt, dass Ann Hawkins zwar viel von der Freundlichkeit ihrer Kusine, den Bewegungen der Kinder in ihrem Bauch, ja sogar übers Wetter und die täglichen Pflichten schrieb, aber Giles oder die Nacht am Heidenstein nie erwähnte.

Deshalb machte sich Fox Gedanken über das, was sie nicht geschrieben hatte.

Er hatte die Füße auf Cals Couchtisch gelegt, eine Cola in der Hand und Chips in Reichweite. Im Fernsehen lief ein Basketballspiel, aber er konnte sich nicht darauf konzentrieren. Morgen war ein anstrengender Tag, dachte er. Zuerst der Besuch bei Sages Ärztin. Na ja, zumindest wusste er, was er dort tun musste.

Danach war er bei Gericht, auch darauf war er vorbereitet. Anschließend wollten sie sich alle treffen, um zu lesen und zu diskutieren.

Und sie würden weiter warten.

Er sollte nach Hause gehen und sich alle Unterlagen noch einmal genau anschauen. Irgendwo da drin steckte ein Puzzleteilchen, das er übersehen hatte. Er musste es nur herausschütteln und anschauen.

Aber er blieb sitzen, trank noch einen Schluck Cola, und ehe er sich's versah, sprudelte er hervor:

»Ich gehe morgen mit Sage und Paula zum Arzt, um Sperma zu spenden, damit sie ein Kind bekommen können.«

Die beiden anderen schwiegen verblüfft. Schließlich sagte Cal: »Hä?«

»Sage hat mich darum gebeten, und ich habe mir gedacht, warum nicht? Sage und Paula sind glücklich miteinander. Es ist nur ein komisches Gefühl, dass ich versuche, jemanden aus der Ferne zu schwängern.«

»Du gibst deiner Schwester was aus der Familie«, warf Cal ein. »So komisch ist das gar nicht.«

Bei seiner Bemerkung ging es Fox gleich besser. »Ich übernachte heute hier. Wenn ich nach Hause gehe, dann komme ich ja doch bloß in Versuchung, bei Layla vorbeizuschauen. Und wenn ich sie schon einmal sehe, will ich auch mit ihr schlafen.«

»Und du möchtest dich lieber vor morgen nicht verausgaben«, ergänzte Gage.

»Ja. Das mag blöd klingen, aber es ist so.«

»Du kannst auf der Couch schlafen«, erklärte Cal. »Zumal ich jetzt weiß, dass du dir heute Nacht bestimmt keinen runterholst.«

Ja, dachte Fox, manchmal musste ein Mann entschieden mit seinen Freunden zusammen sein.

Der Schneesturm Ende März war ärgerlich. Er hätte besser den Wetterbericht gehört, bevor er am Morgen aus dem Haus gegangen war. Dann hätte er seine Winterjacke angezogen. Eine dünne weiße Schneedecke lag über den gelben Blüten der Forsythien. Na ja, das würde ihnen nichts schaden, dachte Fox, als er nach Hollow zurückfuhr. Diese ersten Frühjahrsblüher vertrugen einiges und waren an die Launen der Natur gewöhnt.

Er war den Winter leid. Obwohl mit dem Sommer die Sieben näherrückten, wünschte er sich, dass der Winter endlich vorbei wäre. Vor diesem grässlichen Sturm hatte es sogar schon ein paar schöne Tage gegeben, die die Natur einem wie einen lockenden Köder vor die Nase hängte.

Aber der Schnee würde schmelzen, rief er sich ins Gedächtnis. Er sollte besser daran denken, dass heute alles gut gelaufen war. Er hatte seine Pflicht seiner Schwester gegenüber und auch vor Gericht getan, jetzt würde er nach Hause fahren, sich den Anzug vom Leib reißen und ein schönes kaltes Bier trinken. Und nach der Sitzung heute Abend würde er mit Layla ins Bett gehen.

Als Fox auf die Main abbog, sah er Jim Hawkins, der mit den Händen in den Hüften vor dem Geschenkladen stand und das Gebäude musterte. Fox fuhr an den Straßenrand, ließ das Fenster herunter und rief: »Hey!«

Jim drehte sich um. Er war ein großer Mann mit nachdenklichen Augen und einer ruhigen Hand. Er kam zum Truck und beugte sich in das offene Fenster. »Wie geht's dir, Fox?«

»Gut. Kalt ist es heute. Soll ich dich mitnehmen?«

»Nein, ich mache gerade einen kleinen Spaziergang.« Er warf einen Blick auf den Laden. »Es ist schade, dass Lorrie und John den Laden aufgeben und die Stadt verlassen.« Düster blickte er Fox an. »Mir tut es um jeden leid, den die Stadt verliert.«

»Ja. Es hat sie aber auch schlimm erwischt.«

»Ich habe von der Sache mit Block gehört. Das muss ja auch ganz schön schlimm gewesen sein.«

»Es geht mir wieder gut.«

»Wenn ich in Zeiten wie diesen die Zeichen sehe, dann wünsche ich mir, Fox, ich könnte mehr tun, als deinen Vater anrufen und ihn Fenster reparieren lassen.«

»Wir werden dieses Mal mehr tun, Mr Hawkins. Wir werden ihm Einhalt gebieten.«

»Cal glaubt das auch. Ich versuche, daran zu glauben. Nun.« Er stieß einen Seufzer aus. »Ich rufe deinen Vater demnächst an, damit er sich das Haus hier mal anschauen kann. Er wird es renovieren, und dann müssen wir jemand Neuen suchen, der hier auf der Main Street ein Geschäft eröffnet.«

Fox betrachtete das Haus stirnrunzelnd. »Ich hätte da vielleicht eine Idee.«

»Ach ja?«

»Aber ich muss erst noch darüber nachdenken … mal sehen. Vielleicht sagen Sie mir Bescheid, wenn Sie anfangen zu suchen oder wenn Sie einen neuen Mieter hereinnehmen wollen.«

»Ja, gerne. Hier in Hollow können wir neue Ideen immer gebrauchen. Und wir brauchen Geschäfte auf der Main Street.«

»Und Leute, die Kaputtes wieder reparieren«, sagte Fox und dachte an Laylas Worte. »Ich melde mich bei Ihnen.«

Fox fuhr weiter. Jetzt konnte er sich mit einem neuen, interessanten Gedanken befassen. Ein Gedanke, der für ihn Hoffnung symbolisierte.

Er parkte vor seiner Kanzlei und ging hinein. Layla, die am Computer gearbeitet hatte, blickte auf.

»Ich habe dir doch gesagt, dass du heute nicht kommen musst.«

»Ich hatte einiges zu erledigen.« Sie hörte auf zu tippen und drehte sich zu ihm um. »Ich habe den Vorratsschrank aufgeräumt, damit ich besser an alles drankomme. Und die Küche und auch die Akten. Schneit es denn noch?«

»Ja.« Er schlüpfte aus seinem dünnen Jackett. »Es ist schon nach fünf, Layla.« Ihm gefiel die Vorstellung nicht, dass sie stundenlang im Gebäude allein gewesen war.

»Ich habe die Unterlagen über die Sieben neu geordnet. Wir haben uns so auf die Tagebücher konzentriert, dass wir alles andere darüber vergessen haben. Cybil hat alle Zeitungsartikel aufgetrieben, die irgendetwas mit den Ereignissen während der Sieben zu tun gehabt haben, und ich habe sie in verschiedenen Mappen abgelegt. Chronologisch, geographisch, Art des Zwischenfalls und so weiter.«

»Das ist ein Zeitraum von zwanzig Jahren. Das dauert.«

»Ich brauche ein System, eine gewisse Ordnung. Außerdem wissen wir ja alle, dass trotz des teilweise beträchtlichen Schadens, der angerichtet wurde, die Berichterstattung eher spärlich war.« Sie fuhr sich durch die Haare. »Wie war es bei Gericht?«

»Gut.«

»Soll ich auch fragen, wie es vor dem Gericht gelaufen ist?«

»Ich habe meine Aufgabe gemeistert. Sie haben gesagt, die … äh, zweite Runde könnte ich morgen früh Sage einfach mitgeben. Und dann müssen wir wohl abwarten, ob einigen Soldaten die Landung gelingt.«

»Heutzutage muss man darauf nicht allzu lange warten.«

Er zuckte mit den Schultern und steckte die Hände in die Taschen. »Ich habe nicht an dich gedacht.«

»Wie bitte?«

»Ich meine, als ich … du weißt schon, als ich gespendet habe, habe ich nicht an dich gedacht, weil ich das ungehörig gefunden hätte.«

Laylas Mundwinkel zuckten. »Ich verstehe. An wen hast du denn dann gedacht?«

»Sie stellen dir visuelle Stimulation in Form von Pornoheften zur Verfügung. Ich weiß noch nicht einmal, wie sie angeblich geheißen hat.«

»Männer.«

»Aber jetzt denke ich an dich.«

Sie zog die Brauen hoch, als er zur Tür ging und abschloss. »Ach ja?«

»Ich denke, du müsstest mit mir in mein Büro kommen und ein paar Überstunden machen.« Er ergriff ihre Hand.

»Ach, Mr O'Dell. Hätte ich doch nur meine Haare zu einem Knoten geschlungen und meine Brille aufgesetzt.«

Grinsend zog er sie hinter sich her. »Ja, das hättest du besser.« Er ließ ihre Hand los, um ihre frische, weiße Bluse aufzuknöpfen. »Dann wollen wir doch mal sehen, was heute hier drunter ist.«

»Ich dachte, ich sollte zum Diktat kommen.«

»Sehr geehrte Damen und Herren, weiße Spitzenbüstenhalter mit – oh ja – Vorderverschlüssen gehören jetzt zur Standardkleidung fürs Büro.«

»Ich glaube nicht, dass er dir passt«, entgegnete sie und zog an seiner Krawatte. »Dann wollen wir doch mal sehen, was hier drunter ist. Ich habe auch an dich gedacht, Mr O'Dell.« Sie löste die Krawatte und warf sie beiseite. »An deine Hände und deinen Mund, und wie du sie bei mir einsetzt.«

Sie öffnete seinen Gürtel und drängte ihn in sein Büro. »Wie du sie auch jetzt wieder bei mir einsetzen könntest.«

Sie ließ den Gürtel zu Boden fallen, schob ihm das Jackett von den Schultern und ließ auch das fallen. »Fang sofort damit an.«

»Du bist für eine Sekretärin ganz schön gebieterisch.«

»Büroleiterin.«

»Oder so.« Er knabberte an ihrer Unterlippe. »Das gefällt mir.«

»Dann wirst du das hier bestimmt lieben. Sie drückte ihn auf seinen Schreibtischstuhl und bedeutete ihm, sitzen zu bleiben. Dann zog sie ihr Höschen aus, wobei sie ihn unverwandt ansah.

»Oh, Mann.«

Sie warf das Höschen beiseite und setzte sich auf seinen Schoß. Er hatte eigentlich an die Couch gedacht, oder vielleicht auch an den Fußboden, aber im Moment kam ihm der Stuhl perfekt vor. Er öffnete ihre Bluse und drückte seinen Mund über ihre spitzenbesetzte Brust. Sie wollte nicht langsam verführt werden, sie wollte es schnell und heiß.

»Ich wollte das schon, als du hereinkamst.« Sie fummelte an seinem Reißverschluss herum.

Sie keuchte, als er in sie eindrang. Während er in sie hineinstieß, bedeckte sie seinen Hals und sein Gesicht mit Küssen.

Er ließ sich von ihrer Gier, ihrer Heftigkeit anstecken und ließ sich nehmen. Als er kam, war er wie benommen vom rasenden Tempo seines Körpers. Sie umfasste sein Gesicht mit beiden Händen und ritt ihn so lange, bis auch sie den Höhepunkt erreicht hatte.

Er blieb sitzen, als sie schließlich aufstand und ihr Höschen wieder anziehen wollte.

»Warte, ich glaube, das gehört jetzt mir.«

Sie lachte nur, aber er erhob sich und riss es ihr aus der Hand.

»Gib es mir sofort wieder. Ich kann doch nicht ohne …«

»Doch, du kannst, und ich bin der Einzige, der es weiß. Es macht mich jetzt schon verrückt. Komm mit nach oben, ich muss aus diesem Anzug heraus und mir etwas anderes anziehen. Danach fahre ich dich nach Hause.«

»Ich warte lieber hier. Wenn ich mit nach oben gehe, zerrst du mich bloß wieder ins Bett. Fox, ich brauche das Höschen. Es passt zum BH.«

Er lächelte nur und ging hinaus. Den Büstenhalter würde er auch noch ergattern. Und dann würde er beides in Plexiglas gießen lassen.

Alle guten Dinge sind einmal vorbei, dachte Fox, als sie die nächsten Stunden am zweiten Tagebuch arbeiteten und jedes Wort von Ann auf eine geheime Bedeutung hin drehten und wendeten. Gages Forderung, schneller voranzugehen, wurde abgelehnt.

»Wir müssen die Tatsache beachten, dass sie den Mann verloren hat, den sie liebt, ein traumatisches Ereignis«, erklärte Cybil. »Sie steht kurz vor der Geburt von Drillingen. Und wenn das nicht ebenfalls ein traumatisches Ereignis ist, weiß ich es nicht. Das Tagebuch ist ihr Zufluchtsort. Damit beruhigt und stabilisiert sie sich.«

»Und noch etwas«, warf Layla ein. »Ich glaube, sie schreibt über Nähen, Kochen und über die Hitze, weil sie Distanz braucht. Sie schreibt nicht über Giles, über das, was vorgefallen ist, sondern für sie zählt nur der Augenblick.«

Sie blickte Fox an, und er nickte.

»Daran habe ich auch schon gedacht. Es geht um das, was sie nicht schreibt. Jeder Tag kostet sie Kraft. Sie füllt die Tage mit Routine, aber ich kann mir nicht vorstellen, dass ihre Gedanken nicht um die Vergangenheit oder Zukunft kreisen. Sie wollte, dass wir die Tagebücher finden, obwohl in diesem hier außer alltäglichen Dingen nichts Wichtiges zu stehen scheint. Meiner Meinung nach sagt sie damit, dass das Leben trotz des großen Verlusts, trotz des schrecklichen Ereignisses weitergeht. Dass es wichtig ist, seinen täglichen Geschäften nachzugehen und sein Leben zu leben. Tun wir das nicht auch immer wieder sieben Jahre lang? Wir leben, nur das zählt.«

»Und was will uns das sagen?«, fragte Gage.

»Dass ein Teil des Prozesses darin besteht, einfach zu leben und Twisse den Stinkefinger zu zeigen. Jeden Tag. Ob er es wohl weiß? Ich glaube schon, und ich glaube, es zerreißt ihn, dass wir jeden Morgen aufstehen und unser Leben leben.«

»Das gefällt mir.« Quinn tippte sich mit dem Finger an die Lippe. »Vielleicht verringert es sogar seine Macht. Er nährt sich doch von gewalttätigen Emotionen und Akten. Wenn er kann, erschafft er sie und nährt sich davon. Müsste dann das Gegenteil nicht auch zutreffen? Dass ganz gewöhnliche Emotionen und liebevolle Akte ihn hungrig machen?«

»Die Tanzveranstaltung.« Layla richtete sich im Sessel auf. »Das war ganz normal, fröhlich und glücklich. Und er hat es ruiniert.«

»Und vorher im Restaurant im Hotel. Da wollte er uns sicher Angst einjagen«, sagte Quinn zu Layla. »Aber Zeit und Ort können schon eine Rolle spielen. Im Hotel hat auch ein junges Pärchen bei Kerzenlicht und Wein gesessen, das gefeiert und geflirtet hat.«

»Was machst du, wenn eine Biene dich sticht?«, fragte Cybil. »Du schlägst danach. Vielleicht stechen wir ihn ja. Wir schauen uns die bekannten Zwischenfälle einfach mal genauer an. Mir fällt noch etwas ein: Wenn man etwas aufschreibt, bekommt es Macht, vor allem Namen. Möglicherweise wollte oder musste sie einfach eine Weile warten, bis sie sich sicherer fühlte.«

»Wir haben die Worte aufgeschrieben«, murmelte Cal. »Wir haben die Worte, die wir in der Nacht am Stein zum Blutsbruderritual gesprochen haben, aufgeschrieben.«

»Dadurch bekamen sie Macht«, stimmte Quinn zu. »Schreiben, das ist auch eine Antwort. Wir schreiben alles auf. Das gibt ihm zwar mehr Macht – es bringt ihn immer früher –, aber es sticht ihn auch mehr.«

»Wenn wir wissen, was wir zu tun haben, wenn wir glauben zu wissen, was getan werden muss«, fuhr Fox fort, »dann müssen wir es aufschreiben. Wie Ann es tat, wie wir es damals getan haben.«

»Und bei Neumond mit Blut unterschreiben.«

Cybil warf Gage einen amüsierten Blick zu. »Das würde mich nicht wundern.«

Gage stand auf und ging in die Küche, um sich noch einen Kaffee zu holen. Außerdem wollte er ein paar Minuten allein sein, ohne dieses ständige Geschnatter. So wie er es sah, wurde zum jetzigen Zeitpunkt immer nur geredet und nicht gehandelt. Er war ein geduldiger Mann, aber langsam juckte es ihn in den Fingern.

Als Cybil hereinkam, ignorierte er sie, was nicht ganz einfach war. Sie war nicht leicht zu übersehen, aber er hatte daran gearbeitet.

»Wenn man bloß gereizt und negativ reagiert, bringt das nicht besonders viel.«

Gage lehnte sich an die Küchentheke. »Deshalb bin ich gegangen.«

Cybil überlegte kurz und entschied sich für Wein. »Du bist auch ein bisschen gelangweilt. Aber die Diskussion war vorbei, als du rausgegangen bist.« Sie lehnte sich neben ihn an die Theke. »Für Menschen wie dich und mich ist es schwerer.«

»Dich und mich?«

»Wir leiden darunter, weil wir manchmal zu sehen bekommen, was passieren wird. Woher sollen wir wissen, was wir tun sollen oder ob wir überhaupt etwas tun sollten. Vielleicht wird es ja nur schlimmer, wenn wir etwas tun.«

»Alles ist ein Risiko. Das macht mir keine Sorgen.«

»Aber es ärgert dich.« Sie trank einen Schluck. »Im Moment ärgerst du dich über die Form, die die Dinge annehmen.«

»Was für eine Form nehmen sie an?«

»Unsere kleine Gruppe ist in Paare zerfallen. Q und Cal, Layla und Fox. Bleiben nur noch wir beide. Deshalb ärgerst du dich, und ich kann es dir nicht verübeln. Falls es dich interessiert, mir gefällt die Vorstellung auch nicht, dass die Hand des Schicksals uns wie Schachfiguren aufeinander zuschiebt.«

»Schach ist Fox' Spiel.«

Sie holte tief Luft. »Na ja, uns in die gleiche Hand mischt.«

Anerkennend zog er die Brauen hoch. »Deshalb kann man ja ablegen. Das soll keine Beleidigung sein.«

»Das habe ich auch nicht so aufgefasst.«

»Du bist einfach nicht mein Typ.«

Wenn sie so lächelte wie jetzt, dann hörte jeder Mann die Sirenen singen. »Glaub mir, wenn ich es auf dich abgesehen hätte, dann hättest du keinen anderen Typ. Aber das steht hier nicht zur Debatte. Ich bin dir in die Küche gefolgt, um dir eine Art Handel vorzuschlagen.«

»Wie soll er aussehen?«

»Du und ich, wir arbeiten zusammen und kämpfen auch zusammen, wenn es dazu kommt. Wir verbinden unsere Talente, wenn und falls es nötig ist. Ich werde dich nicht verführen oder so tun, als ob du mich verführen würdest.«

»Du würdest nie so tun.«

»Dann sind wir uns ja einig. Du bist hier, weil du deine Freunde liebst und absolut loyal ihnen gegenüber bist, obwohl du diesen Ort und die Leute hier nicht so gut findest. Ich respektiere das, Gage, und ich verstehe es. Auch ich liebe meine Freunde und bin ihnen gegenüber loyal. Deshalb bin ich hier.«

Sie trank einen Schluck Wein. »Diese Stadt sagt mir nichts, aber an den Leuten nebenan liegt mir etwas. Ich werde für sie alles tun, was nötig ist. Und du auch.«

»Also abgemacht?«

Er stieß sich von der Theke ab und stellte sich dicht vor sie. Sie roch nach weiblichen Geheimnissen, dachte er. »Glaubst du, wir kommen auf der anderen Seite heraus, werfen Konfetti und lassen Champagnerkorken knallen?«

»Sie tun es. Das reicht mir fast schon. Der Rest ist möglich.«

»Wahrscheinlich gefällt mir besser. Aber …« Er ergriff ihre Hand. »Abgemacht.«

»Gut. Dann …« Sie wollte zurückweichen, aber er hielt ihre Hand fest in seiner.

»Und wenn ich nein sagen würde?«

»Dann wäre ich gezwungen, dich zu verführen und mein Liebeshündchen aus dir zu machen, um dich in Schach zu halten.«

Er grinste. »Liebeshündchen, ach, du liebe Scheiße.«

»Du wärst überrascht, wenn wir keine Vereinbarung hätten.« Sie stellte ihr Weinglas ab und tätschelte ihm die Hand, bevor sie ihre wegzog. Dann ergriff sie ihr Glas wieder und wandte sich zum Gehen. Kurz vor der Tür blieb sie jedoch stehen und drehte sich um. »Er liebt sie.«

Sie meinte Fox, wurde Gage klar. Cal war schon eine abgeschlossene Tatsache. »Ja, ich weiß.«

»Ich weiß nicht, ob es ihm klar ist. Layla weiß es ganz bestimmt nicht. Und doch macht es sie stärker, auch wenn es gleichzeitig alles schwieriger für sie macht.«

»Vor allem für Fox. Das ist seine Geschichte«, fügte Gage hinzu, als sie ihn fragend anblickte.

»Gut. Sie werden uns bald noch mehr brauchen. Du wirst dir den Luxus, gelangweilt zu sein, nicht mehr lange leisten können.«

»Hast du etwas gesehen?«

»Ich habe geträumt, sie wären alle tot, aufgetürmt wie Opfer auf dem Heidenstein. Meine Hände waren rot von ihrem Blut. Das Feuer kroch über den Stein und verzehrte sie, während ich zuschaute. Ich tat nichts, und als der Dämon aus der Dunkelheit kam, lächelte er mich an. Er nannte mich seine Tochter und umarmte mich. Dann bist du aus den Schatten gesprungen und hast uns beide getötet.«

»Das ist ein Alptraum, keine Vision.«

»Ich hoffe bei Gott, dass du recht hast. Auf jeden Fall heißt es, dass du und ich bald anfangen müssen zusammenzuarbeiten. Ich will ihr Blut nicht an meinen Händen haben.« Ihre Finger schlossen sich fester um ihr Weinglas. »Was auch immer ich dagegen tun muss, werde ich tun.«

Als sie die Küche verlassen hatte, blieb er stehen und fragte sich, was sie wohl bereit wäre zu tun, um die Menschen zu retten, die sie beide liebten.

Als Fox am Morgen das Büro verließ, war von dem Schnee nichts mehr übrig geblieben. Die Sonne strahlte von einem wolkenlos blauen Himmel. Die Knospen an den Bäumen waren prall, und vor dem Blumenladen blühten Stiefmütterchen in den Kübeln.

Er zog seinen Mantel aus – er sollte sich wirklich langsam angewöhnen, den Wetterbericht zu hören – und schlenderte den breiten Bürgersteig entlang. Es roch nach Frühling, und die Luft war mild. Der Tag war viel zu schön, um ihn im Büro zu vergeuden. Es war ein Tag, den man am besten im Park oder auf der Veranda verbrachte.

Er sollte mit Layla im Park spazieren gehen. Sie überreden, sich auf eine der Schaukeln zu setzen und sich von ihm anschubsen zu lassen.

Er sollte ihr Blumen kaufen. Einen Frühlingsstrauß. Entschlossen wandte er sich um und lief über die Straße zum Blumenladen. Narzissen, dachte er, als er die Tür aufdrückte.

»Hi, Fox«, begrüßte Amy ihn fröhlich. Sie besaß den Laden schon seit Jahren und liebte Blumen. »Ein wunderschöner Tag, was?«

»Ja, das kannst du laut sagen. Die möchte ich gerne.« Er zeigte auf die Narzissen in der Kühltheke.

»Bildschön.« Sie drehte sich um, und er sah im Glas der Kühltheke ihr grinsendes, blutüberströmtes Gesicht mit spitzen Eckzähnen. Als er erschreckt einen Schritt zurückwich, drehte sie sich um und lächelte ihn freundlich und vertraut an. »Narzissen mag doch jeder«, sagte sie fröhlich und wickelte den Strauß ein. »Sind sie für dein Mädchen?«

»Ja.« Ich bin nervös, dachte er. Einfach nur nervös. Mir geht zu viel durch den Kopf. Als er sein Portemonnaie herausholte, um zu zahlen, stieg ihm ein fauliger Geruch in die Nase, als ob die Blumen bereits welk wären.

»Hier, bitte. Sie gefallen ihr bestimmt.«

»Danke, Amy.« Er bezahlte die Blumen.

»Bis dann. Bestell Carly schöne Grüße.«

Er blieb abrupt stehen und drehte sich um. »Was? Was hast du gerade gesagt?«

»Ich sagte, bestell Layla schöne Grüße.« Sie blickte ihn besorgt an. »Alles in Ordnung, Fox?«

»Ja. Ja.« Er verließ den Laden hastig.

Es war nur wenig Verkehr, er überquerte die Straße nach links und rechts schauend. Dann schob sich eine Wolke vor die Sonne, und auf einmal war ihm kalt – ein Hauch von Winter am Frühlingshimmel. Fest umklammerte er die Blumen und wirbelte herum. Fast erwartete er, etwas Bedrohliches zu sehen. Aber da war nichts, kein Junge, kein Hund, kein Mann und keine Schatten.

Dann hörte er, wie sie seinen Namen rief. Dieses Mal drang ihm die Kälte bis auf die Knochen. Er rannte los, als ihre Stimme aus der alten Bibliothek erneut ertönte. Die Tür stand offen, als er hindurchgelaufen war, schlug sie wie der Tod hinter ihm zu.

Wo eigentlich nur ein leerer Raum hätte sein sollen, ein paar Tische, Klappstühle für den Gemeindesaal, sah es auf einmal so aus wie vor Jahren. Bücherstapel, Schreibtische, Bücherwagen.

Er befahl sich, ruhig zu bleiben. Es war nicht real. Der Dämon ließ ihn sehen, was es nicht gab. Aber sie schrie, und Fox rannte die Treppe hinauf. Beinahe gaben seine Beine nach, weil er diesen Weg schon einmal gelaufen war. Die Treppe hinauf, am Speicher vorbei, dann warf er sich gegen die Tür, die aufs Dach führte. Als sie nachgab und er hindurchtaumelte, war der Frühlingstag zu einem heißen Sommerabend geworden.

Schweiß rann wie Wasser über seine Haut, und die Angst griff mit gierigen Klauen nach ihm.

Sie stand auf dem Sims des Türmchens über ihm. Selbst in der Dunkelheit konnte er das Blut an ihren Händen sehen, die sie sich an den Steinen aufgeschürft hatte, als sie dort hinaufgeklettert war.

Carly. Ihr Name hämmerte in seinem Kopf. Carly, nicht. Beweg dich nicht. Ich komme hinauf, um dich zu holen.

Aber es war Layla, die dort oben stand und zu ihm hinunterschaute. Layla, der Tränen über die blassen Wangen liefen. Es war Layla, die verzweifelt seinen Namen rief. Layla, die ihm in die Augen blickte und sagte: »Hilf mir. Bitte hilf mir.«

Und es war Layla, die sprang, um unten auf der Straße zu sterben.

14

Er war mit kaltem Schweiß bedeckt, als er aufwachte. Layla sagte immer wieder seinen Namen. Ihre drängende Stimme und der feste Griff ihrer Hand an seiner Schulter zogen ihn aus dem Traum zurück in die Gegenwart.

Mit dem Wachwerden kam auch das Entsetzen. Er schloss sie in die Arme, atmete ihren Duft tief ein, spürte den schnellen Schlag ihres Herzens. Er war nicht zu spät gekommen. Sie lebte. Sie war hier.

»Halt mich fest.« Ein Schauer durchrann ihn, wie das Echo dieser überwältigenden Angst. »Halt mich fest.«

»Ja, das tue ich. Du hattest einen Alptraum.« Leise murmelnd strich sie über die Muskeln auf seinem Rücken. »Aber jetzt bist du wach. Es ist alles gut.«

War es das tatsächlich, fragte er sich. Würde es das jemals sein?

Du bist ganz kalt, Fox, ganz kalt. Komm, ich lege die Decke über dich. Du zitterst ja.«

Sie deckte ihn zu und rieb über seine Arme. Unverwandt blickte sie ihn an. »Ist es jetzt besser? Ich hole dir Wasser.«

»Ja, okay. Ja, danke.«

Hastig stand sie auf und stürzte aus dem Zimmer. Fox ließ den Kopf in die Hände sinken. Der Traum hatte ihn aufgewühlt, seine Erinnerungen mit der Gegenwart vermischt.

Er war in jener schlimmen Sommernacht zu beschäftigt damit gewesen, sich als Held aufzuspielen. Er hatte alles falsch gemacht, und Carly war gestorben. Er hätte sie besser beschützen müssen. Sie war seine Freundin gewesen, und er hatte ihr nicht geholfen.

Layla kam zurück, reichte ihm ein Glas Wasser. Sie kniete sich neben das Bett. »Ist dir auch warm genug? Möchtest du noch eine Decke?«

»Nein. Nein, es ist gut. Es tut mir leid.«

»Du warst kalt wie Eis, und du hast die ganze Zeit gerufen.« Sanft strich sie ihm die Haare aus der Stirn. »Ich habe dich zuerst gar nicht wach bekommen. »Was war los, Fox? Was hast du geträumt?«

»Ich …« Er wollte antworten, dass er sich nicht mehr erinnerte, aber er brachte die Lüge nicht über die Lippen. Carly hatte er auch angelogen, und Carly war tot. »Ich kann nicht darüber reden.« Das war allerdings auch nicht ganz die Wahrheit. »Ich will jetzt nicht darüber reden.«

Er spürte, dass sie gerne nachgefragt hätte, aber er ignorierte es.

Schweigend nahm sie ihm das leere Glas aus der Hand und stellte es auf den Nachttisch. Dann legte sie sich neben ihn und zog seinen Kopf an ihre Brust. »Es ist alles gut«, murmelte sie und strich ihm über die Haare. »Es ist alles gut. Schlaf noch ein wenig.«

Ihre tröstende Nähe verjagte die Dämonen.

Am Morgen stand sie leise auf, um ihn nicht zu wecken. Er sah erschöpft aus, fand sie, und war immer noch sehr blass. Hoffentlich war der Kummer, den sie gespürt hatte, in der Nacht vergangen. Sie konnte seine Quelle aufspüren, jetzt konnte er sie nicht abblocken. Wenn sie die Wurzel kannte, dann konnte sie ihm dabei helfen, ihn zu überwinden.

Allerdings war das nur die halbe Wahrheit. Natürlich wollte sie ihm helfen, aber vor allem wollte sie wissen, was er geträumt hatte. Er hatte während des Alptraums ihren Namen gerufen, voller Entsetzen und Verzweiflung. Aber nicht nur ihren, sondern auch den Namen einer anderen Frau.

Carly.

Aber nein, es wäre ein Übergriff, wenn sie sich jetzt Zutritt zu seinen Gedanken verschaffen würde, ganz gleich, wie selbstlos das Motiv sein mochte. Es wäre ein Vertrauensbruch.

Also ließ sie ihn schlafen, zog sich sein Hemd über und begab sich stattdessen in die Küche, um Frühstück zu machen.

In der Küche zuckte sie unwillkürlich zusammen, und das lag nicht an schmutzigen Geschirrstapeln oder Bergen alter Zeitungen. Die Küche war so sauber, wie eine

Männerküche sein konnte. Ein paar Teller in der Spüle, ungeöffnete Post auf dem Tisch, die Arbeitsfläche flüchtig abgewischt.

Sie zuckte zusammen, weil eine glänzende neue Kaffeemaschine auf der Theke stand.

Sie zerschmolz fast vor Rührung. Er trank nie Kaffee, aber er hatte eine Kaffeemaschine gekauft, die sogar die Bohnen frisch mahlte. Als sie den Schrank darüber öffnete, stieß sie auf eine Packung Kaffeebohnen.

War das nicht süß?

Sie hielt die Packung in der Hand und lächelte das Gerät an, als Fox hereinkam. »Du hast eine Kaffeemaschine gekauft.«

»Ja, ich habe gedacht, du musst dir doch morgens wenigstens einen Kaffee machen können.«

Als sie sich umdrehte, hatte er den Kopf bereits in den Kühlschrank gesteckt. »Danke. Dafür mache ich dir auch Frühstück. Irgendetwas musst du doch hier haben, das ich in richtiges Essen verwandeln kann.«

Layla trat ebenfalls an den Kühlschrank. Fox richtete sich auf und trat einen Schritt zurück. Sie erschrak, als sie sein Gesicht sah.

»Oh, Fox.« Instinktiv berührte sie seine Wange. »Du siehst gar nicht gut aus. Du solltest wieder ins Bett gehen. Dein Terminkalender ist heute sowieso nicht besonders voll, ich kann …«

»Nein, es geht mir gut. Wir werden nicht krank, das weißt du doch.«

Nicht körperlich, dachte sie, aber Herz und Geist waren etwas anderes. »Du bist müde. Du bist müde, und du brauchst einen freien Tag.«

»Ich brauche nur eine Dusche. Es ist nett, dass du mir Frühstück machen willst, aber ich habe eigentlich gar keinen Hunger. Du kannst dir gerne einen Kaffee machen, wenn du herausbekommst, wie das Ding funktioniert.«

Warum war er auf einmal so kühl und distanziert, fragte sich Layla, als er wegging. Sie stellte die Dose Bohnen wieder in den Schrank, ging ins Schlafzimmer und begann sich anzuziehen.

Eine Frau wusste, wann ein Mann wollte, dass sie ging. Sie würde zu Hause duschen und sich umziehen, und sie würde auch Kaffee zu Hause trinken. Der Mann brauchte offensichtlich Raum, also gab sie ihm Raum.

Als das Telefon klingelte, ignorierte sie es zuerst, nahm aber dann doch ab. Es konnte ja etwas Wichtiges sein, ein Notfall. Sie zuckte zusammen, als Fox' Mutter ihr fröhlich guten Morgen wünschte und sie mit ihrem Vornamen anredete.

In der Dusche ließ Fox das heiße Wasser auf sich herunterprasseln und trank sein kaltes Koffein. Die Kombination tat bereits ihre Wirkung, sein Kater verflüchtigte sich bereits. Das war immer so. Häufig fühlte er sich nach einem Alptraum schlechter als nach einer durchzechten Nacht.

Wahrscheinlich hatte er Layla mit seinem barschen Tonfall vertrieben. Das war auch seine Absicht gewesen. Er wollte nicht, dass sie ihn so besorgt beobachtete. Er wollte allein sein, damit er grübeln konnte.

Das war doch sein verdammtes Recht.

Er trat aus der Dusche und schlang sich ein Handtuch um die Taille.

Sie war im Schlafzimmer, als er tropfnass hereinkam.

»Ich wollte gerade gehen«, sagte sie frostig. Anscheinend hatte er seinen Job gut gemacht. »Aber deine Mutter hat angerufen.«

»Oh. Okay. Ich rufe sie zurück.«

»Ich soll dir sagen, Sage und Paula müssen am Montag in D.C. sein und von dort aus wahrscheinlich nach Seattle fahren, deshalb will sie morgen alle zum Abendessen einladen.«

Er drückte seine Finger auf die Schläfen. Aus der Nummer kam er vermutlich nicht heraus. »Okay.«

»Sie erwartet, dass ich mitkomme. Auch die anderen. Wir sollen ihnen Bescheid sagen. Du weißt ja wahrscheinlich, dass man ihr nichts abschlagen kann, aber du kannst mich ja morgen entschuldigen.«

»Warum sollte ich das tun? Warum willst du nicht mitkommen? Warum sollte es dir erspart bleiben, gefüllte Artischocken zu essen?« Da sie nicht lächelte, zeigte er auf seine tropfnassen Haare. »Hör mal, ich fühle mich heute früh ein bisschen zerschlagen. Kannst du mich gerade mal in Ruhe lassen?«

»Glaub mir, das tue ich bereits. Ich versuche, dich sogar noch länger in Ruhe zu lassen, indem ich mir einrede, du seiest ein launisches Arschloch. Aber es fällt mir schwer, weil du zwar vielleicht ein Arschloch bist, aber nicht blöd genug, um mir die Details des Alptraums einfach nur so zu verschweigen. Damit wären wir wieder beim Thema Vertrauen. Ich habe dich in mich hineingelassen, ich habe mit dir hier im Bett gelegen, aber du lässt mich nicht hinein. Du willst mir nicht sagen, was dich quält und verletzt.«

»Hör auf, Layla. Das ist einfach nicht der richtige Zeitpunkt.«

»Ach, du willst den Zeitpunkt bestimmen? Nun gut. Sag mir Bescheid, wann es dir passt, ich richte mich ganz nach dir.«

Sie wandte sich zum Gehen, und er tat nichts, um sie aufzuhalten. An der Tür drehte sie sich noch einmal um. »Wer ist Carly?«

Als er schwieg und sie nur ausdruckslos anblickte, ging sie und ließ ihn allein.

Er erwartete eigentlich nicht, dass sie ins Büro kam, hoffte sogar, sie würde wegbleiben. Aber als er an seinem Schreibtisch saß und versuchte, sich auf seine Arbeit zu konzentrieren, hörte er, wie sie hereinkam. Mittlerweile kannte Fox ihre Bewegungen und ihre morgendliche Routine.

Sie öffnete die Tür des Dielenschranks, hängte ihren Mantel hinein, schloss die Tür wieder. Trat zum Schreibtisch, öffnete die rechte untere Schublade und legte ihre Tasche hinein. Fuhr den Computer hoch.

Er hörte, wie sie anfing zu arbeiten. Schuldgefühle stiegen in ihm auf, und das ärgerte ihn. Am besten gingen sie sich ein paar Stunden aus dem Weg, dachte er. So lange, bis sie sich beide wieder beruhigt hätten.

Den Vormittag über funktionierte das gegenseitige Ignorieren ganz gut. Immer wenn das Telefon klingelte, wappnete er sich davor, ihre Stimme zu hören. Aber sie sprach nicht mit ihm über die Gegensprechanlage.

Als er hörte, wie sie in die Mittagspause ging, ging er zum Empfang und blickte prüfend auf ihren Schreibtisch. Sie hatte einen kleinen Stapel Abwesenheitsnotizen für ihn zurechtgelegt. Sie stellte also keine Anrufe zu ihm durch. Kein Problem, das war in Ordnung. Er konnte ja später zurückrufen. Jetzt allerdings wollte er die Zettel nicht mit in sein Büro nehmen, dann hätte sie ja gemerkt, dass er an ihrem Schreibtisch gewesen war.

Er kam sich dumm vor. Dumm, müde und ein bisschen sauer. Mürrisch machte er sich wieder auf den Weg zu seinem Büro. Er zuckte zusammen, als er hörte, wie die Tür aufging, aber erleichtert stellte er fest, dass nicht Layla, sondern Shelley auf ihn zukam.

»Hi, ich hatte gehofft, dich kurz sprechen zu können. Ich habe Layla draußen getroffen, sie meinte, du wärst in deinem Büro und hättest nicht besonders viel zu tun.«

»Ja. Soll ich dich wieder vertreten?«

»Nein.« Sie trat zu ihm und schlang einfach die Arme um ihn. »Danke. Ich wollte mich nur bei dir bedanken.«

»Bitte. Wofür?«

»Block und ich hatten gestern Abend unsere erste Beratung.« Seufzend trat sie einen Schritt zurück. »Es war ziemlich intensiv und emotional. Ich weiß nicht, wie es letztendlich ausgeht, aber ich glaube, wir sind einen Schritt weitergekommen. Es ist wohl besser, wenn man versucht miteinander zu reden, anstatt sich nur Vorwürfe zu machen. Wenn es dann nachher doch nicht klappt, dann hat man es wenigstens versucht. Und wenn du es nicht vorgeschlagen hättest, wäre ich wahrscheinlich nicht auf die Idee gekommen.«

»Ich möchte nur, dass du das erreichst, was du wirklich willst. Und glücklich dabei bist.«

Sie nickte und betupfte sich die Augen mit einem Taschentuch. »Ich weiß, dass Block dich angegriffen hat und dass du keine Anklage erhoben hast. Dafür möchte ich dir auch danken. Er bereut es sehr.«

»Es war nicht nur seine Schuld.«

»Aber auch.« Sie lachte ein wenig. »Er hat einiges wiedergutzumachen, das weiß er auch. Er hat ein blaues Auge, und auch wenn es kleinlich von mir ist, ich finde das gut.«

Sie lachte wieder leise. »Auf jeden Fall warten wir jetzt mal ab, was passiert. Das nächste Mal bin ich alleine in der Beratung, und ich bin sehr gespannt.« Sie lächelte. »Es fühlt sich schon jetzt gut an. Ich muss wieder zur Arbeit.«

Fox ging in sein Büro zurück, arbeitete und grübelte. Er hörte, wie Layla wiederkam. Schrank, Mantel, Schreibtischschublade, Tasche. Er ging durch die Küche hinaus und machte gerade so viel Lärm, dass sie wusste, dass er gegangen war.

Die Sonne strahlte von einem wolkenlos blauen Himmel. Obwohl es relativ warm war, fröstelte es ihn plötzlich in seiner leichten Jacke.

Es war genauso ein Nachmittag wie in seinem Traum.

Er zwang sich, um das Gebäude herum zur Main zu gehen. Stiefmütterchen wucherten in dem Kübel vor dem Blumenladen. Leute schlenderten vorbei, manche sogar schon in Hemdsärmeln, als wollten sie dem Winter endgültig Einhalt gebieten. Er ballte die Hände zu Fäusten.

Rasch überquerte er die Straße.

Amy kam hinten aus ihrem Blumenladen. »Hey, Fox. Wie geht es dir? Ein wunderschöner Tag, nicht wahr? Na, es wurde aber auch langsam mal Zeit.«

Fox musterte sie. »Ja. Wie geht es dir?«

»Ich kann mich nicht beklagen. Möchtest du Blumen fürs Büro kaufen? Mrs Hawbaker hat normalerweise montags immer einen Strauß gekauft. Du wirst doch die Blumen fürs Büro nicht jetzt am Freitag kaufen.«

»Nein.« Der Knoten in seinem Magen löste sich ein wenig. Es war doch nicht dasselbe wie in seinem Traum. Aber dann sah er die Narzissen. »Ich brauche die Blumen privat. Genau so etwas suche ich.« Er zeigte auf die Narzissen.

»Sind sie nicht hübsch? So fröhlich.« Sie drehte sich um, und er betrachtete ihr Spiegelbild im Glas der Kühltheke. Aber es war Amys Gesicht, und sie lächelte so fröhlich wie die Blumen.

Sie plauderte weiter, während sie die Blumen fertig machte und einpackte, Fox hörte gar nicht richtig zu, weil er verstohlen an den Blumen roch. Aber der Geruch war frisch.

»Sind sie für dein Mädchen?«

Er blickte sie scharf an. »Ja, sie sind für mein Mädchen.«

Ihr Lächeln wurde noch strahlender, als sie ihm das Wechselgeld zurückgab. »Sie gefallen ihr bestimmt. Wenn du etwas fürs Büro möchtest, dann mache ich dir am Montag einen netten Strauß fertig.«

»Okay, danke.« Er wandte sich zum Gehen.«

»Bestell Layla schöne Grüße.«

Er schloss die Augen. Erleichterung, Schuldbewusstsein und Dankbarkeit überfluteten ihn. »Ja, das mache ich. Bis dann.«

Ein wenig benommen trat er nach draußen. Die Tür zur alten Bibliothek war geschlossen. Sein Blick glitt zu den Türmchen hinauf, aber niemand stand dort oben, um in den Tod zu springen.

Wieder überquerte er die Straße. Als er zur Vordertür hereinkam, saß Layla an ihrem Schreibtisch. Sie warf ihm einen Blick zu, schaute aber gleich wieder weg.

»Auf deinem Schreibtisch liegen Nachrichten. Dein Termin für vierzehn Uhr ist auf nächste Woche verschoben.«

Er trat näher und hielt ihr die Blumen hin. »Es tut mir leid.«

»Sie sind sehr hübsch. Ich stelle sie ins Wasser.«

»Es tut mir leid«, wiederholte er, als sie aufstand und sich an ihm vorbeidrängte.

Sie hielt inne. »In Ordnung.« Dann nahm sie die Blumen und ging.

Er wollte es eigentlich nicht erzählen. Warum sollte er alles wieder aufrühren? Es ging nicht um Vertrauen, es ging um Schmerz. Hatte er kein Recht auf seinen eigenen Schmerz? Verletzt ging er in die Küche, wo sie Wasser in eine Vase füllte.

»Hör mal, ist es eigentlich absolut notwendig, dass wir vor dem anderen unser Innerstes nach außen kehren?«

»Nein.«

»Wir brauchen doch nicht jedes einzelne Detail über den anderen zu wissen.«

»Nein.« Sie begann die Stängel in die Vase zu stellen.

»Ich hatte einen Alptraum. Ich habe Alpträume, solange ich denken kann. Wir hatten doch mittlerweile schon alle welche.«

»Ich weiß.«

»Willst du es so aus mir herausziehen? Indem du mir in allem zustimmst?«

»Damit kontrolliere ich lediglich mich selbst, damit ich dir nicht in den Hintern trete.«

»Ich will mich nicht mit dir streiten.«

»Doch. Genau das willst du, und das werde ich dir nicht erlauben. Du hast es nämlich nicht verdient.«

»Himmelherrgott.« Er stürmte durch das kleine Zimmer und schlug gegen die Schränke. »Sie ist tot. Carly ist tot. Ich habe sie nicht gerettet, und sie ist gestorben.«

Layla wandte sich zu ihm. »Es tut mir so leid, Fox.«

»Nicht.« Er presste die Finger gegen die Schläfen. »Lass es einfach.«

»Soll es mir nicht leidtun, dass du jemanden verloren hast, der dir so viel bedeutet hat? Soll es mir nicht leidtun, dass es dir wehtut? Was erwartest du von mir?«

»Ich habe absolut keine Ahnung.« Er ließ die Hände sinken. »Wir haben uns im Frühling vor meinem dreiundzwanzigsten Geburtstag kennen gelernt, als ich in New York Jura studiert habe. Sie hat Medizin studiert. Sie wollte unbedingt in der Notaufnahme arbeiten. Wir haben uns bei einer Party kennen gelernt. Zuerst haben wir uns nur gelegentlich getroffen. Wir studierten ja beide und hatten volle Stundenpläne. In den Sommerferien blieb sie in New York, und ich fuhr nach Hause. Dann wurde es langsam ernster.«

Er setzte sich an den Küchentisch, und Layla holte

ihm statt seiner üblichen Cola eine Flasche Wasser aus dem Kühlschrank. Sich selbst nahm sie auch eine.

»In jenem Herbst zogen wir zusammen. Es war eine schäbige Wohnung, von der Art, wie man sie in New York bei Studenten, die sich nicht viel leisten können, erwartet. Wir liebten sie. Sie liebte sie«, korrigierte er sich. »Ich habe mich in New York nie ganz zu Hause gefühlt, immer ein bisschen fehl am Platz. Aber sie liebte die Wohnung, deshalb tat ich es auch, weil ich Carly liebte. Ich liebte sie, Layla.«

»Ich weiß, das höre ich deiner Stimme an.«

»Wir schmiedeten Pläne. Langfristige, bunte Pläne, wie man das eben so macht. Ich erzählte ihr nie von Hollow und redete mir ein, es hätte seit der letzten Sieben sowieso aufgehört. Wir hätten den Dämon besiegt, deshalb bräuchte ich ihr auch nichts davon zu erzählen. Ich wusste, dass es eine Lüge war. Dann kamen die Träume wieder. Cal rief an. Das Semester dauerte noch einige Wochen, außerdem arbeitete ich in einer Anwaltskanzlei. Ich hatte Carly. Aber ich musste zurück. Deshalb log ich sie an, erzählte ihr etwas von einem Notfall in der Familie.«

Damals hatte er sich eingeredet, dass das eigentlich keine Lüge war, weil Hollow ja schließlich seine Familie war.

»In diesen Wochen fuhr ich ständig zwischen New York und Hollow hin und her. Eine Lüge kam zur nächsten Lüge. Ich benutzte sogar meine Gabe, um sie zu durchschauen und festzustellen, welche Lüge am besten funktionieren würde.

»Warum hast du es ihr nicht einfach gesagt, Fox?«

»Sie hätte mir nie geglaubt. Sie hatte nicht die Spur von Fantasie. Carly war durch und durch Wissenschaftlerin. Vielleicht fühlte ich mich deshalb so zu ihr hingezogen. Sie würde das alles nicht für real halten, sagte ich mir. Aber das stimmte nur teilweise, vielleicht war es ja einfach nur eine weitere Lüge.«

Er hielt inne, rieb sich den Nasenrücken. »Ich wollte etwas, das nichts hiermit zu tun hatte. Ich wollte ihre Realität. Als es Sommer wurde und ich nach Hause fahren musste, erfand ich noch mehr Ausreden, noch mehr Lügen. Ich stritt mich mit ihr, weil es besser war, wenn sie sauer auf mich war, als dass sie etwas hiermit zu tun hatte. Ich sagte zu ihr, wir müssten uns für eine Zeitlang trennen, ich würde für ein paar Wochen nach Hause fahren. Ich bräuchte Freiraum. Ich tat ihr weh und rechtfertigte es damit, dass ich sie beschützen wollte.«

Er trank einen Schluck Wasser. »Noch vor dem siebten Tag des siebten Monats wurde alles ziemlich übel. Kämpfe und Brände, Vandalismus. Cal, Gage und ich hatten alle Hände voll zu tun. Ich rief sie an. Das hätte ich nicht tun sollen, aber ich vermisste sie und wollte ihr sagen, dass ich in zwei Wochen wieder zurück wäre. Wenn ich ihre Stimme nicht hätte hören wollen …«

»Sie ist hierhergekommen«, sagte Layla. »Sie ist nach Hawkins Hollow gekommen.«

»Am Tag vor unserem Geburtstag kam sie aus New York. Sie fragte sich zur Farm durch und stand auf einmal vor der Tür. Ich war nicht da. Cal hatte damals eine Wohnung in der Stadt, und wir wohnten dort. Carly rief mich aus der Küche im Farmhaus an. Ob ich im Ernst angenommen hätte, sie hätte meinen Geburtstag vergessen?

Ich war außer mir vor Angst. Sie gehörte nicht hierher, sollte gar nicht hier sein. Aber nichts, was ich sagte, als ich zur Farm fuhr, um mit ihr zu reden, konnte sie umstimmen. Wir würden jetzt alles klären, sagte sie. Was auch immer nicht in Ordnung war, wir würden es klären. Was sollte ich ihr sagen?«

»Was hast du ihr denn gesagt?«

»Zu viel und nicht genug. Sie glaubte mir nicht. Warum sollte sie auch. Sie glaubte, ich sei überarbeitet. Sie wollte, dass ich mit nach New York käme, um mich untersuchen zu lassen. Ich trat an den Herd, schaltete die Gasflamme an einer Platte ein und hielt meine Hand hinein.«

Er demonstrierte es, in der kleinen Büroküche, ohne allerdings seine Hand wirklich hineinzuhalten. Bei Layla brauchte er das nicht. »Sie reagierte wie erwartet«, fügte er hinzu und schaltete den Herd wieder ab. »Dann sah sie, dass meine Hand heilte. Sie überschüttete mich mit Fragen, bestand darauf, dass ich mich untersuchen lassen sollte. Ich willigte in alles ein, unter der Bedingung, dass sie auf der Stelle wieder nach New York zurückfahren sollte. Aber sie wollte nicht ohne mich fahren. Also schlossen wir einen Kompromiss. Sie versprach, Tag und Nacht auf der Farm zu bleiben, bis ich mit ihr gehen konnte.

Zwei Tage hielt sie durch, aber am Abend des dritten Tages …«

Er trat ans Spülbecken, stützte sich mit den Händen daran ab und blickte aus dem Fenster. »In der Stadt ging es drunter und drüber, mitten im größten Chaos rief meine Mutter an. Sie war aufgewacht, als ein Auto vom Hof gefahren war, und Carly war weg. Sie war in dem Auto weggefahren, mit dem sie aus New York gekommen war. Ich war außer mir vor Panik, vor allem, als Mom mir sagte, dass sie schon vor etwa zwanzig Minuten gefahren sei. Früher hatte meine Mutter mich nicht erreichen können.«

Fox setzte sich wieder an den Tisch, und Layla griff nach seiner Hand.

»Auf der Mill Street brannte ein Haus. Cal erlitt ziemliche Verbrennungen, als wir drei Kinder herausholten. Jack Proctor, ihm gehörte der Eisenwarenladen, hatte ein Gewehr. Er rannte einfach durch die Straßen und schoss auf alles, was sich bewegte. Zwei Teenager vergewaltigten eine Frau auf der Main Street, direkt vor der Methodistenkirche. Es passierten noch jede Menge andere grauenhafte Dinge. Ich konnte sie nicht finden. Ich versuchte, in ihre Gedanken einzudringen, aber die Verbindung war gestört wie die Telefonleitungen auch. Dann hörte ich, wie sie nach mir rief.«

Vor seinem geistigen Auge sah er wieder das Feuer und das Blut. »Ich rannte los, aber Napper blockierte den Bürgersteig. Sein Auto stand quer, und er kam mit einem Baseballschläger in der Hand auf mich zu. Wenn Gage und Cal, dessen Brandwunden gerade erst heilten, ihn nicht überwältigt hätten, wäre ich nicht an ihm vorbeigekommen. Ich kletterte über den Wagen und rannte weiter, weil ich hörte, wie sie mich rief. Die Tür zur alten Bibliothek stand offen. Ich konnte sie jetzt spüren, fühlte ihre Angst. Ich lief die Treppe hinauf, schrie ihren

Namen, damit sie wusste, dass ich kam. Von allen Seiten flogen Bücherwagen und Bücher auf mich zu.«

Weil es so real war, als wäre es gestern gewesen, schloss er die Augen und rieb sich mit den Händen übers Gesicht. »Schließlich kam ich aufs Dach. Da draußen tobte eine Art Hurrikan. Carly stand auf dem schmalen Steinsims. Ihre Hände bluteten, die Steine an der Mauer waren voller Blut. Ich sagte ihr, sie solle sich nicht bewegen. Beweg dich nicht! O Gott, beweg dich nicht! Ich komme dich holen. Sie blickte mich an, und ich ließ sie in mich hineinschauen. Sie sagte: ›Hilf mir. Bitte, Gott, hilf mir.‹ Dann sprang sie.«

Layla schob ihren Stuhl neben seinen und zog seinen Kopf an ihre Brust.

»Ich bin nicht rechtzeitig zu ihr gekommen.«

»Das war nicht deine Schuld.«

»Alles, was ich getan habe, war falsch. Mein falsches Verhalten hat sie umgebracht.«

»Nein. Der Dämon hat sie umgebracht.«

»Sie gehörte nicht dazu. Sie hätte nie etwas damit zu tun gehabt, wenn ich nicht gewesen wäre.« Er richtete sich auf und löste sich von Layla. »Gestern Nacht hatte ich einen Traum«, fuhr er fort und erzählte ihr den Traum.

»Ich weiß nicht, was ich sagen soll. Aber …« Layla ergriff seine Hand und drückte sie zwischen ihre Brüste. »… mir tut das Herz weh. Ich weiß nicht, ob du es spürst. Auch andere werden dir gesagt haben, dass es nicht deine Schuld war. Das kannst du akzeptieren oder nicht. Carly hätte bestimmt gewollt, dass du es akzeptierst. Ich weiß nicht, ob es falsch war, dass du sie angelogen hast.

Und ich weiß nicht, ob ich das Ganze hier als wahr akzeptieren könnte, wenn ich es nicht mit eigenen Augen gesehen hätte. Du wolltest sie davon fernhalten, weil du dir etwas bewahren wolltest, was nichts mit all dem hier zu tun hat. Ich weiß, wie das ist. Aber deine beiden Welten sind aufeinandergeprallt, Fox, und alles ist außer Kontrolle geraten.«

»Wenn ich doch nur eine andere Entscheidung getroffen hätte.«

»Dann hättest du es vielleicht ändern können«, stimmte sie ihm zu. »Oder es wäre bloß auf eine andere Weise zum gleichen Ende gekommen. Das kannst du nicht wissen. Ich bin nicht Carly, Fox. Und ob es dir nun gefällt oder nicht, wir erleben die Ereignisse in Hollow gemeinsam. Das ist nicht deine alleinige Entscheidung.«

»Ich habe zu viel Tod gesehen, Layla. Zu viel Blut und Schmerzen. Ich weiß, es wird noch schlimmer, und ich weiß auch, wir tun alle, was wir können. Aber ich weiß nicht, ob ich es überleben würde, wenn ich auch dich verlieren würde.«

Seine Traurigkeit, das unerträgliche Gewicht seines Kummers drückte ihr aufs Herz. »Wir finden einen Weg. Das hast du doch immer geglaubt, und du hast dafür gesorgt, dass auch ich es glaube. Komm. Geh nach oben, und leg dich hin. Keine Widerrede jetzt.«

Er war zu erschöpft, um zu widersprechen, und ließ sich von ihr ins Bett bringen. Als sie sicher war, dass er eingeschlafen war, lief sie nach unten, um die Kanzlei abzuschließen, dann rief sie Cal an und bat ihn zu kommen.

Als er zur Tür hereinkam, legte sie den Finger auf die Lippen. »Er schläft. Er hatte eine unruhige Nacht, und der Tag war auch nicht viel besser. Ein Alptraum«, fügte sie hinzu, »in dem Carly und ich eins waren.«

»Oh, Scheiße.«

Sie schenkte ihm einen Kaffee ein. »Er hat mir von ihr erzählt, aber das hat ihn völlig fertiggemacht.«

»Es ist gut, dass er es dir erzählt hat. Es hat ihm auf der Seele gelegen.« Er trank einen Schluck Kaffee, dann senkte er die Tasse und blickte sie erstaunt an. »Wie kommt denn der Kaffee hierher?«

»Fox hat mir eine Kaffeemaschine gekauft.«

Cal lachte. »Er kommt schon wieder in Ordnung, Layla. Es trifft ihn eben manchmal. Nicht oft, aber wenn, dann mit aller Wucht.«

»Er macht sich Vorwürfe, und das ist dumm«, sagte Layla. »Aber er hat sie eben geliebt. Er hat mir erzählt, dass er versucht hat, sie zu finden, als sie von der Farm weggefahren ist. Ihr habt Kinder aus einem brennenden Haus geholt, irgendein Typ hat in der Stadt um sich geschossen, und dieser Hurensohn Napper ist mit einem Baseballschläger auf ihn losgegangen. Es macht ihn krank, dass er sie nicht davon abhalten konnte zu springen.«

»Dazu kann ich auch noch einiges beitragen, was er dir wahrscheinlich gar nicht erzählt hat. Auch er hatte Verbrennungen, nicht so schlimm wie meine damals, aber immerhin. Als der Anruf kam, rannte er vor Gage und mir los. Auf dem Weg hat er Proctor – das war der Typ mit dem Gewehr – zwischen die Beine getreten, Gage das Gewehr zugeworfen und ist dann weitergerannt. Einen der Jungen, die sich über eine Frau auf dem Bürgersteig hergemacht hatten, hat er bewusstlos geschlagen. Ich habe mir den anderen vorgeknöpft, aber dadurch war ich nicht mehr so dicht hinter ihm. Anschließend kam Napper. Er holte mit seinem Baseballschläger aus und brach Fox den Arm.«

»Mein Gott.«

»Gage hat sich wie ein Rammbock auf ihn gestürzt, und Fox ist weitergerannt. Wir konnten Napper nur zu zweit überwältigen, als wir endlich in die alte Bibliothek kamen, rannte Fox schon die Treppe hinauf. Im Gebäude war die Hölle los. Auch wir kamen zu spät. Sie stürzte bereits in die Tiefe, als wir aufs Dach kamen. Ich dachte schon, er würde ihr hinterherspringen. Er war blutüberströmt von den Straßenkämpfen und von den Büchern, die ihm wie Geschosse um den Kopf geflogen waren. Er hätte nichts tun können. Das weiß er auch. Aber ab und zu packt es ihn noch einmal und zerreißt ihn.«

»Wenn sie ihm geglaubt und getan hätte, was er von ihr verlangte – und was sie ihm versprochen hatte –, dann wäre sie noch am Leben.«

Cal blickte sie aus seinen ruhigen grauen Augen an. »Das stimmt. Genau, das ist richtig.«

»Aber er gibt ihr nicht die Schuld.«

»Es ist schwer, jemandem die Schuld zu geben, der tot ist.«

»Für mich nicht. Wenn sie ihn so geliebt hätte, dass sie ihr Versprechen gehalten hätte, dann hätte er nicht sein Leben riskieren müssen, um sie zu retten. Das habe ich zu ihm nicht gesagt, und ich werde mich auch bemühen, es nie in seiner Gegenwart zu erwähnen, aber nachdem ich es jetzt laut ausgesprochen habe, geht es mir besser.«

»Ich habe es laut ausgesprochen und ihm ins Gesicht gesagt. Auch mir ging es danach besser, aber bei ihm schien es nicht das Gleiche zu bewirken.«

Layla nickte. »Da ist noch was. Warum Carly? Sie gehörte nicht zum Ort, aber sie war anscheinend innerhalb weniger Minuten infiziert. Und zwar so stark, dass sie Selbstmord beging.«

»Das ist schon häufiger vorgekommen. Meistens sind es natürlich Leute, die in Hollow leben, aber auch Außenseiter kann es erwischen.«

»Ich wette, die meisten von ihnen werden Opfer von jemandem, der infiziert ist. Aber sie war die Frau, die einer von euch geliebt hat, und sie steckt sich sofort an. Das find ich auffällig, Cal, und ich frage mich auch, warum er sie rufen hörte, warum sie ihn rufen und so lange warten konnte, bis er aufs Dach gelaufen kam, um sie springen zu sehen.«

»Was sagt uns das?«

»Das weiß ich nicht genau. Aber es könnte sich vielleicht lohnen, wenn Cybil ihre Abstammung recherchiert. Wenn sie nun mit dem Ganzen verbunden war? Wenn Carly zu einem unserer verzweigten Stammbäume gehörte?«

»Und Fox sich zufällig in sie verliebt hat?«

»Das ist der Punkt. Ich glaube nicht, dass das einfach so passiert ist. Cal, hast du dich vor Quinn jemals verliebt – ich meine, richtig verliebt?«

»Nein.« Er antwortete ohne Zögern. Nachdenklich

trank er noch einen Schluck Kaffee. »Auf Gage trifft das auch zu.«

»Der Dämon benutzt Emotionen«, sagte Layla. »Und Liebe kann er natürlich am wirkungsvollsten gegen uns einsetzen. Ich glaube, sie war nicht nur infiziert, Cal. Ich glaube, sie war ausgewählt.«

15

An jenem Abend lasen sie das Tagebuch weiter vor, zum ersten Mal schrieb Ann von Giles und Twisse.

Es ist ein neues Jahr. Was war, ist zu dem geworden, was ist und was sein könnte. Giles hatte mich gebeten, bis zum neuen Jahr zu warten, bevor ich berichte, was im alten Jahr geschehen ist. Ist ein solcher Jahreswechsel tatsächlich ein Schutzschild vor dem Bösen?

Er schickte mich weg, noch lange bevor ich in den Wehen lag. Was er beschlossen hatte zu tun, konnte er mit mir an seiner Seite nicht vollbringen. Ich schäme mich, dass ich weinte und bettelte, ihm mit meinem Flehen und meinen Tränen Schmerzen bereitete. Er gab jedoch nicht nach, auch wenn er mich nicht weinend wegschicken wollte. Er trocknete meine Tränen mit seinen Fingern und gelobte, wir würden uns wiederfinden, wenn die Götter es zuließen.

Was kümmerten mich in diesem Moment die Götter mit ihren Forderungen, ihren launischen Naturen und ihren kalten Herzen? Und doch hatte mein Geliebter ihnen noch vor mir Treue geschworen, und das war wichtiger. Er habe seine

Arbeit, seinen Kampf, sagte er zu mir, und ich – dabei legte er mir die Hände auf den Bauch, in dem das Leben wuchs – hatte meine. Ohne mich wäre all seine Mühe vergebens und sein Kampf verloren.

Ich ging nicht weinend, sondern küsste ihn, während unsere Söhne sich in meinem Bauch bewegten. Ich ging mit dem Mann meiner Kusine, weg von meinem Liebsten, der Hütte, dem Stein. Ich ging in einer milden Nacht im Juni, und er rief mir diese Worte zu.

Es ist nicht Tod.

Im Haus meiner Kusine herrschte nur Freundlichkeit, ich habe darüber berichtet. Sie nahmen mich auf und versteckten mich, als der Dämon kam. Die Bestie, das Dunkle. Twisse. Ich lag voller Furcht und Schmerzen auf dem Lager im Speicher ihres kleinen Hauses. Er kam als Mann verkleidet, während meine Söhne sich ihren Weg auf die Welt erkämpften.

Ich spürte sein Gewicht an meinem Herzen. Ich spürte seine suchenden Finger durch die Luft schweben, wie Habichte, die das Kaninchen suchen. Aber er fand mich nicht. Als der Mann meiner Kusine nicht mit ihm gehen wollte, sich ihm nicht voller Hass bei dem Gang zu meinem Liebsten anschließen wollte, spürte ich seine Wut. Aber ich glaube, ich spürte auch seine Verwirrung. Er hatte keine Macht hier.

Fletcher, der liebe Fletcher, blieb verschont von dem, was am Heidenstein passieren würde.

Es würde heute Abend sein. Ich wusste es bei der ersten Wehe. Ein Ende, das kein Ende war, und dieser Anfang. Diese beiden miteinander verbunden, wie Giles es wollte, wie er es bestimmt hatte. Sollte doch der Dämon glauben, es sei sein Werk, sein Wille, aber es war Giles, der den Schlüs-

sel umdrehte. Giles, der dafür bezahlen würde, dass er das Schloss öffnete.

Meine süße Kusine wusch mir das Gesicht ab. Wir konnten die Hebamme nicht rufen und auch nicht meine Mutter, nach der ich mich sehnte. Nicht mein Liebster ging im Zimmer unten auf und ab, sondern der gute, aufrechte Fletcher. Als die Schmerzen so stark wurden, dass ich meine Schreie nicht länger unterdrücken konnte, sah ich meinen Geliebten am Stein stehen. Die Fackeln erhellten die Dunkelheit. Ich sah, wie alles geschah.

Lag dies am Delirium der Geburt oder an meiner kleinen Macht? Ich glaube, es hatte mit beidem zu tun, das eine verstärkte das andere. Er wusste, dass ich dort war. Das ist nicht nur der Wunsch eines wunden Herzens, sondern die Wahrheit. Er wusste, dass ich bei ihm war, denn ich hörte einen kurzen gesegneten Augenblick lang seine Gedanken.

Mein Liebster, mögest du sicher und stark sein.

Er trug das Blutstein-Amulett, die roten Tropfen glitzerten im Feuer und im Schein der Fackeln.

Ich weiß noch seine Worte, mit denen er den Stein mit dem Zauber belegt hat.

Unser Blut, sein Blut, ihr Blut. Eins für drei. Drei in eins.

Jetzt kämpfte ich, durch die Wehen, durch das Blut, den Kampf ums Leben. Ich sah die Gesichter derjenigen, die mit dem Dämon gekommen waren. Und mich schmerzte, was ihnen angetan worden war. Ich hörte, wie Hester Deale ihn beschuldigte. Und ich presste. Ich beobachtete, wie sie weglief, als Giles sie befreite.

Ich sah den Dämon als Mann verkleidet, und ich sah den Hass der Männer und Frauen.

Dann kam das Feuer, die Macht meines Geliebten. Sein Opfer kam in Feuer und Licht und im Blut, das um den Stein kochte. Unser erster Sohn kam zur Welt, als das Licht mich blendete und meine Schreie sich mit den Schreien der Verdammten mischten.

Als das Feuer die Erde verbrannte, stieß mein Sohn seinen ersten Schrei aus. Es lag Hoffnung darin, wie auch in den Schreien seiner Brüder, als sie geboren wurden. Hoffnung und Liebe.

»Es bestätigt vieles von dem, was wir schon wissen«, sagte Cal, als Quinn das Buch zuklappte. »Aber es stellen sich auch wieder neue Fragen. Es kann kein Zufall sein, dass der erste Junge zur Welt kam, als Dent und Twisse sich gegenüberstanden.«

»Die Macht des Lebens. Unschuldiges Leben.« Cybil zählte die einzelnen Punkte an den Fingern ab. »Mystisches Leben. Ich fand es auch interessant, dass Twisse zu dem Haus gekommen ist, in dem Ann sich versteckte, dort aber nichts erreicht hat. Schon damals hatte er dort keine Macht.«

»Dafür hatte bestimmt Dent gesorgt«, warf Layla ein. »Er hätte Ann nirgendwo hingeschickt, wo sie nicht in Sicherheit war. Ann und ihre Söhne. Und die, die danach kamen.« Sie blickte Fox an.

»Sie wusste, was kam.« Fox trank Wasser. Heute Abend schmeckte ihm noch nicht einmal seine übliche Cola. »Sie wusste, dass alle tot wären, wenn Dent fertig war. Geopfert.«

»Wer kann es ihm übel nehmen?«, meinte Gage. »Sie wären gar nicht da gewesen, wenn sie nicht mit Twisse gegangen wären. Und sie wollten Dent ermorden.«

»Trotzdem waren es zunächst einmal unschuldige Menschen«, entgegnete Cybil. »Aber ich bin der gleichen Meinung wie du. Wenn Dent nicht eingegriffen hätte, wären sie am Ende nur alle infiziert gewesen und hätten sich gegenseitig umgebracht.«

»Sie hat den Blutstein erwähnt.« Quinn trank einen Schluck Wein. »Drei in einem, einer für drei, das ist leicht zu verstehen. Jeder von euch hat einen Teil des Steins. Der Trick ist, daraus wieder ein Ganzes zu machen.«

Cybil musterte die Männer. »Habt ihr es schon mal mit eurem Blut versucht?«

»Wir sind ja nicht blöd.« Gage lehnte sich im Sessel zurück. »Das haben wir mehr als einmal versucht.«

»Wir aber nicht.« Layla zuckte mit den Schultern. »Seins, unseres, ihres. Wir – Quinn, Cybil und ich – haben sein Blut. Fox, Cal und Gage haben Dents Blut. Anscheinend muss man das alles mischen.«

»Logisch, clever, aber ein bisschen eklig«, sagte Quinn. »Lasst es uns versuchen.«

»Nein, nicht heute Abend«, meinte Cybil. »Das kannst du nicht einfach so machen. Die drei Männer wussten schon mit zehn Jahren, dass so etwas ein Ritual erfordert. Lasst mich ein bisschen recherchieren. Ich will mein Blut nicht verschwenden – schon gar nicht für die falsche Seite.«

»Ja, du hast recht.« Quinn lehnte sich zurück. »Aber es ist so schwer, *nichts* zu tun. Es ist schon fünf Tage her, seit der Große Böse Bastard zum Spielen herausgekommen ist.«

»So lange ist das auch nicht«, warf Gage ein, »wenn du schon ein paarmal sieben Jahre lang gewartet hast.«

»Er hat eine Menge Energie verschwendet – das Feuer auf der Farm, Block.« Cal blickte nachdenklich aus dem Fenster. »Jetzt hat er sich zurückgezogen, um Kraft zu sammeln. Je länger es dauert, desto heftiger wird er zuschlagen.«

»Das war das Wort zum Sonntag.« Gage stand auf. »Ich breche auf. Ihr sagt mir ja Bescheid, wenn ich mir wieder ins Handgelenk schneiden soll.«

»Ja, ich maile dir.« Auch Cybil stand auf. »Zeit zu recherchieren. Wir sehen uns morgen bei den O'Dells. Ich freue mich schon darauf«, fügte sie hinzu und tätschelte Fox im Vorbeigehen die Schulter.

»Cal, kannst du mal nach dem Toaster schauen?«

Cal blickte Quinn stirnrunzelnd an. »Warum?«

»Ach, da ist was.« Sie fragte sich, wie ein intelligenter Mann so begriffsstutzig sein konnte. Merkte er denn nicht, dass sie Layla und Fox mal ein paar Minuten allein lassen sollten? Sie ergriff seine Hand und zog ihn mit sich. »Komm, schau dir das Ding mal an.«

»Ich gehe jetzt wohl besser«, sagte Fox, als er mit Layla alleine war.

»Warum bleibst du nicht einfach? Wir müssen ja nicht ... Wir können ja einfach nur schlafen.«

»Sehe ich so schlimm aus?«

»Du siehst immer noch ein bisschen müde aus.«

»Möglicherweise habe ich zu viel geschlafen.«

Und traurig, dachte sie. Selbst wenn er lächelte, sah sie die Trauer in seinem Blick. »Wir könnten ausgehen. Ich kenne da diese nette kleine Bar auf der anderen Seite des Flusses.«

Er umfasste ihr Gesicht mit den Händen und küsste sie. »Ich bin heute Abend eine lausige Gesellschaft, Layla, sogar für mich selbst. Ich fahre nach Hause und recherchiere ein bisschen. Aber danke für das Angebot. Ich komme dich morgen abholen.«

»Ruf an, wenn du deine Meinung noch änderst.«

Aber er rief nicht an, und Layla verbrachte einen unruhigen Abend. Sie machte sich Sorgen um Fox. Wenn er nun wieder einen Alptraum hatte, und sie war nicht da, um ihm zu helfen?

Natürlich war er in den letzten zwanzig Jahren ohne sie mit viel Schlimmerem fertiggeworden, aber er war im Moment nicht er selbst. Es war zu viel auf einmal. Und wie würde er es aufnehmen, wenn er auch noch erführe, dass Carly mit dem Ganzen verbunden gewesen war? Falls sie mit ihrer Theorie recht hatte.

Layla wälzte sich im Bett hin und her, schließlich stand sie auf. Sie machte sich eine Tasse Tee und ging ins Arbeitszimmer. Während alle im Haus schliefen, brachte sie Ordnung in die Karteikarten, studierte aufmerksam die Grafiken und Karten und versuchte, etwas zu entdecken.

Dann setzte sie sich hin, und obwohl sie ihren Freundinnen bereits die Einzelheiten erzählt hatte, schrieb sie einen ausführlichen Bericht über Fox' Traum und Carlys Tod.

Danach blickte sie eine Zeitlang einfach aus dem Fenster, aber die Nacht war leer. Als sie wieder ins Bett ging, konnte sie endlich einschlafen.

Fox beherrschte es, seine Gefühle zu verbergen. Sein Beruf unterschied sich eigentlich nicht so sehr von Gages

Pokerspielen. Auch er musste manchmal nach außen ein unbeteiligtes Gesicht machen, obwohl ihm innerlich ganz anders zumute war.

Als er mit Layla eintraf, waren sein Bruder Ridge mit seiner Familie und seine Schwester Sparrow mit ihrem Freund bereits da. Bei so vielen Leuten war es leicht, die Aufmerksamkeit von sich abzulenken.

Er stellte Layla vor, kitzelte seinen Neffen und tätschelte den dicken Bauch seiner schwangeren Schwägerin. Er neckte Sparrow und alberte mit ihrem Freund herum, der Veganer war, Bandoneon spielte und leidenschaftlicher Baseballfan war.

Weil er spürte, dass Layla versuchte, seine Stimmung zu ergründen, verzog er sich zu seiner Mutter in die Küche. »Mmm, der Tofu riecht ja lecker.« Er umarmte seine Mutter. »Was gibt es sonst noch?«

»Alle deine Lieblingsgerichte.«

»Sei nicht so gemein.«

Sie drehte sich um, gab ihm die rituellen vier Küsse und blickte ihn dann forschend an. »Was ist los?«

»Nichts. Ich habe viel zu tun.«

Da in diesem Moment Sparrow im Musikzimmer anfing, Fiedel zu spielen, nutzte Fox die Musik als Vorwand, um seine Mutter durch die Küche zu schwenken. Er könnte sie nicht täuschen, das war ihm klar, aber sie würde ihn in Ruhe lassen.

»Wo ist Dad?«

»Im Weinkeller.« Das war die hochgestochene Bezeichnung für den Raum im Keller, in dem der selbst gemachte Obstwein aufbewahrt wurde. »Ich habe Teufelseier gemacht.«

»Dann ist ja noch nicht alles verloren.«

In diesem Moment betrat Layla die Küche. »Ich dachte, ich könnte mich vielleicht nützlich machen.«

»Absolut.« Jo richtete sich auf und tätschelte Fox die Wange. »Kennst du dich mit Artischocken aus?«, fragte sie Layla.

»Es ist Gemüse.«

Jo lächelte und winkte Layla mit gekrümmtem Finger heran. »Dann komm mal in meine Hexenküche.«

Es machte Layla Spaß, sich an den Vorbereitungen zu beteiligen, und sie fühlte sich richtig zu Hause, als Brian O'Dell ihr ein Glas Apfelwein reichte und ihr einen Kuss auf die Wange gab.

In der Küche herrschte ein ständiges Kommen und Gehen. Es war ein glückliches Haus, dachte Layla, als sie die Musik, das Lachen und die Rufe hörte. Sogar Ann hatte in gewisser Weise hier Glück gefunden.

»Weißt du, was mit Fox los ist?«, fragte Jo Layla leise, als sie gerade alleine in der Küche waren.

»Ja.«

»Kannst du es mir sagen?«

Layla blickte sich um. Fox war gerade wieder hinausgegangen. Er war unruhig heute, dachte sie. »Er hat mir von Carly erzählt. Es ist etwas passiert, das ihn daran erinnert hat, und da hat er es mir erzählt.«

Jo nickte stumm und bereitete weiter ihr Gemüse vor. »Er hat sie sehr geliebt.«

»Ja. Ich weiß.«

»Es ist gut, dass du das verstehst. Und es ist auch gut, dass er es dir erzählt hat. Sie hat ihn glücklich gemacht, aber sie hat ihm auch das Herz gebrochen. Aber wenn sie am Leben geblieben wäre, hätte sie ihm auf andere Weise das Herz gebrochen.«

»Wie meinst du das?«

Jo blickte sie an. »Sie hätte ihn nie so gesehen, wie er ist. Sie hätte ihn nie ganz akzeptieren können. Kannst du das?«

Bevor Layla antworten konnte, trat Fox in die Küche. Sein Neffe hing wie ein Äffchen auf seinem Rücken. »Kann mir mal jemand den Rucksack abnehmen?«

Immer mehr Leute strömten in die Küche. Alle bedienten sich am Essen, das auf Platten auf dem Küchentisch bereitstand. Mitten in dem Getümmel betrat Sage Hand in Hand mit einer hübschen Brünetten mit braunen Augen den Raum.

»Ich trinke ein Glas.« Sage ergriff die Weinflasche und schenkte sich ein großes Glas Apfelwein ein. »Paula darf keinen trinken.« Sie lachte atemlos. »Wir bekommen ein Baby.«

Lachend wandte sie sich zu Paula, und die beiden Frauen küssten sich. Alle um sie herum brachen in Jubelrufe aus.

»Wir bekommen ein Baby«, wiederholte Sage und wandte sich zu Fox. »Gut gemacht!« Sie umarmte ihren Bruder. »Mom.« Fox stand mit einem benommenen Ausdruck im Gesicht da, während Sage sich von ihrer Mutter in die Arme nehmen ließ. Auch Paula umarmte und küsste Fox. »Danke, Fox.«

Layla sah, dass seine Augen wieder zu leuchten begannen. Die Traurigkeit verschwand, und Freude nahm ihren Platz ein. Laylas Augen wurden feucht, als sie sah, wie er seine Arme um Paula und seine Schwester legte, so dass die drei einen Augenblick lang wie eine Einheit dastanden.

Dann trat Jo in ihr Gesichtsfeld. Sie küsste Layla auf die Stirn, die Wangen und leicht auf den Mund und sagte: »Gerade hast du meine Frage beantwortet.«

Nach dem Wochenende begann die Arbeitswoche wieder, und in Hollow blieb es immer noch still. Der Himmel war grau und trüb, und es war kälter, als man es sich für den April erhoffte. Aber wie jedes Jahr bestellten die Bauern ihre Felder, und aus den Knospen wurden Blüten und Blätter. Die Magnolie hinter Fox' Kanzlei blühte, und die ersten Tulpen wiegten sich im leichten Wind. Die Birnbäume an der High Street würden auch bald blühen, und die Leute putzten ihre Häuser und Wohnungen, um die letzten Überreste des Winters zu vertreiben. Als der Regen aufhörte, glitzerte die Stadt, die Fox so liebte, wie ein Juwel in der Sonne.

Er hatte auf den ersten sonnigen Tag gewartet. Entschlossen zog er Layla vom Schreibtisch weg. »Wir gehen hinaus.«

»Ich wollte gerade …«

»Das kann warten, bis wir zurück sind. Ich habe auf den Kalender geschaut, wir haben jetzt erst einmal keine Termine. Siehst du das da draußen? Das seltsame, ungewöhnliche Licht? Man nennt es Sonne. Lass uns ein bisschen an die frische Luft gehen.«

Er zog sie nach draußen.

»Was ist in dich gefahren?«

»Sex und Baseball. Die Frühlingsvergnügungen jedes jungen Mannes.«

Ihre Haarspitzen wippten im Wind. »Aber wir haben weder Sex, noch spielen wir Baseball. Es ist Mittwochmittag.«

»Dann muss ich mich wohl mit einem Spaziergang begnügen. In zwei Wochen müssen wir langsam mit der Gartenarbeit anfangen.«

»Du machst Gartenarbeit?«

»Ich bin immerhin auf einer Farm großgeworden. Jedes Jahr bepflanze ich die Kübel vor der Kanzlei, Mrs H hat mir immer dabei zugeschaut und mir gute Ratschläge gegeben.«

»Das kann ich bestimmt auch.«

»Das glaube ich gerne. Ihr Mädels könntet im Garten ein bisschen Gemüse und Kräuter anpflanzen. An der Straßenseite sähen ein paar Blumenbeete bestimmt auch ganz hübsch aus.«

»Ach ja?«

Er ergriff ihre Hand und schlenkerte sie beim Gehen. »Machen wir uns etwa nicht gerne die Hände schmutzig?«

»Vielleicht. Ich habe eigentlich keine Gartenerfahrung. Ich hatte lediglich ein paar Topfpflanzen in meiner Wohnung.«

»Du könntest es bestimmt gut. Farben und Formen liegen dir, und du gehst gerne damit um.« Er ging auf das Gebäude zu, in dem sich der Geschenkladen befunden hatte. Das Schaufenster war gähnend leer.

»Es sieht so trübselig aus«, meinte Layla.

»Ja. Aber das muss ja nicht so bleiben.«

Sie riss die Augen auf, als er einen Schlüsselbund aus der Tasche zog und die Eingangstür aufschloss. »Was machst du da?«

»Ich zeige dir Möglichkeiten auf.« Er trat ein und schaltete das Licht ein.

Wie viele der Läden auf der Main Street war auch der Geschenkladen früher einmal eine Wohnung gewesen. Die Eingangstür war breit, die alten Holzdielen sauber und blank. An der Seite führte eine geschwungene Treppe ins Obergeschoss. Über einen kleinen Flur gelangte man zu drei weiteren kleinen Zimmern hinten im Haus. Im mittleren Zimmer ging eine Tür auf eine kleine Veranda und einen Garten hinaus, in dem ein alter Fliederbusch stand.

»Man merkt kaum noch, dass hier einmal ein Geschenkladen war.« Layla fuhr mit der Fingerspitze über das blanke Holzgeländer der Treppe. Außer ein paar Regalen und Flecken an der Wand ist davon nichts mehr zu sehen.«

»Ich mag leere Häuser. Sie haben Potential, so wie dieses hier. Solides Fundament, Installationen und Elektrik sind neu, und es ist geräumig. Der Geschenkladen hat die Räume oben als Lager und Büro benutzt. Das ist wahrscheinlich eine gute Idee. Wenn Kunden hier rauf- und runtergehen würden, bräuchte bloß mal jemand zu stürzen, und schon hättest du eine Klage am Hals.«

»Aus dir spricht der Anwalt.«

»Es braucht eigentlich nur angestrichen zu werden. Die hölzernen Elemente sind alle noch in Ordnung.« Er fuhr mit der Hand über eine Abschlussleiste. »Mindestens zweihundert Jahre alt. Es sind noch die Originale. Das gibt dem Ganzen noch mehr Charakter. Wie findest du es?«

»Die Holzarbeiten? Die sind toll.«

»Nein, ich meine das Ganze.«

»Nun.« Langsam ging sie herum. »Es ist hell, geräumig, gepflegt und hat Charakter.«

»Mit so einem Laden könntest du eine Menge anfangen.«

Sie drehte sich zu ihm um. »Meinst du?«

»Die Miete ist nicht allzu hoch. Erste Lage. Viel Platz. Man könnte ohne Weiteres ein paar Umkleidekabinen einbauen. Du brauchst Regale, Vitrinen und Gestelle, um die Kleider aufzuhängen.« Er hakte die Daumen in die Vordertaschen seiner Jeans. »Ich kenne zufällig ein paar Jungs, die sehr geschickt mit Werkzeug umgehen können.«

»Willst du damit sagen, ich soll hier einen Laden aufmachen?«

»Du sollst das tun, was du gut kannst. So etwas gibt es hier weit und breit nicht. Du könntest richtig Erfolg haben, Layla.«

»Fox, das … das kommt überhaupt nicht in Frage.«

»Warum?«

»Weil ich …« Ich zähle es einfach auf, dachte sie. »Erstens kann ich es mir nicht leisten, selbst wenn ich …«

»Dafür gibt es ja Kredite.«

»Ich habe seit Jahren schon nicht mehr ernsthaft über ein eigenes Geschäft nachgedacht. Ich wüsste gar nicht, wo ich anfangen sollte, selbst wenn ich meinen eigenen Laden eröffnen wollte. Um Gottes willen, Fox, ich weiß noch nicht mal, was morgen passieren wird, geschweige denn in einem Monat. Oder in sechs Monaten.«

»Aber was willst du heute?« Er trat auf sie zu. »Ich weiß, was ich will. Ich will dich. Ich will, dass du glücklich bist. Ich will, dass du hier mit mir glücklich bist. Jim Hawkins vermietet dir das Haus, und du hast keine Probleme, einen Kredit zu bekommen. Ich habe mit Joe auf der Bank geredet …«

»Du hast mit beiden schon geredet? Über mich?«

»Nein, nicht ausdrücklich. Ich habe mich nur allgemein informiert. Ich habe alle Unterlagen in einem Ordner gesammelt, das muss dir doch gefallen.«

»Ohne mich vorher zu fragen.«

»Ich habe den Ordner angelegt, damit ich dich jetzt fragen kann und du etwas zum Anschauen hast, wenn du darüber nachdenkst.«

»Du hättest dir nicht so viel Mühe zu machen brauchen.«

»So bin ich eben. Das«, er machte eine weit ausholende Geste mit der Hand, »ist die Art von Arbeit, die dir Freude macht. Du willst mir doch nicht erzählen, dass du glücklich wirst, wenn du für den Rest deines Lebens im Büro arbeiten musst.«

»Nein, natürlich nicht.« Sie wandte sich ab. »Aber ich werde mich auch nicht kopfüber in eine Geschäftsgründung stürzen in einer Stadt, die in ein paar Monaten vielleicht nicht mehr existiert. Ich habe noch nicht darüber nachgedacht, ob ich hier überhaupt ein Geschäft haben will. Wie soll ich das auch, wenn um uns herum dieser ganze Wahnsinn vor sich geht?«

Einen Moment lang war er ganz still, sie glaubte beinahe, das alte Haus atmen zu hören.

»Ich finde es gerade bei diesem Wahnsinn wichtig, das zu tun, was man tun möchte. Ich bitte dich, darüber nachzudenken. Ich bitte dich zu bleiben. Eröffne einen

Laden, leite meine Kanzlei, gründe eine Nudistenkolonie oder mach Makramee. Es ist mir egal, solange du glücklich dabei bist. Aber ich möchte, dass du darüber nachdenkst hierzubleiben, Layla. Nicht nur, um den Dämon zu vernichten, sondern um zu leben. Um das Leben mit mir zu teilen.«

Sie starrte ihn nur stumm an, und er trat näher. »Leg das in eine deiner Schubladen. Ich liebe dich. Komplett, absolut und unwiderruflich. Wir könnten uns ein gutes, solides Leben aufbauen. Eins, in dem jeder Tag zählt. Das möchte ich. Also denk darüber nach, und wenn du weißt, was du willst, dann sag mir Bescheid.«

Er trat an die Tür, öffnete sie und wartete auf sie.

»Fox …«

»Ich will jetzt kein ›Ich weiß nicht‹ hören. Sag mir einfach Bescheid, wenn du es weißt. Mir ist klar, dass du jetzt ein bisschen durcheinander bist. Nimm dir den Rest des Tages frei«, fügte er hinzu.

Sie wollte schon widersprechen, überlegte es sich dann aber anders. »Gut. Ich muss sowieso einige Dinge erledigen.«

»Bis später dann.« Er wandte sich zum Gehen, drehte sich aber noch einmal um. »Das Haus ist nicht die einzige Sache mit Potential«, erklärte er. Und damit ging er im Aprilsonnenschein den gepflasterten Bürgersteig entlang.

16

Er überlegte, ob er sich betrinken sollte. Er konnte Gage anrufen, der ihm bestimmt Gesellschaft leisten würde, und auch Cal würde sicher mit in eine Bar kommen, er musste ihn nur fragen. Schließlich waren Freunde dazu da, das Elend mit einem zu teilen.

Er konnte auch Bier mitnehmen – vielleicht zur Abwechslung noch eine Flasche Whiskey –, zu Cal fahren und sich dort betrinken.

Aber er wusste, dass er weder das eine noch das andere tun würde. Es machte eigentlich keinen Spaß, sich gezielt zu betrinken, Arbeit war die bessere Alternative.

Er hatte genug zu tun, um den restlichen Nachmittag zu füllen, dabei blieb ihm noch genügend Zeit, um nachzudenken.

Glaubte sie wirklich, er hätte eine Grenze überschritten und hinter ihrem Rücken gehandelt? Er hätte versucht, sie zu manipulieren oder zu bedrängen? Manipulation war ihm nicht fremd, das musste er zugeben, aber bei Layla hatte er es noch nie versucht. Da er sie kannte, hatte er geglaubt, es würde ihr gefallen, wenn er ihr Fakten und Zahlen präsentierte. Er hatte sie ihr überreichen wollen wie einen Strauß Narzissen.

Er stellte sich mitten in sein Büro und jonglierte mit drei Bällen, während er im Geiste alles noch einmal durchging. Er hatte ihr das Gebäude und die Möglichkeiten, die darin steckten, zeigen wollen. Und er hatte sehen wollen, wie ihre Augen bei der Vorstellung aufleuchteten. Das war doch keine Manipulation. Himmel, er hatte doch schließlich keinen Mietvertrag für sie unterschrieben. Er hatte sich einfach nur Zeit genommen, um für sie bestimmte Dinge herauszufinden.

Eins jedoch hatte er dabei nicht bedacht. Er hatte nicht bedacht, dass sie gar nicht in Hollow, bei ihm, bleiben wollte.

Er ließ einen Ball fallen, unterbrach den Kreis, begann ihn von Neuem.

Sein Fehler war wohl gewesen, dass er angenommen hatte, sie liebte ihn und wollte bei ihm bleiben. Er hatte nie ernsthaft in Frage gestellt, dass sie sich nach der Woche des siebten Juli ein gemeinsames Leben aufbauen konnten. Er hatte geglaubt, diese Gefühle auch bei ihr zu spüren, musste aber jetzt einsehen, dass sie offensichtlich nur eine Reflektion seiner eigenen gewesen waren.

Der Gedanke blieb ihm fast im Hals stecken. Aber ob es ihm gefiel oder nicht, diese bittere Pille musste er wohl schlucken.

Sie musste nicht unbedingt das Gleiche empfinden wie er. Er war dazu erzogen worden, Individualität zu akzeptieren, und wenn sie seine Gefühle nicht erwiderte, dann konnte er besser damit umgehen, wenn er es wusste.

Ein schicker Modeladen ein paar Blocks von seiner Kanzlei entfernt, dachte Fox und legte die Bälle wieder in die Schreibtischschublade. Sie könnten ein paarmal in der Woche gemeinsam zu Mittag essen. Sie könnten sich ein Haus in der Stadt kaufen, vielleicht das schöne alte Gebäude an der Ecke Main und Redbud. Aber sie könnten auch weiter draußen wohnen, wenn ihr das besser gefiel. Es müsste allerdings ein altes Haus sein, das sie gemeinsam renovieren würden. Mit einem großen Garten für Kinder und Hunde.

Wenn die Stadt wieder sicher und heil war und nicht mehr bedroht wurde.

Das war das Problem, dachte er und trat ans Fenster. All das wünschte und erhoffte er sich, aber es konnte nicht Wirklichkeit werden, wenn sie es sich nicht ebenfalls wünschte und erhoffte.

Prioritäten, O'Dell, mahnte er sich. Er setzte sich an den Schreibtisch und zog die Notizen heraus, die er sich zu Anns Tagebüchern gemacht hatte.

Da krabbelte die erste Spinne aus der Tastatur.

Sie biss ihn in den Handrücken, noch bevor er die Hand zurückziehen konnte. Der Schmerz war erstaunlich heftig, wie ein Stoß mit dem Eispickel unter die Haut. Als er zurückwich, strömten sie wie schwarzes Wasser unter den Tasten, aus den Schubladen hervor.

Und sie wuchsen.

Layla ging nach Hause. Sie war geflüchtet, ihr drehte sich der Kopf.

Er liebte sie. Hatte sie es gewusst? Hatte sie das Wissen einfach verdrängt, weggepackt, um es sich später anzuschauen?

Er liebte sie. Er wollte, dass sie hierblieb. Mehr noch, er wollte, dass sie mit ihm zusammen hier in der Stadt lebte. Und, das musste sie zugeben, er hatte es so für sie aufbereitet, wie sie es gerne hatte.

Aber anstatt sich zu freuen, war sie zu Tode erschrocken.

Ihr eigener Laden? Das war doch nur ein kleiner Traum gewesen, den sie sich vor Jahren gestattet hatte. Hawkins Hollow? Sie wollte den Ort retten und – so prätentiös es auch klang – ihr Schicksal hier erfüllen. Darüber hinaus konnte sie sich kaum etwas vorstellen. Und Fox?

Er war der tollste Mann, den sie je gekannt hatte.

Da war es kaum ein Wunder, dass sich ihr der Kopf drehte.

Sie betrat das Arbeitszimmer, in dem Quinn und Cybil an ihren Laptops arbeiteten.

»Fox liebt mich.«

Quinn blickte noch nicht einmal auf. »Das ist doch nichts Neues.«

»Warum habe ich es dann nicht gewusst?«, fragte Layla.

»Weil du dir viel zu viele Gedanken darüber gemacht hast«, erwiderte Cybil. »Wir anderen beobachten es schon seit Wochen. Du bist aber heute früh zu Hause.«

»Ja. Ich glaube, wir haben uns gestritten.« Layla lehnte sich an den Türrahmen und rieb sich die Schulter, als ob sie schmerzte.

Aber an den eigentlichen Schmerz kam sie nicht heran.

»Es kam mir allerdings gar nicht wie ein Streit vor. Ich habe mich nur geärgert. Er ist mit mir in das Haus gegangen, wo früher der Geschenkladen war. Jetzt ist alles leer geräumt. Dann begann er über Potential zu reden, dass ich dort eine Boutique eröffnen sollte, und …«

»Das ist ja eine tolle Idee.« Quinn hielt inne und strahlte sie begeistert an. »Ich werde bestimmt deine beste Kundin. Städtische Mode in einer amerikanischen Kleinstadt. Bin schon dabei!«

»Ich kann hier keinen Laden aufmachen.«

»Warum nicht?«

»Weil ... Hast du eine Ahnung, was alles dazugehört, ein Geschäft aufzumachen, auch wenn es nur ein kleines ist?«

»Nein«, erwiderte Quinn. »Das wirst du schon wissen, und Fox sicher auch, was die juristischen Fragen angeht. Ich würde dir gerne helfen. Müssten wir Einkaufsreisen machen? Kann ich die Sachen dann bei dir zum Einkaufspreis bekommen?«

»Ach, jetzt halt aber mal die Luft an«, unterbrach Cybil sie. »Die größte Hürde ist die Logistik, oder, Layla?«

»Das ist eine große Hürde. Aber ... Können nicht wenigstens wir drei einmal realistisch sein? Nach Juli gibt es vielleicht gar keine Stadt mehr. Oder es gibt noch eine, aber nur für die nächsten sieben Jahre. Ich kann doch nicht mein Geschäft in dieser Dämonenzentrale gründen!«

»Cal hat ein Geschäft hier, und er kommt damit ganz gut klar.«

»Entschuldigung, Quinn. Ich wollte nicht ...«

»Nein, ist schon okay. Ich weise dich ja nur darauf hin, dass es durchaus Leute gibt, die hier wohnen und hier Geschäfte haben. Sonst hätte das, was wir tun wollen, auch keinen Sinn. Aber wenn es für dich nicht in Ordnung ist, dann ist es eben so.«

Layla breitete die Arme aus. »Woher soll ich das wissen? Oh, er glaubt offensichtlich, er wüsste es. Er hat mit Jim Hawkins geredet, damit er mir das Haus vermietet, und mit der Bank hat er auch schon über einen Kredit gesprochen.«

»Ups«, murmelte Cybil.

»Er hat einen *Ordner* für mich angelegt. Und, okay, okay, er hat weder mit Mr Hawkins noch mit der Bank spezifisch über mich geredet. Er hat nur allgemeine Informationen eingeholt. Zahlen und Pläne.«

»Dann nehme ich das Ups wieder zurück. Entschuldigung, Süße, aber das klingt nach einem Mann, der sich Mühe gibt.« Cybil zog die Beine unter. »Auf jeden Fall hört es sich nicht so an, als wollte er dir etwas aufzwingen.«

»Nein.« Layla musste sich der Logik geschlagen geben. »Ich war diejenige, die sauer reagiert hat, aber es hat mich auch überwältigt. Er hat gesagt, er liebt mich und er wolle, dass ich glücklich sei. Er hat geglaubt, ich wolle unbedingt einen eigenen Laden haben und mit ihm zusammenleben.«

»Aber wenn das nicht so ist, musst du es ihm sagen«, erklärte Quinn. Er hat es nicht verdient, dass du ihn in der Luft hängen lässt.«

»Wie kann ich es ihm denn sagen, wenn ich es selbst nicht weiß?« Layla drehte sich um und ging in ihr eigenes Zimmer.

»Für sie ist es schwerer als für dich«, meinte Cybil. »Du hast immer gleich gewusst, was du wolltest, Q. Und bei Cal und dir hat es von Anfang an gefunkt, deshalb fällt es dir auch so leicht, dich darauf einzulassen.«

»Ich liebe den Mann. Und wo wir leben, ist nicht so wichtig, wie überhaupt mit ihm zusammen zu sein.«

»Ja, aber sie hat mehr Veränderungen zu bewältigen als du.«

»Ja, das ist wahr«, gab Quinn zu. »Ich hätte nur gerne, dass Layla hierbleibt. Aber wenn sie sich dagegen entscheidet, dann eben nicht. Ich glaube, ich sollte Eiscreme kaufen.«

»Ja, klar.«

»Ich meine das ernst. Sie braucht jetzt Freundinnen und Eiscreme. Wenn ich hier fertig bin, gehe ich gleich los und kaufe welche. Nein, ich gehe sofort und laufe noch ein paarmal um den Block, damit ich meine Portion ohne Gewissensbisse essen kann.«

»Bring auch Pistazie mit«, rief Cybil ihr hinterher.

Quinn blieb an Laylas Zimmertür stehen, klopfte kurz an und steckte den Kopf zur Tür herein. »Entschuldigung, wenn ich hart war.«

»Das warst du nicht. Du hast mir nur noch was zum Nachdenken gegeben.«

»Während du nachdenkst, gehe ich Eiscreme kaufen. Cybil will Pistazie. Welches Gift isst du am liebsten?«

»Walnuss.«

»Bringe ich dir mit.«

Das ist genau das Richtige, dachte Layla, als sich die Tür hinter Quinn schloss. Eiscreme und Freundinnen. Sie beschloss zu duschen und sich etwas Bequemeres anzuziehen.

Sie zog sich aus und legte sich eine Baumwollhose und ihr weichstes Sweatshirt bereit. Dann schlüpfte sie in ihren Bademantel und beschloss, eine Gesichtsmaske aufzulegen, bevor sie unter die Dusche ging.

Wie viele Frauen aus dem Ort würden tatsächlich in

einer Boutique, wie sie sie plante, einkaufen? Wie viele würden ein so kleines Geschäft tatsächlich unterstützen und nicht direkt in ein großes Einkaufszentrum fahren? Selbst wenn Hollow eine ganz normale Kleinstadt wäre, konnte sie es sich leisten, so viel an Zeit, Geld, Emotion und Hoffnung in ein Projekt zu investieren, das wahrscheinlich zum Scheitern verurteilt war?

Während sie ihre Maske auftrug, spielte sie im Geiste mit Farben und Einrichtung. Mit Vorhängen abgetrennte Umkleidekabinen? Auf gar keinen Fall. Auf die Idee, dass Frauen sich gerne an einem öffentlichen Ort hinter einem Stück Stoff auszogen, konnte auch nur ein Mann kommen.

Nein, Wände und Türen. Es musste völlig privat sein, am besten etwas, das die Kundin von innen zuschließen konnte.

Oh, verdammt! Da hatte er sie wahrhaftig dazu gebracht, dass sie über Umkleidekabinen nachdachte.

Ich liebe dich.

Layla schloss die Augen, und ihr Herz krampfte sich zusammen, als sie seine Worte im Kopf hörte.

Aber sie hatte diese Worte nicht zu ihm sagen können. Sie hatten nämlich nicht in einem alten, schönen Haus in einer normalen Kleinstadt gestanden, sondern in einem versehrten Gebäude in einer Kleinstadt, die verflucht war. Es konnte jederzeit in Flammen aufgehen.

Also machten sie besser noch nicht zu viele Pläne, sondern gingen erst einmal vorsichtig voran. Hauptsächlich ging es doch darum, den Sommer zu überstehen.

In der Dusche ließ sie das Wasser auf sich herunterprasseln. Sie würde es wiedergutmachen. Sie war sich zwar vielleicht noch nicht so sicher, was sie wirklich wollte, aber eins wusste sie genau: Sie liebte ihn. Vielleicht war das ja schon genug.

Als sie das Gesicht in den Strahl hob, glitt die Schlange aus dem Abfluss.

Quinn machte einen Power Walk, weil ihr das ein besseres Gefühl gab. Es fiel ihr auch gar nicht schwer – schließlich gab es nachher zur Belohnung Eiscreme –, zumal um sie herum der Frühling ausgebrochen war. Narzissen und Hyazinthen, dachte sie und schwang die Arme, um ihre Pulsfrequenz zu erhöhen. Die Bäume blühen, und das Gras wird immer grüner.

Es war eine hübsche Stadt, und Cybil hatte recht. Die Entscheidung, hier zu leben, war ihr nicht schwergefallen. Sie mochte die alten Häuser, die Veranden, die großen Rasenflächen, die zur Straße hin abfielen. Und es gefiel ihr, so viele Menschen mit Namen zu kennen.

An einer Ecke bog sie ab und ging in raschem Tempo weiter. Pistazie und Walnuss, dachte sie. Sie würde sich für Karamell entscheiden. Heute würde sie keine Kalorien mehr zählen.

Sie blieb einen Moment stehen und betrachtete stirnrunzelnd die Häuser an der Ecke. War sie hier nicht schon vorbeigekommen? Sie hätte schwören können … kopfschüttelnd ging sie weiter. Nur wenige Augenblicke später stand sie schon wieder an derselben Ecke.

Ihre Haut begann zu prickeln. Entschlossen drehte sie sich um und lief in die entgegengesetzte Richtung. Aber dort war dieselbe Ecke, dieselben Häuser. Immer schneller rannte sie, kam jedoch immer am selben Fleck an. Selbst als sie versuchte, in die Häuser hineinzugelangen, um Hilfe zu holen, befand sie sich unerklärlicherweise immer wieder auf dem Bürgersteig an derselben Stelle.

Als es dunkel wurde, rannte sie los, gejagt von ihrer eigenen Panik.

Im Bowlingcenter stand Cal neben seinem Vater und beobachtete, wie die neuen elektronischen Anzeigetafeln installiert wurden.

»Das wird toll werden!«

»Hoffentlich hast du recht.« Jim blies die Backen auf. »Das kostet ein Heidengeld.«

»Man muss investieren, um Geld zu verdienen.«

Sie hatten die Bowlingbahnen für den Tag schließen müssen, aber die Spielhalle und der Grill waren geöffnet, damit die Kunden sehen konnten, dass auch bei ihnen der Fortschritt eingezogen war.

»Alles wird von Computern gesteuert. Ich weiß, wie das klingt«, murmelte Jim. »Das klingt genauso, wie mein alter Herr gemeckert hat, als ich ihn endlich dazu überredet hatte, automatische Pinheber einzubauen, statt die Pins von Hand wieder aufstellen zu lassen.«

»Und du hattest recht.«

»Ja, ich hatte recht.« Jim steckte die Hände in die Hosentaschen. »Das ist bei dir nicht anders.«

»Wir werden dadurch mehr Umsatz machen, und auf lange Sicht zahlt es sich aus.«

»Na ja, wir werden sehen, wie es läuft. Verdammt, jetzt höre ich mich schon wieder an wie mein alter Herr.«

Lachend klopfte Cal seinem Vater auf die Schulter. »Ich muss mit Lump Gassi gehen. Kommst du mit, Grandpa?«

»Nein, ich bleibe hier und beklage mich noch ein bisschen über das neumodische Zeug.«

»Ich bin gleich wieder da.«

Amüsiert ging Cal nach oben, um Lump zu holen. Der Hund ging gerne in der Stadt spazieren, aber er blickte sorgenvoll auf die Leine, die Cal an seinem Halsband befestigte.

»Guck nicht so entsetzt, Kumpel«, sagte Cal. »Es ist Gesetz. Wir wissen zwar beide, dass du nichts anstellen wirst, aber Gesetz ist Gesetz. Oder möchtest du ins Tierheim?«

Auf der Straße ging Cal mit Lump erst einmal ums Gebäude herum. Wenn sie nicht auf dem Weg zu Quinn waren, liebte Lump die Strecke über die Main, weil Larry, der Besitzer des Friseurladens, ihm immer einen Hundekuchen zukommen ließ.

Cal wartete geduldig, während der Hund an der großen Eiche zwischen zwei Häusern das Bein hob, und ließ sich dann von ihm auf den Bürgersteig an der Main Street führen.

Dort blieb ihm das Herz stehen.

Auf der Straße war der Asphalt geborsten, und die Platten des Bürgersteigs hatten sich gehoben. Ringsherum lag alles in Schutt und Asche. Die Trümmer rauchten noch. Schwarze, verkohlte Bäume ragten in den Himmel, überall waren Leichen oder was noch von ihnen übrig war.

Ein Zittern lief durch Lumps massigen Körper, dann

setzte er sich auf die Hinterbeine, hob den Kopf und heulte. Cal rannte zum Eingang des Bowlingcenters zurück und zerrte an der Tür. Aber sie ging nicht auf. Er hörte kein Geräusch, nur das Hämmern seiner Fäuste.

Als er sich die Hände blutig geschlagen hatte, drehte er sich um und rannte los, seinen Hund an der Leine neben sich. Er musste zu Quinn.

Gage war sich nicht sicher, warum er vorbeigekommen war. Er war auf einmal unruhig geworden. Er öffnete die Tür des Mietshauses und rief in den leeren Flur.

»Jemand zu Hause?«

Er hörte die Schritte und wusste, dass es Cybil war, noch bevor sie oben an der Treppe auftauchte. »Ich bin jemand.« Sie kam die Treppe herunter. »Was treibt dich denn vor der Happy Hour her?«

Sie hatte die dicken, lockigen Haare hinten im Nacken zusammengebunden. Ihre Füße waren nackt, und obwohl sie lediglich verblichene Jeans und ein Sweatshirt trug, wirkte sie königlich und elegant.

»Ich habe mit Professor Litz, dem europäischen Dämonenexperten, gesprochen und ihm von unserer Idee mit dem Blutritual erzählt. Er ist dagegen.«

»Das klingt vernünftig.« Sie legte den Kopf schräg. »Komm nach hinten. Du kannst einen Kaffee haben, und ich mache mir einen Tee. Dann kannst du mir von dem Gespräch erzählen.«

»Er hat als Erstes so was Ähnliches wie du gesagt.« Gage folgte ihr in die Küche. »Er meinte, wir könnten damit etwas auslösen, auf das wir nicht vorbereitet wären. Etwas Schlimmeres oder Stärkeres, einfach nur wegen des Rituals.«

»Ja, der Meinung bin ich auch.« Cybil stellte den Wasserkessel auf den Herd und maß frischen Kaffee ab. »Deshalb ist es ja auch so wichtig, dass wir nichts überstürzen. Wir müssen zuerst alle Informationen sammeln und mit größter Vorsicht vorgehen.«

»Du willst es also doch tun?«

»Ja, schon, aber erst wenn wir so geschützt wie möglich agieren können. Findest du das nicht auch?«

»Ja, ich glaube, die Chancen stehen fünfzig zu fünfzig, und das reicht ja.«

»Vielleicht, aber …« Sie hob die Hand und drückte sie auf ihr Auge. »Ich …«

»Was ist los?«

»Vielleicht habe ich heute zu lange am Bildschirm gesessen. Meine Augen sind müde.« Sie griff nach oben, um die Schranktür zu öffnen, verfehlte aber den Griff. »Meine Augen sind … O Gott. Ich kann nicht sehen. Ich kann nicht sehen.«

»Warte. Lass mich mal sehen.« Als er sie an den Schultern nahm, um sie zu sich umzudrehen, packte sie ihn am Arm.

»Ich kann überhaupt nichts mehr sehen. Alles ist grau.«

Als er ihr ins Gesicht blickte, unterdrückte er einen scharfen Atemzug. Ihre Augen, ihre exotischen Zigeuneraugen, waren von einem weißen Film überzogen.

»Komm, wir setzen uns. Das ist ein Trick. Das ist nur einer seiner Tricks. Es ist nicht real, Cybil.«

Aber als sie sich an ihn klammerte, spürte er auf einmal, wie er verschwand. Er stand in der schäbigen, schmutzigen Wohnung über dem Bowlingcenter, in der er früher mit seinem Vater gewohnt hatte. Es roch nach Whiskey, Tabak, Schweiß, ungewaschener Bettwäsche und schmutzigem Geschirr.

Dort stand die alte Couch mit den zerschlissenen Armlehnen und hier der Klappstuhl mit dem Klebeband über dem aufgeplatzten Sitzpolster. Die Stehlampe neben der Couch brannte. Jahre später, als er sich gegen seinen Vater endlich zur Wehr setzen konnte, war sie kaputtgegangen.

Nein, dachte Gage. Ich will hier nicht wieder sein. Er trat an die Tür und drehte den Knopf. Er bewegte sich nicht, wie fest er auch daran zog. Entsetzt starrte er auf die Hand, die auf dem Türgriff lag. Es war die Hand eines Kindes.

Dann kletterst du eben aus dem Fenster, sagte er sich. Der Schweiß lief ihm über den Rücken. Es wäre ja nicht das erste Mal, dass er so entkommen wäre. Er ging in sein altes Zimmer – ungemachtes Bett, ein paar Schulbücher, eine Kommode, eine Lampe. Seine Schätze – Comics, Süßigkeiten, Spielsachen – hatte er immer versteckt.

Das Fenster ließ sich nicht öffnen. Auch das Glas ließ sich nicht zerbrechen. Verzweifelt suchte er nach einem Ausweg. Dabei sah er sich im Spiegel über der Kommode. Klein, dunkelhaarig, dünn. Und außer sich vor Angst.

Eine Lüge. Es war eine Lüge. Er war kein Junge, kein hilfloser Junge von sieben oder acht Jahren. Er war ein erwachsener Mann.

Aber als er hörte, wie die Tür aufgerissen wurde, als

er die taumelnden Schritte seines betrunkenen Vaters hörte, war es der kleine Junge, der zitterte.

Fox schlug und trat nach den Spinnen. Sie ergossen sich jetzt über seinen Schreibtisch, fielen wie ein Wasserfall über die Kante auf den Boden. Hungrig sprangen sie ihn an, bissen zu. Unter ihrem Biss schwoll die Haut an und zerplatzte wie eine überreife Frucht.

Dutzende krabbelten über ihn, er konnte nicht klar denken, während er gegen sie ankämpfte. Die gepolsterte Bürotür schlug zu, und als er ans Fenster zurückwich, wurde es schwarz von Spinnen.

Er zitterte wie im Fieber, aber er schloss die Augen und zwang sich, seine Atmung zu kontrollieren. Am liebsten hätte er vor Panik und Entsetzen laut geschrien.

Ich habe schon Schlimmeres gesehen, sagte er sich. Sein Herz hämmerte. Ganz sicher habe ich schon Schlimmeres gesehen, du Scheißkerl. Das sind doch nur ein paar Spinnen. Ich würde ja den Kammerjäger anrufen, aber *sie sind nicht real*, du Arschloch. Ich kann warten, bis du keine Energie mehr hast.

Wut stieg in ihm auf und wurde stärker als Angst und Ekel. Sein Herzschlag beruhigte sich. »Meinetwegen kannst du so viele Spielchen spielen, wie du willst, du Bastard. Wir werden nicht spielen, wenn wir dich angreifen. Dieses Mal machen wir dich fertig!«

Er spürte die Kälte, die wie Feuer brannte.

Du wirst schreiend sterben.

Rechne nur nicht zu fest damit, dachte Fox. Rechne nur nicht damit! Er packte eine der Spinnen und zerquetschte sie mit der bloßen Hand.

Eine nach der anderen ließen sie von ihm ab. Mit seinen geschwollenen Händen stieß Fox die Tür auf und rannte los. In seinem Kopf hörte er Layla schreien.

Beim Laufen blutete er; doch noch während er blutete, heilten seine Wunden.

Er rannte durch Gebäude, über die Straße, durch Gärten. Dann sah er Quinn zitternd mitten auf der Straße stehen.

»Ich habe mich verirrt. Ich habe mich verirrt. Ich weiß nicht, was ich tun soll. Ich finde nicht nach Hause.«

Er packte sie an der Hand und zog sie mit sich.

»Es ist immer derselbe Ort. Es ist immer derselbe Ort. Ich kann nicht ...«

»Schau nicht hin«, fuhr er sie an. »Schau einfach nicht hin.«

»Ich weiß nicht, wie lange ich hier ... Cal!«

Sie riss sich von Fox los und lief zu Cal, der neben seinem heulenden Hund stand.

»Es ist weg, es ist alles weg.« Er nahm Quinn in die Arme und presste sein Gesicht an ihren Hals. »Ich dachte, du wärst auch weg. Ich konnte dich nicht finden.«

»Es sind alles nur Lügen.« Fox schob Cal beiseite. »Es sind alles nur Lügen. Mein Gott, hört ihr sie denn nicht schreien?«

Er sprintete über die Straße und drang in das Mietshaus ein. Die Angst zerriss ihn beinahe, als er die Treppe hinaufstürmte. Plötzlich brachen ihre Schreie ab. Er stieß die Badezimmertür auf, und da lag sie, nackt und bewusstlos auf dem Fußboden.

In der Küche schrie Cybil auf, als sie hörte, wie die

Haustür aufging. Sie warf die Arme hoch, machte einen unsicheren Schritt vorwärts. Die graue Wand waberte, wurde dünner, und sie schluchzte, als ihre Sicht auf einmal wieder klar wurde. Gage stand ihr gegenüber, kreidebleich im Gesicht. Sie warf sich in seine Arme, und sie hielten sich aneinander fest.

17

Sie war nass und eiskalt, deshalb trug Fox Layla ins Bett und wickelte die Decke um sie. An der Schläfe hatte sie eine dicke Beule, die zweifellos wehtun würde, wenn sie wieder zu sich kam. Soweit er feststellen konnte, war sie ansonsten unverletzt. Am wichtigsten war jetzt Wärme, dachte er. Später konnte er sie sich noch genauer und von innen anschauen. Gerade fühlte er ihren Puls, als Quinn und Cal hereingestürzt kamen.

»Ist Layla … o Gott!«

»Sie ist in Ohnmacht gefallen«, sagte Fox zu Quinn, die neben ihm auf die Bettkante sank. »Vielleicht hat sie sich auch den Kopf gestoßen. Irgendwas muss in der Dusche passiert sein. Ich glaube nicht, dass da jetzt noch was ist, aber Cal …«

»Ich schaue sofort nach.«

»Du hast gesagt … Entschuldigung.« Quinn wischte sich die Tränen ab. »Wirklich ein Scheißtag. Du hast gesagt, du hast sie schreien gehört.«

»Ja, ich habe sie gehört.« Sie war vor Entsetzen außer

sich, dachte er und strich ihr eine feuchte Haarsträhne aus der Stirn. »Ich habe euch alle gehört.«

»Was?«

»Ich vermute, dass unser Fledermaus-Signal ganz gut funktioniert. Es war zwar alles durcheinander, aber ich habe euch trotzdem deutlich gehört. Sie braucht ein Handtuch. Sie hat nasse Haare.«

»Hier.« Cal reichte ihm eins. »Im Badezimmer ist nichts mehr.«

»Was ist mit Cybil und Gage?«

»Ich schaue nach. Bleib du hier«, fügte er an Quinn gewandt hinzu.

»Was ist mit dir passiert?«, fragte Quinn Fox.

Fox schüttelte den Kopf. »Später.« Er hob Laylas Kopf an, um das Handtuch unter ihre Haare zu legen »Sie kommt zu sich. Layla.« Erleichterung überwältigte ihn, als sie die Augen öffnete. »Layla. Es ist alles gut. Es ist vorbei.«

Sie riss die Augen weit auf und schlug keuchend um sich.

»Hör auf. Hör auf.« Er nahm sie in die Arme und zog sie eng an sich. »Es ist vorbei. Ich bin hier.«

»In der Dusche.«

»Weg. Sie sind weg.« Aber er konnte in ihren Gedanken lesen, wie sie aus dem Abfluss gekommen, über die Fliesen gekrochen waren.

»Ich konnte nicht heraus. Die Tür ging nicht auf. Sie waren überall. Sie waren an meinem ganzen Körper. Zitternd drängte sie sich an ihn. »Sind sie weg? Bist du sicher?«

»Ich bin sicher. Bist du verletzt? Lass mich nachsehen.«

»Nein, ich glaube nicht … Höchstens mein Kopf ein bisschen. Und …« Sie blickte ihn an. »Dein Gesicht! O Gott, deine Hand! Sie ist geschwollen!«

»Es heilt schon wieder. Es ist okay.« Der Schmerz war nichts im Vergleich zu seiner überwältigenden Erleichterung. »Es sieht so aus, als ob Twisse uns alle gleichzeitig aufs Korn genommen hat.«

Quinn nickt. »Ja, mich und Cal hat er auch getroffen. Grand Slam.«

»Eher ein Rundumschlag«, sagte Cybil von der Tür her. »Gage und ich waren ebenfalls betroffen. Fox, am besten gehst du jetzt hinunter. Deine Kumpel sind noch ziemlich erschüttert. Wir helfen Layla beim Anziehen, dann kommen wir auch hinunter.«

Sie war leichenblass, stellte er fest. Er hatte Cybil noch nie so außer Fassung erlebt. Er erhob sich.

»In Ordnung.« Er gab Layla einen sanften Kuss. »Ich warte unten auf dich.«

In solchen Zeiten, fand Fox, war Whiskey angebracht. Zwischen den Weinflaschen stand eine einzelne, ungeöffnete Flasche Jameson, die wahrscheinlich Cal zum Alkoholvorrat beigetragen hatte. Er holte Gläser, tat Eis hinein und füllte sie großzügig zwei Fingerbreit.

»Guter Gedanke.« Cal kippte seinen Whiskey mit zwei Schlucken hinunter. »Deine Wunden sind verheilt. Als ich dich draußen gesehen habe, hast du schlimm ausgesehen.«

»Es waren haufenweise Spinnen. Große Biester.«

»Wo?«

»In meinem Büro.«

»Für mich war die Stadt verschwunden.« Cal drehte sein Glas zwischen den Fingern. »Ich kam mit Lump aus dem Center, und alles war kaputt, als wenn eine Bombe explodiert wäre. Überall Feuer und Rauch, die Häuser nur noch Ruinen. Und Leichen. Überall lagen Leichen.« Er schenkte sich noch einen Whiskey ein. »Wir müssen genau aufschreiben, was jedem passiert ist.«

»Oh ja, das hilft bestimmt«, warf Gage bitter ein. »Er hat uns volle Breitseite erwischt, und jetzt schreiben wir Aufsätze darüber.«

»Hast du eine bessere Idee?«, erwiderte Cal. »Sag es uns.«

»Mit Reden können wir ihn nicht vernichten. Und hier zu sitzen und Notizen zu machen, bringt auch nichts, wenn du kein Buch schreiben willst. Das ist die Aufgabe der Frauen, nicht meine.«

»Was willst du denn tun? Spazieren gehen? Darin bist du gut. Willst du dich in einen Flieger setzen, irgendwohin abhauen und erst zum Finale wiederkommen? Oder willst du diesen Teil des Jahres einfach auslassen?«

»Ich komme immer hierhin zurück, weil ich es geschworen habe.« Wütend fuhr Gage auf. »Wenn das nicht so wäre, könnte hier meinetwegen alles zum Teufel gehen. Mir bedeutet das hier nicht so viel.«

»Dir bedeutet ja nichts so besonders viel.«

»Hört auf!« Fox' Stimme war scharf. »Es bringt überhaupt nichts, wenn ihr euch gegenseitig an die Gurgel geht.«

»Vielleicht sollten wir besser Peace-Zeichen und Gänseblümchenketten basteln.«

»Hör zu, Gage, wenn du gehen willst, da ist die Tür. Und wenn dir nichts Besseres einfällt, als ihn zu treten, wenn er am Boden liegt«, wandte Fox sich an Cal, »dann pass bloß auf, dass dir die Tür keinen Arschtritt verpasst, wenn du ebenfalls rausgehst.«

»Ich trete überhaupt keinen, und wer zum Teufel hat dich nach deiner Meinung gefragt?«

Cybil hörte die lauten Stimmen und lief hastig die Treppe hinunter. Sie kam gerade noch rechtzeitig in die Küche, um eine Prügelei zu verhindern. »Na, das ist ja produktiv.«

Sie nahm Gage einfach das Glas Whiskey aus der Hand und trank einen Schluck. Beinahe gelangweilt sagte sie: »Wenigstens hatte jemand so viel Verstand, den Whiskey vor der Testosteron-Attacke einzuschenken. Wenn ihr euch schlagen wollt, dann geht nach draußen. Ihr heilt ja alle schnell wieder, aber die Möbel hier drinnen nicht.«

Fox beruhigte sich als Erster. Er stellte sein Glas ab und zuckte verlegen mit den Schultern. »Die beiden haben angefangen.«

Cybil zog spöttisch die Augenbrauen hoch. »Und du machst ihnen alles nach? Springst von der Brücke, spielst mit Streichhölzern? Ich mache euch einen anderen Vorschlag. Wir essen und trinken etwas, dann erzählen wir uns gegenseitig, was passiert ist.«

»Gage will nicht reden«, sagte Cal.

Cybil warf Gage einen Blick zu. »Ich auch nicht. Aber ich werde es trotzdem tun. Genau wie Essen und Trinken ist es nämlich ein grundlegendes menschliches Bedürfnis, das wir diesem Großen Bösen Bastard voraushaben.«

Sie lächelte die Männer strahlend an und warf die Haare zurück. »Sollen wir Pizza bestellen?«

Sie setzten sich ins Wohnzimmer, während sie auf die Pizza warteten. Die Atmosphäre dort war tröstlicher als am Esstisch.

Fox saß auf dem Boden zu Laylas Füßen. »Die Frauen zuerst«, schlug er vor. »Quinn?«

»Ich wollte Eiscreme kaufen gehen, und weil ich die Eiscreme auch essen wollte, habe ich zuerst einen Power Walk gemacht.« Nervös befingerte sie die dicke Silberkette, die sie um den Hals trug. »Aber ich kam immer wieder an denselben Ort, dieselbe Ecke, ganz gleich, welche Richtung ich einschlug. Ich habe nicht mehr nach Hause gefunden.« Sie ergriff Cals Hand und drückte ihre Stirn an seine Schulter. »Ich konnte dich nicht mehr finden, es wurde stockdunkel. Niemand war da, und ich fand den Weg nicht mehr.«

Cal zog sie an sich. »Für mich war die gesamte Stadt zerstört. Alle waren tot. Ich rannte hierher, aber da war nichts. Nur ein rauchendes Loch im Boden. Ich habe nach dir gesucht, weil ich nicht glauben konnte … Und dann sah ich dich und Fox.«

»Ich habe dich zuerst gesehen«, sagte Quinn zu Fox. »Es sah so aus, als ob du durch eine Wasserwand kommen würdest. Zuerst warst du nur verschwommen, und deine Schritte hörten sich gedämpft an. Dann wurde alles klar. Du hast meine Hand genommen, und alles wurde klar.

Das muss doch etwas bedeuten, meint ihr nicht auch?« Sie blickte sich in der Runde um. »Ich war schon am

Rande der Hysterie, weil ich hin und her gelaufen war, aber nicht weiterkam. Dann hat Fox meine Hand genommen, und alles war wieder so, wie es sein sollte. Danach haben wir Cal gesehen.«

»Vorher wart ihr nicht da, keiner von euch. Und dann war plötzlich wieder alles beim Alten. Als wenn man einen Schalter umgelegt hätte. Du hast geblutet«, sagte er zu Fox.

»Spinnen«, erklärte Fox und erzählte ihnen alles. »Auf der Straße war alles wie immer, als ich herauskam. Ich sah dich an der Ecke stehen, Quinn. Ich hörte und spürte dich und die anderen. Es war nur eine schwache Verbindung, aber Layla hörte ich klar und deutlich schreien.«

»Obwohl du noch zwei Blocks weit entfernt warst«, warf Quinn ein.

»Ja, aber ich habe es trotzdem gehört. Dann hörte es auf einmal auf. Das war bestimmt, als du ohnmächtig geworden bist.«

»Es ist passiert, als Quinn aus dem Haus gegangen war. Sie wollte Eiscreme kaufen, weil ich mich aufgeregt hatte.« Ihr Blick glitt kurz zu Fox. »Ich wollte duschen, während sie weg war. Zuerst spürte ich nur, dass etwas über meinen Fuß glitt. Sie kamen aus dem Abfluss. Schlangen. So laut, wie ich geschrien habe, wundert mich eigentlich, dass man mich nicht im nächsten Bezirk gehört hat.«

»Ich habe dich nicht gehört«, sagte Cybil. »Ich war unten und habe keinen Ton gehört.«

»Es wurden immer mehr. Ich stieg aus der Dusche, aber sie waren schon auf dem Fußboden. Ich sagte mir die ganze Zeit, dass sie nicht real waren, aber ich konnte … ich habe keinen kühlen Kopf bewahrt. Ich drehte fast durch, als sich die Tür nicht öffnen ließ. Das Fenster ist zu klein, und es ging sowieso nicht auf. Dann muss ich ohnmächtig geworden sein, weil ich mich an sonst nichts erinnern kann, bis Fox da war und ich in meinem Bett lag.«

»Vielleicht hat es auch deshalb aufgehört, weil du ohnmächtig geworden bist«, spekulierte Cybil. »Wenn jemand bewusstlos ist, kann man eine Illusion nicht aufrechterhalten.«

»Was ist mit dir passiert?«, fragte Layla.

»Ich konnte nicht mehr sehen. Gage und ich waren in der Küche, auf einmal brannten meine Augen, und alles wurde grau. Ich wurde blind.«

»Oh, Cyb.«

Cybil lächelte Quinn an. »Q weiß von dieser ganz persönlichen Angst von mir. Mein Vater hat sein Augenlicht bei einem Unfall verloren, er hat sich nie damit abfinden können. Zwei Jahre später hat er Selbstmord begangen. Blind sein ist also für mich etwas ganz Furchtbares. Du warst da«, sagte sie zu Gage, »aber dann warst du auf einmal weg. Ich konnte dich nicht hören. Ich habe dich gebeten, mir zu helfen, aber du hast nichts getan. Vermutlich konntest du nicht, oder?«

Sie schwieg, aber er antwortete nicht. »Ich hörte, wie die Haustür aufgerissen wurde. Ich hörte Fox, dann konnte ich auf einmal wieder sehen, und … du warst auch wieder da.« Er hatte sie in den Arm genommen, dachte sie. Sie hatten sich aneinander festgehalten. »Wo warst du in der Zwischenzeit, Gage? Wir müssen wissen, was jedem von uns passiert ist.«

»Ich war nicht weit weg. Nur in der Wohnung über dem Bowlingcenter, wo ich früher gewohnt habe.«

Als es an der Tür klopfte, stand Cal auf, blickte aber Gage weiter unverwandt an.

»Deine Augen«, fuhr Gage fort, »deine Augen waren wie mit einem weißen Schleier überzogen. Und du hast recht – ich konnte dir nicht helfen. Ich machte einen Schritt auf dich zu und stand plötzlich mitten in der Wohnung.«

Cal kam mit den Pizzaschachteln ins Wohnzimmer. »Warst du allein?«

»Zuerst ja. Ich bekam die Tür und die Fenster nicht auf. Das Thema scheint sich zu wiederholen.«

»Gefangen«, murmelte Layla. »Jeder hat Angst davor, gefangen, eingesperrt zu sein.«

»Ich hörte ihn kommen. Ich kannte – ich kenne das Geräusch seiner Schritte auf der Treppe, wenn er betrunken ist. Er war betrunken, und er kam die Treppe herauf. Auf einmal war ich dann wieder in der Küche.«

»Da ist doch noch mehr. Warum erzählst du es nicht?«, fragte Cybil. »Wir haben doch alle etwas durchgemacht.«

»Als ich nach dem Türknopf griff, war es nicht meine Hand. Nicht diese Hand.« Gage blickte auf seine Hand. »Ich sah mich im Spiegel. Ich war etwa sieben, acht Jahre alt. Jünger noch als in der Nacht am Heidenstein. Er war betrunken und kam auf mich zu. Ist das klar genug?«

In das Schweigen hinein griff Quinn nach ihrem Aufnahmegerät und wechselte die Kassette. »Das ist vorher noch nie passiert, oder? Dass alle zur gleichen Zeit betroffen waren?«

»Doch, in Träumen«, sagte Cal. »Wir träumen für gewöhnlich in der gleichen Nacht. Allerdings nicht immer das Gleiche. Das kann Wochen, sogar Monate vor der Sieben passieren. Aber so etwas, nein, das ist noch nie passiert, jedenfalls nicht außerhalb der sieben Tage.«

»Er hat sich richtig Mühe gegeben«, stellte Fox fest, »und jeden mit seiner ganz besonderen Angst konfrontiert.«

»Warum warst du der Einzige, der verletzt wurde?«, wollte Layla wissen. »Ich habe zwar gespürt, wie die Schlangen mich bissen, aber ich habe keine Bisswunden. Bei dir war das anders.«

»Vielleicht habe ich es zu nahe an mich herangelassen und dadurch die Angst realer und greifbarer gemacht. Ich weiß nicht.«

»Möglich«, überlegte Quinn. »Könnte es mit dir angefangen haben? Vom Zeitpunkt her könnte das hinkommen. Vielleicht hat er sich an dir für den Rest genährt, und zwar nicht nur an deiner Angst, sondern auch an deinen Schmerzen. Er hat die Verbindungen genutzt. Von dir zu Cal oder zu mir – einer von uns war wahrscheinlich der Nächste. Dann Layla, dann Cybil und das ganze abgerundet mit Gage.«

»Ja.« Layla nickte. »Er geht von einem zum anderen, und als Fox den Kreis durchbrochen hat, konnte er es nicht mehr aufrechterhalten. Wenn es so wie ein Stromkreis funktioniert, dann könnten wir uns damit auch verteidigen, oder?«

»Unsere Energie gegen seine.« Quinn öffnete die erste Pizzaschachtel. »Positiv gegen negativ.«

Quinn nahm sich ein großes Stück Pizza. Das hatte sie sich verdient. »Wenn wir alle persönliche Ängste haben«, fuhr sie fort, »dann haben wir auch alle persönliche Freuden. O Gott, die ist ja lecker! Seht ihr, eine persönliche Freude, Peperonipizza!«

»Aber so hat Fox die Illusion nicht durchbrochen«, warf Layla ein. »Ich glaube nicht, dass er sich auf Pizza oder Regenbogen konzentriert hat.«

»Das stimmt nicht ganz«, erwiderte Fox. »Ich habe darüber nachgedacht, dass alles Blödsinn ist. Allerdings ist das nicht ganz einfach, wenn einen hungrige Mutantenspinnen bedrängen.«

»Hör mal, ich esse hier«, sagte Cal.

»Ich dachte darüber nach, wie wir den Dämon besiegen können, und habe ihn dabei mit allen möglichen Schimpfwörtern belegt. Und wenn ihr so wollt, ist das auch eine Art persönliches Vergnügen. Dabei habe ich die Illusion als Illusion gesehen.«

Cal nickte. »Ja, so hat das ja für Gage und mich auch immer funktioniert. Sobald wir die Illusion erkannt hatten, konnten wir sie durchbrechen. Aber dieses Mal ist mir das nicht gelungen.«

»Du hast es ihm also geglaubt.«

»Ich …«

»Doch, du hast es ihm geglaubt, zumindest für ein paar Minuten. Es war einfach zu viel, Cal. Alles, was für dich zählte, war verschwunden, Quinn, deine Familie, wir, die Stadt. Alle bis auf dich. Das war einfach zu viel«, wiederholte Fox. »Diese Spinnen waren nicht real, die ganze Zeit über nicht. Aber hinterher war meine Hand angeschwollen wie eine Melone und blutete. Die Wunden waren also real. Ich würde sagen, dass Twisse hier alle Register gezogen hat.«

»Der letzte Zwischenfall ist über eine Woche her. Er hing auch mit dir zusammen, Fox.« Cybil legte ein Stück Pizza auf einen Teller und trat zu Gage. »Da hat er Blocks Eifersucht benutzt, um ihn so zu infizieren, dass er dich angegriffen hat.«

»Woraus hat er sich denn dieses Mal genährt?« Gage zuckte mit den Schultern. »Es gibt wahrscheinlich eine Menge negativer Emotionen hier in der Stadt.«

»Nein, es muss etwas Spezifisches sein«, widersprach Cal. »Dieses Mal muss es von uns ausgegangen sein.«

Cybil warf Layla einen Blick zu, sagte aber nichts.

»Ich war aufgebracht und ärgerlich.« Layla blickte Fox an. »Und du auch. Wir hatten eine … eine Auseinandersetzung.«

»Wenn er bei jedem Streit, den wir haben, mit so etwas aufwarten kann, dann sind wir im Eimer«, sagte Gage.

»Sie waren beide wütend aufeinander«, überlegte Quinn laut. »Das könnte ein Faktor sein. Wahrscheinlich ist es noch intensiver, wenn Sexualität im Spiel ist.«

Gage hob sein Bier. »Ich sage es doch. Wir sind im Eimer!«

»Ich bin der Meinung, dass intensive menschliche Gefühle, die auf Zuneigung beruhen, und guter Sex wesentlich stärker sind als alles, was der Bastard uns entgegenhalten kann«, stellte Cybil fest. »Und ich spinne hier nicht einfach herum. Es hat etwas mit menschlichen Beziehungen und ihrer Macht zu tun. Wie oft habt ihr drei so eine Szene wie eben in der Küche erlebt?«

»Was für eine Szene?«, fragte Quinn.

»Es war nichts«, murmelte Cal.

»Ihr habt euch gegenseitig angeschrien und wolltet euch prügeln. Es war …« Cybil lächelte katzenhaft. »Äußerst anregend. Das ist bestimmt schon oft passiert. Aber im Grunde seid ihr hier, weil ihr euch liebt. Das ist die Grundlage, und daran ändert sich nichts. Diese Basis kann er nicht erschüttern, er ist machtlos dagegen. Deshalb brauchen wir all unsere intensiven menschlichen Emotionen, vor allem wenn wir uns an das Blutritual wagen wollen.«

»Du hast was herausgefunden«, warf Quinn ein.

»Ja, ich glaube schon. Aber ich muss noch ein paar Quellen überprüfen.«

»Erzähl!«

»Es hat was mit uns allen zu tun, und es bedeutet, dass wir zum Anfang zurückgehen müssen.«

»Zum Heidenstein«, sagte Fox.

»Wohin sonst?«

Später zog sich Cal kurz mit Quinn in ihr Schlafzimmer zurück. Er nahm sie in die Arme. »Es war schlimmer als jemals zuvor«, sagte er leise, »weil ich einen Moment lang wirklich geglaubt habe, ich hätte dich verloren.«

»Es war schlimmer, weil ich dich nicht finden konnte.« Quinn küsste ihn. »Wenn man jemanden liebt, ist es einfach schwerer.«

»Ich möchte dich um einen Gefallen bitten. Geh ein paar Tage weg«, fuhr er fort. »Ein oder zwei Wochen.

Mach einfach ein bisschen Urlaub, fahr nach Hause …«

»Mein Zuhause ist jetzt hier.«

»Du weißt, was ich meine, Quinn.«

»Klar.« Sie lächelte. »Solange du mit mir kommst. Wir machen beide Ferien. Wie findest du das?«

»Ich meine es ernst.«

»Ich auch. Ich gehe nur, wenn du gehst. Ansonsten vergessen wir das Thema. Und fang bloß nicht an, mit mir zu streiten«, warnte sie. »Ich sehe förmlich, wie es in deinem Kopf arbeitet und du überlegst, ob du mich wohl so wütend machen kannst, dass ich freiwillig gehe. Es wird dir nicht gelingen.« Sie umfasste seinen Kopf mit beiden Händen. Du hast Angst um mich. Ich auch um dich. Das gehört irgendwie dazu.«

»Du könntest zum Beispiel schon mal ein Hochzeitskleid kaufen.«

»Das sind aber jetzt unfaire Kampfmethoden.« Lachend gab sie ihm einen Kuss. »Das ist alles schon in die Wege geleitet. Deine und meine Mutter kleben zusammen wie Superkleber, seitdem sie die Hochzeit planen. Alles ist unter Kontrolle. Wir hatten einen schlimmen Tag, Cal, aber wir haben ihn überstanden.«

Er trat einen Schritt zurück und atmete tief durch. »Ich muss einmal durch die Stadt laufen. Ich muss … ich muss mich vergewissern, dass alles in Ordnung ist.«

»Okay.«

»Ich muss mit Gage und Fox gehen.«

»Das habe ich mir schon gedacht. Na los. Hauptsache, du kommst wieder zu mir zurück.«

»Jeden Tag«, erwiderte er.

Die drei Männer machten sich auf den Weg. Zuerst liefen sie im weichen Licht der Dämmerung durch die Nachbarschaft. Hier waren die Häuser, die Cal kannte. Sie gingen am Haus seiner Urgroßmutter vorbei, wo der Wagen seiner Kusine in der Einfahrt stand und im Vorgarten Blumen blühten.

Dort war das Haus des Mädchens, nach dem er mit sechzehn verrückt gewesen war. Wo war sie jetzt eigentlich? In Columbia? In Cleveland? Er konnte sich nicht mehr genau erinnern, er wusste nur noch, dass sie im Herbst des Jahres, als er siebzehn geworden war, mit ihren Eltern weggezogen war.

Nach jener Sieben damals, als ihr Vater versucht hatte, sich am Walnussbaum im Garten aufzuhängen. Cal erinnerte sich noch daran, wie er den Mann vom Ast heruntergeholt und mit dem Seil am Stamm festgebunden hatte, damit er nicht noch einen Versuch machte.

»Bei Melissa Eggart hast du nie landen können, was?«

Es sah Gage ähnlich, sich ebenfalls an die Geschichte zu erinnern und etwas ganz Normales daraus zu machen. »Ich war kurz davor, aber dann brach die Hölle los.«

»Ja.« Gage steckte die Hände in die Taschen. »Die Hölle brach los.«

»Es tut mir leid wegen eben. Du hattest recht«, wandte sich Cal an Fox. »Es ist blöd, wenn wir uns gegenseitig anmachen.«

»Vergiss es«, sagte Gage. »Ich habe schon so oft daran gedacht abzuhauen.«

»Zwischen Denken und Tun ist ein Unterschied.« Sie bogen ab und gingen in Richtung Main Street. »Ich wollte auf jemanden einschlagen, und da kamst du mir gerade recht.«

»O'Dell eignet sich viel besser dazu, außerdem ist er daran gewöhnt, geschlagen zu werden.«

Als Fox nicht mit einer sarkastischen Bemerkung darauf reagierte, beäugte Gage ihn misstrauisch. »Hast du gerade intensive menschliche Emotionen?«

»Ah, hör auf mit dem Scheiß!«

»Das ist unser alter Fox.« Gage legte Fox den Arm um die Schultern.

»Dich zu verprügeln ist immer noch nicht vom Tisch.«

»Sie mag ja vorher sauer auf dich gewesen sein«, sagte Cal. »Aber jetzt nicht mehr. Jetzt bist du der Ritter auf dem weißen Pferd.«

»Darum geht es gar nicht. Es geht einfach nur darum, dass wir unterschiedliche Dinge wollen und brauchen. Hört mal, ich gehe nach Hause. Ich habe vorher nicht abgeschlossen.«

»Wir gehen mit dir und schauen nach, ob alles in Ordnung ist.«

»Nein, ist schon okay. Ich habe noch zu tun. Bis später.«

»Den hat es aber schlimm erwischt«, meinte Gage, als Fox davoneilte. »Echt schlimm.«

»Vielleicht sollten wir doch mitgehen.«

»Nein, lass mal. Uns braucht er im Moment nicht.«

Sie drehten um und gingen in die entgegengesetzte Richtung, während es langsam dunkel wurde.

18

In seiner Wohnung setzte Fox sich ins Arbeitszimmer. Wenn er seinen Papierkram erledigte, würde ihn das hoffentlich ablenken. Er schaltete seinen CD-Player an und bereitete sich auf zwei Stunden am Schreibtisch vor.

Er liebte seine Arbeit, die Beschäftigung mit dem Gesetz, die komplizierte juristische Sprache. Aber heute Abend fand er nicht den richtigen Zugang.

Der Ordner, den er für Layla zusammengestellt hatte, lag noch auf seinem Schreibtisch. Weil ihn der Anblick ärgerte, legte Fox ihn in eine Schublade. Es war dumm von ihm gewesen zu glauben, er verstünde sie, weil er immer alle Leute verstand. Dumm zu glauben, er wüsste, was sie wollte, weil es das war, was *er* wollte.

Liebe reichte eben nicht immer aus.

Er sollte sich besser mit dem Augenblick zufriedengeben, dachte er. Darin war er doch auch gut. Es war sicher sinnvoller, sich auf das Jetzt zu konzentrieren, als sich eine nebulöse Zukunft vorzustellen. Sie hatte ja recht, wenn sie sagte, dass die Zukunft der Stadt ungewiss war. Wer wollte denn schon einen Laden gründen, der vielleicht in ein paar Monaten gar nicht mehr existierte? Warum sollte jemand Zeit und Energie investieren, nur auf die vage Hoffnung hin, dass die Guten letztendlich siegen würden? Sie hatten doch heute eindrücklich erlebt, dass die Uhr für Hollow tickte.

Das war doch alles Blödsinn. Wütend wandte er sich vom Schreibtisch ab. Wenn die Leute tatsächlich so dachten, warum standen sie dann morgens überhaupt auf? Warum kauften sie sich Häuser, zeugten Kinder oder kauften sich Jahreskarten, wenn die Zukunft so ungewiss war?

Er musste anders vorgehen. Himmel, er war schließlich Anwalt, da würde ihm doch noch etwas einfallen!

Was war sein Ziel? fragte er sich und trat ans Fenster.

Er wollte die Stadt retten und das Böse zerstören. Aber davon mal abgesehen, was war Fox B. O'Dells Ziel?

Layla. Ein Leben mit Layla. Alles andere war Nebensache. Wenn er sich auf das Wesentliche beschränkte, blieben ein Junge und ein Mädchen übrig. So einfach und zugleich so komplex war es.

Er trat wieder an seinen Schreibtisch, um Laylas Ordner aus der Schublade zu holen, als es an der Tür klopfte. Das konnten nur Gage oder Cal sein, dachte er, als er aufmachen ging. Dafür hatte er jetzt eigentlich keine Zeit, schließlich musste er eine Strategie entwerfen, um die Frau zu gewinnen, die er liebte.

Als er die Tür öffnete, stand die Frau, die er liebte, davor.

»Hey, ich habe gerade … bist du allein?« Seine Überraschung verwandelte sich in Irritation. Er packte sie an der Hand und zog sie hinein. »Was denkst du dir dabei, abends alleine in der Stadt herumzulaufen?«

»Reg dich nicht auf. Twisse muss sich erst mal wieder erholen, und ich bin nicht herumgelaufen, sondern auf direktem Weg hierhergekommen. Du bist ja nicht zurückgekommen.«

»Wir wissen nicht, wozu Twisse nach so einem Tag noch fähig ist. Und ich bin nicht zurückgekommen, weil ich mir gedacht habe, dass du schlafen wolltest. Außerdem warst du ja heute sowieso nicht besonders glücklich mit mir.«

»Genau deshalb hatte ich gedacht, dass du wiederkommst, damit wir reden könnten.« Sie stach mit dem Zeigefinger auf seine Brust. »Du brauchst gar nicht sauer auf mich zu sein.«

»Wie bitte?«

»Du hast mich ganz gut verstanden. Du hast nicht das Recht, sauer auf mich zu sein. Ich habe keine Pläne geschmiedet, ohne dich zu fragen.«

»Warte mal.«

»Nein, ich warte nicht. Du hast einfach beschlossen, wie ich den Rest meines Lebens verbringen soll, womit ich meinen Lebensunterhalt verdienen soll. Du hast sogar einen *Ordner* angelegt.« Ihre Augen blitzten vor Empörung. »Ich wäre nicht überrascht, wenn du dir schon mögliche Namen für meine Boutique überlegt hättest.«

»Nein, so weit war ich noch nicht. Komm, ich fahre dich nach Hause.«

»Nein, das tust du nicht.« Sie verschränkte die Arme vor der Brust. »Wenn ich nach Hause will, dann laufe ich, und noch will ich nicht nach Hause. Wenn du versuchst, mich hinauszuwerfen, dann …«

Er musste unwillkürlich lachen. »Was dann? Willst du dich mit mir prügeln?«

Hitzig blickte sie ihn an. »Bring mich nicht in Versuchung. Du hast mich aus heiterem Himmel damit konfrontiert, und als ich nicht sofort begeistert ja geschrien habe, bist du weggegangen. Du behauptest, du liebst mich, und dann gehst du weg.«

»Entschuldigung. Ich musste wahrscheinlich ein bisschen allein sein, nachdem mir klar geworden war, dass die Frau, die ich liebe, nicht an einem gemeinsamen Leben mit mir interessiert ist.«

»Ich habe nicht gesagt … ich meinte gar nicht … ach, zum Teufel.« Layla holte tief Luft. Sie ließ die Hände sinken. »Ich habe dir schon einmal gesagt, dass du mir Angst einjagst. Du verstehst das nicht. Du lässt dich nicht so leicht ängstigen.«

»Das stimmt nicht.«

»Oh, doch. Du lebst mit dieser Bedrohung schon zu lange, als dass sie dir wirklich Angst macht. Du stellst dich den Dingen, und das ist für mich völlig ungewohnt. Bis Februar war für mich alles ganz normal – keine großen Aufregungen, keine besonderen Höhepunkte. Und dafür schlage ich mich eigentlich ganz gut, finde ich. Alles in allem«, fügte sie hinzu und begann, im Zimmer auf und ab zu laufen.

»Stimmt, du machst es gut.«

»Ich habe Angst vor dem, was hier passiert, was auf uns zukommt. Ich habe nicht Quinns Energie oder Cybils … Gewandtheit. Aber ich bin ausdauernd, und wenn ich erst einmal etwas angefangen habe, sehe ich zu, dass ich es auch fertig mache. Und ich habe das Talent, das große Bild in Komponenten zu zerlegen, mit denen ich umgehen kann, weil sie mir nicht so viel Angst machen. Aber mit unserer Beziehung kann ich anscheinend nicht umgehen, Fox. Das macht mir Angst.«

Sie drehte sich zu ihm um. »Es macht mir Angst, weil ich noch nie für jemanden so viel empfunden habe wie für dich. Zuerst habe ich mir gesagt, es hätte etwas damit zu tun, dass um uns herum alles verrückt ist. Aber es stimmt nicht. Was ich empfinde, was mit uns beiden ist, das ist völlig real. Ich weiß nur nicht, wie ich damit umgehen soll.«

»Und dann bin ich auch noch mit meiner Idee gekommen, du sollst hier ein Geschäft aufmachen. Dadurch habe ich alles noch komplizierter und furchterregender gemacht. Ich habe verstanden. Reden wir nicht mehr davon. Ich wollte dich nicht unter Druck setzen. Davon haben wir hier schon genug.«

»Ich habe sauer reagiert, weil das leichter ist, als Angst zu haben, aber ich will anders mit dir umgehen können, Fox. Alles, was heute passiert ist … du warst da. Ich bin aus diesem Alptraum aufgewacht, und du warst da. Doch dann bist du nicht mehr wiedergekommen.« Sie schloss die Augen. »Du bist nicht mehr wiedergekommen.«

»Ich bin nicht weit weggegangen.«

Sie öffnete die Augen wieder. »Aber ich habe es geglaubt. Und das hat mir mehr Angst gemacht als alles andere.«

»Ich liebe dich«, sagte er. »Wohin sollte ich denn gehen?«

Sie warf sich in seine Arme. »Geh nicht weit weg.« Sie küssten sich. »Wirf mich nicht hinaus. Lass mich bei dir sein.«

»Layla.« Er nahm ihr Gesicht in beide Hände und schaute sie an. »Ich will doch auch nur, dass du am Ende des Tages bei mir bist.«

»Ich bin hier. Der Tag ist zu Ende, ich bin hier. Und hier möchte ich auch sein.«

Ihre Lippen waren so weich. Ihr Seufzen klang wie

Musik, als sie sich an ihn schmiegte. Sie knöpfte sein Hemd auf, um ihre Lippen auf seine Brust zu drücken. Dann glitt sie an ihm herab und öffnete den Knopf seiner Jeans.

Sie zog den Reißverschluss herunter und schob die Hose über seine schmalen Hüften, seine Haut war warm. Er stöhnte, als sie ihm Lust bereitete.

Sie beherrschte seinen Körper. Ihr Mund und ihre Hände lenkten ihn sanft, aber unerbittlich auf den Höhepunkt zu. Als sein Blut zu rauschen begann, löste sie sich von ihm, und er hörte das leise Rascheln ihrer Kleidung, als sie sich auszog.

»Ich möchte dich etwas fragen.« Sie beugte sich auf allen vieren auf dem Bett über ihn, und sein Mund wurde staubtrocken.

»Wenn du mich um einen Gefallen bitten möchtest, dann ist jetzt wahrscheinlich der günstigste Zeitpunkt.«

Sie neckte ihn mit den Lippen und zog schließlich seinen Kopf an ihre Brust.

»Wenn du mich berührst, wenn du mich liebst, wenn du in mir bist, kannst du dann fühlen, was ich fühle? Kann ich fühlen, was du fühlst? Ich möchte wissen, wie es ist, mit unserer Gabe zusammen zu sein.«

Es ist völliges Vertrauen, auf beiden Seiten, dachte er. Er setzte sich auf und blickte ihr in die Augen. »Öffne dich«, murmelte er und rieb seine Lippen an ihrem Mund. »Öffne dich einfach.«

Er spürte ihre Nervosität, ihre Bedürfnisse und die Gedanken, die wie sanftes Schimmern kamen und gingen. Sie wollte begehrt werden, berührt werden. Von ihm.

Als ihre Hände über seinen Rücken glitten, spürte er ihre Lust und ihr Verlangen.

Er drückte sie aufs Bett zurück und küsste sie leidenschaftlicher. Dann öffnete er sich selbst auch.

Zuerst ging es nur wie ein Seufzen durch ihren gesamten Körper. Wie schön, dachte sie. Wie schön.

Sie hielt den Atem an, als er ihre Brustwarze zwischen die Lippen zog. Bei jeder neuen Empfindung, die in sie drang, erschauerte sie. Seine Hände, ihre Haut, seine Lippen, ihr Geschmack. Ihre Bedürfnisse vermischten sich miteinander.

Immer leidenschaftlicher wurden ihre Berührungen, ihre Küsse, und als er in sie eindrang, überwältigte sie die Macht ihrer gemeinsamen Gefühle.

»Bleib bei mir, bleib bei mir.« Wie im Rausch schlang sie die Beine um ihn, als sie spürte, dass er gleich kommen würde. Die Lust war ein Schwert mit zwei scharfen Kanten, und sie kamen gemeinsam.

Danach lagen sie eng umschlungen da und teilten ihre Gedanken, ihre Herzen.

Nach einer Weile richtete Fox sich auf. Wenn er jetzt nicht sofort etwas zu trinken bekam, würde er sterben.

»Wasser«, krächzte er.

»Gott. Bitte.«

Grunzend stand er auf und taumelte in die Küche. Er stellte sich vor die offene Kühlschranktür und trank in langen durstigen Zügen aus der Flasche. Das grelle Licht im Kühlschrank blendete ihn, deshalb schloss er die Augen. Als er seinen Durst gelöscht hatte, nahm er eine zweite Flasche Wasser heraus, schlug die Kühlschranktür wieder zu und ging ins Bett zurück.

Sie lag immer noch genauso da, wie er sie verlassen hatte.

»Alles in Ordnung? Habe ich …«

»Wasser.« Sie streckte die Hand aus. »Wasser.«

Er öffnete die Flasche und stützte Layla ein wenig ab, damit sie trinken konnte. Sie trank genauso durstig wie er.

»Rauscht es in deinen Ohren?«, fragte sie. »In meinen Ohren rauscht es, ich glaube, ich bin blind.«

Er legte sie gegen die Kissen, zog seinen Arm weg und schaltete die Nachttischlampe ein.

Sie stöhnte und schlug sich die Hand vor die Augen. »Okay, ich war nicht blind, aber jetzt werde ich es vielleicht.« Vorsichtig spähte sie zwischen den gespreizten Fingern hindurch. »Hast du jemals …«

»Nein. Das war das erste Mal.« Weil seine Beine immer noch ein bisschen schwach waren, setzte er sich neben sie aufs Bett. »Intensiv«, fügte er hinzu.

»Das ist noch milde ausgedrückt. Dafür gibt es kein Wort, das muss erst noch erfunden werden. Jedes Mal sollten wir es vielleicht besser nicht machen.«

»Wir sparen es uns für besondere Gelegenheiten auf.«

Lächelnd setzte sie sich auf und legte den Kopf auf seine Schulter. »Ich glaube, der nächste Feiertag ist der Tag des Baumes. Das ist doch was Besonderes.«

Lachend rieb er seine Wange an ihrer. Ich liebe dich, dachte er, sprach es aber dieses Mal nicht laut aus.

Da Fox Termine außer Haus hatte, nutzte Layla den ruhigen Nachmittag und las Ann Hawkins' drittes Tagebuch. Allerdings fand sie nicht, wie sie gehofft hatte, einen Zauberspruch oder detaillierte Anweisungen, wie der Dämon zu vernichten war. Wahrscheinlich hatte Giles Dent seiner Geliebten die Antworten nicht gegeben. Cybil allerdings nahm noch etwas viel Mystischeres an. Sie glaubte, dass die Antworten nicht einfach weitergereicht werden durften, wenn man Twisse endgültig besiegen wollte.

Layla fand das zu kryptisch, deshalb verbrachte sie viel Zeit damit, zwischen den Zeilen zu lesen. Aber es brachte ihr nur Kopfschmerzen ein. Warum konnten die Leute nicht klar sagen, was los war. Sie *mochte* ausführliche Anweisungen, und sie an Anns Stelle hätte sie auch der nächsten Generation hinterlassen.

»Warum kommst du nicht einfach her?«, murrte Layla. »Komm her und rede mit mir, Ann. Sag es mir einfach. Dann können wir alle unser normales Leben weiterführen.«

Kaum hatte sie das ausgesprochen, hörte sie die Eingangstür knarren. Wie der Blitz sprang sie auf. Brian O'Dell kam herein.

»Hey, Layla. Entschuldigung, habe ich Sie erschreckt?«

»Nein. Ein wenig. Ich habe niemanden erwartet. Fox ist heute Nachmittag nicht im Büro.«

»Oh. Na ja.« Brian steckte die Hände in die Hosentaschen. »Ich war gerade in der Stadt, da dachte ich, ich schaue mal rein.«

»Er kommt wahrscheinlich erst nach sechs zurück. Wenn ich ihm etwas ausrichten soll …«

»Nein. Nein, es ist nichts Besonderes. Ach, wissen Sie

was? Wo ich schon einmal hier bin, könnte ich eigentlich nach hinten gehen.« Er wies mit dem Daumen auf die Küche. »Fox möchte einen neuen Fußboden in der Küche verlegen. Ich messe mal rasch alles aus. Möchten Sie einen Kaffee?«

Layla legte den Kopf schräg. »Wie wollen Sie denn ohne Zollstock messen?«

»Ach. Ich hole mir schnell einen aus dem Wagen.«

»Mr O'Dell, hat Fox Sie gebeten, heute Nachmittag vorbeizukommen?«

»Er ist doch gar nicht hier.«

»Eben.« Wie der Sohn war auch der Vater ein schlechter Lügner, dachte Layla. »Er hat Sie also gebeten, nach mir zu schauen. Ich hätte es gar nicht gemerkt, wenn nicht vor einer Stunde Ihre Frau zufällig vorbeigekommen wäre, um mir ein Dutzend Eier vorbeizubringen. Ich kann Babysitter riechen.«

Brian grinste und kratzte sich am Kopf. »Erwischt. Er hat es nicht gerne, wenn Sie hier alleine sind, und das kann ich ihm nicht verübeln.« Er setzte sich auf einen der Besucherstühle. »Ich hoffe, Sie machen ihm deswegen keine Vorwürfe.«

»Nein.« Seufzend setzte sie sich ebenfalls wieder. »Vermutlich macht sich jeder von uns um den anderen Sorgen. Aber ich habe mein Handy in der Tasche und für jeden, den ich kenne, eine Kurzwahlnummer. Mr O'Dell …«

»Brian.«

»Brian. Wie gehen Sie damit um? Sie wissen ja, was Fox passieren kann.«

»Wissen Sie, ich war neunzehn, als Sage auf die Welt

kam.« Er schlug die Beine übereinander. »Jo war achtzehn. Wir waren Kinder, die glaubten, alles zu wissen und zu kennen. Dann hat man auf einmal selber ein Kind, und die ganze Welt verändert sich. Ein Teil von mir macht sich seit dreiunddreißig Jahren Sorgen.« Lächelnd fuhr er fort: »Natürlich mache ich mir große Sorgen um Fox. Es macht mich wütend, dass der Dämon ihm seine Kindheit, sein unbeschwertes Leben gestohlen hat. Als er damals als Zehnjähriger nach jener Nacht nach Hause kam, war er kein kleiner Junge mehr.«

»Hat er Ihnen erzählt, was passiert ist, nachdem er vom Heidenstein gekommen war?«

»Wir bilden uns gerne ein, dass wir bei unseren Kindern alles richtig gemacht haben, aber eines ist uns wirklich gelungen: Sie wissen, dass sie uns alles erzählen können. Jo und ich haben damals schon gewusst, dass sie nicht in Cals Garten campen wollten.«

»Sie wussten, dass die drei im Wald übernachten wollten?«

»Wir wussten, dass sie ein Abenteuer planten, und wir haben ihn nicht daran gehindert. Wenn wir es ihm verboten hätten, hätte er sich etwas anderes ausgedacht. Vögel müssen fliegen lernen. Man kann sie nicht die ganze Zeit im Nest halten.«

Er schwieg einen Moment, Layla sah ihm an, dass er an die zurückliegenden Jahre dachte.

»Gage war bei ihm, als er nach Hause kam«, fuhr Brian fort. »Man konnte beiden ansehen, wie sehr sie sich verändert hatten. Sie erzählten es uns, und alles veränderte sich auch für uns. Wir überlegten, ob wir wegziehen sollten. Jo und ich sprachen davon, die Farm zu verkaufen und woanders hinzuziehen. Aber er musste hier sein. Nach Ablauf der Woche dachten wir, der Spuk wäre vorbei. Gleichzeitig wussten wir, dass Fox mit Cal und Gage hierbleiben musste.«

»Sie haben gesehen, wie er diese Woche dreimal erlebt hat, und jetzt steht sie wieder bevor. Ich glaube, es kostet ungeheuren Mut zu akzeptieren, was er tut.«

Brian lächelte. »Das ist kein Mut, das ist Vertrauen. Ich habe uneingeschränktes Vertrauen in Fox. Er ist der beste Mann, den ich kenne.«

Brian blieb, bis sie die Kanzlei schloss, dann bestand er darauf, sie nach Hause zu fahren. Der beste Mann, den ich kenne, dachte sie. Gab es ein höheres Lob von einem Vater? Sie ging nach oben, um das Tagebuch wieder ins Arbeitszimmer zu legen.

Quinn saß am Schreibtisch und schaute stirnrunzelnd auf den Computermonitor.

»Wie läuft's?«

»Beschissen. Ich muss den Artikel abgeben und kann mich einfach nicht konzentrieren.«

»Tut mir leid. Ich gehe runter und lasse dich arbeiten.«

»Nein. Scheiße.« Quinn wandte sich vom Schreibtisch ab. »Ich hätte den blöden Artikel gar nicht zusagen dürfen, nur weil sie mir so viel Geld dafür bezahlen. Aber wir wollen ja unbedingt dieses Blutritual machen, für das kluge Worte gebraucht werden, und Cybil hat schlechte Laune.«

»Wo ist sie?«

»Sie arbeitet in ihrem Zimmer, weil ich offensichtlich zu laut denke.« Quinn wedelte abfällig mit der Hand.

»Wir kriegen uns immer in die Haare, wenn wir länger an einem Projekt zusammenarbeiten. Ach, ich wünschte, ich hätte ein Plätzchen.« Sie stützte das Kinn in die Hand. »Ach, Mist.« Sie ergriff den Apfel, der auf ihrem Schreibtisch lag, und biss hinein. »Worüber lächelst du, Kleidergröße vierunddreißig?«

»Sechsunddreißig, und ich lächle, weil ich es beruhigend finde, nach Hause zu kommen und festzustellen, dass du auch ab und zu Lust auf Plätzchen hast und dass Cybil sich in ihrem Zimmer vergraben hat. Es ist so normal.«

Schnaubend biss Quinn erneut in ihren Apfel. »Meine Mutter hat ein Stoffmuster für die Kleider der Brautjungfern geschickt. Fuchsia. Wie normal ist das, Sonnenschein?«

»Wenn ich müsste, könnte ich auch Fuchsia tragen. Aber zwing mich bitte nicht dazu.«

Quinn kaute mit blitzenden Augen. »Cybil sähe schrecklich in Fuchsia aus. Und wenn sie mich weiter so angiftet, dann zwinge ich sie dazu. Weißt du was? Wir sollten eine Zeitlang wegfahren. Wir nehmen uns morgen frei und suchen nach einem Hochzeitskleid für mich.«

»Im Ernst?«

»Im Ernst.«

»Ich dachte schon, du würdest mich nie mehr fragen. Das möchte ich schrecklich gerne tun. Wo …«

Layla drehte sich um, als sich die Tür zu Cybils Zimmer öffnete. »Wir gehen einkaufen. Quinns Hochzeitskleid.«

»Gut, das ist gut.« Cybil lehnte am Türrahmen und

musterte ihre Freundinnen. »Das kann man auch als Ritual bezeichnen – ein weibliches Ritual, weiße Magie. Es sei denn, wir wollten den Symbolismus genauer unter die Lupe nehmen. Weiß gleich Jungfrau, Schleier gleich Unterwerfung …«

»Das wollen wir aber nicht«, unterbrach Quinn sie. »Für das perfekte Hochzeitskleid werfe ich mit Freuden all meine feministischen Prinzipien über Bord. Damit kann ich leben.«

»Ja, klar. Auf jeden Fall …« Geistesabwesend fuhr sich Cybil durch ihren Haarschopf. »Es ist trotzdem ein weibliches Ritual. Vielleicht ist es ja ein Ausgleich zu dem Blutritual, das wir in zwei Wochen vornehmen.«

Nach seinen Terminen fuhr Fox sofort zu Layla nach Hause. Sie öffnete ihm die Tür und blickte ihm lächelnd entgegen. Konnte ihm jemand verdenken, dass er jeden Abend so empfangen werden wollte?

»Hey.« Er zog sie an sich und küsste sie. Als sie kaum reagierte, zog er die Augenbrauen hoch. »Was ist los?«

»Entschuldigung, ich war nicht ganz bei der Sache.« Sie küsste ihn noch einmal. »Hast du meine Nachricht bekommen?«

»Dass wir uns heute Abend hier treffen, ja.«

»Wir sind im Wohnzimmer. Es ist … Cybil glaubt, sie hat das Blutritual ausgearbeitet.«

»Spaß und Spiel für alle.« Besorgt strich er ihr mit dem Daumen über den Wangenknochen. »Wo liegt das Problem?«

»Sie will warten, bis ihr alle hier seid, um es euch auch erklären zu können.«

»Was sie dir erklärt hat, scheint dich nicht gerade begeistert zu haben.«

»Einige der Variablen beim möglichen Ergebnis sind auch nicht gerade rosig.« Sie ergriff seine Hand. »Du hörst es dir besser selber an. Aber vorher … ich muss dir noch etwas sagen.«

»Okay.«

»Fox …« Sie packte seine Hand fester. »Können wir uns einen Moment lang hierhin setzen?«

Sie setzten sich auf die Verandastufen und blickten auf die stille Straße. Fox sah ihr an, wie nervös sie war. »Wie schlimm ist es denn?«, fragte er sie.

»Ich weiß nicht. Ich weiß nicht, was du dazu sagen wirst.« Sie presste die Lippen zusammen. »Am besten sage ich es einfach geradeheraus, dann kannst du es langsam verarbeiten. Carly hatte eine Verbindung zu dem Ganzen. Sie war eine Nachfahrin von Hester Deale.«

Fox blieb die Luft weg. »Woher weißt du das?«, fragte er fassungslos.

»Ich habe Cybil gebeten …« Sie brach ab und wandte sich ihm zu. »Ich hatte das Gefühl, es müsste einen Grund dafür geben, was passiert ist. Einen Grund, warum sie so schnell infiziert war, so … tödlich. Deshalb habe ich Cybil gebeten nachzuforschen, und sie hat es herausgefunden.«

»Warum hast du mir nichts davon gesagt?«

»Es war nur eine Vermutung, und wenn ich mich geirrt hätte, hättest du dich umsonst aufgeregt. Und … ja, ich hätte es dir sagen müssen«, entschuldigte sie sich. »Es tut mir leid.«

»Ich … ich verstehe. Cybil hat also Carlys Familienstammbaum durchforstet?«

»Ja. Heute Abend hat sie mir gesagt, sie habe die Verbindung gefunden. Sie kann dir die Details zeigen, wenn du sie sehen willst.«

Als er nur den Kopf schüttelte, fuhr Layla fort: »Ich weiß nicht, ob es dadurch für dich besser oder schlechter wird oder ob es am Ende gar nichts ändert. Aber ich dachte, du solltest es zumindest wissen.«

»Sie war die ganze Zeit ein Teil davon«, sagte er.

»Twisse benutzte das, er benutzte euch beide. Es tut mir leid. Es tut mir so leid, aber du hättest nichts tun können, um den Lauf der Ereignisse zu ändern.«

»Das weiß ich nicht, aber jetzt kann ich auf jeden Fall nichts mehr daran ändern. Vielleicht haben Carly und ich uns nur deswegen kennen gelernt. Aber dann haben wir beide Entscheidungen getroffen, die zum Ende geführt haben. Wenn wir uns anders entschieden hätten, hätte vielleicht auch das Ende anders ausgesehen. Wer weiß das schon?«

Nach einer Weile legte er seine Hand auf ihre. »Wenn ich an sie denke, werde ich immer Schuld und Trauer verspüren, aber jetzt weiß ich zumindest zum Teil, warum. Ich habe das Warum nie verstanden, Layla, das hat mich krank gemacht.«

»Twisse hat sie benutzt, um dich zu verletzen. Weil sie von seinem Blut war, hatte er diese Macht über sie. Und weil sie nicht wirklich daran glaubte. Sie hatte einfach nicht genug Angst, deshalb hat sie sich auch nicht gewehrt oder ist weggelaufen. Das mag nur Spekulation sein, aber …«

»Nein«, erwiderte Fox ruhig. »Nein, du hast absolut recht. Sie glaubte selbst dann nicht daran, als sie es mit eigenen Augen sah.« Er hob seine Hand und betrachtete die Handfläche. »Sie sagte das, was ich ihrer Meinung nach hören wollte, versprach mir, auf der Farm zu bleiben, hatte aber von vorneherein nicht die Absicht, ihr Versprechen einzuhalten. Sie war eine Skeptikerin, sie konnte nicht anders.«

Er ballte die Faust und senkte sie. »An eine Verbindung habe ich nie gedacht. Das war klug von dir. Und es war richtig, dass du es mir erzählt hast.« Er verschränkte seine Finger mit ihren. »Für uns ist es am besten, wenn wir aufrichtig miteinander sind, auch wenn es manchmal schwerfällt.«

»Ich möchte noch etwas sagen, bevor wir wieder hineingehen. Wenn ich dir etwas verspreche, dann halte ich es auch.«

Er zog ihre Hand an die Lippen. »Ich glaube dir. Lass uns hineingehen.«

Er konnte die Vergangenheit nicht ändern, dachte Fox. Er konnte sich nur auf die Zukunft vorbereiten. Und er konnte die Gegenwart schätzen. Layla gehörte jetzt zu ihm. Die Menschen hier im Haus waren seine Freunde. Sie brauchten ihn, und er brauchte sie. Das war genug für einen Mann.

Er ließ sich auf seinem üblichen Platz auf dem Fußboden neben Lump nieder. Spannung lag in der Luft. Die Frauen waren nervös, auch bei Cal und Gage spürte er Interesse und Ungeduld.

»Was ist los? Lasst uns weitermachen.«

Cybil ergriff das Wort.

»Ich habe mit einigen Leuten, die ich kenne und denen ich vertraue, über das Blutritual gesprochen, das Ritual, mit dem wir die drei Teile des Blutsteins wieder zu einem Ganzen zusammenfügen wollen. Auf jeden Fall nehmen wir an, dass wir das tun müssen, aber im Grunde ist es nur Spekulation.«

»Die einzelnen Teile haben bisher noch nichts Gutes für uns bewirkt«, warf Gage ein.

»Nun, das weißt du gar nicht«, gab Cybil zurück. »Möglicherweise verdankt ihr ja diesen Teilen des Blutsteins eure Gabe, zu heilen und zu sehen. Diese Gabe verliert ihr möglicherweise wieder, wenn der Stein zusammengefügt ist. Und ohne diese Gabe wärt ihr Twisse gegenüber viel hilfloser.«

»Aber wenn wir sie nicht zusammenfügen«, sagte Cal, »dann sind es nur drei Teile eines Steins, die wir nicht verstehen. Wir waren uns ja einig, dass wir es versuchen wollten. Wir haben es auch schon versucht. Wenn du jetzt einen anderen Weg gefunden hast, werden wir auch den ausprobieren.«

»Blutriten sind mächtige und gefährliche Magie. Wir stehen schon einer mächtigen, gefährlichen Kraft gegenüber, und ihr müsst euch über alle möglichen Konsequenzen im Klaren sein. Wir müssen uns alle einig sein, weil wir alle unseren Teil zum Ritual beitragen müssen. Ich werde mich auf nichts einlassen, bis nicht alle es verstanden haben.«

»Ja, klar.« Gage zuckte mit den Schultern. »Cal muss vielleicht seine Brille wieder ausgraben, und wir können uns wieder erkälten.«

»Nimm es nicht zu leicht«, warnte Cybil ihn. »Du

könntest alles verlieren, was du hast. Es könnte nach hinten losgehen. Du hast doch schon erlebt, was eine Mischung bewirken kann. Es war euer Blut, das den Dämon befreit hat. Wir müssen davon ausgehen, dass durch dieses Ritual Schlimmeres entfesselt werden könnte.«

»Um zu gewinnen, muss man zuerst mal spielen.«

»Er hat recht.« Fox nickte Gage zu. »Entweder riskieren wir es, oder wir können gar nichts tun. Entweder glauben wir Ann Hawkins oder nicht. Sie hat doch Cal gesagt, dass dies der richtige Zeitpunkt ist. Diese Sieben heißt es alles oder nichts, und der Stein – als Ganzes – ist eine potentielle Waffe. Ich glaube ihr. Sie hat ihr Leben mit Dent geopfert, und dieses Opfer führte zu uns. Eins in drei, drei in eins. Wenn es einen Weg gibt, gehen wir ihn.«

»Es gibt noch weitere drei, Q, Layla und mich. Unser Blut ist vom Blut des Dämons beschmutzt.«

»Ist aber auch unschuldig«, fügte Layla hinzu. »Hester Deale war nicht böse. Unschuldiges Blut, hast du gesagt, Cybil, unschuldiges Blut ist ein wichtiges Element im Ritual.«

»Das hat man mir so gesagt.« Cybil seufzte. »Man hat mich auch gewarnt, weil das unschuldige Blut dem Dämon noch mehr Kraft verleihen kann und er ein solches Ritual als Einladung auffassen könnte. Drei kleine Jungen sind durch ein Blutritual am Heidenstein verwandelt worden. Das könnte auch mit uns passieren.« Sie blickte Layla und Quinn an. »Wir könnten wecken, was in uns schlummert.«

»Das wird nicht passieren«, erwiderte Quinn, »weil

wir es nicht zulassen. So ein bisschen Dämonen-DNA wird dir schon nicht die Show verderben, Cybil.«

»Du musst wissen, dass es richtig ernsthaft schlimm ausgehen könnte, wenn es schiefgeht.«

»Aber wenn es funktioniert«, sagte Fox, »dann ist es ein weiterer Schritt, um Menschenleben zu retten und den Dämon zu vernichten.«

»Höchstwahrscheinlich werden wir alle bloß ein bisschen Blut verlieren, und nichts wird sich ändern. Fest steht, dass es nötig ist. Und deshalb bin ich dabei.«

»Irgendjemand dagegen?«, fragte Quinn in die Runde. »Dann lasst uns loslegen.«

»Nicht so schnell«, sagte Cybil. »Das Ritual selbst ist zwar ziemlich unkompliziert, aber wir müssen bestimmte Details beachten. Wir müssen uns am Heidenstein in einem rituellen Kreis aufstellen – Junge, Mädchen, Junge, Mädchen. Cal, ich nehme nicht an, dass du das Messer von damals noch hast?«

»Mein Pfadfindermesser? Doch natürlich.«

»Aber natürlich.« Quinn beugte sich vor und küsste ihn auf die Wange.

»Das brauchen wir. Ich habe eine Liste von all den Dingen gemacht, die wir brauchen. Dann müssen wir den Wortlaut der Beschwörung ausarbeiten. Dazu müssen wir bis zum nächsten Vollmond warten. Eine halbe Stunde vor Mitternacht müssen wir beginnen und eine halbe Stunde danach aufhören.«

»Ach, du lieber Himmel!«

»Ein Ritual ist eben ein Ritual«, fuhr Cybil Gage an. »Es erfordert Respekt und viel Vertrauen. Der Vollmond gibt uns Licht, buchstäblich und im übertragenen Sinn.

Die halbe Stunde vor Mitternacht ist die Zeit des Guten, und die halbe Stunde danach ist die Zeit des Bösen. Zeit und Ort stimmen, es müsste eigentlich klappen. Wir haben zwei Wochen Zeit, alle Feinheiten auszutüfteln – oder alles abzublasen und in die Karibik zu fahren. In der Zwischenzeit …« Sie blickte in ihr leeres Glas. »Ich habe keinen Wein mehr.«

Gage folgte Cybil in die Küche. »Was macht dir Angst?«

»Ach, ich weiß nicht.« Sie schenkte sich ein Glas Cabernet ein. »Wahrscheinlich Tod und ewige Verdammnis.«

»Du bist doch sonst nicht so leicht einzuschüchtern.«

Sie trank einen kleinen Schluck und wandte sich zu ihm. »Du bist nicht der Einzige, der Bilder aus der Zukunft sieht.«

»Was hast du gesehen?«

»Ich habe meine beste Freundin sterben sehen und die Frau, die ich ebenfalls lieben gelernt habe. Ich sah die Männer, die sie lieben, sterben, als sie versuchten, sie zu retten. Ich sah deinen Tod in Blut und Feuer. Ich überlebte. Das ist das Allerschlimmste. Alle starben, und ich lebte weiter.«

»Das klingt mir eher nach Nervosität und Schuldgefühlen als nach einem Blick in die Zukunft.«

»Schuldgefühle kenne ich nicht. Hinzu kommt, dass es in meinem Traum funktionierte. Der Blutstein wurde wieder ein Ganzes und lag im Schein des Vollmondes auf dem Heidenstein. Einen Moment lang strahlte er heller als die Sonne.«

Sie holte tief Luft. »Ich will nicht alleine von der Lichtung gehen. Also tu mir einen Gefallen. Stirb nicht.«

»Ich werde sehen, was ich tun kann.«

19

Draußen, im Schein des zunehmenden Mondes, gab Layla Fox einen Gutenachtkuss. »Ich glaube, ich muss hierbleiben.« Layla küsste ihn erneut. »Cybil ist gereizt, Quinn kann sich nicht konzentrieren. Sie haben sich die ganze Zeit über angegiftet. Sie brauchen einen Schiedsrichter.«

»Ich könnte bleiben.« Sanft knabberte er an ihrer Unterlippe. »Und dich unterstützen.«

»Dann könnte ich mich nicht konzentrieren. Das kann ich ja jetzt schon nicht.« Leise stöhnend löste sie sich von ihm. »Außerdem habe ich das Gefühl, du willst zu Cal gehen, damit ihr drei das Ganze noch einmal besprechen könnte.«

Er ließ seine Hände über ihre Arme gleiten. »Du bist dazu bereit.«

»Das stand nie in Frage.«

»Nein, das wusste ich immer schon. Und jetzt merke ich es dir auch an.«

Sie freute sich über sein Vertrauen. »Es ist an der Zeit, den nächsten Schritt zu machen. Übrigens, ich hätte morgen gerne frei.«

»Okay.«

»Einfach nur okay?« Sie schüttelte den Kopf. »Willst du denn gar nicht wissen, was ich morgen vorhabe?«

»Drei- oder viermal im Jahr – das war das Limit – konnten wir aus der Schule wegbleiben. Wir sagten einfach, ich will morgen nicht zur Schule gehen, und es war okay. Wir mussten niemals so tun, als ob wir krank wären oder so. Ich glaube, bei der Arbeit funktioniert das auch.«

Sie schlang ihm die Arme um die Taille. »Ich habe einen tollen Chef. Er schickt sogar seine Eltern, wenn ich alleine im Büro bin, damit sie nach mir sehen.«

Fox zuckte zusammen. »Ich hätte dich besser vorgewarnt …«

»Ist schon in Ordnung. Nein, eigentlich ist es sogar besser als in Ordnung. Erst habe ich mit deiner Mutter geplaudert, dann mit deinem Dad – der mich immer wieder verblüfft, weil ihr euch so ähnlich seht, vor allem, wenn ihr lächelt.«

»Das ist der berühmte O'Dell-Charme. Funktioniert immer.«

Lachend lehnte sie sich zurück. »Ich möchte dir noch etwas sagen, bevor du gehst, Fox. Etwas, das ich schon eine ganze Zeitlang mit mir herumtrage. Ich liebe dich.« Sie lachte ein wenig. »Ich liebe dich, Fox. Du bist der beste Mann, den ich kenne.«

Er konnte nichts sagen, so sehr erfüllten ihn ihre Worte. Ich liebe dich, sagte sie mit einem Lächeln, das die Worte in der Dunkelheit zum Funkeln brachte. Er schloss die Augen und lehnte seine Stirn an ihre.

Dann küsste er sie auf die Stirn, auf die Wangen, bevor er seine Lippen über ihren Mund senkte. »Das sagst du mir, und dann schickst du mich nach Hause?«

Wieder lachte sie. »Ja, leider.«

»Vielleicht könntest du einfach auf ein Stündchen oder zwei rüberkommen.« Sein Kuss wurde leidenschaftlicher. »Oder vielleicht drei?«

»Ich möchte gerne, aber …«

In diesem Moment trat Gage aus der Haustür. »Entschuldigung.« Er blickte Fox an und legte den Kopf schief. Fox nickte.

»Wie macht ihr zwei das nur, dass ihr euch unterhaltet, ohne zu sprechen?«, fragte Layla, als Gage zu seinem Auto ging.

»Das hat wahrscheinlich etwas damit zu tun, dass wir uns schon seit der Geburt kennen. Ich fahre mit ihm.« Fox umfasste ihr Gesicht. »Morgen Abend.«

»Ja. Morgen Abend.«

»Ich liebe dich.« Er küsste sie erneut. »Verdammt, ich muss jetzt gehen. Bis morgen.«

Als er zum Auto ging, war er in Gedanken bei ihr, und so bemerkte er die dunkle Wolke nicht, die sich vor den Mond schob.

Quinn hatte den perfekten Brautmodenladen gefunden, dachte Layla. Die zweieinhalbstündige Fahrt war jede einzelne Minute wert gewesen, als sie erst einmal an dem charmanten zweigeschossigen viktorianischen Haus ankamen, das von einem wunderschönen Garten umgeben war. Layla nahm sofort alle Details wahr – die Farben der Einrichtung, die kleinen Sitzgruppen, die schmeichelhafte Beleuchtung.

Und die Auswahl. Kleider, Schuhe, Schleier, Unterwäsche waren so kreativ angeordnet, dass Layla das

Gefühl hatte, sich auf einer eleganten Hochzeitstorte zu befinden.

»Die Auswahl ist viel zu groß. Ich ersticke hier.« Quinn packte Cybil am Arm.

»Nein, wirst du nicht. Du hast den ganzen Tag Zeit. Gott, hast du jemals so viel Weiß gesehen? Das ist ja der reinste Winterwald aus Tüll und Seide.«

»Na ja, es gibt auch noch Elfenbein, Cremefarben, Champagner und Écru«, erwiderte Layla. »Aber bei deinen Farben, Quinn, würde ich Weiß nehmen. Du kannst das tragen.«

»Du suchst ein Kleid aus. Das ist – war – doch dein Beruf, oder?« Quinn rieb sich mit der Hand über den Hals. »Warum bin ich nur so nervös?«

»Weil du zum ersten Mal heiratest.«

Quinn stieß Cybil an und lachte. »Halt den Mund. Okay.« Sie holte tief Luft. »Natalie bringt gerade die Kleider in die Umkleidekabine«, sagte sie und zeigte auf die Geschäftsführerin. »Ich werde anprobieren, was sie mir ausgesucht hat. Aber jede von uns muss mindestens ein Kleid selbst aussuchen. Und ihr müsst mir schwören, aufrichtig zu sein. Wenn ein Kleid mir nicht steht, müsst ihr mir das auch sagen. Also, schwärmt aus. In zwanzig Minuten an der Umkleidekabine.«

»Wenn du dich selbst darin siehst, wirst du wissen, welches Kleid das richtige ist. So funktioniert das.« Aber Layla schaute sich trotzdem um.

Sie betrachtete alle Modelle eingehend, als sie gerade vor einem Kleid stand, in dem sie sich Quinn gut vorstellen konnte, trat Natalie zu ihr.

Ihre graugesträhnten dunklen Haare passten gut zu

ihrem jungenhaften Gesicht. Eine kleine Brille mit schwarzem Rahmen betonte ihr Aussehen noch. Sie war klein und dünn, in einem dunklen Anzug, den sie sicher gewählt hatte, um sich von den weißen Roben abzuheben.

»Quinn ist bereit, sie möchte aber nicht ohne Sie anfangen. Wir haben für den Anfang sechs Kleider.«

»Ich habe mir gerade überlegt, ob sie das hier vielleicht auch anprobieren sollte.«

»Natürlich, ich bringe es zum Umkleideraum.«

»Wie lange haben Sie dieses Geschäft schon?«

»Meine Partnerin und ich haben es vor vier Jahren aufgemacht. Bevor wir hierhergezogen sind, habe ich ein Brautmodengeschäft in New York geleitet.«

»Wirklich? Wo?«

»I Do, Upper East Side.«

»Ein toller Laden. Eine Freundin von mir hat dort vor ein paar Jahren ihr Kleid gekauft. Ich lebe, äh, habe auch in New York gelebt. Ich habe eine Boutique in der Stadt geleitet. Urbania.«

»Oh, den Laden kenne ich.« Natalie strahlte. »Die Welt ist klein.«

»Ja. Darf ich fragen, warum Sie aus New York weggegangen sind und hier ein Geschäft eröffnet haben?«

»Oh, Julie und ich haben seit Jahren ständig darüber geredet. Wir sind seit der College-Zeit miteinander befreundet. Sie hat dieses Ladenlokal hier gefunden, mich sofort angerufen und gesagt: ›Nat, das ist es.‹ Sie hatte recht. Ich dachte erst, sie wäre verrückt. Ich dachte, *ich* wäre verrückt, aber sie hatte recht.« Natalie blickte sie an. »Wissen Sie, wie es ist, wenn man für die Kundin genau das findet, was sie will – genau das, was richtig für sie ist? Ihr Gesichtsausdruck, ihr Tonfall?«

»Ja, das kenne ich.«

»Wenn es Ihr eigener Laden ist, macht es dreimal so viel Spaß. Soll ich Sie zum Umkleideraum bringen?«

In einem geräumigen Raum mit einem hohen Dreifachspiegel und Stühlen mit Petit-Point-Polstern wurde Tee in zarten Porzellantassen serviert. Hauchdünne Plätzchen lagen auf einem Silbertablett, und der Duft von rosa Lilien und weißen Rosen erfüllte die Luft.

Layla setzte sich und trank Tee, während Quinn die Kleider anprobierte.

»Das ist nicht ganz schrecklich.« Cybil schürzte die Lippen, während Quinn sich vor dem Spiegel drehte. »Aber es ist viel zu überladen für dich. Zu viele …« Sie ließ die Hand kreisen. »Rüschen.«

»Aber mir gefällt die Stickerei. Das ganze Kleid funkelt.«

»Nein«, sagte Layla, und Quinn seufzte.

»Das nächste.«

»Das ist besser«, meinte Cybil. »Das sage ich nicht nur, weil ich es ausgesucht habe. Aber das wird das wichtigste Kleid deines Lebens, und es ist immer noch nicht das richtige. Viel zu würdevoll.«

»Aber ich sehe so elegant aus.« Quinn drehte sich mit glänzenden Augen vor dem Spiegel. »Ich weiß nicht, fast königlich. Layla?«

»Bei deiner Größe und deiner Figur kannst du es tragen, und die Linie ist klassisch. Aber nein.«

Nach zwei weiteren Versuchen und Ablehnungen machte Quinn in Büstenhalter und Strumpfhose eine

Teepause. »Vielleicht sollten wir einfach durchbrennen. Wir könnten nach Vegas fahren, uns von einem Elvis-Imitator trauen lassen. Das würde bestimmt Spaß machen.«

»Deine Mutter würde dich umbringen«, sagte Cybil. Sie brach eins der dünnen Plätzchen in der Hälfte durch und bot Quinn eine Hälfte an. »Und Cals Mutter auch.«

»Vielleicht bin ich einfach nicht der Typ für ein langes Hochzeitskleid. Vielleicht wäre ein Cocktailkleid besser. Es muss ja nicht immer so förmlich sein«, meinte Quinn. Sie stellte ihre Teetasse ab und griff nach einem anderen Kleid. »In diesem Rock habe ich wahrscheinlich einen Quadratarsch«, stellte sie fest. Sie warf Layla einen entschuldigenden Blick zu. »Das hast du ausgesucht.«

»In erster Linie muss es dir gefallen«, erwiderte Layla.

»Wir könnten auch alles ganz schlicht halten, mit einer Hochzeit im Garten. Alles andere ist doch übertrieben«, sagte Quinn, während sie sich von Layla und Cybil in das Kleid helfen ließ. »Ich liebe Cal. Ich will Cal heiraten. Das und unsere Freundschaft soll an diesem Tag gefeiert werden. Was bedeutet da schon so ein blödes Kleid?«

Als Layla zurücktrat, drehte sie sich um. »Oh, mein Gott.« Atemlos blickte sie an sich herunter. Das herzförmige, mit Glasperlen bestickte Mieder des trägerlosen Kleides betonte ihre gebräunten Arme und Schultern, und von der schmalen Taille aus fiel der Taftrock in weichen Rüschen.

Quinn berührte das Kleid vorsichtig mit den Fingerspitzen. »Cyb?«

»Gott.« Cybil trocknete eine Träne. »Ich habe nicht erwartet, dass ich so reagieren würde. Himmel, Q, es ist perfekt. Du bist perfekt.«

»Bitte, sag mir, dass es meinen Hintern nicht zu dick aussehen lässt. Du kannst ja lügen, wenn es sein muss.«

»Dein Hintern sieht toll aus. Oh, verdammt, ich brauche ein Taschentuch.«

»Weißt du noch, was ich eben darüber gesagt habe, wie unwichtig das Kleid und das ganze Drum und Dran ist? Vergiss es! Layla, wie findest du es?« Quinn schloss die Augen.

»Das brauche ich dir nicht erst zu sagen. Du weißt, dass es dein Kleid ist.«

Der Frühling brachte Farbe nach Hollow, mit grünen Wiesen am Teich im Park, mit blühenden Bäumen im Wald und an der Straße. Die Tage wurden länger und wärmer, und man konnte spüren, wie der Sommer näher rückte.

Veranden wurden frisch gestrichen, und die Gärten waren voller bunter, duftender Blumen. Rasenmäher summten, und der Duft von frisch gemähtem Gras lag in der Luft. Kinder spielten Baseball, und Männer säuberten ihre Grills.

Mit dem Frühling wurden die Träume heftiger.

Fox wachte in kaltem Schweiß gebadet auf. Er roch immer noch das Blut, das Höllenfeuer, die verkohlten Leichen der Verdammten. Seine Kehle schmerzte, so laut hatte er im Schlaf geschrien. Er war gerannt, und seine Lungen brannten noch von der Anstrengung. Er war durch die verlassenen Straßen von Hollow gelaufen, überall um ihn herum hatten Häuser in Flammen gestanden, während er versuchte, zu Layla zu gelangen, bevor sie …

Er tastete neben sich; sie war weg.

Er sprang aus dem Bett und schlüpfte schon im Laufen in Boxershorts. Er rief nach ihr, aber er wusste, noch bevor er die offene Tür sah, wohin ihr eigener Traum sie gelockt hatte.

Dann rannte er in die Frühlingsnacht, rannte wie in seinem Traum mit bloßen Füßen über Pflaster, Asphalt und Glas. Rauch hing in den verlassenen Straßen, brannte ihm in den Augen, er lief an brennenden Gebäuden vorbei. Es ist nicht real, sagte er sich. Die Feuer waren Lügen, aber die Gefahr war real. Er rannte immer weiter.

Das Herz schlug ihm bis zum Hals, als er sie sah. Wie ein Gespenst glitt sie durch den Rauch und die falschen Flammen. Er rief nach ihr, aber sie blieb nicht stehen, drehte sich nicht um. Als er sie eingeholt hatte und zu sich herumdrehte, waren ihre Augen blind.

»Layla.« Er schüttelte sie. »Wach auf! Was machst du hier?«

»Ich bin verdammt.« Sie sang es beinahe, und ihr Lächeln wirkte gequält. »Wir sind alle verdammt.«

»Komm. Komm nach Hause.«

»Nein. Nein. Ich bin die Mutter des Todes.«

»Layla. Du bist Layla.« Er versuchte, in ihre Gedanken einzudringen, stieß aber nur auf Hesters Wahnsinn. Er unterdrückte seine eigene Panik und packte sie fester. »Layla, komm nach Hause.« Als sie sich von ihm losreißen wollte, zog er sie in seine Arme. »Ich liebe dich, Layla. Ich liebe dich.«

Sie wurde schlaff und begann zu zittern. »Fox.«

»Es ist okay. Es ist nicht real. Ich bin hier. Ich bin real. Verstehst du mich?«

»Ja. Ja, ich kann wieder denken. Träumen wir?«

»Jetzt nicht mehr. Komm, wir gehen nach Hause.« Er legte ihr den Arm fest um die Taille.

Der Junge ritt auf dem Feuer, wie ein menschliches Kind vielleicht Skateboard fahren würde. Seine dunklen Haare flogen im Wind. Wütend wollte Fox auf ihn losstürmen.

»Nicht.« Layla hielt sich an ihm fest. »Er will uns trennen. Ich glaube, zusammen sind wir stärker.«

Tod für einen, Leben für den anderen. Ich werde dein Blut trinken und dann deine Frau besteigen.

»Nicht!« Layla schlang Fox die Arme um den Hals, um ihn festzuhalten. *Wir können hier nicht gewinnen. Bleib bei mir. Du musst bei mir bleiben.* »Verlass mich nicht«, sagte sie laut.

Es kostete ihn alle Kraft, weiterzugehen und den Dämon zu ignorieren, der um sie herumtanzte und ihnen Obszönitäten zurief. Aber nach und nach erloschen alle Feuer, als sie die Treppe zu seiner Wohnung hinaufgingen, war die Nacht wieder klar und kühl, und nur noch ein Hauch von Schwefel lag in der Luft.

»Du bist ganz kalt. Lass uns wieder ins Bett gehen.«

»Nein, ich muss mich erst einmal hinsetzen.« Sie sank schwer auf einen Stuhl. »Wie hast du mich gefunden?«

»Ich habe es geträumt. Ich bin durch die Stadt gelaufen. Alles brannte.« Er breitete den Überwurf, den seine

Mutter gemacht hatte, über ihre nackten Beine. »In den Park, zum Teich. Aber im Traum war es zu spät. Du warst tot, als ich dich aus dem Wasser gezogen habe.«

Sie griff nach seinen Händen. Sie waren genauso kalt wie ihre. »Es war wie damals in New York, als ich träumte, ich sei Hester und er würde mich vergewaltigen. Ich wollte, dass es endlich aufhört. Ich wollte mich umbringen, ins Wasser gehen. Es waren ihre Gedanken, aber ich konnte sie nicht aufhalten. Er hatte Macht über mich.«

»Aber jetzt nicht mehr.«

»Er ist stärker geworden, das hast du auch gespürt. Fox, er hat mich beinahe in den Selbstmord getrieben. Wenn er so stark ist, wenn wir drei Frauen nicht immun sind, dann könnte er uns dazu bringen, dass wir euch etwas antun. Er könnte mich dazu bringen, dich zu töten.«

»Nein.«

»Verdammt, und wenn ich nun in die Küche gegangen wäre, ein Messer geholt und es dir ins Herz gestoßen hätte? Wenn er in uns eindringen kann, während wir schlafen …«

»Wenn er dich so infizieren könnte, dann hätte er es schon längst getan. Cal, Gage oder ich sind seine größten Feinde. Du stammst von ihm und Hester ab, deshalb hat er Hester gegen dich benutzt. Du hast doch einen logischen Verstand, Layla. Das ist logisch.«

Sie nickte, und obwohl sie dagegen ankämpfte, traten ihr Tränen in die Augen. »Er hat mich vergewaltigt. Ich weiß, dass es nicht real war, aber ich habe ihn *gespürt*. Er hat sich an mich geklammert und in mich hineingestoßen, Fox.«

Schluchzend brach sie zusammen, er zog sie in die Arme und wiegte sie.

»Ich konnte nicht schreien«, stieß sie hervor und presste ihr Gesicht an seine Schulter. »Ich konnte ihn nicht aufhalten. Dann war mir alles gleichgültig. Ich wollte nur noch, dass es vorbei war.«

»Soll ich Quinn und Cybil anrufen? Möchtest du lieber …«

»Nein. Nein.«

»Er hat das Ganze nur benutzt, um deinen Willen zu brechen.« Er strich ihr über die Haare. »Wir lassen das nicht mehr zu. Wir lassen nicht mehr zu, dass er dich noch einmal berührt.« Er hob ihr Gesicht und wischte ihr mit dem Daumen die Tränen ab. »Ich schwöre es dir, Layla, ich werde alles tun, damit er dich nie mehr berührt.«

»Du hast mich gefunden, bevor ich zu mir selbst zurückgefunden habe.« Sie legte den Kopf an seine Schulter und schloss die Augen. »Wir lassen es nicht mehr zu.«

»In ein paar Tagen machen wir den nächsten Schritt. Wir werden nicht verlieren. Und du wirst deinen Teil dazu beitragen, ihn zu vernichten.«

»Er soll leiden.« Ihre Stimme wurde kräftiger. »Er soll schreien, wie ich im Kopf geschrien habe.« Als sie die Augen wieder öffnete, waren sie klar. »Ich wünschte, es gäbe einen Weg, wie wir ihn aus unseren Köpfen verbannen könnten. So wie Knoblauch bei Vampiren. Das klingt blöd, oder?«

»Nein, das finde ich nicht. Vielleicht fällt unserem Recherche-As etwas ein.«

»Vielleicht. Ich muss jetzt duschen. Leistest du mir Gesellschaft dabei? Redest du mit mir?«

»Klar.«

Sie ließ die Tür offen, und er lehnte sich an den Türrahmen. »Es ist schon Morgen«, meinte er. »Dank meiner Mutter habe ich frische Eier. Ich kann Rührei machen. Bis jetzt habe ich noch nie für dich gekocht.«

»Doch. Hast du nicht während des Schneesturms bei Cal ein paar Dosen Suppe aufgemacht?«

»Ach ja, dann habe ich ja doch schon gekocht. Ich mache aber trotzdem Rührei, als Bonus sozusagen.«

»Als wir am Heidenstein waren, war der Dämon noch nicht so stark wie jetzt.«

»Nein.«

»Er wird immer stärker.«

»Wir auch. Wenn ich dich so sehr liebe – so sehr, dass ich dir Rührei brate –, dann kann ich nur stärker werden.«

Layla stand unter der heißen Dusche und schloss die Augen. Es lag nicht an Wasser und Seife, dass sie sich so sauber fühlte, es lag an Fox. Sie drehte das Wasser ab und trat aus der Dusche, um sich abzutrocknen. »Noch nie hat mich jemand so geliebt, dass er mir Rührei gemacht hat. Ich bin mir gar nicht sicher, ob ich es verdient habe.«

»Oh.« Er musterte sie anerkennend. »Wenn ich richtig belohnt werde, kann ich sogar Bagels toasten.«

Layla hielt inne. »Hast du Bagels?«

»Noch nicht, aber in einer Stunde macht die Bäckerei auf.«

Sie lachte – Gott, was für eine Erleichterung zu lachen – und schlüpfte in ihren Bademantel.

»In New York gibt es viele hervorragende Bäckereien«, fuhr Fox fort. »Es ist die Stadt der Bagels. Da ich gute Bäckereien und gute Bagels sehr schätze, habe ich mir schon überlegt, mich dort als Anwalt zulassen zu lassen.«

Sie drehte sich zu ihm um und blickte ihn fragend an.

»Dein Mietvertrag läuft noch bis August. Vielleicht möchtest du ja lieber hierbleiben, bis Cal und Quinn im September geheiratet haben. Oder vielleicht möchtest du dort eine Wohnung suchen. Du hast noch viel Zeit, dich zu entscheiden.«

Layla betrachtete ihn forschend. »Du redest davon, nach New York zu ziehen.«

»Ich rede davon, mit dir zusammenzuziehen. Wo, spielt keine Rolle.«

»Aber hier ist dein Zuhause. Deine Kanzlei ist hier.«

»Ich liebe dich. Das haben wir doch schon besprochen, oder?« Er trat auf sie zu. »Und wir haben doch auch schon besprochen, dass du mich ebenfalls liebst, oder?«

»Ja.«

»Leute, die sich lieben, wollen im Allgemeinen zusammen sein. Willst du mit mir zusammen sein, Layla?«

»Ja. Ja. Ich will mit dir zusammen sein.«

»Okay.« Er küsste sie. »Dann mache ich jetzt mal Rührei.«

Später an jenem Morgen saß Fox in Cals Büro und

streichelte Lump mit dem Fuß. Gage ging auf und ab. Fox wusste, dass er es hasste, im Bowlingcenter zu sein, aber er konnte nichts daran ändern. Es war einfach praktisch. Fox hatte ein privates Gelübde abgelegt, sich vor dem Vollmond nicht mehr allzu weit von Layla zu entfernen.

»Es muss einen Grund geben, warum er gerade sie immer damit angreift. Scheißvergewaltiger!«

»Wenn wir den Grund kennen würden, könnten wir ihn aufhalten.« Cal nickte. »Vielleicht ist sie einfach das schwächste Glied. Wir drei kennen uns schon unser ganzes Leben lang, Quinn und Cybil sind seit dem College befreundet. Aber bis Februar kannte keiner von uns Layla.«

»Möglich ist auch, dass er einfach nur gewürfelt hat.« Gage blieb am Fenster stehen, sah nichts Interessantes und ging weiter. »Die anderen beiden scheinen nicht infiziert zu sein.«

»Es ist anders. Es hat nichts mit den Vorfällen während der Sieben zu tun. Es passiert nur, wenn sie schläft, danach läuft sie im Schlaf durch die Gegend und folgt Hesters Muster. Sie will sich immer ertränken, und zwar draußen.«

»Einer von uns bleibt nachts im Haus, bis es vorbei ist«, beschloss Cal. »Auch wenn Layla bei dir zu Hause ist, Fox, lassen wir die anderen nachts auf keinen Fall mehr allein.«

»Das sehe ich genauso. Wenn wir unser Vollmond-Ritual gemacht haben, sollten wir uns die Sache vielleicht noch mal genauer ansehen. Wir müssen einen Weg finden, um Layla, um alle Frauen zu schützen.«

»Übermorgen«, murmelte Gage. »Gott sei Dank. Hat jemand unserer Seminarleiterin noch mehr Details entlocken können?«

Cals Mundwinkel zuckten. »Nein. Auch wenn Quinn etwas weiß, hält sie den Mund. Sie hat nur gesagt, dass Cybil die Feinabstimmung macht.«

»Sie schreibt das Drehbuch.« Fox hob die Hand, als Gage schnaubte. »Wir haben es doch auch schon auf verschiedene Arten probiert. Sie soll es ruhig versuchen.«

»Sie macht sich Sorgen, dass wir alle sterben werden. Beziehungsweise fünf von uns.«

»Besser besorgt als zu forsch«, sagte Cal. »Sie ist wirklich klug. Und außerdem liebt sie Quinn. Layla auch, aber sie und Quinn sind echt eng befreundet.«

Fox sprang auf. »Ich muss wieder in die Kanzlei. Apropos, ich ziehe nach deiner Hochzeit wahrscheinlich nach New York«, sagte er zu Cal.

»Schon wieder einer mit einem Ring durch die Nase.« Gage schüttelte den Kopf.

»Sagt es noch keinem weiter. Ich habe noch nicht mit meiner Familie geredet. Das muss ich ihnen schonend beibringen.« Fox blickte Cal an. »Aber ich dachte, ich könnte es euch schon mal sagen. Nach der Sieben biete ich das Haus zum Verkauf an. Der Markt ist relativ stabil, es müsste eigentlich zu einem anständigen Preis weggehen, deshalb …«

»Der ewige Optimist! Genauso gut könnte nach dem vierzehnten Juli hier alles in Schutt und Asche liegen.«

Fox zeigte Gage den Mittelfinger. »Na ja, ich dachte, du oder dein Vater, ihr wärt vielleicht daran interessiert«, sagte er zu Cal. »Ich kann ja mal ein paar Zahlen zusammenstellen.«

»Das ist ein großer Schritt, Fox«, sagte Cal langsam. »Du bist hier etabliert, vor allem mit deiner Kanzlei.«

»Nicht jeder kann bleiben. Du bleibst ja auch nicht hier.« Fox wandte sich an Gage.

»Nein. Ich bleibe nicht hier.«

»Aber du kommst immer wieder zurück. Und ich auch.« Fox drehte sein Handgelenk so, dass man die Narbe sah. »Das ist durch nichts auszulöschen. Durch nichts. Und, zum Teufel, New York ist nur ein paar Stunden entfernt. Als ich Jura studiert habe, bin ich die ganze Zeit hin und her gefahren. Es ist …«

»Als du noch mit Carly zusammen warst.«

»Ja.« Fox nickte Cal zu. »Jetzt ist es anders. Ich habe immer noch ein paar Kontakte da, deshalb werde ich mal meine Fühler ausstrecken und sehen, was sich machen lässt. Aber im Moment habe ich hier noch als Anwalt zu tun. Ich habe jetzt einen Termin. Heute Abend kann ich die Schicht im Haus übernehmen.«

Als Fox gegangen war, setzte Gage sich auf Cals Schreibtischkante. »Er wird es hassen.«

»Ja.«

»Aber er wird es trotzdem tun, und er wird dafür sorgen, dass es funktioniert. Das ist bei den O'Dells so.«

»Mit Carly hätte er es auch versucht. Aber er hat recht, jetzt mit Layla ist es etwas anderes. Es wird schon funktionieren. Ich werde derjenige sein, der darunter leidet, dass ich sein blödes Gesicht nicht mehr jeden Tag sehen kann.«

»Freu dich doch. Vielleicht sind ja fünf von uns in zwei Tagen tot.«

»Danke, du bist sehr hilfreich.«

»Jederzeit.« Gage richtete sich auf. »Ich habe auch Termine. Bis später.«

Er wollte gerade die Tür aufmachen, als sein Vater hereinkam. Sie blieben beide stehen. Hilflos stand Cal auf.

»Äh … Bill, schaust du bitte mal nach der Dunstabzugshaube am Grill? Ich komme gleich, ich bin sofort hier fertig.«

Bill starrte seinen Sohn an. »Gage …«

»Nein«, stieß Gage hervor. »Wir haben uns nichts mehr zu sagen.«

Cal rieb sich den Nacken, als Bill ihn verlegen fragte: »Äh … was soll ich nachsehen?«

»Die Dunstabzugshaube am Grill. Sie gibt komische Geräusche von sich. Lass dir Zeit.«

Als er wieder allein war, sank Cal auf seinen Stuhl zurück und drückte die Finger auf die Augen. Seine Freunde, seine Brüder hatten sich beide steinige Wege gewählt, aber ihm blieb nichts anderes übrig, als mit ihnen zu gehen.

20

Es mochte seltsam sein, tagsüber wie immer zur Arbeit zu gehen, wenn man vorhatte, abends ein Blutritual durchzuführen, aber Fox fand, dass es für ihn und seine Freunde richtig war.

Layla, deren Managerqualitäten seine geliebte Alice Hawbaker manchmal alt aussehen ließen, hatte seine Termine so zurechtgestutzt, dass er die Kanzlei am großen Tag pünktlich um drei Uhr schließen konnte. Er hatte seinen Rucksack bereits gepackt. Die meisten Leute mochten ja nicht wissen, was man bei einem Ausflug auf eine mystische Lichtung mitnehmen musste, aber Fox hatte damit keine Probleme. Dieses Mal hatte er sogar vorher den Wetterbericht gesehen.

Die Nacht sollte klar werden, wobei die Temperaturen von milden einundzwanzig auf kühle zwölf Grad zurückgehen würden.

Am besten war es wohl, mehrere Schichten übereinander anzuziehen.

In seiner Tasche steckte sein Drittel des Blutsteins. Hoffentlich war das tatsächlich einer der Schlüssel.

Während Layla sich umzog, packte er noch ein paar wesentliche Dinge in die Kühltasche. Als sie in die Küche kam, grinste er. »Du siehst aus, als wärst du auf dem Cover von *Wandermode* – wenn es so eine Zeitschrift gibt.«

»Ich habe tatsächlich überlegt, ob ich Ohrringe anlegen soll.« Sie blickte in die offene Kühltasche. Cola,

Muffins und Schokoriegel. »Wir können vermutlich alle nicht aus unserer Haut.«

»Diese Verpflegung ist Tradition.«

»Zumindest ist es genug Zucker. Gott, Fox, sind wir verrückt?«

»Nein, die Zeiten sind verrückt. Wir leben nur darin.«

»Ist das ein Messer?« Sie starrte auf die Lederscheide an seinem Gürtel. »Du nimmst ein Messer mit? Ich wusste gar nicht, dass du überhaupt eins besitzt.«

»Eigentlich ist es eine Gartensäge. Ein japanisches Sichelmesser. Sehr hübsch.«

»Was willst du damit machen?« Sie stemmte die Hände in die Hüften. »Bäume beschneiden?«

»Man kann ja nie wissen.«

Layla legte ihm die Hand auf den Arm. »Fox.«

»Twisse wird wahrscheinlich sehr interessiert daran sein, was wir heute Abend tun. Er könnte verletzt werden. Cal hat ihm letztes Mal mit seinem Pfadfindermesser eine gravierende Verletzung zugefügt. Und du kannst wetten, dass Gage seine Pistole wieder mitbringt. Dieses Mal werde ich nicht nur mit Schokoriegeln bewaffnet sein.«

Sie wollte zuerst widersprechen, überlegte es sich dann aber anders. »Hast du noch ein Messer?«

Schweigend ging er an den Werkzeugschrank und holte noch ein Messer heraus. »Das ist ein Schnitzmesser, mit dem man Holzstücke spalten kann. Es eignet sich auch gut, um eine Scheibe aus einem Dämon herauszuschneiden. Lass es besser in der Lederscheide«, fügte er hinzu und schob es wieder hinein. »Es ist scharf.«

»Okay.«

»Versteh mich nicht falsch.« Er legte ihr die Hände auf die Schultern. »Denk daran, ich bin ein glühender Verfechter der Gleichberechtigung und der Rechte für Frauen. Aber ich werde dich beschützen, Layla.«

Er küsste sie. »Dann sind wir also fertig.«

Sie trafen sich bei Cal, um von dort aus aufzubrechen. Seit sie das letzte Mal zur Lichtung gegangen waren, hatte sich der Wald verändert. Damals hatte an schattigen Stellen noch Schnee gelegen, die Bäume waren kahl gewesen und der Weg matschig und glatt. Jetzt hatten sich die ersten hellgrünen Blätter entfaltet, der wilde Hartriegel blühte weiß und leuchtete in der Sonne.

Und sie hatte heute ein Messer dabei.

Schon einmal war sie den Weg entlanggegangen, ins Unbekannte, mit fünf Personen und Cals Hund. Dieses Mal wusste sie, was sie erwartete, und sie ging den Weg als Teil eines Teams. Sie ging neben dem Mann, den sie liebte. Deshalb hatte sie dieses Mal mehr zu verlieren.

Quinn zeigte auf den Dolch. »Ist das ein Messer?«

»Eigentlich ein Spaltmesser.«

»Was soll das denn sein?«

»Ein Werkzeug.« Cybil griff nach dem Dolch und wog ihn in der Hand. »Man schneidet Holz damit. Das ist sicherer als eine Axt. Der Größe und Schärfe nach zu urteilen, ist das hier wahrscheinlich ein Bambusschneider. Es kommt aus Japan.«

»Ja, genau«, erwiderte Layla.

»Na, dann will ich auch so etwas«, beschloss Quinn. »Ich will eine Machete. Die haben einen schönen langen Griff und ein sichelförmiges Blatt. Ich muss mir eine Machete kaufen.«

»Nächstes Mal kannst du meine haben«, warf Cal ein.

»Du hast eine Machete? Hey, der Mann ist voller geheimer Taschen. Warum hast du eine Machete?«

»Um Unkraut und Gestrüpp abzuschlagen. Es ist vielleicht eher eine Sichel.«

»Was ist der Unterschied?« Quinn hob schnell die Hand, bevor Cybil etwas sagen konnte. »Ist schon gut.«

»Ich wollte ja nur sagen, dass Sicheln traditionell einen langen Griff haben. Allerdings ...« Cybil brach ab. »Die Bäume bluten.«

»Das kommt schon mal vor«, sagte Gage. »Schreckt die Touristen ab.«

Die dickflüssige rote Masse rann in Strömen an den Stämmen herab. Es roch nach verbranntem Kupfer, als sie den Weg zu Hester's Pool gingen.

Als sie an dem braunen Wasser stehen blieben, färbte es sich rötlich und begann, Blasen zu werfen.

»Ob er weiß, dass wir hier sind?«, fragte Layla leise. »Oder ist das die Dämonenversion einer Alarmanlage? Glaubt er wirklich, dass wir uns davon abschrecken lassen, oder ist es tatsächlich nur für die Touristen gedacht?«

»Vielleicht von beidem ein bisschen.« Fox bot ihr eine Cola an, aber sie schüttelte den Kopf. »Er weiß zwar nicht genau, wann wir ankommen, aber seine Alarmanlage sagt ihm, wann wir bestimmte Punkte erreichen.«

»Und das hier ist in paranormaler Hinsicht ein Knotenpunkt«, erklärte Quinn. »Ein Ort von Bedeutung und Macht. Wenn wir … ach, du lieber Himmel.«

Sie rümpfte die Nase, als etwas an die Oberfläche trieb.

»Ein totes Kaninchen.« Cal legte ihr die Hand auf die Schulter, und sein Griff wurde fester, als weitere Kadaver an die brodelnde Oberfläche gespült wurden.

Vögel, Eichhörnchen, Füchse. Quinn gab einen angewiderten Laut von sich, hob aber ihre Kamera und begann, alles zu dokumentieren. Verwesungsgeruch hing in der Luft.

»Na, da hat er sich aber angestrengt«, murmelte Gage.

Der aufgetriebene Kadaver eines Damhirschs trieb an die Oberfläche.

»Es reicht, Quinn«, sagte Cal.

»Ja.« Sie senkte die Kamera. »Ja, es reicht. Das waren harmlose, unschuldige Tiere, und das hier ist *ihre* Welt. Es mag blöd sein, dass ich mich wegen der Fauna so aufrege, wo Menschenleben auf dem Spiel stehen, aber …«

»Na, komm, Q.« Cybil legte ihr den Arm um die Schultern und führte sie weg. »Wir können nichts daran ändern.«

»Wir müssen sie herausholen.« Fox starrte auf den Teich. »Nicht jetzt, aber wir müssen später noch einmal zurückkommen, sie herausholen und verbrennen. Wir können sie nicht einfach da drin lassen. Es ist nicht nur ihre Welt, sondern auch unsere.«

Wütend und elend wandte er sich ab. »Er ist hier.« Er sagte es beinahe beiläufig. »Er beobachtet uns.« Und er wartet, dachte er, als er die kleine Gruppe auf dem Weg zum Heidenstein anführte.

Es wurde kalt. Es spielte keine Rolle, dass die Kälte eine Lüge war, sie drang ihnen trotzdem bis auf die Knochen. Fox zog sich die Kapuze über und ging stetig weiter. Er nahm Laylas Hand, um sie zu wärmen.

»Er will es uns nur schwer machen.«

»Ich weiß.«

Er hörte das Rascheln im Unterholz, das leise Grollen. Er läuft mit, dachte er. Er weiß zwar, wo wir hinwollen, aber nicht, was wir vorhaben.

Auf einmal krachte ein lauter Donnerschlag, und dann prasselte der Regen wie mit tausend Nadeln auf sie hernieder. Ihm folgte ein eisiger Wind, der die Blätter von den Bäumen fegte. Fox legte Layla den Arm um die Schultern und versuchte, sie beim Gehen so gut wie möglich zu schützen.

»Hinten alles in Ordnung?« Er hatte zwar in Gedanken schon nachgeschaut, war aber trotzdem beruhigt, als er die Bestätigung hörte. »Wir laufen jetzt hintereinander«, sagte er zu Layla. »Geh hinter mich und halt dich gut an meinem Gürtel fest. Cal weiß, was er zu tun hat. Er hält sich an dir fest und sichert die Reihe nach hinten.«

»Sing etwas!«, schrie sie.

»Was?«

»Sing ein Lied, das wir alle kennen. Mach fröhlichen Lärm.«

Fox grinste trotz des Sturms. »Ich liebe eine brillante Frau.«

Er fing an zu singen, und in den nächsten zwanzig Minuten marschierten sie mit einem fröhlichen Lied auf den Lippen durch Wind und Regen.

Langsam ließ der Regen nach, als es nur noch tröpfelte, blieben sie schwer atmend stehen, um Luft zu holen und zu verschnaufen.

»Hat er nichts Besseres drauf?« Quinns Hand zitterte, als sie die Thermoskanne mit Kaffee herumreichte. »Weil …«

»Er spielt nur mit uns«, unterbrach Fox sie. »Aber wir haben auch mit ihm gespielt. Es ist ziemlich nass im Wald. Wir werden Probleme haben, ein Feuer anzuzünden.« Er blickte Cal an, der Lumps Leine von seinem Gürtel abhakte.

»Ich kriege es schon hin. Wir gehen besser weiter. Ich übernehme jetzt mal die Spitze.«

In diesem Moment sprang der Hund mitten auf den Weg. Riesig und schwarz, mit blitzenden Reißzähnen knurrte er sie an. Noch bevor Fox nach seinem Messer greifen konnte, war Cybil aufgesprungen. Sie zog eine Pistole unter ihrer Jacke hervor und feuerte kühl sechs Schüsse ab.

Der Hund heulte voller Schmerz und Wut auf; sein Blut verdampfte zischend auf dem Boden. Mit einem Satz war er in der wirbelnden Luft verschwunden.

»Das ist dafür, dass er mir die Frisur ruiniert hat.« Cybil schüttelte ihre wilden Locken. Aus einer Tasche ihrer Jacke holte sie neue Munition.

»Hübsch.« Gage streckte die Hand aus. Sie reichte ihm die Pistole – eine schlanke .22er mit Perlmuttgriff. Normalerweise hätte er über so eine Waffe nur spöttisch gelächelt, aber sie ging damit um wie ein Profi.

»Ich habe sie ganz legal erworben«, betonte sie. Dann nahm sie die Pistole wieder an sich und lud sie fachmännisch.

»Wow.« Fox hasste Pistolen, aber er bewunderte Cybils entschlossenes Handeln. »Das wird dem bösen Bastard zu denken geben.«

Sie steckte die Pistole wieder in das Halfter unter ihrer Jacke. Nun, es ist zwar kein Schnitzmesser, hat aber durchaus Vorteile.«

Die Luft wurde wieder wärmer, und die Abendsonne fiel durch die jungen Blätter, als sie das restliche Stück zum Heidenstein zurücklegten.

Er ragte auf der kreisförmigen Lichtung aus dem verbrannten Boden auf wie ein steinerner Altar.

»Zuerst machen wir Feuer«, beschloss Cal und nahm seinen Rucksack ab. »Bevor es dunkel wird.«

Sie sammelten Steine und Äste und hängten ihre nassen Jacken auf Stangen ans Feuer, damit sie trocken wurden. Sie grillten Quinns Truthahnwürstchen auf angespitzten Stöcken, machten Cybils Brie und Laylas Apfelschnitzen den Garaus und aßen, als stünden sie kurz vor dem Verhungern.

Als es dunkel wurde, holte Fox die Muffins aus dem Rucksack, während Cal die Taschenlampen überprüfte. »Na los«, ermunterte er Quinn, die die kleinen Kuchen sehnsüchtig betrachtete. »Gönn dir einen.«

»Sie gehen sofort auf meinen Hintern. Wenn wir überleben, muss ich doch in mein absolut spektakuläres Hochzeitskleid passen.« Vorsichtig brach sie einen Muffin in der Mitte auseinander. »Aber ich denke, wir werden überleben, und ein halber Muffin zählt nicht.«

»Du wirst wundervoll aussehen.« Layla lächelte sie an. »Die Schuhe, die wir gefunden haben, passen ganz genau. Cybil und ich werden auch nicht gerade schäbig aussehen. Mir gefallen die Kleider, die wir für uns ausgesucht haben. Die Idee, Pflaume mit Orchidee zu …«

»Ich verspüre ein unwiderstehliches Verlangen, über Baseball zu reden«, unterbrach Fox sie. Layla stieß ihn mit dem Ellbogen in die Seite.

Nach und nach verstummten die Gespräche, und schließlich waren nur noch das Knistern des Feuers und der einsame Ruf einer Eule zu hören. Schweigend saßen sie da, als der Vollmond dick und weiß am Himmel stand. Fox stand auf, um den Abfall einzusammeln. Sie packten alles wieder ein und legten Holz auf das Feuer.

Auf ein Zeichen von Cybil packten die Frauen die Tasche für das Ritual aus. Eine kleine Kupferschale, ein Beutel Meersalz, frische Kräuter, Kerzen, Quellwasser.

Wie angewiesen verstreute Fox das Salz in einem weiten Kreis um den Heidenstein herum.

»Nun.« Cybil trat einen Schritt zurück und studierte die mitgebrachten Hilfsmittel. »Ich weiß nicht, wie viel hiervon tatsächlich nötig ist, aber meine Recherchen haben ergeben, dass wir genau diese Elemente brauchen. Das Salz zum Schutz gegen das Böse, als eine Art Barriere. Wir müssen in dem Zirkel bleiben, den Fox gezogen hat. Wir haben sechs weiße Kerzen. Nacheinander wird jeder von uns seine Kerze anzünden. Aber zuerst geben wir das Quellwasser in die Schale, dann die Kräuter und zum Schluss die drei Steinteile. Q?«

»Ich habe sechs Kopien der Worte, die wir sagen müssen, ausgedruckt.« Quinn zog eine Mappe aus ihrem Rucksack. »Wir sagen sie nacheinander, während jeder sich mit Cals Messer ritzt.«

»Über der Schüssel«, erinnerte Cybil sie.

»Ja, über der Schüssel. Wenn der Letzte fertig ist, reichen wir uns die Hände und wiederholen die Worte sechs Mal gemeinsam.«

»Es müssten sieben Mal sein«, sagte Layla. »Wir sind zwar nur sechs, aber sieben ist die Schlüsselzahl. Vielleicht ist das siebte Mal für den Hüter oder das unschuldige Opfer. Ich weiß zwar nicht, warum, aber es sollten sieben Mal sein.«

»Und sieben Kerzen«, warf Fox ein. »Eine siebte Kerze, die wir gemeinsam anzünden. Mist, warum haben wir daran nicht gedacht?«

»Jetzt ist es zu spät.« Gage zuckte mit den Schultern. »Wir haben eben nur sechs.«

»Wir können uns eine siebte machen.« Cal streckte die Hand aus und sagte zu Layla: »Kann ich dein Schnitzmesser haben?«

»Warte. Ich habe ein besseres.« Fox zog sein Messer heraus. Er ergriff eine der dicken weißen Kerzen. »Bienenwachs – gut. Ich habe früher oft Kerzen selbst gemacht.« Er warf Cybil einen Blick zu. »Müssen sie eine bestimmte Dicke oder Höhe haben?«

»Nein. Aber in meinen Quellen stand sechs.« Sie blickte Layla an. »Ach, was soll's. Mach uns noch eine Kerze.«

Fox machte sich an die Arbeit. Es dauerte eine Weile, aber schließlich hatte er es geschafft.

»Zwar nicht gerade meine beste Arbeit«, sagte er. »Aber sie wird brennen.«

»Wir zünden sie als letzte an.« Layla blickte die anderen an. »Vor allem zünden wir sie gemeinsam an.« Sie holte tief Luft. »Es ist fast Zeit.«

»Wir brauchen die Steine«, sagte Cybil, »und das rituelle Pfadfindermesser«, fügte sie mit schwachem Lächeln hinzu.

Der Junge kam fröhlich Rad schlagend aus dem Wald. Die Klauen an seinen Händen und Füßen gruben tiefe Furchen in den Boden, aus denen Blut strömte.

»Du solltest wissen, dass wir Salz gestreut haben.« Gage zog seine Luger. Er zog die Augenbrauen hoch, als die Hand des Jungen das Salz streifte. Er kreischte vor Schmerzen auf und sprang zurück. Gage zielte auf ihn, aber der Junge zischte nur und verschwand.

»Wir müssen anfangen.« Mit ruhiger Hand goss Cybil das Wasser in die Schale und streute die Kräuter hinein. »Jetzt die Steine. Cal, Fox, Gage.«

Donner grollte, unter zuckenden Blitzen strömte blutiger Regen vom Himmel. Er verdampfte in der verbrannten Erde.

Layla blickte auf. »Der Kreis hält. Der Regen kommt nicht hinein.«

Fox hielt den Stein in der Faust. Er hatte ihn fast einundzwanzig Jahre voller Hoffnung bei sich getragen. Und voller Hoffnung ließ er ihn nach Cals Stück ins Wasser gleiten. Außerhalb des Kreises brach das Chaos los. Die Erde bebte, und Blut leckte am Salzrand.

Er will die Barriere abbrennen und aufsaugen, dachte Fox. Er zündete seine Kerze an, gab Layla das Feuerzeug weiter.

Im Schein der sechs Kerzen legten sie ihre Hände übereinander und entzündeten die siebte Kerze.

»Beeilt euch«, drängte Fox. »Er kommt gleich wieder, und er ist sauer.«

Cal hielt seine Hand über die Schale und ritzte sich mit dem Messer am Handgelenk, während er die Worte vorlas. Nach ihm kamen Quinn und Fox.

»Mein Blut, ihr Blut. Unser Blut, sein Blut. Eins in drei, drei in eins. Dunkel und Licht. Wir machen dieses Opfer, wir schwören diesen Eid.«

Schreie, die von keinem Lebewesen stammten, drangen durch die Dunkelheit. Lump, der am Stein angeleint war, hob den Kopf und heulte.

Layla nahm das Messer, biss die Zähne zusammen bei dem kurzen Schmerz und sagte die Worte. Dann flogen ihre Gedanken zu Fox, während Gage das Messer ergriff. *Die Kälte! Er ist fast hier!*

Als der Boden unter ihnen bebte, nahm Fox ihre Hand.

Wind kam auf. Er konnte die anderen nicht hören, weder mit den Ohren noch mit seinen Gedanken, aber er schrie die Worte und betete, dass sie es ebenfalls taten. Die sieben Kerzen am Heidenstein brannten mit ruhiger Flamme, in der Schale brodelte rötliches Wasser. Der Boden hob sich, und er wurde gegen den Stein geschleudert. Klauen zerrten an seinem Rücken. Verzweifelt suchte er Zugang zu Laylas Gedanken, aber Licht und Hitze warfen ihn wieder in die Schwärze zurück.

Er kniete sich auf alle viere und kroch über den bebenden Boden auf ihr schwaches Echo zu.

Sie kroch ebenfalls auf ihn zu, und als er ihre Hand ergriff, lösten sich seine schlimmsten Ängste in nichts auf. Feuer umgab den Heidenstein, hüllte ihn ein wie eine Lederscheide die Messerklinge. Mit ohrenbetäubendem Dröhnen schoss die Flamme zum Mond empor. Die gesamte Lichtung wurde von einem feurigen Vorhang umgeben. In seinem grellen Licht sah Fox die anderen auf dem Boden knien.

Sie waren alle in einem Feuerkreis gefangen, und immer mehr Flammen schossen aus dem Heidenstein.

Gemeinsam, dachte er. Ob wir leben oder sterben, es wird gemeinsam sein. Er zog Layla mit sich zu den anderen, dann lag ihr Arm um seine Schultern, und sie stützten sich gegenseitig. Während die Luft brannte, nahmen sie sich alle erneut an der Hand.

Gemeinsam, dachte Fox, als die tödlichen Feuerwände sich immer dichter um sie schlossen. »Für die Unschuldigen«, keuchte Fox. Sie konnten nicht fliehen, und er wusste, es blieben ihnen nur noch wenige Augenblicke. Er drückte seine Wange an Laylas. »Was wir getan haben, haben wir für die Unschuldigen getan, füreinander, und verdammte Scheiße, wir würden es wieder tun.«

Cal stieß ein erschöpftes Lachen aus und zog Quinn an sich. »Verdammte Scheiße.«

»Verdammte Scheiße«, stimmte Gage ihm zu. »Wenn ich schon sterben muss, dann wenigstens spektakulär.« Er riss Cybil an sich und küsste sie.

»Zum Teufel, es könnte sein, dass wir noch einmal davongekommen sind.« Fox blickte sich blinzelnd um.

»Wir brauchen uns anscheinend nicht rösten zu lassen ... das Feuer erlischt.«

»Ich bin gerade beschäftigt.« Gage hob den Kopf und blickte über die Lichtung. Sein Lächeln war grimmig und befriedigt zugleich. »Ich bin ein verdammt guter Küsser.«

»Idiot.« Cybil stieß ihn weg und richtete sich auf. Die Flammen zogen sich zum Stein zurück und glitten daran empor. »Es hat uns nicht getötet.«

»Anscheinend haben wir das Richtige getan.« Benommen blickte Layla sich um. »Ich glaube, wichtig war vor allen Dingen, dass wir zusammengeblieben sind.«

»Wir sind nicht weggelaufen.« Quinn rieb ihre schmutzige Wange an Cals Schulter. »Jeder vernünftige Mensch wäre abgehauen, aber wir nicht. Ich weiß allerdings auch nicht, ob es uns gelungen wäre.«

»Ich habe dich gehört«, sagte Layla zu Fox. »Leben oder Sterben, es wird gemeinsam sein.«

»Wir haben einen Eid geschworen. Ich, Cal und Gage, als wir zehn waren. Und heute Abend wir sechs. Das Feuer ist aus.« Fox erhob sich. »Wir schauen besser mal nach.« Als er sich zum Stein wandte, verschlug es ihm die Sprache.

Die Kerzen waren weg, ebenso wie die Schale. Der Heidenstein stand unversehrt im Mondlicht. In der Mitte lag der Blutstein, wieder ganz.

»Jesus Christus«, keuchte Cybil. »Es hat funktioniert. Ich fasse es nicht. Es hat funktioniert.«

»Deine Augen.« Fox wedelte mit der Hand vor Cals Gesicht herum. »Wie kannst du sehen?«

»Lass das.« Cal schlug die Hand weg. »Ich kann gut sehen. Die drei Teile sind wieder ein Stein. Gut gemacht, Cybil.«

Sie stellten sich im Kreis um den Heidenstein und fassten sich erneut an den Händen. »Okay. Nun«, sagte Cybil. »Jemand muss ihn jetzt an sich nehmen. Ich meine, einer von euch Jungs, weil er euch gehört.«

Cal und Gage zeigten sofort auf Fox. Er nahm den Stein in die Hand. »Er ist warm. Entweder von dem Zauberfeuer oder einfach nur so. Leuchtet er? Leuchten die roten Flecken?«

»Ja, sie leuchten«, murmelte Layla.

»Er … er versteht das nicht. Er weiß es nicht. Ich kann nicht sehen …« Fox schwankte, weil sich alles um ihn drehte. Aber dann griff Layla nach seiner Hand, und er hatte wieder Halt. »Ich halte seinen Tod.«

Cybil trat näher. »Warum, Fox? Wie kann der Stein sein Tod sein?«

»Ich weiß nicht. Er enthält jetzt alles von uns. Unser Blut hält ihn zusammen. Deshalb können – werden – wir ihn vernichten. Wir haben die Macht dazu. Wir hatten sie die ganze Zeit schon.«

»Aber vorher waren es nur einzelne Teile«, fuhr Layla fort. »Bis jetzt. Bis wir alle zusammenkamen.«

»Wir haben das Ritual vollzogen.« Quinn fuhr mit den Fingerspitzen über den Stein. Und wir haben überlebt. Jetzt haben wir eine neue Waffe.«

»Aber wir wissen nicht, wie wir sie benutzen sollen«, warf Gage ein.

»Lasst uns einfach nach Hause gehen und den sichersten Platz dafür aussuchen.« Cal blickte sich auf der Lichtung um. »Ich hoffe, niemand hatte etwas Wichtiges in seinem Rucksack, weil sie alle verkohlt sind. Die Kühltaschen auch.«

»Jetzt sind meine Schokoriegel dahin.« Fox ergriff Laylas Hand. »Möchtest du einen Spaziergang im Mondschein machen?«

»Ja, schrecklich gerne.« Konnte es einen besseren Zeitpunkt geben? »Wie gut, dass ich meine Handtasche bei Cal zu Hause gelassen habe. Apropos, Cal, bei der Gelegenheit fällt mir ein, dass auch die Schlüssel darin sind. Aber wenn du und dein Vater nichts dagegen habt, dann würde ich sie gerne behalten.«

»Kein Problem.«

»Was für Schlüssel?«, fragte Fox.

»Für den Laden an der Main Street. Ich habe ihn mir mit Quinn und Cybil zusammen angeschaut. Es mag ja in Ordnung sein, wenn du mit Schreiner- oder Anwaltsaugen darauf schaust, aber ich brauchte Frauenaugen, schließlich will ich ja einen Laden für Damenbekleidung aufmachen.«

»Du willst ... was?«

»Ich brauche dich und deinen Vater für die Renovierung. Hoffentlich gibt mir dein Vater Rabatt, weil ich seinen Sohn so liebe. Großen Rabatt für große Liebe.« Nervös bürstete sie an dem Schmutz auf seinem Hemd herum. »Ich werde nämlich trotz Kredit – und ich vertraue darauf, dass du mir bei der Bank wirklich gute Konditionen aushandelst – ziemlich knapp bei Kasse sein.«

»Du hast doch gesagt, du wolltest es nicht.«

»Ich habe gesagt, ich wüsste nicht, was ich wollte. Jetzt weiß ich es.« Sie blickte ihn aus ihren klaren, grünen Augen amüsiert an. »Habe ich vergessen, das zu erwähnen?«

»Ja, das hast du.«

»Nun.« Sie stieß ihn mit der Schulter an. »Ich hatte ja in der letzten Zeit auch viele andere Sachen im Kopf.«

»Layla.«

»Ich will meinen eigenen Laden.« Sie lehnte den Kopf an seine Schulter. »Ich bin jetzt bereit dazu. Wenn nicht jetzt, wann dann? Ach, übrigens, das kannst du als fristgerechte Kündigung betrachten.«

Fox blieb stehen und umfasste ihr Gesicht mit den Händen. »Bist du sicher?«

»Ich werde viel zu viel damit zu tun haben, die Renovierungsarbeiten zu überwachen, Ware zu kaufen und Dämonen zu bekämpfen, als dass ich mich noch um dein Büro kümmern könnte. Du wirst alleine damit fertig werden müssen.«

Er küsste sie auf die Stirn, die Wangen und den Mund. Dann grinste er sie an. »Okay.«

Erschöpft und zufrieden ging er mit Layla hinter den anderen den mondbeschienenen Pfad entlang. Sie hatten heute Nacht Magisches bewirkt, dachte er. Sie hatten ihren Weg gewählt und ihn gefunden.

Der Rest war eine Kleinigkeit.

Entdecken Sie auch J. D. Robb, die andere Seite der Nora Roberts:

Rendezvous mit einem Mörder (1; 35450) · Tödliche Küsse (2; 35451) · Eine mörderische Hochzeit (3; 35452) · Bis in den Tod (4; 35632) · Der Kuss des Killers (5; 35633) · Mord ist ihre Leidenschaft (6; 35634) · Liebesnacht mit einem Mörder (7; 36026) · Der Tod ist mein (8; 36027) · Ein feuriger Verehrer (9; 36028) · Spiel mit dem Mörder (10; 36321) · Sündige Rache (11; 36332) · Symphonie des Todes (12; 36333) · Das Lächeln des Killers (13; 36334) · Einladung zum Mord (14; 36595) · Tödliche Unschuld (15; 36599) · Der Hauch des Bösen (16; 36693) · Das Herz des Mörders (17; 36715) · Im Tod vereint (18; 36722) · Tanz mit dem Tod (19; 36723) · In den Armen der Nacht (20; 36966) · Stich ins Herz (21; 37045) · Stirb, Schätzchen, stirb (22; 37046) · In Liebe und Tod (23; 37047) · Sanft kommt der Tod (24; 37048) · Mörderische Sehnsucht (25; 37678) · Ein sündiges Alibi (26; 37679) · Im Namen des Todes (27; 37992) · Tödliche Verehrung (28; 0112) · Mörderspiele. Drei Fälle für Eve Dallas (36753)

Nora Roberts ist J. D. Robb
Ein gefährliches Geschenk (36384)